LES SEIZE ARBRES DE LA SOMME

DU MÊME AUTEUR

L'HOMME ET LE BOIS, Gaïa, 2016.

Ouvrage traduit avec le concours de NORLA
(Norwegian Literature Abroad)

"Lettres scandinaves"

Titre original :
Svøm med dem som drukner
Éditeur original :
Gyldendal Norsk Forlag AS, Oslo
© Lars Mytting, 2014
Publié avec l'accord de l'auteur,
représenté par l'agence littéraire Gudrum Hebel, Berlin

LARS MYTTING

Les seize arbres de la Somme

roman traduit du norvégien
par Céline Romand-Monnier

ACTES SUD

I

COMME LE VENT DISPERSE LES CENDRES

POUR MOI, MAMAN ÉTAIT UNE ODEUR. Maman était une chaleur. Une jambe à laquelle je m'accrochais. Un souffle de bleu ; une robe dont je croyais me rappeler qu'elle la portait. Je me disais qu'elle m'avait décoché dans la vie avec la corde d'un arc, et lorsque j'avais façonné mes souvenirs d'elle, je n'avais pas su s'ils étaient exacts ni vrais, je l'avais simplement créée telle que je me figurais qu'un fils devait se souvenir de sa mère.

Quand je sondais l'absence en moi, c'était à maman que je pensais. Rarement à papa. Parfois je me demandais s'il aurait été comme les autres pères du bourg. Des hommes que je voyais en uniforme de la garde territoriale et en chaussures de football à l'entraînement des vétérans du club, des gars qui se levaient tôt le week-end pour la séance de travail collectif de l'Association de chasse et de pêche de Saksum. Mais je l'avais laissé disparaître sans éprouver de regret. Chose que j'avais prise, du moins pendant de nombreuses années, comme une preuve que grand-père avait essayé de faire tout ce que papa aurait pu faire, et y était effectivement parvenu.

Le couteau de grand-père était une baïonnette cassée de l'armée russe. Le manche en bouleau flammé était le seul ouvrage d'ébénisterie qu'il eût jamais produit. Le tranchant supérieur était émoussé, et il s'en servait pour gratter la rouille et courber du fil de fer. Quant au tranchant inférieur, il le maintenait suffisamment affûté pour découper du sparadrap et éventrer des sacs de chaux. D'un geste preste, afin que les grains blancs se déversent sans pertes et que je puisse conduire le tracteur dans le champ.

Les deux tranchants, l'affûté et l'émoussé, couraient ensemble vers une pointe avec laquelle il tuait les poissons de un kilo que nous prenions dans le lac de Saksum. Des truites puissantes, aux tressautements vigoureux, furieuses de se noyer dans l'air. Il les décrochait des mouches de sa traîne, les plaçait contre le franc-bord de la barque, et enfonçait son couteau dans leur crâne en admirant la largeur de leur dos. Je relevais alors toujours mes rames pour regarder le sang s'écouler en un cours lent et visqueux, tandis que les gouttes des rames que *moi* je tenais ruisselaient en filets minces et rapides.

Mais les deux liquides se mêlaient à la même eau de montagne. Les truites se vidaient de leur sang et devenaient *notre* poisson de *notre* lac.

Lors de mon premier jour d'école, j'avais trouvé mon nom sur un pupitre et je m'y étais assis. Une feuille pliée en son milieu tenait toute seule, *Edvard Hirifjell* y était inscrit au feutre d'une écriture inconnue, au recto et au verso, comme si non seulement l'instituteur, mais moi aussi, avions besoin de nous rappeler qui j'étais.

Je me retournais sans arrêt vers grand-père, même si je savais pertinemment qu'il était au fond de la classe. Les autres gamins se connaissaient déjà et je gardais les yeux braqués droit devant moi sur la carte d'Europe et le large tableau nu, vert comme un océan. Je jetai encore un coup d'œil derrière moi et intégrai que grand-père était deux fois plus âgé que les autres parents. Debout là, tout entier dans son gros chandail jacquard, il était vieux à la manière de Fridtjof Nansen sur les billets de dix couronnes. Même moustache, mêmes sourcils, et des années qui ne pesaient pas sur lui, mais semblaient, par une opération de multiplication, rendre son visage plein de vigueur. Car jamais grand-père ne pourrait devenir vieux. Il me l'avait dit. Il restait jeune, grâce à moi et pour moi.

LES VISAGES DE MES PARENTS, eux, ne vieillirent jamais. Ils existaient sur une photo de la commode, juste à côté du téléphone. En pantalon pattes d'éléphant et gilet rayé, papa est appuyé contre la Mercedes. Maman est accroupie, elle caresse Pelle, notre buhund norvégien. Il semble lui barrer la route, comme s'il refusait de nous laisser partir.

Les bêtes comprennent peut-être ces choses-là.

Quant à moi, j'agite la main sur la banquette arrière, la photo a donc dû être prise le jour de notre départ.

Je continue de me figurer que je me souviens du trajet vers la France, comme d'une odeur de skaï émanant des sièges chauds, comme d'un défilé d'arbres par la vitre latérale. Longtemps, j'ai cru me souvenir aussi de l'odeur particulière de maman ce jour-là, et de leurs voix par-dessus le vent de vitesse.

Nous avons les négatifs de la photo. Grand-père n'a pas fait développer le film tout de suite. J'ai d'abord cru que c'était par souci d'économie, parce qu'après ce qui fut la dernière photo de mes parents viennent le soir de Noël, la pêche au filet en plein été et la récolte de pommes de terre.

Mais ce qu'il économisait, au juste, on ne saurait l'affirmer. Je crois qu'il a retardé le développement, parce qu'avec les pellicules, vous ne savez jamais comment sera votre photo, en tout cas pas avant qu'elle revienne du labo. Vous avez un pressentiment, une attente de la conformation des motifs; papa et maman ont ainsi vécu plus longtemps, dans l'émulsion, jusqu'à ce que le bain révélateur les rende définitifs.

Je croyais grand-père quand, sur la fin de mes colères, il répétait qu'il avait eu l'intention de tout me raconter quand je serais "assez grand". Mais il n'avait sans doute pas perçu combien je grandissais. J'ai donc découvert la vérité trop tôt, et il était alors trop tard.

C'était au début de ma troisième année d'école primaire. J'étais descendu à vélo à la ferme des Lindstad. La porte était ouverte, j'entrai en demandant s'il y avait quelqu'un. La maison était déserte, ils devaient être à l'étable, et je continuai vers le salon. Les rayonnages sombres de la bibliothèque abritaient une chaîne stéréo avec un électrophone au couvercle poussiéreux. Les atlas routiers de la NAF, des romans abrégés du Reader's Digest et une rangée de livres bordeaux au dos orné de lettres d'or : *C'est arrivé cette année*. Chaque livre avait son millésime et je compris qu'il s'agissait d'un panorama des événements marquants de l'année.

Ce ne fut évidemment pas un hasard si je sortis celui de 1971, et l'almanach lui-même semblait vouloir que je le lise, car il s'ouvrit sur le mois de septembre. Le papier était saturé d'empreintes digitales, les coins cornés, et des brins de tabac s'étaient logés dans le pli des pages.

Papa et maman, chacun sur sa photo. Deux portraits simples. Au-dessous étaient inscrits leurs noms et, entre parenthèses, Reuters. Je me demandais qui était Reuters – il me semblait que j'aurais dû le savoir vu que cela concernait mes parents.

Le texte indiquait qu'un couple de vacanciers franco-norvégiens, "tous deux résidents du Gudbrandsdalen", étaient décédés le 23 septembre près d'Authuille, dans le Nord de la France. Ils visitaient un champ de bataille fermé au public de la Première Guerre mondiale et on les avait retrouvés morts dans une rivière. L'autopsie allait révéler qu'ils avaient inhalé le gaz d'une vieille grenade, étaient tombés à l'eau et n'avaient pas réussi à regagner le bord.

L'almanach précisait qu'il restait plusieurs millions de tonnes d'explosifs le long des anciennes lignes de front et que de nombreuses zones étaient considérées comme impossibles à nettoyer. Au cours des dernières années, plus de cent touristes et agriculteurs avaient trouvé la mort en marchant sur des obus qui n'avaient pas explosé.

Ça, je l'avais déjà retenu des chiches explications de mon grand-père. En revanche, il n'avait rien dit de ce qui suivait dans *C'est arrivé cette année.*

"Des indices relevés dans la voiture ont indiqué à la police que le couple était accompagné d'un enfant de trois ans." Mais on ne l'avait pas retrouvé et une opération de recherche avait été lancée. Des chiens avaient fouillé l'ancien champ de bataille sans résultat, tandis que des plongeurs inspectaient la rivière et que des hélicoptères étaient mis en œuvre pour élargir le périmètre de recherche.

Venait ensuite une phrase qui consuma l'enfance que j'avais en moi. Ce fut comme quand je brûlais du papier journal dans la cheminée. L'écriture restait lisible sur le papier enflammé, mais au moindre effleurement, elle se transformait en cendres.

"L'enfant a été retrouvé, quatre jours plus tard, dans un cabinet médical à cent vingt kilomètres, dans la petite ville portuaire du Crotoy. Une enquête policière poussée n'a apporté aucune réponse. On suppose que l'enfant a été enlevé. Hormis quelques égratignures, il était sain et sauf."

Ensuite, le texte redevenait vrai, car on y expliquait que mes grands-parents norvégiens m'avaient pris en charge, et je restai à regarder fixement les pages. Je feuilletai le livre pour voir s'il venait autre chose ensuite. S'il y avait quelque chose avant. Je grappillai les fragments de tabac coincés dans le pli. Les gens avaient parlé de moi. Ils sortaient le *C'est arrivé cette année* de 1971 quand des voisins venaient pour le café, ils se remémoraient le temps où il y avait eu des Hirifjell dans le journal.

Ma colère avait du chemin à faire. Grand-père disant qu'il n'en savait pas davantage, j'emportai mes questions dans un bois de bouleaux flammés situé en face de la ferme. Pourquoi mes parents m'avaient-ils emmené dans un endroit plein de grenades? Et qu'y faisaient-ils?

La réponse avait disparu, mon père et ma mère avaient disparu, disparu comme des cendres dispersées au vent, et je devins adulte à Hirifjell.

HIRIFJELL SE TROUVE SUR L'UBAC DE SAKSUM. Les grandes exploitations sont de l'autre côté du fleuve, où la neige fond tôt et où le soleil caresse les murs de rondins et la noblesse de terre qui les habite. Ce versant-là, on ne l'appelle jamais l'adret de Saksum, parfois simplement le côté ensoleillé, mais la plupart du temps rien, car seul l'ubac a une dénomination. Entre nous s'écoule le fleuve Laugen. L'air froid et humide du cours d'eau est la limite que nous franchissons lors de notre entrée au collège ou quand nous avons des courses à faire dans le centre.

L'ubac reste à l'ombre pendant la majeure partie de la journée. Les gens blaguent en disant que nous autres qui y vivons tirons sur la camionnette du poissonnier itinérant de Krag-Jørgensen et nouons les lacets des ivrognes qui dorment sous les séchoirs à foin. Mais ce qu'il y a, c'est que même si vous venez d'une grande exploitation de Saksum, vous ne pouvez pas précisément revendiquer des usages parisiens, à peine même des habitudes de Hamar. Les caméras de *Norge Rundt* n'ont jamais fait de reportage sur Saksum. On y trouve les mêmes choses que dans d'autres bourgs. La centrale d'achat, le magasin de confection, le bureau de poste et la coopérative. Un chemin rural où l'ambulance s'enlise. Des maisons décaties habitées par des gens qui se fichent bien de remplir une déclaration de revenus.

Seul l'ouvrier des lignes téléphoniques et la chambre d'agriculture savaient que, en l'occurrence, le soleil brillait toute la journée là-haut, chez nous. Car Hirifjell se situe là où le versant commence à redescendre, sur une sorte de face ensoleillée incluse dans l'ubac de Saksum. Un jardin dans les bois, fermé par une barrière levante, où nous restions entre nous.

Grand-père aimait veiller la nuit. J'étais couché sur le canapé pendant qu'il fumait des cigarillos et s'occupait de ses livres et de ses disques. Les cantates de Bach, des coffrets de symphonies de Beethoven et de Mahler, dirigées par Furtwängler ou Klemperer. Le pêle-mêle de livres éculés et neufs de la bibliothèque. Une profusion de feuilles dépassaient de l'atlas de Richard Andree et de l'encyclopédie Meyer, on aurait dit qu'il y poussait de nouvelles pages.

C'est là-dedans que je m'endormais le soir, dans un brouillard où la musique était parfois interrompue par le crépitement de la pierre à briquet, avant qu'il repose son *Spiegel* et que, dans ma somnolence, je sente des bras me saisir ; des murs et des plafonds tournoyaient quand j'entrouvrais les yeux, comme si j'étais l'aiguille d'une boussole, puis il me couchait, joignait mes bras, mes jambes, et me recouvrait de la couette, et tous les matins son visage était là, la lampe du couloir brillait sur sa barbe naissante et sa moustache en guidon de vélo jaunie par le tabac, il se tenait ainsi et esquissait un sourire qui me disait qu'il m'avait regardé dormir.

Le seul point sur lequel il était déraisonnable était le courrier, qu'il refusait de me laisser aller chercher. Quand le facteur était en retard, il perdait le rythme et tous les jours à onze heures, il commençait à guetter la camionnette rouge sur la départementale. Plus tard, arguant que des inconnus avaient fait sauter la serrure de la boîte aux lettres, il avait opté pour une boîte postale dans le bourg.

J'écrivais pour demander des catalogues, je joignais des timbres, et les catalogues arrivaient. Haut-parleurs en kit, armes de chasse de Schou, articles de pêche de Napp og Nytt, matériel photo, matériaux de montage de mouches ; les catalogues arrivaient, et j'y apprenais plus que dans les manuels scolaires. Le monde extérieur passait par mon grand-père, de lourdes enveloppes sur un siège de voiture chaud, venues de ses incursions au bourg. Il en alla ainsi pendant une éternité, jusqu'à ce qu'il revienne un jour de l'assemblée annuelle du Groupement des éleveurs de moutons et de chèvres et déclare de but en blanc que nous n'avions qu'à reprendre notre boîte aux lettres, que c'était pénible de devoir tout chercher à Saksum.

Longtemps auparavant, nous avions sectionné la crosse du fusil de papa et étions partis à la chasse au canard. C'était un juxtaposé de Sauer & Sohn calibre 16. Papa l'avait reçu pour sa confirmation religieuse, mais ne s'en était apparemment jamais servi. Au gré de ma croissance, nous recollâmes les sections de notre découpe, et le jour de ma confirmation à moi, la crosse de noyer brun orangé était marquée des minces sillons de mon enfance avec grand-père.

C'étaient mes anneaux de croissance.

Mais je savais bien que les sapins ont de larges cernes quand ils grandissent trop vite et que, une fois devenus assez grands pour donner prise au vent, ils se brisent.

Toute ma vie, j'avais entendu un chuintement dans la forêt de bouleaux flammés. Et une nuit de 1991, ce chuintement crut en une bourrasque qui me fit vaciller. Car quelque chose dans l'histoire de mes parents continuait de se mouvoir, lentement, comme un gros serpent dans l'herbe.

II

SOLSTICE D'ÉTÉ

1

CETTE NUIT-LÀ, LA MORT REVINT À HIRIFJELL. Qui elle venait chercher allait de soi, car il n'y avait pas tellement de choix. J'avais vingt-trois ans. Et force m'a été de reconnaître, en repensant par la suite à cet été-là, que la mort n'était pas toujours une meurtrière aveugle et terrible. Il lui arrive de laisser des clefs avant de repartir.

Le problème, c'est qu'être libéré peut être une torture. En particulier parce que cela ne s'était pas produit un jour ordinaire; un jour de sueur laborieuse et de soleil vespéral, un jour tranquillement couché sous la baguette de Furtwängler. Bien au contraire, la veille de la mort de grand-père, quelqu'un avait peint une croix gammée sur sa voiture.

J'avais passé la semaine à attendre un colis d'Oslo en contre-remboursement et, enfin, le bon de retrait se trouvait dans la boîte aux lettres. Je retournai promptement à la maison en prenant le raccourci par les orties avant de traverser la cour de la ferme. J'entrebâillai la porte de la remise à outils pour prévenir que j'allais chercher un truc et que je partais en voiture tout de suite.

Il se redressa de l'établi, posa ses tricoises et déclara qu'il fallait que *nous* passions à la centrale d'achat.

— Et si on prenait l'Étoile? suggéra-t-il en époussetant la sciure de sa veste. Ça t'économiserait de l'essence.

Je me retournai et fermai les yeux. C'était donc un de ces jours-là. Un de ces jours où il trouvait dommage que nous conduisions chacun notre voiture.

Grand-père traversa la cour d'une démarche raide pour enfiler sa veste de commissions. Les gens du bourg n'aimaient pas qu'il se balade avec un couteau sur lui, alors il avait pris l'habitude de mettre une veste mi-longue pour se rendre à Saksum.

Puis nous y fûmes. Dans la lourde Mercedes de luxe noire qu'il avait achetée neuve en 1965. Les branches au bord du chemin d'alpage avaient éraflé la peinture et il y avait des entailles rouillées autour de la serrure du coffre, mais ça restait une voiture qui en jetait sur le parking du centre. Nous dépassâmes lentement les champs de pommes de terre en examinant leur floraison chacun de notre côté.

Nous étions producteurs de pommes de terre, grand-père et moi. Certes, nous avions des moutons, mais ce que nous étions, c'était producteurs de pommes de terre. Grand-père perdait du poids quand nous attendions la germination. Même si les terres de Hirifjell se trouvaient à cinq cent quarante mètres d'altitude et que les insectes vecteurs de maladies végétales montaient rarement si haut.

Grand-père était un dieu de la patate, et il fit de moi un dieu de la patate aussi. Nous fournissions des pommes de terre de semence et des pommes de terre de consommation. C'était la Mandel qui rapportait le plus, bien que la Ringerik soit meilleure. La Beate était une pomme de terre d'abruti. Énorme et insipide, mais c'était celle que les gens voulaient. La Pimpernell était celle qui, tous les soirs, atterrissait dans nos propres assiettes. Elle était tardive, mais de chair ferme, et sa peau rose violacé contre le terreau en faisait la plus jolie à récolter.

Les roues tremblèrent sur le passage canadien et il rejoignit la départementale sans regarder. Au niveau de la ferme des Linstad, la forêt s'ouvrit et, comme toujours, nous évaluâmes le niveau du Laugen.

— Le fleuve a baissé, observa-t-il. On pourrait aller pêcher à la traîne en contrebas du camping.

— L'ombre ne mord pas quand il y a plein d'eau verte des montagnes, répondis-je.

Les sapins se refermèrent sur nous, et le fleuve demeura invisible jusqu'à ce que nous arrivions sur le goudron. Nous filâmes dans les descentes, et je sentais mon ventre se nouer, comme toujours à l'approche de Saksum. La gare, le collège, la scierie, les étables sur le versant ensoleillé. Les autres.

De l'air frais du cours d'eau s'engouffra par la vitre baissée quand nous passâmes sur le pont en planches.

— On commence par la centrale d'achat, alors ? fit-il.

Une fois qu'il y était, c'était pour longtemps. Grand-père ne donnait pas dans les petites emplettes, nous ne repartions jamais sans une Mercedes à l'arrière pesant et un ticket de caisse de cinquante centimètres de long.

Il se ravisa : "Passons prendre ton paquet d'abord. Oui, faisons cela."

Nous sortions à peine du bureau de poste quand je vis la croix gammée.

J'étais en train d'examiner la boîte en carton marron avec mon nom dessus, mais il y eut dans la démarche de grand-père un sursaut inhabituel, et je remarquai en me redressant le graffiti maladroit au spray rouge sur la portière de sa Mercedes.

Sa Mercedes. Je notai que c'était ainsi que je l'avais désignée mentalement. *Sa* Mercedes, maintenant qu'elle était marquée d'une croix gammée, alors que, plus tôt dans la journée, je l'avais envisagée comme l'Étoile, *notre* Mercedes.

Les gens nous regardaient. Depuis le panneau d'affichage des sports, les mains dans les poches. Børre Teigen et sa copine. Les filles Bøygård. Jenny Sveen et les frères Hafstad. Ils fixaient un point juste au-dessus de nous, comme si la toiture du bureau de poste venait d'être refaite.

La croix gammée commençait à dégouliner. De minces filets de peinture bavaient lentement sur la portière.

L'un des frères Hafstad lança un coup d'œil vers l'angle du magasin de confection. Un pan de blouson remua, quelqu'un s'en allait en loucedé. Mouvement unique en ces secondes figées d'un samedi à Saksum.

Grand-père abaissa son bras devant moi, comme une barrière routière.

Ce fut sans doute à ce moment-là que le choix se présenta à moi. De commencer à percevoir la voiture comme la *sienne* ou de prendre sa défense.

Le bourg nous observait et attendait.

Encore une fois, je choisis grand-père. Comme je l'avais toujours fait, et les occasions n'avaient pas manqué. Je forçai le passage, lâchai mon paquet et me mis à courir. Je courus comme je l'avais fait toute ma vie. Je courus vite dans le centre, sous les regards, je traversai la rue et me lançai sur le chemin de terre derrière la station Esso. Je l'y rattrapai. Un adolescent, sa course était gauche, ses bras raides sur ses flancs, son blouson en nylon gris claquait au vent dans son dos.

J'aurais bien sûr dû exploiter mon avantage, mon élan, pour l'arrêter en me jetant devant lui. Être face à face. J'aurais dû l'avoir par ma stature, freiner comme un footballeur qui vient de marquer.

Mais non. Je tendis la jambe et lui fis mordre la poussière. Il cria dans sa chute et il criait toujours quand il se retrouva immobilisé au sol. Je le tirai par son blouson et le retournai.

Janikken, Jan-qui-hoche-la-tête.

Qui s'appelait en fait Jan Børgum, mais hochait constamment la tête en parlant tout seul. Il avait de la terre dans ses écorchures et du sable dans les cheveux. Ses larmes se mêlaient au sang qui coulait de son nez, chaque sanglot apportant de petits jets roses. Il avait de la peinture sur les doigts et sur sa manche et, dans sa main, du papier sulfurisé où une croix gammée était tracée d'un trait de crayon mal assuré.

Je jurai intérieurement.

— Jan, est-ce que quelqu'un t'a payé pour faire ça ?

Il gargouilla une réponse que je ne compris pas.

— Articule, Jan.

Mais il n'était pas capable de parler normalement. Et je le savais.

J'essayai de l'aider à se relever. Il se laissa tomber en arrière, atterrit sur ses fesses et ses larmes redoublèrent. Son pantalon était déchiré au genou. Un pantalon gris du genre que portaient les vieillards et les chauffeurs de taxi. Depuis toujours, Jan était habillé par sa mère. Déjà au jardin d'enfants, où il était deux classes audessus de moi, il avait une dégaine similaire quand il déambulait en compagnie de l'éducatrice spécialisée, avec son strabisme et sa bouche ouverte. À mon entrée au collège, Jan n'y était pas. Jan était ailleurs.

Derrière nous arrivaient des gens. Ils se postèrent sur l'aire de vidange de la station Esso.

— Allez, viens, Jan. Relève-toi.

Il renifla et essuya du sang de sa lèvre. Il se leva sur ses jambes. Je lui demandai s'il avait mal. Il commença à hocher la tête. Je lui glissai un billet en disant que c'était pour son pantalon.

— Qui t'a demandé de faire ça ?

— C'était écrit dans le livre.

— Quoi comme livre ?

Il balbutia quelque chose.

— S'ils reviennent, dis-leur que j'aimerais leur parler. Tu peux faire ça ?

— Faire quoi ?

J'époussetai son dos. Il resta la bouche ouverte. Je le laissai, remontai droit vers Esso. Les filles Bøygård se détournèrent. Les frères Hafstad les imitèrent, puis le reste de l'assistance se défit. Ils rejoignirent les sacs d'emplettes dans leurs coffres de voitures et les tasses de café chaud à volonté qu'ils avaient abandonnées.

Si seulement ils avaient pu s'en prendre à moi. M'empoigner, m'invectiver, que je puisse leur *répondre*, que je puisse avoir cette engueulade au centre de Saksum, en plein jour de commissions.

Mais que leur aurais-je donc répondu ? Et puis, ils avaient cessé de reluquer. De reluquer les débris qui réglaient leurs histoires entre eux. Maintenant que tout était terminé, cela faisait deux imbéciles de moins dont se préoccuper.

Grand-père était installé sur le siège passager. Il ne dit rien. Il ne baissa pas sa vitre. Il restait juste assis là, comme une statue de cire dans un avion de chasse allemand, le doigt pointé sur le volant. La peinture, il n'y avait pas touché. Pas besoin d'être extralucide pour savoir que Sverre Hirifjell n'aurait jamais fait aux gens le plaisir de leur demander un chiffon. Ni d'aller acheter du solvant au magasin de peinture, en se gardant de se montrer trop offusqué et en marmonnant que c'étaient des gamineries. Je ne crois même pas que ce mot faisait partie de son vocabulaire.

J'ouvris la portière. Sur le parking de la coopérative, les gens prenaient leur temps.

— On ne va pas rouler comme ça. Je vais la laver. Ou alors on colle quelque chose par-dessus.

— Roule, murmura-t-il. Directement à Hirifjell.

Mon colis se trouvait sur la banquette arrière. Un coin du carton était enfoncé.

— Mais roule, bon sang! gronda-t-il. Allez. Par le centre. Monte à Hirifjell.

Il ne protesta pas quand je pris une autre route. Je descendis au silo à blé puis empruntai le chemin de terre qui longeait la rivière Saksum. Ça faisait six kilomètres de plus, mais il n'y avait aucune habitation, et la croix gammée serait côté montagne.

— C'était le père Janikken, l'informai-je.

Mais il se contenta de regarder fixement le fleuve et je partis du principe qu'il était pleinement lancé dans une opération qu'il maîtrisait très bien : se forcer à oublier.

Derrière la bergerie, le ciel s'était assombri. Je traversai la cour et m'assis sur le perron du petit chalet. La Mercedes était garée sous la passerelle de la grange. Grand-père était chez lui.

Je n'ai jamais aimé les gens qui geignent. La plupart du temps, les choses peuvent s'arranger. Un petit café, un peu de tabac, et ça va mieux. Et encore plus si on a toutes les cartes sur la table. Et si jamais on n'a qu'un deux de trèfle et un trois de carreau, eh bien, soit, la partie est perdue aujourd'hui. Mais on n'aurait de raison de se plaindre que si on avait reçu quatre cartes au lieu de cinq.

La pluie était dans l'air et je voulais qu'elle vienne. Qu'elle dévale le versant, qu'un coup de vent âpre assainisse tout. Je voulais cette pluie, mettre le café en route, aller dans ma véranda, entendre les gouttes tambouriner sur le toit que j'avais construit de mes propres mains en restant bien au sec avec ma tasse et une cigarette.

Je me rendis au grenier sur pilotis pour tirer une bâche sur la scie circulaire. Pendant la semaine écoulée, j'avais changé la planche de rive et le parement de l'avant-toit, il ne me restait plus qu'à peindre, je pourrais le faire après le week-end.

La pluie était proche. De la bonne pluie. Je le sentais à l'odeur. Ni trop violente, ni drue. Une qui tomberait longtemps et mouillerait bien. Je m'étais préparé à tirer le système d'arrosage jusqu'au champ du nord dans la soirée, j'y échappais. J'ôtai mes chaussures et enfilai mes grosses chaussettes en laine. Pendant que la cafetière gargouillait, je dégageai la table de cuisine. Je l'essuyai avec un chiffon et allai chercher le colis.

Oslo Kameraservice connaissait son métier et ça se voyait jusqu'à Saksum. Le scotch marron était collé serré en angle droit. Nom du destinataire tapé, affranchissement avec beaux timbres, fiche de contre-paiement remplie sans abréviations.

J'ouvris le colis d'un coup de couteau, y trouvai une autre boîte d'où je sortis un objectif enveloppé de papier de soie blanc.

Leica Elmarit 21 mm. Un grand-angle.

Le poids. La résistance de la bague de mise au point. Les chatoiements insondables du verre traité. Le vernis mat soyeux, la gravure profonde des chiffres de distance et d'ouverture.

Grand-père m'avait offert le Leica pour mes dix-huit ans. Un boîtier M6, un objectif Summicron et dix pellicules. À moins que quelqu'un ait un Hasselblad, il n'y avait pas meilleur appareil photo alentour. La seule chose qui le chiffonnait était l'échelle des distances en mètres et en pieds.

— Ils auraient pu s'abstenir, disait-il. Aucun peuple ayant les yeux en face des trous ne mesure en pieds.

Je m'achetais un nouvel objectif tous les ans, pour un montant que la plupart des gens jugeaient excessif pour une télé. Chaque nouvelle focale m'apportait un nouveau monde. Le téléobjectif qui rapprochait le motif et plongeait l'insignifiant dans le brouillard. Le macro qui faisait abriter une planète entière à la corolle d'une fleur. Et à présent, un grand-angle qui déployait l'horizon, rendait le moyen petit, transformait les bagatelles en poussières dans l'œil. Il requérait d'autres motifs, de nouvelles idées sur le premier et l'arrière-plan.

Mais ce jour-là, je ne regardai pas par le viseur. Car si j'avais levé mon Leica, je n'aurais vu que du familier. Ma collection de *Fantôme*. La porte de la chambre noire. La chaîne stéréo aux enceintes montées par mes soins. La vitrine contenant le reste du matériel photo. La photo de Joe Strummer de l'enregistrement de *Straight to Hell*. L'immense affiche de The Alarm, de la pochette de *68 Guns*, où personne ne regarde l'objectif. Dans la longueur de la pièce, l'alignement de mes propres photos de nature.

Je savais où me rendre pour prendre des photos. Au bois de bouleaux flammés. Mais pas avant le lendemain matin.

LE PETIT CHALET, j'y avais emménagé à seize ans. La maison était restée inoccupée depuis la disparition de mes parents. D'un coup de pied, j'ouvris la porte qui avait joué, sans songer qu'il se passait là quelque chose d'historique. Je me contentai d'en reprendre l'usage. Je changeai le lambris intérieur et me construisis une véranda d'où contempler la lisière des bois.

La maison était à moi, et en même temps, elle était à nous.

Quelque chose d'eux subsistait. Le batteur électrique, les bottes en caoutchouc de papa, les draps. La photo de nous, je la laissai dans la maison en rondins. Je continuais d'avoir l'impression de devoir m'arrêter chaque fois que je passais devant.

Quand j'étais petit, cette photo avait été un espoir. Un espoir que papa et maman ne soient pas morts. Elle devint ensuite un rappel qu'ils ne téléphoneraient jamais. Je me suis longtemps demandé pourquoi grand-père l'avait placée à côté du téléphone au lieu de l'accrocher au mur. Était-ce pour se souvenir d'eux, ou pour que la photo exerce une influence sur nous quand nous étions au téléphone ? Ou encore pour nous rappeler que, quand ils s'exprimaient, les gens qui téléphonaient *ici* avaient, eux aussi, en mémoire une histoire de mes parents ?

Ma grand-mère s'appelait Alma, et il se trouva que je ne l'appelai jamais autrement. Elle était calme et réservée, telle une vieille horloge de parquet. Une maladie la cloua au lit, puis elle dut partir vivre au Kløverhagen et fut enterrée quand j'avais douze ans.

Mais parfois, elle parlait ouvertement de maman. Elle racontait que sa famille avait été exterminée pendant la guerre. C'était pourquoi il n'y avait jamais eu de discussion sur qui m'adopterait, c'était pourquoi nous n'avions pas de visite de la famille française à attendre. Quand elle parlait de maman, elle allait vite en besogne, mais cela ne me faisait pas réagir. Car ma famille paternelle aussi se résumait à un ou deux cousins issus de germains. Nous ne partions jamais pour de longues virées, nous nous contentions d'aller à un enterrement çà et là, d'où nous repartions avant le café.

Pourtant, m'étonnais-je, même si la famille de maman n'était plus là, ceux qui étaient autour d'elle n'avaient tout de même pas pu *tous* disparaître ?

Je me faisais ces réflexions quand les vieux faisaient la sieste chacun sur son canapé et que j'ouvrais l'atlas pour étudier la France. Je me disais que *quelque part* devait exister quelqu'un qui aurait des souvenirs de maman. Elle avait vécu près de vingt-sept ans. Je trouvai Authuille. Je lus les articles sur la Première Guerre mondiale de l'encyclopédie de grand-père. Je m'inventai un village et une guerre.

De temps à autre, nous allions au cimetière. L'odeur de goudron de l'église en bois debout me suivait jusqu'à la pierre tombale en granit bleu de Saksum. *Walter Hirifjell. Nicole Daireaux.* Père né en 1944, mère née en 1945. Décédés le 23 septembre 1971.

Mais je tournais les talons avant de poser le pied trop près de leur tombe. Quand je me demandais comment mes parents s'étaient rencontrés, je réfrénais ma curiosité. Je ne voulais pas laisser mes pensées prendre forme devant moi. Ce que tu n'as pas eu ne peut pas te manquer, me disais-je à moi-même. J'avais peut-être en moi une force de la nature. La terre nue ne devait pas rester découverte. Toute terre noire était une plaie. Elle attirait les mauvaises herbes qui y poussaient et la recouvraient.

Pourtant, dans le petit chalet, mes parents sortaient parfois des ombres. Un jour, j'avais trouvé un vinyle de comptines françaises, je l'avais mis sur la platine et maman était apparue une seconde.

Je connaissais toutes les chansons. J'avais chanté *Frère Jacques* à la place de *Fader Jakob*. Et j'avais une idée de ce que signifiaient les paroles d'*Au clair de la lune* et d'*Ah, vous dirai-je maman*. Cette langue affairée m'était facile, et je me rendis compte que j'avais dû la parler petit. Maman avait chanté avec moi. Nos voix avaient rempli cette maison.

Ma langue maternelle, c'était le français, pas le norvégien.

Au collège, j'avais eu le choix entre allemand et français. C'était la première fois que j'avais l'impression de devoir choisir entre mes parents et grand-père. Je lui cachai que j'avais pris le français. La langue de maman se ranima en moi, si vite que la prof se demandait si je me moquais d'elle.

Plus tard, je trouvai d'autres vestiges d'eux, dans un énorme carton remisé au grenier. Une trousse de maquillage, un rasoir, une montre. L'assemblage précipité des objets m'indiquait que le rangement avait été une opération douloureuse.

Tout au fond se trouvait un livre. *L'Étranger* d'Albert Camus. Je le feuilletai en partant de la fin, j'étudiai les phrases, je me représentai maman lisant. Puis j'eus un coup au cœur, auquel succéda l'expectative. Comme un poisson en surface, hors de portée de ma ligne. Sur la première page vierge, au stylo-bille bleu, était inscrit *Thérèse Maurel, Reims*. Elles avaient dû être amies. Un jour, leurs mains avaient tenu ce livre, en même temps ou presque.

Je n'étais plus la seule preuve que maman avait existé.

À cette époque, je projetais de me rendre sur le lieu où mes parents étaient morts. Pour voir si cela pouvait réveiller quelque chose en moi. Car il existait un témoin de premier ordre des événements. Moi. Ils devaient se trouver quelque part dans ma mémoire, comme l'émulsion d'un film ayant été en contact avec la lumière.

Parfois, le besoin de partir me taraudait. Mais le monde s'arrêtait au bout du quartier de Søre Ål à Lillehammer. Au sud du garage de Helge Menkerud, tout était inconnu, il me manquait l'expérience du voyage et il me manquait une explication à fournir à grand-père ; son regard serait blessé : ne me suffisait-il donc pas, n'avait-il pas fait tout ce qu'il pouvait ?

Gamin, c'était moi qui avais eu besoin de grand-père, tout comme la ferme. Puis j'avais grandi et assumé ma part du travail à Hirifjell, et bientôt, ce fut de moi que la ferme et les moutons eurent besoin. Plus j'attendais, plus il vieillissait, et quand j'eus environ vingt ans, ces besoins s'entrecroisèrent, si bien qu'il me fut aussi difficile de partir que de rester, et dorénavant, tout se figea sur le sentier que je suivais, un sentier de plus en plus creusé et familier.

ÇA PARTAIT AU LYNOL. La croix gammée se dilua et disparut dans mon chiffon. Une bouillasse rose qui ressemblait à un truc contagieux. La tête me tournait, mais j'imbibai encore un chiffon. J'ôtai un grain de sable de la carrosserie et frottai plus fort. Plus lourdes que l'air, les vapeurs s'accumulèrent dans mes poumons. Je lâchai le chiffon et m'élançai sous la pluie. Je restai à observer l'Étoile sous la passerelle de la grange. Le dessin de la croix gammée se voyait encore.

Retrouvant la puanteur du Lynol, je frottai et frottai encore. Puis je traversai la cour dans un état de semi-vertige, gravis le perron en pierre et entrai dans la maison en rondins.

— J'ai pu la faire partir, criai-je.

Pas de réponse.

Le coucou indiquait quatre heures et demie. De l'odeur de tabac, je déduisis qu'il était passé par le vestibule. Je montai l'escalier, m'arrêtai à mi-chemin. Ses pas résonnaient au second. C'était quoi, cette lubie ? Nous ne nous servions jamais des pièces du haut, elles étaient froides et poussiéreuses. Je restai devant la carte de nos parcelles forestières.

— Je vais faire un tour au bourg, annonçai-je, comme si je m'adressais à l'escalier.

Ses pas s'interrompirent. Puis il se remit à traîner les pieds.

Le centre était désert. Ce n'était pas une nouveauté : aux heures apathiques entre la fermeture de l'épicerie et le dîner, personne ne sortait. Rien d'autre que les voitures en transit qui se traînaient à cinquante à l'heure. Les gens regardaient par la vitre en se félicitant de ne pas avoir à vivre à Saksum.

Mais ils ne savaient pas ce que nous possédions.

Car ici, il y avait de la place pour nous. De la place pour moi, pour Carl Brænd, le *freak* de l'électronique qui, à l'âge de cinquante-cinq ans, habitait toujours chez sa mère, construisait des amplis de génie et roulait jusqu'au kiosque à hot-dogs à dix heures moins cinq pour avoir les saucisses livides à moitié prix de l'heure de la fermeture.

Ici, nos tares étaient visibles. Nous en avions connaissance, nous nous en servions pour nous maltraiter les uns les autres, mais les ragots nous soudaient. En chacun de nous il y avait un trou et nous le recherchions chez les impeccables, parce que c'était par là que le village passait son fil.

Je fis le tour du centre avant de redescendre au niveau du bâtiment de l'Armée du Salut. Je ne vis que mon ancienne mobylette devant la station Norol et deux gosses qui remontaient en hâte du terrain de foot.

Je poursuivis vers le Laugen, baissai ma vitre en dépassant le collège, sentis l'air fraîchir.

J'entendis la rumeur. Je vis l'eau. Dans la boîte à gants, je trouvai la cassette de Dylan qui me restait de Hanne. *Knocked out Loaded*. Elle nous avait déçus tous les deux, à part "Brownsville Girl". Je la mis quand même. Hanne était à Saksum et, quand la chanson vint, il ne me resta plus qu'à admettre que c'était Hanne que je cherchais en voiture. Deux jours plus tôt, je l'avais vue devant le magasin de confection. En blouson en daim marron clair. Une antilope, avec ses cheveux châtains et ses longues jambes.

Sa vivacité, si caractéristique. Elle m'avait peut-être vu la première : d'un bond, elle s'était glissée dans le magasin, où je ne pouvais pas la suivre parce que j'étais en vêtements de travail crottés. Une seconde nous nous étions regardés. Pas la suivante.

Hanne était une de ces filles adultes dès la naissance. À quatorze ans, elle empruntait en douce la mobylette de son frère pour monter me voir, elle restait à la boîte aux lettres à faire des appels de phares. Comme un contrebandier sur la côte, la nuit, à un navire lourdement chargé.

Bien avant l'âge légal, nous nous étions retrouvés au lit, mais le temps passant, Hanne avait fini par me donner le sentiment de vouloir me *sauver*. J'étais le chien trempé qu'elle faisait entrer chez elle. Elle répétait en boucle cette expression que je méprisais, "études supérieures", ce parcours obligé qui faisait passer par Oslo, Bergen ou Ås[1], comme si nous étions tous obligés d'amasser quelque chose et de le rapporter au bourg pour prévenir sa chute. Je ne voulais pas me faire remplir de savoir comme on remplit un thermos de café. Telles que je voyais les choses, je n'avais aucune obligation. À part me rendre en France. Mais quand je l'avais dit à Hanne, elle m'avait opposé un "pourquoi".

— Laisse filer. Tu en es revenu indemne. Tu ne trouveras que des vieilles traces qui te tourmenteront. Qu'est-ce que *toi* tu peux découvrir, presque vingt ans plus tard, que des enquêteurs professionnels n'ont pas pu trouver à l'époque?

Ça m'agaçait. Son choix de mots. "Enquêteurs professionnels." Comme si elle lisait un livre à voix haute. Elle me barrait la route d'une jolie clôture à claire-voie; pourtant, je ne partis

1. À Ås se trouve l'École supérieure d'agronomie. *(Toutes les notes sont de la traductrice.)*

pas en France quand nous rompîmes. Je me contentai de démarrer le tracteur et de retourner dans le champ.

Les années avaient passé, mais son numéro de téléphone restait vivant dans mes doigts. Le 84 pour Saksum et ses chiffres qui descendaient en biais sur le clavier. Ce soir, on lui en parlerait à un apéro. Quelqu'un qui décapsulerait une Ringnes en parlant ouvertement de moi. Les filles serrées sur le canapé, parfumées, légèrement ivres, regards en coin vers Hanne à la mention de mon nom, celui qui s'est ridiculisé dans le centre, que pensons-nous de lui, quelqu'un veut-il prendre sa défense, quelqu'un *peut*-il prendre sa défense ?

Voilà qu'arrivait la Taunus d'Yngve. Il me fit un appel de phares et nous nous garâmes tête-bêche devant la caserne des pompiers. Je baissai ma vitre et me pris à regarder autour de moi : oui, j'*espérais* qu'on me verrait avec le fils du pharmacien. Celui qui était sorti du lycée avec tant de six[1] que les gens l'appelaient Maxi Yams. Alors que moi j'étais allé au collège et je m'en étais tenu là.

— Le Laugen baisse, observa-t-il.

J'avais toujours aimé être ainsi, sur le coup des cinq heures le samedi, voiture contre voiture. L'arrière surélevé d'une Commodore GS/E bleue, un pare-chocs 20M que deux tubes d'Autosol avaient laissé rutilant. Tant qu'il y avait des gens que je connaissais dans le bourg, cinq heures du soir était une heure belle et creuse. Une heure qui ne faisait pas la distinction entre ceux qui travaillaient et ceux qui étudiaient, une heure où la seule différence entre nous était que lui fumait des Marlboro et moi des roulées. Yngve était sorti avec une fille canon de Fåvang qui s'appelait Sigrun, mais il l'avait quittée parce qu'elle était "trop chiante".

— Sigrun était pas chiante, protestai-je.

— D'accord, mais c'est comme ça, répondit-il.

Nous restâmes un moment sans rien dire.

— C'est juste que c'est un peu bizarre, repris-je. Comme ne pas aimer Bruce Springsteen.

1. Six sur six est la meilleure note que l'on puisse obtenir au lycée en Norvège.

— J'aime pas Bruce Springsteen.

Nous discutâmes de la question de savoir s'il valait mieux rester à l'embouchure en lançant à la mouche et au flotteur, ou nous harnacher pour une plus grosse sortie de pêche à la traîne en bateau. Je ne lui demandai pas s'il avait une soirée après. C'était probablement le cas. Yngve était du genre qui pouvait arriver en retard et attrouper les gens autour de lui.

— À sept heures, alors, dis-je en jetant un œil sur le tableau de bord. Je vais juste manger un morceau.

Mais il ne remonta pas sa vitre.

— J'ai entendu dire qu'il y avait eu des histoires, fit-il en désignant le bureau de poste du menton.

— Des histoires? Ç'a été le merdier complet, oui.

Il baissa les yeux sur sa portière et tapa la cendre de sa cigarette.

— Que disent les ragots? demandai-je.

— Juste qu'il a graffité et que tu t'es fâché.

— Pff. Le vilain petit-fils Hirifjell a cogné le pauvre Janikken, c'est ça qu'ils disent.

— Tu ne l'as pas cogné.

— Comment tu le sais?

— La rumeur dit que tu ne l'as *pas* cogné. Que tu t'es arrêté en voyant que c'était lui. Que tu l'as épousseté et que tu l'as laissé partir. C'est ce que les gens disent.

J'aspirai une dernière bouffée et lâchai ma cigarette entre les deux voitures.

— Les gens le savent, rappela Yngve. Ils savent comment il est. Qu'il vit à l'institut. Qu'il a des idées comme ça.

— On se retrouve au bas-fond, alors, conclus-je. Et on pêchera à la traîne.

L'eau bouillait à gros bouillons. J'ôtai la casserole du feu, y jetai une poignée de sel et sortis des Pimpernell de taille uniforme. Quelques-unes de plus pour le petit-déjeuner du lendemain. Toujours des pommes de terre sautées avec un assaisonnement pour grillades, du lard et trois œufs chacun. Avec ça, nous pouvions travailler jusqu'à la livraison du journal, même s'il était en retard.

Allongé sur le divan, grand-père ronflait, les pieds sur un *Lillehammer Tilskuer* jauni. Sa baïonnette de l'armée russe posée sur la table. Un cigarillo éteint dans le cendrier en cristal. Il avait dû s'endormir avant de l'avoir fumé entièrement.

Je pris le plaid sur le fauteuil de télé et l'en recouvris. Je jetai un œil dans le pilulier pour voir s'il avait pris ses médicaments. Puis je sortis des escalopes de veau panées du frigo, j'allai cueillir des pois mange-tout et une salade dans le jardin, je fis blanchir les pois et je les couvris. Je criai en direction du salon que c'était prêt. Il ne se réveilla pas. Ça me convenait. De toute façon, sa langue n'allait pas se délier. Je pris mon repas, me levai avant d'avoir fini de mastiquer et claquai la porte d'entrée en partant pour qu'il se lève.

JE ME RÉVEILLAI AVEC LE LEICA sur les genoux. La clarté du matin approchait. J'étais de l'autre côté du soleil.

C'était mon heure. L'heure du Leica.

Je sortis. L'herbe avait une odeur brute d'après-pluie. Une corneille s'envola avec des viscères de poisson que j'avais balancés dans les orties la veille. Quatre heures durant, nous avions pêché à la traîne sur le Laugen, tout contre la montagne haute et noire, là où étaient les truites, avant d'aller dans les courants, où l'ombre pouvait soudain tirer sur la mouche. Nous avions rigolé, bu du Coca, fumé et bavardé dans les gaz d'échappement bleus de l'Evinrude, conversation qui se taisait quand les lignes se tendaient sur nos doigts gourds. Rentré chez moi, je m'étais brossé les ongles sous le robinet jusqu'à en avoir des fourmis dans les mains, puis je m'étais assis avec le Leica et endormi.

Je me dirigeai à présent vers les champs de pommes de terre. En contrebas, la ferme se dessinait dans la brume. La lanterne extérieure de la maison en rondins brillait, j'observai la bergerie et les remises à outils. Puis je continuai mon chemin, vers les bouleaux flammés.

Dans mon enfance, j'avais eu peur d'y monter. Au printemps, il en provenait des claquements, comme des coups de fusil. Entendant les mêmes bruits, grand-père s'était redressé et avait regardé la forêt.

— Ce sont les fers de mon frère qui pètent, expliqua-t-il avant de se pencher de nouveau sur ce qu'il était en train de faire.

Jamais auparavant je ne l'avais entendu prononcer le mot *frère*. Plus tard, je découvris qu'il s'appelait Einar, et qu'ils étaient fâchés. Ils n'avaient pas été du même bord pendant la guerre. Grand-père était parti sur le front de l'Est et Einar aux Shetland. Je ne savais pas grand-chose de plus, rien que des détails évoqués par Alma, comme son commentaire quand la table du salon avait été rayée. "C'était juste une table fabriquée par Einar", les mots tels qu'ils lui étaient venus. Et quand je l'avais interrogée, Alma m'avait expliqué qu'il était ébéniste, qu'il avait travaillé à Paris dans les années 1930 et été tué en 1944.

Einar avait laissé derrière lui un atelier de menuiserie. Situé légèrement à l'écart, c'était une cabane toute en longueur, dont la peinture rouge s'écaillait. L'intérieur des fenêtres était couvert de poussière et c'était le seul bâtiment où les mauvaises herbes poussaient librement autour des fondations. À l'époque, quand tout cela était nouveau pour moi, je n'avais pas posé de questions à propos d'Einar, je m'étais contenté d'interroger grand-père sur les *fers*.

— Mon frère cerclait les arbres. Maintenant, les bandes de fer sont rouillées. À cette saison, la sève monte. Les arbres poussent. Et ces claquements que tu entends, ce sont les bouleaux qui se libèrent.

La raison pour laquelle Einar avait voulu torturer ces arbres dépassait mon entendement.

— Tiens-toi à l'écart de cette forêt, m'enjoignit grand-père. Il pourrait y avoir des éclats de fer qui fusent. Et s'il est une chose que tu ne veux pas voir, c'est un éclat de fer qui fuse.

Puis il eut ce regard qu'il n'avait que rarement, qui me perturbait, me vidait de toute compassion, et dont je comprenais qu'il trouvait sa source dans le passé. Mais souvent il regrettait de m'avoir regardé ainsi et prenait une expression étrangère, douce, un peu hésitante, sur quoi il lui arrivait de redescendre brusquement de son tracteur pour me demander ce que je voulais pour le dîner.

Je déclarai me féliciter de ce que les arbres ne puissent pas crier quand ils souffraient, parce que je n'aurais jamais pu dormir, avec mes fenêtres qui donnaient sur toute une forêt de lamentations. Mais je le disais uniquement pour que grand-père soit content de moi. Je ne m'enquis même pas de savoir pourquoi Einar avait vissé des anneaux autour des arbres.

Puis je lus le *C'est arrivé cette année* de 1971, et pendant les longues heures où je fus en colère sans comprendre pourquoi, je formai une sorte d'alliance avec cet Einar qui avait été brouillé avec grand-père. Après le premier orage, à la saison où la sève commençait à monter, je restais couché à attendre les claquements de la forêt de bouleaux. Et une nuit, je voulus comme voir Einar. Je me glissai hors de mon lit, passai à pas de loup devant la chambre de grand-père et enfilai des vêtements que j'avais cachés en bas dans l'entrée. Je m'élançai vers la forêt tout en jetant des regards derrière moi pour m'assurer que la fenêtre ne s'allumait pas.

Le sol était froid et humide de pluie. La grosse lune dessinait des ombres longues quand je marchais. En hauteur j'entrevis un feuillage vert qui rompait avec les sapins de la forêt environnante. Je m'approchai et je m'accroupis. Le sous-bois dense était badigeonné de rosée.

Puis j'arrivai entre les troncs de bouleaux. Il avait vissé des feuillards autour de tous les arbres. Des anneaux de fer plats, rouillés, qui appuyaient sur l'écorce blanche, tandis qu'un océan de feuilles vertes bruissaient dans les hautes couronnes. La parcelle était grande, avec sûrement une centaine de bouleaux cerclés. Cinq ou six feuillards par arbre, à différentes hauteurs. Il avait dû monter sur une échelle pour les fixer. Les anneaux étaient censés être ajustés au fil de la croissance des arbres, car ils étaient munis de longues vis de serrage terminées par d'énormes écrous à ailettes. Mais Einar avait été abattu en 1944 et il n'était jamais revenu les desserrer. La plupart avaient rouillé, cassé, et pendaient mollement des troncs, certains pénétraient dans l'arbre, d'autres étaient tombés et se dressaient du sol forestier.

Pourquoi avait-il torturé ces arbres? Cette nuit-là, je restai longtemps parmi les troncs blancs, qui ressemblaient à une infinité de mâts de pavoisement, tentant de cultiver du ressentiment envers un homme qui était mort, ressentiment que je ne tardai pas à rejeter quand je compris que je ne faisais qu'imiter grand-père.

Il y eut un claquement derrière moi. Je pris mes jambes à mon cou et détalai vers la ferme, sur le sentier que j'avais tracé en venant. Une fois sous la couette, haletant sans relâche, je dus faire une chose que je n'avais pas faite depuis des années : je m'insinuai dans la chambre de grand-père et me couchai dans sa penderie, les yeux sur les chemises et pantalons pendus aux cintres.

J'avais peur, vraiment. Le claquement dans la forêt avait éveillé quelque chose en moi, une terreur pénétrante et une réminiscence de quelque chose qui évoluait dans les profondeurs. J'avais l'impression d'entendre des voix au loin. Et, au milieu de tout ce flou, de tout ce danger, le souvenir d'un jouet, un chien, si net que je me demandai si c'était une chimère. Il était en bois, avait des oreilles pendantes et pouvait hocher la tête et remuer la queue.

Mais mon souvenir était-il exact ou n'était-il qu'un vœu que je caressais ? Je n'avais jamais eu de chien en bois. Peut-être avait-il appartenu à des gens auxquels nous avions rendu visite, si bien que j'avais confondu les souvenirs. Car *nous* aussi, nous avions bien dû aller ailleurs. Chez des gens. Être normaux avant de mourir.

Le lendemain, j'interrogeai mon prof de travail du bois. Il épousseta la sciure de son tablier en cuir et déclara : "Les bouleaux flammés ? C'est le plus beau matériau d'ébénisterie dont on dispose dans ce pays. Ça vient d'arbres blessés. La madrure se crée quand l'arbre s'autosoigne."

Il employa ce terme. "S'autosoigne."

Jamais je n'avais entendu mon prof s'exprimer de la sorte. En général, il ne parlait que de l'importance d'être économe avec les matériaux et d'être encore plus précis dans nos mesures. Il disparut dans un réduit et en revint avec une petite porte de buffet aux chatoiements dorés. Le motif s'enroulait et créait des jeux d'ombre et des facettes noires sur le bois lumineux jaune d'ambre.

— Ce que tu vois, c'est une cicatrice, expliqua-t-il. L'arbre doit enfermer la blessure et continuer de pousser. Les cernes du bois trouvent des chemins contournés. Ils s'étirent au-dessus de la plaie. Le motif est imprévisible. C'est seulement en sciant le matériau qu'on peut voir ce que donne l'arbre.

J'étais bon en travail du bois, je savais faire des assemblages sans jour, tailler de petits visages à main levée. "L'ébénisterie est dans les gènes", fit-il pensivement, et je sentis quelque chose me tirailler, un lien qui n'aboutissait pas à Hirifjell, mais ailleurs.

Je retournai sans cesse dans la forêt, sans jamais le dire. Je restais à contempler les arbres d'Einar dans leurs chaînes de prisonniers. Cela devint notre endroit à Einar et moi, et quand je me disputais avec grand-père, j'étais prompt à visualiser son frère. Il descendait du bois de bouleaux flammés pour plaider ma cause. Je restais là-haut à regarder les oiseaux, écouter le bruissement des feuilles. Je m'inventais des explications de ce qui avait pu se passer en France. Ma mère et mon père y étaient en vie. On m'avait échangé contre un autre enfant et placé ici. J'avais une maladie grave, que mes parents n'avaient pas la force de voir en pleine floraison.

Plus tard, j'exterminai mes propres mensonges un à un. Au cours des années suivantes, les claquements s'espacèrent, la plupart des cercles cédaient face aux arbres et se brisaient, et peu à peu mes fausses perceptions disparurent.

Grand-père évitait la parcelle. La chose naturelle aurait été qu'il abatte les arbres pour en faire du bois de chauffe, qu'il garde la forêt bien entretenue, mais il n'en approchait jamais, et il me fit comprendre qu'il n'aimait pas non plus l'idée que *moi* j'y monte avec la scie.

Mais il se produisit un jour un événement que je ne pus m'expliquer que plusieurs années plus tard. La veille de mes dix ans, réveillé par du vacarme, je m'étais levé et dirigé vers le couloir. En bas, j'entendais grand-père, il était en colère, et il déclara quelque chose que je n'entendis pas précisément, mais qui devait être "je ne veux pas qu'on m'importune avec ça" ou "qu'on ne l'importune donc pas avec ça". Le reste se résumait à une sortie haineuse, puis je l'entendis dans l'escalier et regagnai ma chambre en toute hâte.

De ma fenêtre, je vis une voiture inconnue, j'entendis le grondement du moteur et des voix. Puis le véhicule repartit, ses feux arrière dessinant une traîne de lignes rouges, comme quand on prend une photo de nuit avec un temps d'exposition long.

Le matin, grand-père déclara que des vagabonds étaient venus à la porte, des gens réclamant une aide proprement déraisonnable en pleine nuit. Sur la table de cuisine se trouvaient un gâteau à la crème et deux jours de victuailles. La célébration de mon anniversaire à l'alpage était censée être une surprise.

Mais quand nous y montâmes, j'eus le sentiment que grand-père et Alma craignaient de faire un lapsus et la nuit je rêvai que j'étais au milieu d'un cercle de gens qui s'esclaffaient à propos d'une chose inscrite dans mon dos, mais je n'arrivais pas à tourner mon blouson pour voir ce que c'était.

Deux jours plus tard, je montai à la forêt comme d'habitude. Mais en arrivant entre les bouleaux, je sentis que les lieux étaient troublés, presque hantés. Puis je vis les souches. Quatre arbres avaient été abattus et ébranchés. La sciure était jaune et fraîche, les coupes saignaient leur sève et les mouches bourdonnaient autour.

Je m'agenouillai et fis s'écouler la sciure entre mes mains. Ronde, d'un grain grossier, c'était l'œuvre d'une scie à archet à grosse denture. Les rameaux restants dessinaient des silhouettes de troncs et je déduisis de la distance entre les tas de sciure que les arbres avaient été débités en tronçons de deux mètres. Dans l'herbe, je voyais leurs traces, on les avait traînés jusqu'à une pente puis fait rouler vers la départementale. Il ne s'agissait pas d'un abattage sauvage pour faire du bois de chauffe, car d'autres arbres étaient situés plus près de la route. La personne qui était venue savait ce qu'elle cherchait.

Voilà que j'y étais de nouveau, avec mon Leica à la main, cette fois, parmi les hautes colonnes blanches que formaient ces bouleaux aux anneaux de rouille. Certains s'étaient libérés de leur joug depuis ma dernière visite, d'autres avaient abandonné la lutte et laissé les cercles s'incruster. Je changeai de position, étudiai la direction dans laquelle tombaient les ombres, cherchai mon motif du regard.

Le soleil arriva. Je m'allongeai sur le dos et regardai vers le haut. À travers le grand-angle, je voyais les troncs s'étirer jusqu'au ciel. Ç'allait être bien. Ce que je *voyais* était identique à ce que je souhaitais voir. Le feuillage, la couche nuageuse, les troncs et l'élément étranger, le fer, ce qui allait faire de cette image une *photographie* et pas un simple instantané.

L'obturateur émit ce bref chuchotement de Leica qui capture quelque chose qui *est* pour le transformer en quelque chose qui *a été*.

Je me levai, appuyai mon doigt contre un cercle de fer qui avait éclaté. J'aspirai la goutte de sang qui apparut sur mon index et redescendis à Hirifjell. Il n'était pas à la table de la cuisine. Ce fut la première chose que je vis.

Car grand-père devait être assis *là*, en pull de travail bleu marine, avec des œufs au plat sur la cuisinière, deux tasses de café sur la table, levant les yeux du *Lillehammer Tilskuer* de la veille. Il devait être assis *là*, aussi solide que les murs de rondins derrière lui, et replier le journal quand j'entrais.

Mais le couvert du dîner n'était pas desservi. L'eau du pichet était grise de bulles d'air. Les pois dans le bol fripés. Les escalopes viennoises dans la poêle desséchées.

J'avançai lentement jusqu'au salon.

Il était couché sous le même plaid, les pieds sur le journal. Je m'arrêtai au milieu de la pièce en me disant : "C'est maintenant que ça commence."

Car grand-père était couché sur le divan, et il ne dormait pas.

2

JE L'AVAIS PLUS OU MOINS CRU MORT ET ENTERRÉ. À tout le moins hors d'état de conduire. Mais c'était bien lui, Magnus Thallaug, l'ancien pasteur. Dans sa Rover bleu foncé mat dont je me souvenais de quand j'avais fait ma préparation à la confirmation. La voiture sinua après la barrière et trembla sur le passage canadien.

J'enfonçai les pans de ma chemise dans mon pantalon, me passai la main dans les cheveux.

Les yeux plissés derrière le pare-brise crasseux, le pasteur gardait les deux mains sur le volant. La Rover s'arrêta au milieu de la cour, à l'endroit où s'était trouvé le corbillard. La portière s'ouvrit, le pasteur sonda le sol avec sa canne, y posa un pied grêle. D'une pâleur de lait, sa peau luisait entre ses chaussettes et son pantalon de costume élimé. Il se hissa hors de la voiture et regarda autour de lui.

— Il faut que tu manges, Edvard, conclut-il quand ses yeux s'arrêtèrent sur moi après s'être posés tour à tour sur le grenier sur pilotis et sur la bergerie, et les avoir apparemment trouvés en bon état. Sans quoi, il n'y aura plus d'exploitant à Hirifjell.

Je lui serrai la main d'un geste hésitant. Sa peau paraissait faire deux tailles de trop. Une odeur de vieille voiture chaude s'échappa lorsqu'il ouvrit la portière arrière. Une bible fatiguée aux pages détachées était posée sur le siège en cuir craquelé.

— L'Épître aux Éphésiens, marmonna-t-il en fourrant les feuilles volantes à leur place. C'est comme ça depuis mon homélie du Nouvel An de 1956, quand les Écritures sont tombées aux pieds de Reidun Ellingsen. Elle somnolait au premier rang. Depuis, elle est croyante.

— Ça valait sans doute mieux pour elle, dis-je.

— Absolument. Écoute, Edvard. Il se trouve que j'ai un job d'été. Parce que les pasteurs que la faculté de théologie produit de nos jours ont droit à des vacances.

Il passa la bible dans son autre main.

— À l'époque, je travaillais toute l'année. Pour des paysans montagnards mécréants et des bancs vides, certes, mais j'étais présent.

— Bien sûr, fis-je, en sachant que je relevais des deux listes.

— Voilà que je vais célébrer les funérailles de Sverre Hirifjell.

Je regardai fixement les terres.

— Écoute. Je sais que tu es déboussolé. Mais pour organiser la mise en terre de ton grand-père, il faut que nous soyons *assis*. Et puis, comme je le disais, il faut que tu te sustentes.

— Alors faisons ce qu'il faut faire, répondis-je.

Dit ainsi, cela paraissait si simple. Mais ça ne l'avait pas été plus tôt dans la journée. J'étais resté un moment à regarder fixement la scène, tandis que l'horloge murale égrenait les secondes. À observer grand-père, la baïonnette dans son fourreau sur la table, la photo au-dessus du divan, une vue aérienne de notre ferme, qui était devenue ma ferme.

Puis j'avais fait une chose qui m'avait surpris. J'avais pris mon Leica et, les mains tremblantes, photographié grand-père dans la mort.

Là où il reposait.

Tel qu'il était.

Ses commissures étirées en une pose jamais vue de son vivant. Ses yeux secs. Lui, mais pas lui. Comme une statue de lui-même et de sa vie.

Je téléphonai ensuite aux autorités et à l'agence de pompes funèbres Landstad avant de redescendre, restant avec mon Leica sans bouger, en me disant que là-dedans, dans l'appareil photo, il était moins mort.

Je m'aperçus alors que l'amplificateur Grundig était allumé. Sur la platine se trouvait le premier acte de *Parsifal* de Wagner.

Il m'avait toujours regardé bizarrement quand je lui demandais de le mettre. Je soulevai la tête de lecture jusqu'au premier sillon du disque et la musique se mit à planer, je restai debout, il resta couché, jusqu'à ce que je sente qu'il y avait du monde autour de nous.

J'allai dans le vestibule et je les entendis parler. On aurait dit que le *lensmann*[1] le disputait au médecin en expertise. Ils évoquèrent l'attaque cérébrale, puis une ou deux heures s'écoulèrent sans que je sache s'il y avait des gens dans la maison ou s'ils étaient repartis, et Rannveig Landstad et son fils se trouvèrent là. La famille Landstad dirigeait les pompes funèbres de Saksum depuis trois générations, et comme le fils mesurait un mètre soixante et devait prendre la relève, on le surnommait Mini-pelle. Je l'avais moi-même appelé ainsi à des soirées, mais aujourd'hui, alors que sa mission me concernait moi, ce sobriquet me paraissait facile et pathétique.

Ils se contentèrent de l'emporter. Vêtu des habits dans lesquels il était mort. Ils le mirent sur une civière et descendirent les marches de pierre, entrèrent dans le corbillard. Je trouvais qu'ils allaient trop vite en besogne. Nous étions à Saksum, il n'y avait aucun risque de voir une autre agence débarquer en se targuant de travailler mieux pour moins cher.

Puis ils revinrent dans la maison en parlant de "soutien" et "des moments difficiles", et ils ne se pressèrent pas pour repartir, attendant que je sois à peu près revenu à moi.

— Comment procède-t-on ensuite? m'enquis-je.

— Eh bien, le cercueil est déjà prêt, déclara Landstad junior, comme désireux de montrer sa position, mais Rannveig planta ses yeux dans les siens et il se tut.

— Descendez quand vous en aurez la force, fit-elle. Et on verra à ce moment-là.

Je regardai le divan où il n'y avait pas de grand-père.

— Savait-il qu'il allait bientôt mourir? demandai-je.

Elle fronça les sourcils.

— Vu qu'il avait choisi un cercueil? précisai-je.

Rannveig Landstad allait dire quelque chose. Elle échangea un regard avec son fils et, pendant un fragment de seconde, je crus voir qu'elle était agacée. Puis elle secoua la tête.

---

1. Agent chargé de fonctions de police et d'administration dans les communes rurales.

— Venez quand ça vous conviendra, dit-elle. Chaque chose en son temps.

Je laissai courir. Ils sortirent et allumèrent la croix sur leur toit.

— Attendez! criai-je.

Je courus dans le salon chercher la baïonnette de l'armée russe, puis j'ouvris la portière arrière et me faufilai jusqu'à lui. La lumière qui filtrait à travers les rideaux jaune pâle lui donnait un teint plus sain, on aurait dit qu'il était en train de me revenir. J'ouvris la boucle de sa ceinture et glissai le fourreau de la baïonnette sur la sangle.

— Tu ne seras jamais devenu si vieux qu'il te faille de l'aide pour t'habiller, dis-je doucement en remettant la boucle dans le sillon foncé de cuir usé et je songeai que, cette fois, grand-père allait enfin pouvoir descendre au village sans que quiconque fronce le nez parce qu'il avait un couteau sur lui. Puis je chuchotai "bonne nuit, grand-père" si bas que je ne l'entendis pas moi-même.

TOUT CELA BOUILLONNAIT en moi, et j'étais probablement plus déboussolé que je ne le comprenais, car l'ancien pasteur me prit par l'épaule et me demanda bien haut : "Bon, dis-moi : là ou là?" en brandissant sa bible, d'abord en direction de la maison en rondins, puis du petit chalet.

Ce fut la maison en rondins. Il alla droit à la cuisine.

— Tout semble être comme avant, ici, observa-t-il en contemplant l'armoire d'angle avec le lagopède empaillé, la porte bleue du garde-manger, le fourneau à bois.

Il tira un tabouret et s'assit en bout de table. Il était probablement rompu à l'exercice. Ne pas prendre ce qui pouvait être la place du défunt.

— Je n'ai pas eu le temps de débarrasser.

J'entrepris de le faire.

— Non, attends, fit-il en plaçant sa canne sur mon poignet. Cette assiette-là, c'était pour Sverre?

Nous ne mettons pas de couvert pour le chat, songeai-je.

— Tu lui as préparé un dîner hier? Qu'il n'a pas pu manger?

— Ben, je lui faisais à dîner tous les jours. Je nous faisais à dîner à tous les deux.

— Dis, Edvard. J'ai cru comprendre que c'était une attaque cérébrale. Ce, comment dire, cet *incident* dans le centre, hier. De la croix gammée. Le *lensmann* était-il au courant ?

— Le *lensmann* de Saksum est au courant de tout, répondis-je.

— Et ? C'est lié ?

— Janikken ne sait pas ce qu'il fait. Rejeter la faute sur lui ne sert à rien. Ce n'est pas la première fois qu'on le persécutait avec une croix gammée.

— Hmm… Assieds-toi donc et mange, Edvard. Prends son assiette. Ne laisse pas l'œuvre du créateur se gâter. Surtout pas le dernier repas que Sverre Hirifjell n'a pas pu manger.

Je réchauffai les escalopes de veau panées de grand-père et fis du café. Le pasteur sortit un mouchoir à fines rayures violettes, se moucha.

— Il faudra quelques mesures de musique quand les gens entreront. Mais l'organiste a besoin d'un peu de direction. Il est frais émoulu du conservatoire et n'a pas perçu qu'il faut un peu de *panache* dans un enterrement.

Thallaug prit sa canne et claudiqua jusqu'au salon, vers le meuble des disques. Il chaussa ses lunettes et rechercha les pochettes les plus fatiguées.

— Les *Sonates en trio* de Bach, conclut-il, recroquevillé sur lui-même, pendant que les gens s'installent. Ensuite, quelque chose qui fuse.

Il prit un disque et glissa son doigt sur les titres d'œuvres :

— Buxtehude, peut-être. Nous ne pouvons pas nous attendre à une grande affluence, donc autant choisir quelque chose qui soit totalement dans l'esprit de Sverre.

Il n'a manifestement pas songé que moi aussi j'y serais, me dis-je. Que je vais devoir supporter la musique.

— Et la *Musique funèbre maçonnique* ? proposai-je. C'est bien, ça.

— Mozart ? fit-il dans le salon.

— Oui. Peut-on la prendre même s'il n'était pas franc-maçon ?

— Et comment. Bien, nous progressons.

— Sverre s'y connaissait en musique, remarqua le pasteur tandis que je mastiquais les escalopes croûteuses. Oh, toutes ces années de concerts d'orgue ratés à l'église de Saksum! Pas âme qui vive ou presque. On aurait pu mettre Peter Hurford à l'affiche, personne n'aurait su qui c'était. Mais ton grand-père répondait toujours présent. Toujours à la place avec la meilleure acoustique. Quatrième rang, près de la nef centrale. On ne le voyait jamais à l'église par ailleurs. Finalement, il était tout aussi artiste que son frère. Mais… enfin. Un beau morceau de musique rapproche davantage de Dieu qu'un pasteur ne pourra jamais le faire. Nous sommes nombreux à parler des cieux, mais rares sont les gens qui peuvent comprendre l'éternité.

J'allai chercher la cafetière.

— Quand êtes-vous arrivé au village? demandai-je. Si je puis me permettre de vous poser la question.

Il ne répondit pas tout de suite. Ses yeux erraient, cherchaient le long des murs en rondins, de l'autre côté de la fenêtre.

— Je suis arrivé en 1927. J'ai servi la paroisse de Saksum pendant cinquante-cinq ans. J'ai marié Sverre et Alma. J'ai baptisé, confirmé et, hélas, enterré ton père. J'ai enterré ta mère avec lui. Je t'ai baptisé, toi, et je t'ai confirmé. Enfin, je suppose que, avec ton grand-père, vous avez laissé reposer l'histoire de tes parents.

Je baissai les yeux sur la table. Il semblait me jauger.

— Il avait envie d'aller pêcher à la traîne hier soir, dis-je. J'aurais dû essayer de le réveiller.

— Edvard. Ne te punis pas toi-même avec des pensées sur ce que tu aurais dû faire autrement le dernier jour. Si tu considères la vie dans son ensemble, nous avons le plus souvent un comportement peu reluisant. Nous sommes aveugles au bien qu'on est prêt à nous faire. Nous tendons une oreille distraite quand quelqu'un nous raconte une chose qu'il redoutait de dire. La mort n'envoie pas de préavis de trois semaines par courrier. Elle vient quand tu es en train de manger des bonbons aux framboises. Quand tu sors faucher l'herbe. Là, elle est venue se servir. Mais tu peux te consoler en te disant qu'il s'écoulera longtemps avant que tu la revoies. C'est pourquoi j'aimerais que, après l'enterrement, nous ayons aussi une conversation au sujet de tes parents.

— De mes parents? De papa et maman?

— Oui. Quand ça te conviendra.

— Je ne me trouve pas assez bien habillé pour les conversations profondes. Mais j'aimerais bien que nous l'ayons tout de suite. Comme ça, la coupe sera pleine.

— Non, dans ce cas, attendons.

— Je ne plaisante pas. Que vouliez-vous me dire?

— Eh bien, combien en sais-tu, au juste?

Il avait des yeux auxquels il était impossible de mentir. Je haussai les épaules.

— La question est surtout de savoir combien tu *veux* en savoir, précisa le pasteur. Proportionnellement, si on veut donner dans les statistiques, tu as vu plus de morts dans ta famille qu'un centenaire moyen. Quand tes parents ont disparu, je n'arrivais pas à comprendre que Dieu puisse être si dur. Ça relevait presque de l'Ancien Testament. Comme un acte de vengeance. Ensuite ces étranges journées où tu avais disparu. Sverre a arrêté son tracteur en plein milieu du champ et est parti directement en France. Il a pris un vol régulier qui coûtait une fortune. Je priais pour toi six fois par jour. Dieu seul savait où tu te trouvais et je me demande encore s'Il est seul à connaître la vérité. Ensuite, on t'a donc retrouvé. Et j'ai vu la lumière divine à l'étalage de légumes de la coopérative. Elle brillait sur un petit garçon et son grand-père. Je te le raconte pour te réconforter, Edvard. Ce qu'il y a, c'est que, *toi*, tu es devenu le sauveur de Sverre Hirifjell.

Il parlait de consolation, mais la tournure que prenaient les choses commençait à me déplaire. On aurait dit qu'il s'adressait au conseil pastoral et parlait de quelqu'un d'autre. Ce mélange de commérage et de prévenance qui a toujours donné aux croyants un prétexte pour fouiner dans les histoires des gens.

Le pasteur se mit à parler de l'après-guerre. De mon père qui n'en pouvait plus d'être à la ferme, parce qu'il reprochait à *son* père son nom de baptême et les railleries dont il avait hérité.

— Walter se prenait des coups dans la cour d'école, parce que son père avait choisi le mauvais côté. À quinze ans, il est parti à Oslo et y a trouvé du travail. Pendant tout l'après-guerre, Sverre et Alma ont erré ici, seuls avec leurs affaires. Ils ne se rendaient jamais dans le centre. À Saksum, on regardait, on crachait et on cancanait, jusque sur le terrain de l'église.

Je compris soudain pourquoi le potager de Hirifjell était si grand. Pourquoi toute l'organisation tendait vers l'autarcie, avec des poulaillers, des porcheries et des clapiers, et des box pour les vaches, les moutons et les chèvres. Pourquoi Alma ne supportait pas de faire les commissions. Pourquoi grand-père achetait toujours cher et de préférence allemand, afin de ne pas avoir à faire de réparations dans le centre. Pendant des années, ils n'étaient même plus abonnés au journal, me raconta Thallaug.

— Je sais que tu as toujours pensé que le village en voulait à Sverre. Mais ça n'a pas toujours été le cas. Tout a changé quand il t'a adopté. Pour la première fois depuis vingt-cinq ans, il a commencé à se montrer dans le centre. Une tête de mule qui s'occupait d'un enfant de trois ans. Quoi que Sverre Hirifjell ait pu faire pendant les années de guerre, la perception que les gens avaient de lui changeait quand ils vous voyaient tous les deux, ensemble. D'un seul coup, les gens se sont rendu compte que Sverre Hirifjell ne leur avait jamais fait de mal directement. Qu'il n'avait jamais dénoncé de résistants de Milorg. Sverre avait été sur le front de l'Est et, par son choix de voiture et de tracteur, il était évident qu'il était germanophile, mais ça n'allait pas plus loin. Ensuite il n'y a eu que quelques épisodes isolés. Un peu de médisance pendant la tonte des moutons, des bricoles, comme cet accrochage quand Jan Børgum a peint la croix gammée sur sa portière de voiture.

Il suivait mes gestes. Il m'observait pendant que je coupais des pommes de terre, me scrutait quand je m'étirais vers la salière. J'avais une bouchée de petits pois sur ma fourchette, mais ma main s'arrêta à mi-parcours et nos regards se croisèrent.

Moi, je n'aurais pas parlé d'*épisodes isolés*. Le fait qu'un Mauser soit caché dans le grenier avait façonné ma vie plus que tout autre chose. Toute ma vie, j'avais défendu grand-père. Ç'avait vraiment commencé au collège. Lors du cours d'histoire où Halvorsen s'était exprimé à son sujet. Enfin, il ne parlait pas de *lui*, mais toute la classe avait compris que chaque mot qu'il prononçait pouvait s'appliquer à mon grand-père.

— Les combattants du front de l'Est, fit Halvorsen, ne savaient peut-être pas ce qu'ils faisaient. Mais ils ont affaibli le gouvernement légitime en se mettant au service des Allemands.

Halvorsen faisait la navette depuis le village voisin, il fut mon prof principal à partir de la cinquième. Dès le premier jour, il avait été si foutrement catégorique. Jamais il ne glissait un *peut-être* quand il aurait pu. En histoire, il ne parlait que de guerre, et surtout de LA guerre. Il se tenait là avec sa blouse grise et son eczéma immonde, et quand il aurait pu dire combattant du front de l'Est, il disait toujours traître à la patrie, et pas simplement traître, il saupoudrait la *haute trahison* avec générosité et ne boudait pas son plaisir quand il pérorait sur les pays étrangers qui, après la guerre, s'étaient mis à employer *quisling*[1] comme un nom commun.

Et ainsi de suite. Les poches de sa blouse, blanches de craie, de cette foutue craie avec laquelle il écrivait *la vérité* : *Terboven, NS, la libération, les procès pour trahison à la patrie,* les mots vrais qui s'émaillaient de postillons quand il atteignait les sommets de sa diatribe.

D'après les rumeurs, le père de Halvorsen avait été torturé. Mais tout de même. En tant que prof, il aurait facilement pu glisser quelques propos sur le jeune âge des gens, sur la difficulté de choisir. Rappeler qu'on ne manquait pas d'individus qui, quand la situation avait été sûre en 1945, étaient soudain devenus assez courageux pour accourir avec des ciseaux et tondre les filles qui, elles aussi, avaient fauté.

Mais l'histoire de la Norvège était ce qu'elle était. La cinquième A du collège de Saksum ne pouvait pas sauter de 1940 à 1945 uniquement parce que je me trouvais dans la classe.

Je me souvenais du jour où j'avais craqué. Moi près de la rangée de fenêtres, le soleil de printemps, l'asphalte sans neige, la glace du Laugen qui n'allait pas tarder à céder. Halvorsen jacassait. Il me regardait en coin, comme pour voir si j'allais bientôt disjoncter.

— La Légion norvégienne. Quelqu'un peut-il m'expliquer ce que c'était ?

Je sais que plusieurs levèrent la main. Les fortes en thème près de la porte. Un ou deux du fond. Mais Halvorsen demanda :

1. Vidkun Quisling, collaborateur norvégien pendant la Seconde Guerre mondiale. Il est devenu chef du gouvernement à la suite de l'invasion de la Norvège par l'Allemagne en 1940. Son nom est devenu synonyme de traître.

— Edvard. Es-tu parmi nous?

Nous.

— La Légion norvégienne, Edvard. Que sais-tu sur le sujet? C'étaient les devoirs pour aujourd'hui.

— Ce que je sais sur la Légion norvégienne? fis-je.

— Oui, c'est ce que nous demandons.

— *Nous?*

— Qu'est-ce que tu entends par là?

— Que vous me posez la question comme si toute la classe faisait équipe avec vous, répondis-je.

— Peu importe, Edvard, que sais-tu de la Légion norvégienne?

— J'en sais plus que vous.

— Tu ferais bien de répondre, Edvard. Que veux-tu dire, au juste?

— Que vous auriez dû y être, avec votre foutue sagesse rétrospective.

Puis je bondis sur mes pieds et me précipitai hors de la classe en essayant de refouler mes larmes, mais arrivé à la porte, je sanglotais malgré tout, et alors que je galopais dans le couloir de briques, je me contrefoutais que tout le monde puisse m'entendre.

MAIS CE N'ÉTAIT PAS LÀ UNE HISTOIRE avec laquelle bassiner le pasteur maintenant. Je dis donc tout autre chose, sans avoir le temps de me demander si la situation s'y prêtait, ma question était un chien qui n'avait fait qu'attendre la première occasion pour franchir tous les obstacles et passer de l'autre côté de la clôture.

— Avez-vous souvent vu ma mère? demandai-je.

Il ne fut pas désorienté, ne fit pas craquer ses doigts, ne se frotta pas le menton. Il se contenta de répondre:

— Quelques fois seulement. Quand j'ai appris que Walter avait rencontré une Française et était revenu à la ferme, je suis monté dire bonjour. Nicole, oui. Elle ne disait pas grand-chose. Elle était farouche, je me souviens. Elle a passé du temps à soigner les bêtes alors qu'elle savait que je me trouvais dans la cour. Mais quand elle a fini par venir... eh bien, j'ai compris que je ne pourrais plus oublier ce visage. Elle regardait constamment autour d'elle, comme si tout était mouvant. Un chevreuil sur ses

49

gardes. Tu es comme elle. La bouche. Les sourcils. Tu as aussi ses cheveux.

— Je ne sais même pas comment ils se sont rencontrés.

— Elle est apparemment venue comme... une espèce de touriste.

— À Oslo ?

— Non, je crois qu'ils se sont rencontrés ici. Je sais que Sverre tenait Nicole en très haute estime. Alma ne s'exprimait pas beaucoup. Elle était d'un naturel plus réservé, tu sais. Nicole était... enfin, concentrons-nous sur l'enterrement.

— Ma mère était quoi ? Racontez-moi.

Il se racla la gorge et se prit le côté.

— Non, rien, en fait. Elle ne connaissait que quelques mots de norvégien la première fois que je l'ai rencontrée.

— Mais plus tard ?

— Hmm ?

— Vous avez dit la première fois. Et la suivante ?

Le pasteur entreprit de titiller une fissure de la tasse à café. Voyant les transformations de son visage, je n'insistai pas. Il se redressa sur sa chaise et regarda fixement le plateau de table, comme s'il y voyait une bible, une bible qu'il voulait consulter avant une homélie, encore qu'il sût très bien ce qui y était écrit.

Il n'en dit pas davantage.

Je voulais en savoir plus sur ma mère. Mais c'est une chose douloureuse et honteuse. De demander à une tierce personne comment était votre mère.

— L'enterrement, reprit le pasteur. As-tu su pour le cercueil ?

— Le fils de Rannveig Landstad a fait un lapsus. Se trouve-t-il que grand-père avait choisi son cercueil ?

— Il est prêt depuis des années.

— Il n'en a jamais rien dit.

— C'est parce qu'il n'en savait rien.

Mon couteau traversa la pomme de terre, l'acier claqua contre la porcelaine.

— *Il ne le savait pas ?*

Thallaug secoua la tête.

— Alors qui s'en est occupé ? Alma ?

Le pasteur se gratta le coin de l'œil.

— C'est Einar. Il a fabriqué un cercueil pour son frère.

— Au cas où grand-père mourrait sur le front de l'Est?

— Non, ç'a dû être plus tard.

Il perdit le fil, se mit à essuyer ses lunettes avec le mouchoir dans lequel il s'était mouché. Je craignis soudain qu'il ne soit un peu sénile et ne cafouille pendant les funérailles.

— Dis-moi, fit le pasteur. Tu fais de la photo, non?

— Oui.

Sans me résoudre à lui soutirer ce qu'il savait d'autre à mon sujet, je me demandais si grand-père avait pu lui parler de moi. Savait-il que je traînais dans la forêt de bouleaux flammés?

— Il y a quelque chose d'Einar en toi. Il était capable de tirer une forme de ce qu'il voyait et de l'utiliser dans un autre contexte. En cela, Einar était complètement différent de Sverre, il interprétait ce qu'il vivait, c'était un méditatif, un rêveur.

— Mais quand a-t-il fabriqué le cercueil?

Son regard devint lointain. Lorsqu'il répondit, ce fut comme s'il n'avait pas saisi ma question.

— Le père Einar a disparu de nos vies. Deux fois. Le meilleur ébéniste du village. L'un des meilleurs de tout le Gudbrandsdalen.

— En comptant les ébénistes de Skjåk?

— En comptant les ébénistes de Skjåk.

— Il a disparu *deux* fois?

— Hmm. C'est une longue histoire. Quelle heure est-il? demanda-t-il avant de sortir un étui et de chausser une autre paire de lunettes.

— À peine trois heures.

— Je dois rentrer prendre mes cachets dans une heure.

— Je vous le rappellerai.

— Fais-le. Ou mon œuvre de pasteur cessera dans les minutes qui suivront.

Il entama son récit du fils perdu de la ferme, et en parlant d'Einar, j'avais le sentiment qu'il me racontait aussi quelque chose sur *moi*. Enfin, pas sur moi exactement, mais sur un gars que j'avais souvent rêvé d'être. Si ce n'est que le crayon était remplacé par un appareil photo, l'atelier de menuiserie par une chambre noire.

Einar ne s'était pas donné la peine de suivre une formation ordinaire. Dans son carnet de préparation à la confirmation religieuse, ses notes s'interrompaient parfois au milieu d'une phrase, mais il y avait dans les marges des esquisses de meubles, de maisons, de villes, et d'autres meubles encore.

— Que pouvais-je lui dire? D'arrêter ça? Un jeune garçon de Saksum, en 1928, qui rêvait d'artisanat? Par bonheur, ses parents ont accepté son talent, bien qu'il soit l'héritier de la ferme, et ils l'ont envoyé apprendre la menuiserie à Hjerleid. Il avait des capacités phénoménales et une curiosité si exceptionnelle que même les enseignants les plus ambitieux sentaient qu'ils le bridaient.

Au bout de deux ans, Einar s'était lassé des motifs d'acanthe et du style "grande ferme riche". Il était parti en apprentissage à Oslo, mais s'y était lassé tout aussi vite. Il avait alors depuis longtemps commencé à signer ses ouvrages d'un petit écureuil cachant son museau dans sa queue, marque qu'il conserva toute sa vie. En 1931, à dix-sept ans à peine, il mit le cap sur la France, en quête d'un travail.

— Nous n'avons plus eu de nouvelles, mais j'ai appris plus tard qu'il avait passé de nombreuses années chez Ruhlmann, l'un des meilleurs designers de mobilier de Paris. Einar était l'un de ses maîtres ébénistes.

— Il a vécu si longtemps en France? Je croyais qu'il n'y avait fait qu'un petit tour.

— Non, Einar aurait pu passer pour un Français. Et quelle époque c'était, à Paris! On n'employait pas l'expression en ce temps-là, mais le style en vogue était ce qu'on a par la suite appelé "Art déco". Je me suis dit qu'Einar avait enfin trouvé sa place dans ce monde. Pendant ce temps, l'agriculteur grandissait en Sverre, il s'est marié avec Alma, ils exploitaient Hirifjell sans que la succession ait été réglée. Dis-moi, Edvard, Sverre parlait-il beaucoup de cette époque?

— Presque pas. En ce qui nous concernait, notre histoire commune commençait à mes quatre ans.

L'ancien pasteur buvait son café à l'ancienne. Il brisa la surface huileuse avec un morceau de sucre, attendit qu'il brunisse, le plaça entre ses lèvres et le suça, avant de verser du café sur sa soucoupe et d'en boire une petite gorgée. Je sentis qu'un processus similaire se déroulait en lui. Le pasteur se livrait à un tri pour ne faire ressortir que le goût du sucre.

— Juste avant Noël 1939, reprit-il, Einar a soudain fait irruption à Hirifjell, en déclarant qu'il avait l'intention de revenir s'y installer.

Je cessai de mastiquer. C'était du nouveau pour moi. Einar avait dû se trouver *là*, dans l'encadrement de la porte. Je me le représentai portant une valise et une mallette d'outillage ouvragée, les vieux le dévisageant comme il interrompait leur repas.

— Le retour d'Einar n'était pas franchement pour réjouir Sverre et Alma, poursuivit le pasteur. D'abord, l'héritier de la ferme était de retour, sans expérience agricole et sûrement sans talent pour la chose. Einar n'avait pas été bon épistolier, il ne répondait pas aux lettres, et il n'était pas venu à l'enterrement de son père, qui, en l'occurrence, lui avait offert sa formation. Et puis, il y avait les habitudes. C'était là un gars qui à quatorze ans à peine avait trouvé la vallée exiguë, trop étriquée pour les grandes idées. Imagine ça, ajoute presque huit ans à Paris dans les années 1930, et couronne le tout d'une présomption un peu dangereuse. Ce n'était pas qu'il ait du mépris pour la vie de village, mais il portait un bracelet-montre dont le cadran pouvait pivoter. Les gens de Saksum ne l'avaient pas compris, ils croyaient que c'étaient des bracelets. Ses cheveux étaient coiffés en une espèce de tourbillon bizarre avec des vaguelettes sur le front. Et là-dessus, tu avais Alma et Sverre, avec chacun sa carte de membre du NS, qui s'échinaient quatorze heures par jour. Mais Einar avait des exigences modestes, il a demandé à avoir une parcelle de forêt pour les matériaux et à pouvoir agrandir l'atelier de menuiserie.

— Ce qu'il a obtenu, dis-je. Au-dessus des champs, il avait tout un bois de bouleaux où chercher des planches.

— Ils sont beaux, n'est-ce pas? Il n'avait que treize ans quand il a commencé à exploiter ce type d'arbres. Les meubles de bureau du presbytère ont été fabriqués dans ces matériaux. Je les ai commandés en 1939. En tant qu'homme de foi, j'use du mot "miracle" avec précaution, mais je suis enclin à le faire quand je vois l'éclat du plateau de table. En termes de spectacles infinis, il n'est pas grand-chose qui se mesure à du bois aux motifs profonds. C'est comme regarder un feu. Tu y vois toujours un nouveau visage. Je l'ai dit à Einar quand j'ai réceptionné le bureau. En guise de réponse, il m'a fabriqué un échiquier que j'ai toujours. Du bouleau flammé pour les cases blanches et du noyer pour les noires. C'est ainsi que je te vois aussi, Edvard. Ta mère et ton père. Le Sud et le Nord. L'obscurité et la lumière. La lutte en toi.

— Comment ça, la lutte en moi?

— Elle est visible de loin, mais elle disparaît dans les miroirs.

Ces allusions. Comme s'il évaluait mon seuil de tolérance. À quelle profondeur voyait-il en moi? Je n'avais eu de rapports avec lui que lors de ma confirmation, à l'époque où le manque me taraudait affreusement. Des années où je rendais feuille blanche aux interrogations écrites et où je séchais les cours. Où je prenais le bus pour Vinstra en laissant mon cartable à l'arrêt de bus. Où j'allais à Otta en stop et j'achetais des disques au-dessus de mes moyens au Rockestuga. Ou alors, si les voitures étaient plus nombreuses à aller vers le sud, il m'arrivait de traverser la E6 et de demander qu'on me dépose au snack de Skurva. Puis je déambulais jusqu'à la zone industrielle, où je demandais des brochures de voitures en disant que c'était pour papa. Je passais chez Stavseth, Skansaar, Motorcentralen, tous. J'inventais un père roulant en DS ou en Ford Granada, selon. Ou alors j'allais au magasin de sport de Melby à Ringebu au beau milieu de la journée et je regardais des carabines à air comprimé, je sortais des cannes à pêche en disant que je venais faire du lèche-vitrine parce que ma mère m'avait promis cinq cents couronnes pour mon anniversaire.

Tout cela, le pasteur avait dû le voir à l'époque, mais c'étaient de vieux sédiments à présent. Cahin-caha, j'avais avancé. "Visible de loin"?

— Comment étaient-ils? demandai-je. Einar et grand-père. Quand ils vivaient ici ensemble.

— Dès la naissance, ils ont été différents, déclara le pasteur en se resservant de café. Mais ce n'est qu'au printemps 1940 que les choses ont tourné au vinaigre.

— Quand les Allemands sont arrivés?

Il hocha lentement la tête.

— Une longue colonne sombre. De vilains véhicules anguleux. On les envoyait à Kvam pour faire la peau aux Anglais, mais ils avaient peur que la route nationale ne soit minée. Ils prenaient donc le chemin rural à une vitesse abominable et passaient droit devant l'église. J'étais dans la sacristie quand les murs se sont mis à trembler.

Le pasteur fit un geste des bras en racontant le formidable fracas en provenance du chœur et les trois cents livres de cantiques qui dégringolèrent des rayonnages. Il s'était dit que l'heure était venue de se lever pour faire face au jour du Jugement dernier. Mais dans la nef, il vit que c'était le retable et le grand crucifix qui s'étaient décrochés et étaient tombés par terre. Ils étaient là depuis des siècles, ils avaient survécu à la grande crue de 1789 et au feu de forêt de 1748. Et voilà que le retable était en mille morceaux. La croix cassée en son milieu. Jésus scindé en son nombril, le visage brisé jusqu'à la gorge, le bras pendant, détaché. Entendant une nouvelle colonne approcher, le pasteur s'était précipité dehors.

— Ils arrivaient, raconta-t-il. Des camions gris avec des chenilles et la croix gammée sur le flanc. L'église s'est remise à trembler, le chandelier tintait et Jésus gisait le dos brisé. J'ai ramassé le Sauveur dans mes bras et j'ai couru dehors. Les soldats étaient nerveux et les culasses ont claqué quand un groupe de fantassins a braqué ses Mauser sur moi. J'ai brandi un Jésus à l'échine brisée dans leur direction et crié en allemand qu'ils feraient bien de lever le pied s'ils voulaient avoir quelque espoir que l'inscription sur leurs boucles de ceintures reste valable : *Gott mit Uns*.

— Mais je suppose qu'ils s'en fichaient?

— Oh non. Ils étaient terrifiés, tu sais. Le front n'était qu'à quelques heures de distance. Déjà jeune prêtre, je savais tout de même cette chose qu'une croix peut à la fois consoler et effrayer. Alors ils ont ralenti et mis des soldats devant l'église pour diriger la circulation. Mais de mon côté, j'étais pressé. Je me disais que, la guerre éclatant, mes paroissiens rechercheraient Dieu. S'ils voyaient que le retable sous lequel ils avaient été baptisés était démoli, les gens allaient perdre tout espoir. J'ai rapporté le crucifix à l'intérieur et verrouillé l'église. Puis j'ai pédalé jusqu'à Hirifjell en aube pour trouver Einar. Sverre et lui étaient assis ici, dans la cuisine. J'ai tout de suite vu que la discorde régnait entre les frères. Ils avaient une discussion animée. Sverre était sûr que les Allemands étaient venus pour nous protéger d'une invasion anglaise. Einar disait qu'il allait suivre ce que le roi et le gouvernement soutenaient. Je me tenais dans l'entrebâillement de la porte avec un Jésus qui avait besoin de colle à bois. Einar m'a suivi dehors et je lui ai expliqué l'affaire. Il a rempli un sac à dos d'outils et de tous les serre-joints qu'il avait dans son atelier, et il a travaillé toute la nuit dans l'église. Le bois était friable et de nombreux éclats étaient perdus. Einar découpait de minuscules fragments, les enduisait de colle et mélangeait les couleurs. À une vitesse hors du commun, il tournait des pièces de la taille d'épines de pin. Il a rassemblé Jésus et lui a rendu son visage. Enfin. Les Allemands étaient arrivés un samedi matin. Quand nous avons sonné les cloches de la messe le dimanche, le retable et le crucifix étaient à leur place. Einar dormait dans la sacristie pendant que je célébrais – ce que je compris par la suite – ma plus belle messe. Le seul qui n'était pas à l'église, c'était Sverre.

J'avais fini de manger. Je repoussai mon assiette vide. Je me sentais plus seul que jamais. C'était là un récit que *moi*, j'aurais dû raconter, ç'aurait dû être *mon* histoire familiale. Mais ma vie était évidée par des questions que je n'avais jamais posées.

— Quand Einar est-il parti aux Shetland ? À quel moment de la guerre ?

— En 1942.

— Grand-père était toujours sur le front de l'Est, non ?

— Oui. Einar a quitté la ferme quelques jours seulement avant son retour. Il projetait de rejoindre la Résistance. Cela me paraissait bizarre. Car Einar n'était pas un guerrier. Ni un idéaliste. Quand il y avait débat sur une question, il était toujours dans l'ombre de son frère qui, lui, tapait du poing sur la table et exigeait qu'on passe à l'action.

— Avez-vous eu de ses nouvelles pendant la guerre ?

— Pas un mot. En 1944, j'ai appris que Hirifjell allait passer entre les mains de Sverre. Les Allemands nous ont alors fait parvenir l'annonce qu'Einar avait été abattu en France. Il avait paraît-il œuvré dans la Résistance, mais été exécuté par les siens. J'ai toujours la lettre, avec l'aigle allemand et tout. La date de sa mort est inscrite sur l'une des lignes du registre de paroisse où l'encre a bavé. Oui, j'ai pleuré. Puis, en 1971, j'ai de nouveau ouvert le registre pour y inscrire la mort de tes parents, quelque chose m'a paru bizarre et je me suis mis à fouiller dans les archives. Je découvre alors deux choses pour le moins étranges. La première est qu'Einar Hirifjell a été abattu à Authuille, l'endroit où tu as disparu et où tes parents sont morts.

— *Que dites-vous?*

Il fronça les sourcils et se gratta l'oreille.

— La seconde est la question de savoir comment il a pu fabriquer un cercueil après sa mort. Einar s'est peut-être pris une balle en 1944. Mais elle n'a pas dû lui ôter la vie, puisqu'en 1977, un camion est venu aux pompes funèbres pour livrer un somptueux cercueil. Il était en bouleau flammé et avait été envoyé des Shetland. Va à l'agence et tu verras.

3

UNE MANTA BLANCHE QUITTAIT LA ROUTE DÉPARTEMENTALE. Pas une visite de tout l'été. Et maintenant qu'il était mort, il y avait foule. Les gens venaient-ils pour lui rendre hommage ou parce qu'il n'était plus là ? Les phares brillaient dans la grisaille et faisaient scintiller les touffes d'herbe mouillée sur le bas-côté. La pluie avait repris. Ou plutôt non, ce ne pouvait être la *même* pluie. J'avais des pensées de cet ordre depuis que le pasteur était parti et que je traînais seul dans la maison en rondins.

Je me penchai par la porte ouverte en me demandant ce qu'il venait faire ici, celui-là. Ce n'est qu'une fois la Manta tout près, quand les essuie-glaces raclèrent le pare-brise, que je vis qu'elle conduisait la voiture de son frère, actuellement au camp militaire de Porsangmoen. Les phares s'assoupirent, elle ouvrit la portière et resta jusqu'à la fin de la musique. Cowboy Junkies. *Blue Moon.* Je connaissais la manœuvre. Sa façon de m'indiquer son humeur sans prononcer un mot.

Elle avait embelli. Elle portait une robe jaune pâle. Ça ne lui ressemblait pas. Quand elle habitait à Saksum, elle se pomponnait rarement. Juste des Levi's usés et ses jolies petites fesses dedans. Pas de cheveux décolorés, jamais de maquillage. Des vêtements pratiques, de préférence des modèles de l'année précédente achetés en solde. Les entraînements de hand lui avaient rendu les cuisses fermes. Le creux de son cou pouvait briller de sueur dans la chaleur estivale, et quand il le fallait c'était une brute.

— Entre, fis-je. Ne reste pas là à me montrer comme tu peux repartir facilement.

Elle avança comme chez elle dans le salon, s'arrêta pour regarder les photos encadrées au-dessus du canapé.

— Elle est de cette année ? demanda-t-elle en désignant une photo des lumières de Saksum la nuit.

J'étais allé skier un soir, j'avais remonté en ciseaux une côte abrupte, avec trépied et appareil photo dans mon sac à dos. J'avais installé le Leica, puis j'étais resté jusqu'à la tombée de la nuit ; j'avais attendu qu'une voiture passe seule en réglant l'exposition sur trente secondes. Le centre baignait dans une lumière jaunâtre et les feux arrière du véhicule s'étaient mués en une longue traînée rouge vers le sud.

— D'il y a deux ans, expliquai-je. Tu vois que le nouveau bâtiment de l'école n'y est pas.

La télévision était allumée. Elle l'éteignit et alla dans la véranda.

— Qui t'a informée ? m'enquis-je.

— Quelqu'un qui était assis à côté de Gaverhaugen au Café du Coin. Il pêchait l'ombre et avait vu d'abord le *lensmann*, puis le médecin et enfin Rannveig Landstad remonter la route de l'ubac.

— Mais l'ancien pasteur, il ne l'a pas vu ?

— Il devait déjà être au café. Dis-moi, Edvard. Comment vas-tu, au juste ?

— Je devrais encaisser. Ce qui est affreux, c'est cette embrouille avec la croix gammée.

— Je croyais que tu avais dépassé ça.

— J'ai toujours attendu que le mot nazi soit prononcé trois fois avant de me battre.

Nous avions eu plusieurs séances de ce genre. Des soirées au village où je prenais la défense de grand-père, ce qui se terminait par des prises de bec et des jappements dans les épilobes du bas-côté de la nationale, des disputes en pleine nuit, quand il nous fallait rentrer à pied parce que la gueule de celui qui avait proposé de nous ramener ne me revenait pas.

Au printemps où elle achevait le lycée, nos chemins s'étaient séparés. Le mien allait vers le champ de patates, le sien vers Oslo. Elle s'était fait de nouveaux amis. Elle avait eu de bonnes notes aux examens.

— Qu'est-ce que tu vas faire maintenant ? s'enquit-elle.

— Hanne. Il n'est pas encore dans la tombe. Ne commence pas. Pas tout de suite, en tout cas.

Si elle continuait, je savais que la querelle reprendrait. Elle répéterait ce qu'elle m'avait si souvent dit. Que je n'irais jamais nulle part. Que je n'avancerais jamais. Et elle, alors ? D'accord, elle avait changé en partant à Oslo, mais le changement avait principalement consisté à s'acheter des bottines à talons et fers au bout et à porter des pulls serrés sous son blouson en cuir. À l'intérieur, il y avait une fille qui avait déjà l'intention de rentrer au village. Ses études étaient une piste toute tracée, une boucle de distance moyenne qui allait la ramener à un boulot stable ici ou dans le bourg voisin.

Et qui étais-je donc pour critiquer cela ? Devais-je me morfondre, exiger tout des autres et rien de moi-même ? Elle avait le droit de me poser la question que je m'étais posée dans l'après-midi, pendant que je préparais une pleine cafetière par habitude : qu'allais-je faire maintenant ?

Eh bien. Il suffisait de regarder par la fenêtre.

Butter les pommes de terre au motoculteur. Changer le filtre diesel du nouveau Deutz. Arracher le parement du bâtiment qui penchait. Monter à l'alpage apporter des pierres à lécher aux moutons. Remplacer les gouttières de la façade sud de la bergerie. Désherber le potager. Déterminer pourquoi le motoculteur ne redémarrait pas quand il était chaud. M'occuper de l'enterrement de grand-père et traiter contre le mildiou. Il fallait que tout cela soit fait dans le courant de cette semaine, car la suivante était la seule où je pourrais changer les fenêtres du chalet d'alpage si le temps n'était pas à la pluie.

Une seule obligation se démarquait des autres : rendre visite à Rannveig Landstad pour voir le cercueil en bouleau flammé.

Hanne avança jusqu'à moi et prit ma tête entre ses mains.

— Mon pauvre, fit-elle. Ça ne se voit même pas sur toi.

— En tout cas, je le sens, répondis-je. Là, dans le plexus solaire.

— Mais tu as l'air tout à fait comme avant. Tu es peut-être si plein de douleur que tu n'as pas de place pour plus.

C'était *cela* qu'il me fallait. Cette phrase me libéra. Je m'assis la tête contre le mur et pleurai. Tout remontait à la surface, une vraie cave inondée. Ce que les choses auraient été si j'avais *eu* quelqu'un. Quel genre de type j'aurais été avec des parents, des frères et sœurs, peut-être, des gens jeunes autour de moi, de la famille qui trouvait que ça valait la peine de passer du temps avec moi.

Mes mains et mes pieds cessèrent de faire partie de mon corps. Je me sentais comme un gigantesque cœur, une boule informe et tumescente expulsant des larmes retenues depuis vingt ans.

Je passai une heure à pleurer et renifler. À la fin, j'étais aussi épuisé que si j'étais monté à pied du bourg à l'alpage.

Elle était debout à me regarder. Sans reproche. Sans fausse compassion.

Avec seulement la question qu'elle avait dû tourner dans tous les sens pendant ses études à l'école vétérinaire : un garçon et une fille se trouvaient-ils parce qu'ils *allaient ensemble* ou parce qu'ils récupéraient, dans de petits biotopes comme Saksum, celui qui était libre sur le moment et restaient ensuite avec cette personne ?

— Hanne, dis-je. J'ai quelque chose pour toi.

J'ouvris la vitrine et sortis la boucle d'oreille en perle.

— Eh ben ! fit-elle en tendant la main. *Celle-là*. Après tout ce temps.

Elle vint contre moi, ses manières citadines et sa distance s'étaient volatilisées, je revoyais la fille qui avait été avec moi à Hirifjell cet été. Et je me souvins d'une exception au fait qu'elle ne se pomponnait jamais. Elle l'avait fait un été, pendant que grand-père effectuait ce qu'il appelait sa "semaine de bureau" en participant à l'assemblée annuelle du Groupement des éleveurs de moutons et de chèvres.

Depuis mes treize ans, grand-père avait cette semaine. Où je devais "faire tourner la ferme tout seul". Pour moi, c'était l'aventure. J'allais à vélo pêcher l'ombre dans le Laugen, je me faisais à manger, je tenais ma promesse de ne pas démarrer le nouveau Deutz et de ne pas jouer avec les allumettes. La seule chose à laquelle je devais veiller était d'être à la maison entre cinq et six heures, quand il appelait pour prendre des nouvelles de la ferme.

Cet été avec Hanne donc, j'aurais souhaité que les assemblées des moutons et chèvres durent trois semaines. Hanne avait quinze ans et agissait à sa guise depuis un an. Je me souviens de chacune de ces journées, comment nous les saturions de *nous*. Seuls à la ferme, elle et moi. *Là*, elle s'habillait. Nous nous réveillions avec entre nous Flimre, le matou tigré. Qui, sans que ce soit exprimé, nous faisait mimer que nous avions un enfant ensemble, la taille, le poids, la chaleur.

Nous étions adultes quand nous en avions envie et adolescents quand ça nous arrangeait. Nous avions adopté une façon de parler, nous buvions du café le matin et des bières de la cave le soir, nous achetions des cigarettes toutes faites que nous partagions, trois bouffées chacun. Pourtant, aucun de nous n'aimait fumer après l'amour. Nous le faisions parce que nous l'avions vu dans les films. Et parce que ça collait de fumer des Pall Mall après avoir baisé. Des roulées auraient avili la chose.

J'avais un souvenir très net d'elle, enroulée dans un drap, à la fenêtre du premier. Elle intégrait la vue sur Hirifjell, ce vaste panorama auquel ne peuvent rendre justice que les yeux d'une jeune fille ou un Leica : les groseilliers couverts de baies, le sentier dallé qui menait à un bassin profond du ruisseau qui coupait à travers les champs de pommes de terre pour disparaître derrière la bergerie. Les arbres fruitiers, les cosses de petits pois qui balançaient comme des demi-lunes quand nous approchions, si denses que nous aurions pu nous en repaître à satiété sans bouger d'un mètre. Les fruits bleu sombre des pruniers, les framboisiers qui ployaient lourdement, impatients de nous voir remplir nos deux assiettes avant d'aller chercher le sucre en poudre et la crème fluide. Le vieux et le nouveau tracteurs côte à côte, aux roues fraîchement passées au jet.

J'avais remarqué la manière qu'elle avait de s'en imprégner. À Hirifjell, il n'y avait pas la boue et l'inachèvement dans lequel nageaient les autres exploitants du bourg, d'année en année, jusqu'à ce qu'ils deviennent aveugles aux ornières de tracteur devant la porte d'entrée, aux râteaux à foin rouillés noyés dans la végétation pour la dixième année consécutive, aux épandeurs à fumier fendus pleinement exposés aux regards de la route nationale. Hirifjell était une exploitation modèle avec des fondations blanches soulignées d'une herbe tondue au coupe-bordure et une escarpolette balançant au vent.

Une ferme où Hanne pourrait s'épanouir.

Sans doute parce qu'elle avait si peu l'habitude de s'apprêter, elle ne s'aperçut de la disparition de sa boucle d'oreille qu'après trois jours. Elle la prenait maintenant et la faisait rouler durement entre ses doigts.

— Tu l'avais depuis le départ, dit-elle. J'en suis sûre.

Je secouai la tête.

— La perle était dans sa commode. Dans l'ancien écrin à bijoux d'Alma. Il a dû la trouver et croire qu'elle lui avait appartenu.

— Edvard. Tu n'as tout de même pas commencé à ranger ses affaires ? Si ?

— Il fallait que je m'occupe.

— Sans vouloir être brusque, c'est tôt.

— Mets la boucle d'oreille.

Elle recula, mit son pied contre le mur, pointant son genou nu vers moi.

— Ne t'attends à rien, dit-elle.

Elle inclina la tête, fixa la boucle d'oreille de ses deux mains.

— Dis, fis-je ensuite, alors que nous partagions une Pall Mall.

— Oui ?

— Tu sais, Einar ? Le frère de grand-père ?

Elle se releva sur le lit, dressant la cigarette pour éviter de faire tomber de la cendre. Elle chassa une mèche de cheveux de son œil en soufflant.

— Celui qui a construit l'atelier de menuiserie ?

— Oui. Je crois qu'il est toujours en vie.

— Ça ne se peut pas.

Je lui parlai du cercueil.

— Quel âge a-t-il, au juste, l'ancien pasteur ? demanda-t-elle.

— Bientôt quatre-vingt-dix ans.

— Nous y voilà.

— Non. Il est lucide. À peu près. Mais il sait quelque chose sur maman qu'il ne veut pas me dire. Sur Einar aussi.

Hanne me tendit la cigarette et sortit du lit en roulant sur elle-même. Elle se rhabilla en me tournant le dos. Il m'était impossible d'évoquer mon histoire avec elle. Dès que le thème des quatre jours de 1971 se profilait, elle changeait de sujet. Ces jours étaient les anneaux à la surface de l'eau où le Draug[1] vient de plonger. Si on se tournait et qu'on attendait un peu, ils disparaissaient.

C'était une fille pour les bonnes choses de la vie. Une fille pour le soleil de Pâques et les guêtres de ski rouges[2]. Pour les broches en argent transmises de génération en génération qui scintillaient sur le costume national le 17 mai.

Dehors, nous restâmes immobiles. Hanne passa un doigt sur les gouttes de pluie qui ponctuaient le coffre de ma Commodore. Elle leva les yeux vers la maison en rondins, où la lumière jaune de la fenêtre du salon brillait sur les cassissiers. Au second aussi était allumée une lampe solitaire. Il avait dû oublier de l'éteindre en redescendant.

— Tu as raison, dit-elle. Commençons.

— Quoi donc?

— Commençons par ôter ses draps.

— *Maintenant?*

— Tu ne vas pas pouvoir t'y résoudre. Occupons-nous de tout le rangement.

La vieille maison avait déjà une odeur de desséché et de renfermé. Le réfrigérateur était entrebâillé, la prise tirée. C'était la seule chose sensée que j'étais parvenu à faire après le départ du pasteur, sortir la nourriture de son frigidaire pour la mettre dans le mien, encore qu'elle eût tout aussi bien pu rester dans le *sien*, j'aurais pu récupérer ce qu'il me fallait quand j'en avais besoin.

Dans le salon, le journal était resté au bout du divan. Sable sec de ses chaussures sur le papier.

Elle monta. J'entendis le claquement de l'interrupteur rotatif, le grincement du plancher sous ses pas. Tellement plus légers que ceux de grand-père. Elle redescendit avec les draps dans une gigantesque brassée, en faisant glisser son corps le long de la rampe parce qu'elle ne voyait pas les marches.

---

1. Être mythique maritime, souvent perçu comme le revenant d'un pêcheur.
2. C'est une tradition de longue date pour de nombreux Norvégiens que de célébrer Pâques à la montagne et d'y faire de longues promenades à skis de fond.

— J'ai aussi pris du linge sale qui était là-haut, annonça-t-elle. La machine est toujours à la cave?

Je commençais à l'envisager sous un nouvel angle. À penser à une vie avec une fille qui cherchait son chemin avec ses hanches. Quel mal y avait-il à choisir ce qui était facile, ce qui était bon?

— Jetons-les. Personne ne va les utiliser.

— Les utiliser? C'était ton grand-père.

— Ce sont les draps d'un gars qui est mort.

Elle en frotta un pan entre ses doigts.

— C'est du beau lin. Si tu n'en veux pas, je les prends.

— Tu n'es pas sérieuse.

— Sverre a toujours été gentil avec moi, même s'il avait compris ce que nous fabriquions.

— Ah bon.

— Un jour, je suis venue et tu n'étais pas là, alors il m'a offert de la glace à la nougatine. Il m'a dit que ça faisait du bien de voir des femmes à la ferme. Même si je n'avais que quatorze ans et que je roulais à mobylette avant l'âge.

— Je ne pige pas, répondis-je. Tu n'es pas venue depuis trois ans. Et d'un seul coup, tu fais comme chez toi.

Elle haussa les épaules.

— Tu es ici parce que tu as pitié de moi.

— Et alors?

— Arrête.

Je ramassai le journal au bout du divan, délicatement, pour faire rouler le sable vers la pliure. Ouvrant la porte de l'épaule, je jetai les saletés dehors, comme s'il s'agissait de cendres de crémation, comme si le seuil était le plat-bord d'un bateau, comme si la cour de la ferme était l'océan Atlantique.

ELLE APPORTAIT DE L'AIR FRAIS. Elle défit les crochets des fenêtres des chambres, ouvrit les portes, créa des courants d'air, laissa entrer le parfum d'une pluie d'été paisible. Ce n'était toutefois pas le travail féminin que je remarquais, mais la façon dont elle prenait place dans la maison. Sa solidité, qui auparavant avait fait robuste et bobonne, cédait désormais le pas à quelque chose de plus libre, comme si un panorama se dégageait après qu'on avait abattu les arbres qui obstruaient la vue.

Mais quand elle fit coulisser les vantaux de la penderie, qui occupait toute la longueur de la chambre de grand-père, les nuages s'amoncelèrent de nouveau en moi. L'obscurité du placard généra un appel vers quelque chose de poussiéreux, sombre et vieux. Des vêtements auxquels il manquait désormais un corps.

Brusquement, une intuition me vint. Un souvenir dont j'ignorais s'il était vrai ou non. Maman, portant du bleu.

Hanne plongea les bras dans les ombres ouatées de la penderie et en tira une odeur de vieillesse. Elle renversa la cargaison de vêtements sur le matelas nu. Des chemises délavées, des maillots de corps, des vêtements de travail. Elle retourna en chercher d'autres. Fronçant le nez, elle se pencha davantage et décrocha une housse noire avec fermeture Éclair.

— Eh ben, mon vieux! s'exclama-t-elle.

Même moi, j'étais capable de voir que c'était un costume qui coûtait cher. Une étoffe au tissage dense sans un pli. De toutes fines rayures gris clair sur fond gris sombre. Une coupe qui pouvait donner l'air de posséder une banque. Elle replia le revers et pointa du doigt la marque du tailleur : ANDREAS SCHIFFER, ESSEN.

— Edvard, demanda-t-elle. Est-ce que ça pourrait avoir été le costume de…

— Non, répondis-je furtivement. Papa était plus grand que grand-père. Et maigre comme un clou.

— C'est un costume cher. Je veux dire vraiment cher.

Elle décrocha la veste et la plaça contre mon torse. Je reculai en secouant la tête.

— Tu es sûr qu'il n'était pas prévu pour toi? Comme cadeau?

— Ni moi ni grand-père n'avions le goût de la sape. Tu l'as dit toi-même.

Elle fouilla dans les poches. La doublure brilla faiblement à la lueur de la lampe quand elle en tira un billet bleu pâle. Je m'avançai et nous lûmes en même temps.

Bayreuther Festspiele. Vierte Nacht : Götterdämmerung. Samstag 30. Juli 1983.

J'eus un coup au cœur, et elle aussi. Elle reconnaissait la date, qui avait compté à ce point pour elle aussi. L'été où nous avions été seuls ici pendant que grand-père était à l'assemblée annuelle.

Ou pas… Je ne m'étais jamais étonné que le Groupement des éleveurs ait besoin d'assemblées annuelles si longues. Quand il téléphonait, j'étais peut-être surpris que la ligne soit mauvaise, mais je devais me dire que l'assemblée se déroulait si loin que c'était normal qu'il y ait un peu de friture sur la ligne.

Götterdämmerung. Je me souvenais du jour où il était allé chercher le colossal coffret de vingt-deux disques à la poste. Il avait coûté des milliers de couronnes. Délicatement, du tranchant de sa baïonnette de l'armée russe, il avait entaillé le papier d'emballage de Norsk Musikforlag et posé le coffret sur la table du salon en déclarant :

— Tu vois, Edvard. *Der Ring des Nibelungen* est la seule musique qui tienne debout sans assistance.

Je tirai le costume à moi d'un geste vif, comme si je venais de l'arracher à un voleur, et je fouillai dans les poches de la veste pour voir si le brigand avait d'autres choses qui m'appartenaient.

La deuxième contenait d'autres billets. La *Passion selon saint Jean* à Hanovre. *Tannhäuser* à Munich. La *Missa solemnis* dirigée par Karajan, cinq partitas de Bach sur l'orgue Hildebrand de Sangerhausen. Les dates coïncidaient avec une chaise vide aux assemblées générales du Groupement des éleveurs.

Entre les billets de concerts héliogravés s'était glissé un reçu mince et chiffonné. L'écriture au stylo était diluée, et la seule inscription lisible était *Hotel Kveldsro*, "Hôtel du calme vespéral". Ça avait des consonances de pension de famille du Vestlandet.

— Il était peut-être à un enterrement, suggéra Hanne.

Comme pour enjoliver la trahison muette que nous avions sous les yeux.

— D'un soldat avec qui il avait partagé une tranchée sur le front de l'Est, tu veux dire ?

Elle se gratta le coin de l'œil.

— Est-ce important ?

— Pourquoi ne pas l'avoir simplement dit ? fis-je. Qu'il avait envie de voir Karajan à la baguette et que ça lui prendrait une semaine ?

— Il voulait peut-être que tu aies le sentiment que la ferme t'appartenait. Nous laisser seuls.

— Ou alors il voulait juste écouter *Tannhäuser* en paix.

— Comment ça?

— C'est étrange. Tout ce que nous faisions, nous le faisions ensemble. Mais ce n'était que le travail à la ferme. Jamais de voyages. Comme s'il avait peur que je découvre quelque chose qui me détourne de lui.

— Mais y a-t-il seulement quoi que ce soit qui aurait pu te détourner de lui? s'enquit Hanne.

Se rendait-elle aveugle? Si oui, elle était en passe de reprendre la place de celui qui m'avait maintenu à Hirifjell.

— En ce qui me concerne, Sverre aurait pu partir pendant trois semaines, ajouta-t-elle en me caressant le bras.

— Eh bien, maintenant il est dans la salle de concert pour de bon, conclus-je.

Je me figeai sur place, avec son costume dans les mains. Comme un emballage. Je me souvenais subitement de ses pas.

— Il faisait quelque chose au second hier soir, déclarai-je en reposant le costume.

Puis nous y fûmes, dans ce grand salon qui m'était étranger. Le couloir du second avait toujours été sombre comme un puits de mine. Rideaux fermés, ampoules grillées. À présent un plafonnier jaune éclairait la pièce aride, et au fond dans le coin, un secrétaire était ouvert.

— Regarde tous ces papiers, commenta Hanne. Il devait chercher quelque chose.

Elle avança et tourna des pages au hasard dans la mer d'enveloppes et de documents. Des reçus d'équipement de tracteur, de vieilles déclarations de revenus.

— Des diapos.

Elle me tendit un étui en plastique orange avec l'inscription Agfachrome.

— Ce ne sont que des boîtes vides. Il mettait toujours les diapos dans des cadres en verre. Elles sont en bas, à côté du rétroprojecteur.

Hanne en leva une vers le plafonnier.

— Il y en a dans cette boîte-ci, en tout cas.

J'étais troublé. Grand-père ne s'intéressait pas particulièrement à la photo, encore qu'il m'eût aidé à arriver au bout des deux cent trente pages en allemand de *Leica-Technik*. Il s'en tenait à son Rollei et sa pellicule annuelle, toujours vingt-quatre poses. Mais Hanne sortit douze photos en cadre de carton de chaque boîte. Je pris mon canif, libérai le film et regardai la numérotation.

Grand-père avait certes fait un seul film par an. Mais c'était un trente-six poses, pas le vingt-quatre qu'il prétendait. Les douze dernières étaient prises pendant sa semaine secrète à l'étranger.

C'était donc pour ça que nous n'avions jamais pu voir les diapositives de l'année tout de suite. Quand le colis Agfa arrivait de Suède à la fin de l'été, il me disait toujours d'attendre, il devait monter dans sa chambre les mettre dans des cadres de verre. Nous ne trichions pas. Il fallait fermer les rideaux et installer le rétro-projecteur pour contempler, dans le cône poussiéreux qui nous séparait de l'écran, l'année que nous avions passée ensemble.

Une par une, Hanne me passa les diapos sans cadres de grand-père. Elles correspondaient avec les billets de concert. Trottoirs balayés et hôtel de ville à colombages. Opéras, coulisses de Bayreuth.

Je l'imaginais. Cette semaine de l'année où il pouvait se promener en Allemagne, en comprenant ou en se sentant compris, vêtu d'un costume anthracite Andreas Schiffer, un sexagénaire au dos bien droit qui marchait avec tous les autres perdants de la guerre.

Nous nous attaquâmes au reste des boîtes. Toutes les photos semblaient avoir été prises en Allemagne. Une seule se démarquait. Elle portait le numéro 18b et était si différente qu'elle aurait pu être l'œuvre d'un autre photographe. Une année, sans qu'il soit possible de déterminer laquelle, grand-père avait pris une simple photo d'un tronçon côtier désertique et insignifiant, avec une petite île sur l'horizon.

— Edvard ? dit-elle doucement.
— Hmm ?
— Regarde ça.

Je me relevai du sol, lui pris les cinq enveloppes des mains. De la plus belle écriture de grand-père était inscrit *Walter. Nicole. Alma. Einar. Edvard.* Toutes étaient refermées, sauf la mienne. Comme des pochettes-surprises destinées aux morts.

— On les ouvre ? demanda Hanne.

C'était comme tenir cinq cartouches. L'enveloppe de maman était mince. Celle de papa, nettement plus lourde. Quelque chose glissa dans celle d'Alma, un carnet, peut-être.

— Tu es en nage. Tout va bien ?

Je sentis l'effleurement de Hanne, mais la seule chose que j'avais en tête était ces cinq noms. Un jour, grand-père avait préparé les enveloppes. Il avait attendu que je sois assez vieux.

Ou que lui le soit.

— Redescendons, dis-je en reposant les enveloppes.

Quand nous sortîmes de la pièce, elle se retourna sur le seuil. Elle semblait chercher un prétexte pour s'y attarder. Arrivée au premier, elle retrouva le chemin de la chambre à coucher de grand-père.

— Qu'est-ce que tu fais ?

— J'ai un soupçon.

Elle entreprit de fouiller dans la penderie. Je ne voyais pas ce qu'elle fabriquait. J'entendis un carton qu'on déplaçait, du papier de soie qui crépitait.

— Regarde ça !

Hanne brandissait une robe de mariée.

— Regarde ces dentelles ! Quel travail ! Oh, mon Dieu…

— Ç'a dû être celle d'Alma, dis-je.

Elle pinça une manche entre deux doigts et étira l'étoffe, inclina son buste en arrière en plaquant la robe dessus, baissa les yeux sur elle-même, sur le tissu de la robe qui s'arquait sur sa poitrine.

— Ferme les yeux, ordonna-t-elle.

J'étais à deux doigts de refuser, mais je m'assis sur le lit de grand-père, les paupières closes. J'étais comme lancé dans une expédition au cap irrévocable, je sentais une réminiscence venue des tréfonds de ma mémoire toquer à ma porte. Quelque chose de malvenu, qui nous concernait, Hanne et moi.

J'entendis ses vêtements tomber, du coton contre de la peau et le froufrou de la soie, je l'entendis d'abord retenir sa respiration puis souffler, avant qu'un chuchotement d'étoffe finement tissée n'avance dans la pièce.

— Regarde-moi, Edvard.

Elle était penchée au-dessus de moi comme pour me chevaucher, le visage gommé derrière un voile au maillage fin, la peau tendue sur sa clavicule, du tulle blanc contre ses seins, ses cheveux en cascade le long de ses joues.

Je bridai mon égarement, le déguisai en excitation.

Elle se redressa et mon ventre se noua, car je savais qu'elle se tiendrait ainsi un jour, très prochainement. Elle remonterait la nef centrale de l'église de Saksum et celui qui l'attendrait, ce pourrait être moi. Et à partir de ce moment-là, je serais à jamais Edvard Hirifjell, le cultivateur de pommes de terre.

— Mets le costume, chuchota-t-elle.

Nous étions côte à côte, je portais le costume Andreas Schiffer, et elle était tellement perdue dans notre reflet qu'elle n'aurait pas bougé si la maison avait brûlé.

— Imagine, dit-elle. Nous aurions pu être *eux*.

— Non. Je n'arrive pas à le voir.

— Si, tu y arrives. Ça, c'est toi. Tel que tu pourrais être.

Nous y voilà. Elle voulait de moi, mais pas tel que j'étais.

Je nous voyais dans le miroir. Sa façon d'engloutir l'instant comme un gâteau à la pâte d'amande. Mes propres yeux qui dévoraient cette vue de ma personne.

L'air sentait le soir. De la fenêtre du grand salon, je suivis ses feux arrière. Je contemplai la pénombre qui recouvrait champs et bâtiments de la ferme. J'avais été l'amoureux de la larve et c'était maintenant le papillon qui battait des ailes.

Je me dirigeai vers le secrétaire et disposai les enveloppes en éventail.

Nicole. Fermée avec du ruban adhésif jauni.

Walter. Même ruban adhésif.

Alma. Ruban adhésif plus récent.

Einar. Ruban adhésif pour congélation.

Je jetai un rapide coup d'œil dans la mienne. Carte de vaccination. Carnet de notes de l'école primaire. La plainte pour dégâts matériels après la bagarre au Venaheim où j'avais détruit une porte. Mon acte de naissance. Martelé à la machine à écrire, le nom *Edvard Daireaux Hirifjell*. Ce ne pouvait être exact ? Seul *Hirifjell* était inscrit sur ma déclaration de revenus et dans les autres situations où les autorités avaient besoin de moi.

Je reconnus la signature. Toute notre histoire familiale s'écoulait par le stylo-plume de l'ancien pasteur.

Je reposai les enveloppes et me mis à feuilleter les papiers concernant l'exploitation de la ferme. Je voulais trouver un document que mon aïeul ait écrit, quelque chose qui dise que grand-père était grand-père et seulement lui. Un homme robuste qui vivait dans la foi en de bonnes archives personnelles et une correspondance sans fautes à la machine à écrire Adler.

Tracteur / outils 72-75. Le mode d'emploi d'une ensileuse que nous avions apportée à la décharge deux ans plus tôt. La copie carbone d'une lettre de réclamation à Fron Traktorservice au sujet de l'ancien Deutz. Il avait commencé à se bloquer en marche arrière la semaine suivant la fin de la garantie.

J'ai été parmi les premiers à vous acheter un Deutz, et je suis depuis resté fidèle à cette marque, ce que je continuerai d'être pour peu que cette fâcheuse affaire de levier de vitesse se règle à l'amiable.

L'arracheuse de pommes de terre, le moindre litre de diesel agricole, l'outillage pour tracteur acheté au marché d'Otta. Les reçus de nos ventes de pommes de terre de semence à Strand Brenneri. Le secrétaire en était plein à craquer. Ce quintal de vieux papiers était-il censé faire obstacle à ma curiosité ? Jusqu'à la veille au soir, où grand-père avait cédé et ouvert le meuble ?

Avec mon canif, je décachetai l'enveloppe d'Alma. Un long passé médical raconté par lettres. Les résultats d'une radio. La copie d'une missive qu'elle avait envoyée au médecin de campagne.

Il y avait la facture de son enterrement. Café et pains garnis pour quinze convives à la pension de famille de Saksum.

Un énorme journal qu'elle avait visiblement tenu pendant près de dix ans. Elle l'avait commencé en avril 1961 et la dernière ligne datait de 1969. Je parcourus les années. Il s'agissait essentiellement d'un journal de ferme. Semailles et récoltes. Agnelage et abattage. Il y avait des chiffres que je ne compris pas, avant de voir que c'était son poids, mois par mois.

Je me souvenais de sa peau, de son tablier grossier en cotonnade bleue. Elle avait un jour été une femme qui voulait rester mince.

Sur les pages de fin, elle avait inscrit des dates d'anniversaires et des numéros de téléphone. Quelques noms avaient été barrés et dotés de la mention *mort* avec un autre stylo.

Je tournai les pages. Dans les notes de 1967, je découvris une ligne se distinguant des autres. Elle était écrite en travers, tout contre la marge, si près de l'agrafe que la rouille avait coloré l'encre.

Einar : Lerwick 118.

Et elle l'avait noté en 1967? Pas de mention *mort*. Malgré toute notre histoire familiale qui, inlassablement, confirmait qu'Einar avait péri pendant la guerre.

118 pouvait-il avoir été la boîte postale d'Einar?

Je laissai l'almanach de côté, ouvris un tiroir et en sortis des rouleaux de papiers abîmés. Ils étaient entourés de ficelle et d'une feuille blanche indiquant l'année au crayon. Le même système de 1942 à nos jours. La vie de grand-père ne tenait pas dans un carnet.

Je restai ainsi dans ce salon au sol froid à feuilleter dans le passé de Hirifjell. Les années s'assombrissaient de plus en plus. Refus de dédommagement du dégât d'incendie à l'alpage. Condamnation pour haute trahison en 1946. J'ouvris les années de guerre d'un coup de couteau. Leurs cartes de membres du Nasjonal Samling. Une masse d'enveloppes sous un élastique desséché. Croix gammées, aigles et tampons de censure. Sûrement une centaine. Plusieurs portaient de grands timbres rouges montrant un soldat avec un casque de l'armée allemande et l'inscription *La Légion norvégienne.* La valeur était de vingt plus quatre-vingts øre. Vingt de port et quatre-vingts pour la bonne cause. Je parcourus quelques-uns des courriers de ses compagnons de troupe. Le *Feldwebel* Haraldsen remerciait grand-père de ses efforts.

Je reposai les lettres. Grubbe miaulait au rez-de-chaussée. Il erra, entra dans le salon, bondit sur le divan en regardant autour de lui.

— Il est mort, tu sais.

Je le pris sur mes genoux et lui caressai le ventre. Grubbe était désormais le seul animal des lieux, un gros chat des forêts norvégiennes, au poil si long que je craignais que l'Agence de la faune sauvage ne le prenne pour un lynx. Par le passé, nous avions eu des poules, des cochons, des lapins, mais en gagnant du pouvoir décisionnel dans la gestion de la ferme, j'avais mis le holà sur les nounours, comme je les appelais.

Je remontai et repris mes recherches. Je tombai sur un testament de 1951. 1951, c'était une année qu'il avait évoquée. Tout juste, en passant. Une opération qu'il avait dû subir. Et qui avait dû l'inquiéter suffisamment pour faire savoir qu'il léguait *toutes ses propriétés à Alma et la ferme à Walter à sa majorité. De préférence l'incinération, si possible.*

Il ne m'en avait jamais touché mot. Ce n'était d'ailleurs pas un sujet qui s'insérait dans nos conversations à table. L'idée que grand-père meure était si lointaine. Mais il allait falloir que j'informe Rannveig Landstad de son souhait d'être incinéré.

Je me levai et regardai dehors. Il était minuit et demi. J'avais besoin de nourriture et j'avais besoin de cigarettes. Le Texaco d'Otta était le seul endroit de la vallée ouvert à cette heure indue. Trois quarts d'heure de route pour un hamburger surgelé réchauffé au micro-ondes et deux paquets de Pall Mall?

Non. Je pouvais facilement m'endormir au volant, et puis je voulais être aux pompes funèbres dès l'ouverture.

Il était temps de passer aux choses difficiles.

Le ventre vide, j'ouvris l'enveloppe de maman. J'y trouvai une feuille toute légère. Un certificat de baptême de mars 1945. Émis à Malmö. Pour une fille appelée Thérèse Maurel. À qui maman avait emprunté un livre. Son certificat de baptême, *ici* ? Et qui donc était-elle pour devoir présenter son certificat de baptême si souvent qu'il était devenu fin comme du papier à cigarettes?

Sa date de naissance était le 15 janvier 1945. Le même jour que maman. Mon cerveau s'embrouilla. Je me demandais si elle avait pu être la compagne de voyage de maman, mais, en mon for intérieur, je savais que ce n'était pas le cas.

La ligne suivante indiquait que la mère de Thérèse s'appelait Francine Maurel. De père inconnu. Le lieu de naissance : Ravensbrück, en Allemagne.

Une enfant née dans un camp de la mort.

Je n'avais jamais connu pareil ébranlement. Et je perdis tous mes repères. Cherchant un point fixe, quelque chose d'irrévocable, je pris le passeport de maman. Il avait été annulé par perforation à sa mort. L'un des trous passait droit à travers sa photo, dans sa joue, mais je voyais ses deux yeux.

Le passeport avait été émis à Paris en 1965. Il était écrit noir sur blanc que maman s'appelait Nicole Daireaux, avec une adresse à Reims.

Reims? J'avais toujours cru qu'elle était d'Authuille.

Maman était photographiée de face. Elle avait les cheveux courts et paraissait extrêmement grave. Vingt ans. Pourquoi un regard si sévère quand elle s'apprêtait à passer des vacances en Norvège, où elle allait rencontrer papa?

Mes yeux croisèrent encore les siens. Je détournai le regard vers un autre papier. Mes mains tremblaient. Une inconnue s'était invitée dans la pièce : la Vérité; sous la forme d'une feuille avec trois tampons. Une attestation de changement de nom délivrée par l'état civil français.

Thérèse Maurel était bel et bien la compagne de voyage de maman. Une constante traîne du passé. Juste avant l'émission de son passeport, elle avait pris le nom de Nicole Daireaux.

Maman était née à Ravensbrück. Le camp de femmes au nord de Berlin. Les images tourbillonnaient. Des photos en noir et blanc à gros grain de personnes émaciées, à demi nues. *Père inconnu.*

Jusqu'à présent, j'avais eu de maman une image immuable. Ç'avait été une silhouette en toile bleue, une bonté et une chaleur qui étaient, un point c'est tout, elle avait fait partie d'une époque, d'un chapitre refermés prématurément, mais bons.

À présent s'ouvrait son passé, et ce passé présentait ses exigences. Ce qui restait dans l'enveloppe était une carte d'identité fripée, aux couleurs passées. La carte de prisonnière à Ravensbrück d'une femme du nom d'Isabelle Daireaux, originaire d'Authuille. Encore cet endroit. Comme un champ magnétique auquel je ne pourrais jamais échapper. Un point de fuite incandescent.

Où était passée Isabelle? Ces cartes de détention n'étaient pas des documents qu'on distribuait à la ronde. On les brûlait ou on les gardait au fond d'un coffre.

Ou alors au fond de l'enveloppe de maman.

Je me rendis compte que maman avait dû avoir une famille adoptive. Tout comme une autre personne que je rencontrais dans la glace tous les matins. Quoi qu'il en soit, j'avais une piste. Une personne dans une ville.

Francine Maurel à Reims.

Mais une phrase prononcée un jour par Hanne se réveilla en moi. "Tu ne trouveras rien d'autre que de vieilles scories qui te tourmenteront."

Je m'installai avec la pile de lettres de grand-père. Les tampons de la censure et les croix gammées.

J'éprouvai le besoin de tout brûler, d'aller dans le champ m'occuper des pommes de terre. Quand allais-je découvrir le *véritable* moi, celui que j'étais le plus? Ce qui se trouvait déjà en moi confluait en un immense bassin, recouvert d'une épaisse pellicule de sang de soldat et de vieille huile pour armes à feu. Une pellicule si épaisse que je risquais de me noyer si je ne réussissais pas à me propulser vers la surface et à la traverser. Ce n'était qu'en ayant la tête hors de l'eau que je pourrais regagner le bord en tant que moi-même.

Je poursuivis mes investigations et découvris une photo floue piquée de vert. Maman et grand-père sur le perron en pierre du petit chalet. Ils ne semblaient pas être conscients qu'on les photographiait. Maman portait un fichu. Elle était terriblement maigre, étique presque.

J'amenai la photo vers la lampe. Je vis alors qu'un papier avait été collé au dos. Je passai avec précaution mon canif dessous et le retirai. L'écriture d'Alma apparut.

… française.

Le papier se déchira et resta accroché à la colle. J'insérai mon couteau par l'autre angle. Les restes de papier ressemblaient à des taches de neige réfractaires au printemps. Je les grattai délicatement avec mon ongle.

La vagabonde française. Avril 1966.

Qu'entendait-elle par là? Que maman était une aventurière?

Quelqu'un avait donc collé un papier sur ce commentaire. Grand-père? Ou Alma avait-elle eu des remords?

Je fouillai encore dans l'enveloppe, mais n'y trouvai rien d'autre sur le passé de maman. Seulement des copies de lettres de grand-père au *lensmann* de Saksum, où il renvoyait à la "Loi sur l'accès des étrangers au royaume".

Nicole Daireaux, vivant et travaillant toujours ici à Hirifjell, ne constitue aucune charge pour les caisses de l'État. La Loi sur les étrangers lui accorde donc le séjour en Norvège pour les prochaines années.

Je pris une loupe et examinai de nouveau la photo. Ses vêtements étaient gris et misérables. Les cheveux sous son fichu abîmés. Elle tenait contre elle un sac en plastique bien rempli.

Elle était bien plus décharnée que sur sa photo de passeport. Qui était-elle, qui arrivait ainsi avec ses vêtements dans un sac en plastique de supermarché français ? Alma avait à peine su dans quel sens tenir un appareil photo, je le savais. Était-ce malgré tout elle qui avait photographié maman, à son insu ? Ou papa ?

Non, à cette époque il travaillait à Oslo. Alma n'aurait pas qualifié maman de vagabonde si elle avait *d'abord* rencontré papa à Oslo et était arrivée avec lui. Elle n'aurait pas non plus eu ce maintien, comme si elle avait passé des jours à marcher le long d'une voie ferrée. Elle était sans doute venue à la ferme *avant* de rencontrer papa.

Ce qui soulevait une question plus vaste.

Que venait faire une fille française, une orpheline indigente, dans une ferme perdue dans les montagnes norvégiennes ?

4

JE LAVAI L'ÉTOILE avec l'arrosage agricole en haute pression et me rendis à Saksum. Il était huit heures et demie et c'était sans doute trop tôt, mais aussi loin que j'avais vécu, il avait été impossible de voir si H. Landstad & fils était ouvert ou fermé. On n'avait jamais pu percevoir le moindre mouvement derrière les rideaux. Non que j'aie regardé cela très attentivement. J'avais fui le souffle frigide et muet de l'agence de pompes funèbres comme une tombe ouverte.

La porte était fermée. Je retournai dans la voiture et étudiai les papiers dans la boîte à gants en attendant l'ouverture. Les tampons de révision méticuleusement apposés par Lillehammer Motorcentral. Combien pouvait valoir la voiture ? Une classe S noire ayant fait moins de quatre mille kilomètres par an. À une exception près. Elle en avait fait neuf mille en 1971.

"Je sais que Sverre tenait Nicole en très haute estime", avait déclaré l'ancien pasteur.

En si haute estime, en l'occurrence, que ça se voyait dans le carnet de révision. Grand-père avait été au courant de leurs projets de voyage. Il leur avait prêté sa nouvelle voiture.

Je me tournai vers la banquette arrière. J'y avais donc été assis. Dans la nuit, j'avais trouvé le billet d'avion de grand-père pour la France. Aller simple. Deux jours plus tard, le numéro d'immatriculation de l'Étoile était inscrit sur un ticket de ferry. La route du retour, juste lui et moi.

Je fermai les yeux et tentai de raviver des souvenirs de ces quatre jours, mais rien ne vint. Parfois je sentais qu'il s'était passé quelque chose d'effrayant dans une voiture, une voix hystérique combinée à l'odeur de gaz d'échappement et de vieux cuir d'une voiture, mais ce ne pouvait avoir été celle-ci. La Mercedes, l'odeur de skaï des sièges et le grondement en mode mineur du moteur, tout cela avait des connotations rassurantes. Si mes souvenirs étaient bons.

Aux pompes funèbres, la lumière s'alluma.

Aucune sonnette. Les pas étaient amortis par une moquette sombre. La lumière était monotone et diffuse, peut-être un quart de seconde avec une ouverture de 2.8. Quatre sièges et une table noire. On n'avait manifestement pas besoin de beaucoup de meubles quand on avait le monopole des morts du bourg.

Elle arriva de l'arrière-boutique en tenue de bureau gris sombre. Contournant la réception, elle me serra la main et ne la lâcha pas. Son silence me fit comprendre que j'étais attendu. Je pensai d'abord que c'était la procédure pour les tris que devaient faire les familles de défunts ; des parents brisés à jamais d'avoir dû commander un petit cercueil, les épouses de tyrans qui devaient être contentes d'être enfin débarrassées de leur infâme mari. Mais le silence de Rannveig Landstad se diffusa en moi comme une bonne anesthésie, et d'un seul coup – pour la première fois depuis longtemps –, j'eus le sentiment d'avoir quelque chose en commun avec d'autres gens du bourg. D'autres s'étaient tenus ici, en ressentant la même chose, déchirés et détruits dans l'antichambre du cimetière, et je n'avais pas honte d'avoir les yeux rougis et le dos voûté d'avoir passé la nuit à fouiller dans des papiers, avant de rester couché à regarder l'heure sans parvenir à dormir.

Elle relâcha ma main avant qu'elle devienne moite et m'invita à m'asseoir. Elle partit chercher une écritoire en cuir, fixa une feuille lignée sous la pince et y posa la pointe d'un stylo plaqué or.

— Le cercueil, dis-je.

Indécise, elle appuya sur la mine de son stylo.

— Le pasteur m'a raconté que quelqu'un avait envoyé un cercueil pour mon grand-père.

— Oui. Il… il y a un cercueil ici. Enfin. Évidemment qu'il y a des cercueils ici. Ce que je veux dire, c'est que je n'ai pas souvenir d'avoir jamais vu de, comment dire, de *dispositions* pareilles. Mais je suggère que nous nous occupions des aspects pratiques d'abord.

Et elle revint ainsi sur les rails. Se servant de son expérience. Commençant par les choses simples pour éviter aux personnes endeuillées de craquer, de percevoir la tâche comme insurmontable. Elle acquiesça et nota le souhait d'être incinéré. La pierre non plus ne posait pas de problème, nous étions une famille économe et prévoyante qui avait laissé de la place sur la pierre d'Alma. Le même type que celle de papa et maman, du granit de Saksum gris bleuté, qu'on ne trouvait que sur un rocher au bord du Laugen, en contrebas du pont ferroviaire.

— Des fleurs. Il faut des fleurs autour du cercueil, n'est-ce pas?

— Absolument. Et puis nous ajouterons les couronnes des amis et de la famille.

— Il n'y a pas beaucoup de famille.

Des proches d'Alma de Ringebu enverraient sans doute une couronne. C'était tout. Le Groupement des éleveurs de moutons et de chèvres n'allait sûrement rien envoyer à un membre passif de Saksum.

Rannveig attendit quelques secondes, fit tourner son stylo dans sa main.

— Nous pouvons nous occuper de commander des bouquets. Ils font de belles choses chez Jarle Blomster. Si la décoration est bien choisie, dans des tons plaisants, ça ne fait rien qu'elle soit un peu parcimonieuse.

— Ce ne sera pas parcimonieux. Quel effet pensez-vous que produiraient des fleurs de pommes de terre autour du cercueil?

— *Des fleurs de pommes de terre?*

— Il y en a plein en ce moment. Je peux en remplir le coffre. Des pourpres de Pimpernell et des blanches de Mandel.

Rannveig Landstad changea de nouveau sa prise autour du stylo.

— Je n'y vois pas d'inconvénient. J'ai même l'impression que ça pourrait être bien.

— D'accord.

— Vous avez quelqu'un auprès de vous? s'enquit-elle. Des… proches?

La curiosité villageoise s'était-elle insinuée jusqu'ici? songeai-je. Voulait-elle savoir pour Hanne et moi?

— Des copains passent, répondis-je.

— Gardez-les près de vous. C'est dur d'affronter tout cela seul. Les prochains jours seront sans doute difficiles.

Je regrettai soudain la discussion sur les modalités pratiques. La "discussion grand-père" plutôt que la "discussion Hanne". Puis je songeai qu'elle se faisait sûrement payer pour sa voix douce, que l'option était incluse dans le forfait, et qu'une fois sa tâche accomplie et mon grand-père dans la tombe, elle ne serait plus payée pour me réconforter.

Rannveig Landstad fit tourner son stylo dans ses mains. De petits tressaillements parcoururent son corsage impeccable.

— Au printemps 1979, expliqua-t-elle, un camion de Linjegods est venu. Chargé d'une caisse rectangulaire en planches grossières. Un cercueil se trouvait à l'intérieur, emballé dans de la grosse toile. Une enveloppe était attachée à l'une des poignées. Nous y avons trouvé une lettre et une somme d'argent pour l'entreposage. Tout cela était… inhabituel.

— Mais pourquoi grand-père ne m'en a-t-il pas parlé?

— La lettre précisait qu'il ne devait pas apprendre l'existence du cercueil. Et que c'était *vous* qui décideriez si on allait l'utiliser.

— *Moi?* Quelqu'un cherchait-il à le tourmenter?

— Non, non. Pensez-vous. Non. Nous n'aurions jamais accepté. Seigneur, non! Il n'y a là rien d'indélicat. Au contraire. C'est un cercueil tout à fait exceptionnel. Sans dénigrer les modèles que nous avons pu fournir, jamais personne n'a été enterré dans un plus joli cercueil à Saksum. Il conviendrait pour des funérailles nationales.

— C'est son frère. Einar. Je le croyais mort.

Elle leva les yeux sur moi.

— Je suis désolée si cela rend ces moments plus pénibles encore, fit-elle.

Je relâchai l'air de mes poumons.

— Ma famille a le chic pour offrir des paquets durs[1], soupirai-je. Où est le cercueil?

---

1. On distingue en Norvège entre les paquets souples (souvent des vêtements) et les paquets durs. Chacun a ses préférences et il est d'usage de commenter la présence majoritaire de paquets durs ou souples sous le sapin de Noël.

— Dans l'entrepôt. J'ai ôté la toile ce matin. À vrai dire, je me réjouis de pouvoir mettre un point final à cette histoire.

— Vous avez la lettre?

Non seulement elle l'avait, mais elle avait dû la mettre dans son écritoire le matin même. Elle était tapée à la machine, en interligne serré, et elle me la tendit avec le regard qu'avait grand-père quand je m'apprêtais à tirer le pouilleux.

Cercueil destiné à Sverre Hirifjell. Lequel n'a pas été informé de ce cadeau et ne doit pas l'être. À la mort de Sverre, Edvard décidera si le cercueil doit être utilisé. Dans la tragique éventualité où Edvard mourrait avant Sverre, je demande qu'il trouve son dernier repos dans ce cercueil. Présentez alors la lettre à Sverre. S'il n'était pas fait usage de ce cercueil, il faudrait le brûler. Sans autres spectateurs que les agents des pompes funèbres. Le cercueil ne doit être ni peint ni verni. Feu ou terre, rien d'autre.

— Avez-vous montré la lettre à l'ancien pasteur? demandai-je.

— Non, il y a des limites. Mais nous avons entretenu une certaine… entente au fil des années. Il avait l'habitude de s'inviter pour le café un jour sur deux. Quand le cercueil est arrivé, il l'a soigneusement examiné.

— Et?

— Et quoi?

— Comment a-t-il réagi?

— Il a dit que ce devait être Einar. Que lui seul savait fabriquer des choses pareilles.

Je suivis Rannveig Landstad au bout d'un couloir. L'entrepôt était frais et respirait le béton et la pierre. De vieux classeurs et une caisse de bougeoirs au placage d'argent oxydé. Les cercueils étaient rangés sur de profonds rayonnages, deux rangées de chaque côté de la salle. Contre le mur étaient inclinés des échantillons de pierre. Comme des valises laissées sur le perron de la mort.

— C'est l'ancien pasteur qui va célébrer la messe, précisai-je tandis que nous traversions l'entrepôt. Apparemment, le nouveau est en vacances.

— En vacances? fit Rannveig Landstad en ouvrant une porte.

— C'est ce que Thallaug a dit. Que le nouveau pasteur était autorisé à prendre des vacances.

— Peut-être bien. Mais il vient de rentrer de Rhodes.

— Ah bon?

— Oui. Je crois que Thallaug désire fortement s'occuper de votre famille.

Elle alluma un plafonnier et me prit par le bras pour m'indiquer la direction dans laquelle me tourner.

Le cercueil reposait sur une énorme table avec une nappe blanche jusqu'au sol. Je restai bouche bée.

Déjà, il y avait la forme: c'était un cercueil polygonal, et la lumière jouait sur une infinité d'angles. Mais ce qui me coupait vraiment le souffle était le bois. Le bouleau flammé ambre scintillait. Il était presque phosphorescent dans le crépuscule de la pièce. Sur l'intense couleur de fond, le veinage orange s'enroulait en imprévisibles langues étirées. Des structures compactes changeaient de forme et s'élançaient comme des griffes, différentes à chaque angle duquel je regardais le cercueil. Un damier à peine visible était évidé dans le couvercle. Sous l'effet de profonds ornements, lumière et ombres projetaient des couleurs et des éclats sans cesse renouvelés.

Je m'approchai. Chaque angle du bois était acéré à s'y couper. Le couvercle si précisément ajusté qu'il était impossible de voir la jonction.

Au premier coup d'œil, j'avais cru le bois verni, mais il était ciré et *poli*.

Printemps 1979. L'année après que grand-père avait refusé à Einar de me rencontrer le jour de mes dix ans. En réponse, il avait abattu quatre arbres dans le bois de bouleaux flammés. Assez pour un cercueil.

Mais ce n'était pas un cadeau de réconciliation, songeai-je. Le cercueil était un message. Un message au minutage précis. Qui me parviendrait dès que grand-père serait mort.

— Un cercueil Art déco, observa Rannveig Landstad. Vous vous rendez compte?

Je la dévisageai longuement.

— Ça existe, les cercueils Art déco?

— Ceci en est probablement la preuve.

— L'avez-vous jamais ouvert ?

— Même nous, nous sommes humains, rappela Rannveig Land-stad en posant les doigts sur un sillon.

Une fente horizontale s'amplifia en béance noire. Sans le moindre effort, elle ouvrit entièrement le couvercle. Deux suspensions chromées le maintinrent en équilibre. Une charnière à piano en laiton astiqué était insérée sur toute la longueur du cercueil. Et je constatai que les fentes de toutes les têtes de vis étaient alignées, un soin vertueux auquel on nous avait encouragés en cours de travail du bois.

Le cercueil n'était pas capitonné de velours, comme je le croyais, mais plaqué d'une boiserie de la même essence que mon fusil. Similaire au bouleau flammé, mais encore plus sauvage, plus indomptable.

Comme le feu en enfer. Ou des fleurs recroquevillées sous l'orage.

UN BEAU MATIN, JE ME RÉVEILLAI SUR LE CANAPÉ, tout habillé et moite.

J'examinai les papiers du secrétaire, que j'avais réunis dans la cuisine. La veille, avant de m'écrouler, j'avais tout trié, étalant les feuilles une par une jusqu'à ce qu'elles recouvrent entièrement le plancher du grand salon, mais je n'avais trouvé que de vieilles lettres de la chambre d'agriculture et des contrats d'assurance de Gjensidige.

Il avait été honnête, grand-père. Tout ce qui concernait la famille était rassemblé dans les enveloppes. Avec peut-être une exception. Dans le coin d'un tiroir, j'avais trouvé un petit trousseau de clefs. Trois clefs de cadenas brillantes de chez O. Mustad & Søn et une autre au fer forgé devenu gris. Le trousseau était fixé à une plaque de bois rectangulaire. On aurait dit des clefs de chalet d'alpage, ou de bateau, mais quelque chose m'incita à examiner la plaque de plus près. Éraflée, elle était faite d'un bois brun-rouge, dont je reconnus le veinage en la levant à la lumière. C'était du noyer.

Dans l'enveloppe de papa, rien que des bulletins scolaires et des certificats. Papa en chiffres et en lettres, tel qu'il serait apparu à un employé du fisc. Tel qu'il continuait de m'apparaître.

Le seul, à part maman, auquel les papiers insufflaient un peu de vie, était Einar, bien que son enveloppe ne comptât que trois éléments.

Un télégramme de Paris le 12 juillet 1938. *Cher frère. Viens d'apprendre la nouvelle après un mois abs. En deuil. Pose des fleurs sur la tombe de père, veux-tu. Einar.*

Une photo brunâtre qui devait être de lui, à côté d'un énorme vaisselier aux découpes sophistiquées. Il ressemblait à grand-père sur sa carte de membre du NS, mais il était plus menu et avait un étrange demi-sourire, comme si on lui avait posé une question inattendue.

Un formulaire. *Déclaration de décès au pasteur de la part du tribunal des affaires immobilières. Nom complet du défunt : Einar Hirifjell. Décédé dans la nuit du 2 au 3 février 1944. Lieu : Authuille, France.* Un simple trait répondait à la question de savoir si le défunt devait être enterré ou brûlé.

Le certificat de décès allemand, guère plus grand qu'un permis de pêche, se trouvait sous une agrafe rouillée. Le point n° 5 était la cause de la mort : *Hingerichtet.* Exécuté. Tamponné de l'aigle allemand et de la croix gammée.

Je contournai le grenier sur pilotis et rejoignis l'atelier de menuiserie. Le bâtiment avait toujours été ainsi : entièrement à part, avec une peinture rouge passée, des vitres crasseuses et un toit de tuiles recouvert de mousse, comme s'il restait dans son coin, gardant ses opinions pour lui. Depuis toujours, la clef était accrochée dans un placard de la maison en rondins, accessible, mais néanmoins interdite. J'étais entré dans l'atelier une fois quand j'étais petit, mais je n'en avais pas aimé l'obscurité, les contours vagues d'outils et de matériaux. La poussière formait une couche si épaisse que j'avais cru à un tapis sur le sol.

La porte avait gonflé mais elle s'ouvrit d'un coup de pied. Je restai dans l'embrasure. L'atelier sentait le flétri. Les fenêtres étaient occultées par une couleur grasse, brunâtre.

Sur le plancher, je vis les empreintes de mes pas d'enfant. De petites chaussures. Une rigole courait dans la poussière du tour à bois. J'avais dû mettre mon index et faire apparaître la couleur au-dessous. Il n'y avait aucune autre trace. Si Einar était revenu à la ferme, il n'était pas passé par ici.

J'allai chercher un projecteur dans la remise à outils. Je remontai vers l'atelier en déroulant le câble électrique dans l'herbe. La lumière s'alluma et donna un sens au local. Établi, outils à main au mur, matériaux sous le plafond, une chaise pas tout à fait terminée dans un coin. L'abondance de poussière conférait à la scène l'allure d'une photo aux teintes sépia.

Je pris deux flacons sur l'appui de fenêtre, époussetai les étiquettes. *Huile de lin n° 8. Gomme-laque n° 2.* Le contenu s'était depuis longtemps solidifié en un dépôt ivoire. Les solvants volatilisés, seuls demeuraient les restes de peinture, en croûtes le long du verre. La poussière me fit éternuer, le mouvement de mon corps en souleva d'autres tourbillons et j'éternuai encore en me forçant à rester immobile. Sur tout ce que je frôlais apparaissaient des couleurs.

Son départ aux Shetland n'avait rien eu de brutal. Il n'y avait pas de sciure sur le sol, les coins du plan de travail étaient exempts de copeaux, les outils accrochés à leur place.

Puis je regardai dehors. Ce qui avait été la vue d'Einar.

J'avais pensé jusque-là que la couche de poussière sur les fenêtres occultait *l'intérieur,* je me disais désormais que c'était la *ferme* qui devenait floue derrière ces vitres occultées.

Armé d'un masque anti-poussière, je balayai le plus gros. Je lavai les vitres et plaçai une échelle contre l'arrivée de courant sous l'avancée du toit. Les fils sectionnés pointaient vers le ciel tels des doigts crochus. Je dénudai le câble et allumai le courant. Par la fenêtre, je vis les ampoules s'éclairer.

Il y avait là des outils qui nous auraient été utiles dans nos travaux à la ferme. Une scie à ruban finie à la laque à métaux verte. Une dégauchisseuse. L'outillage à main était complet. Ciseaux à bois, tournevis, scies. Le tour à bois gronda quand je l'allumai. La machinerie était imposante, avec des courroies en toile et un volant de manœuvre brillant d'usure. De la vieille sciure était incrustée dans la graisse qui avait séché. Une poussée de la pointe d'entraînement, quelques secondes d'odeur de roussi, et il tournait en sifflant.

Un jour, j'avais abîmé un fauteuil en jouant. J'avais dit que j'aurais pu en fabriquer un autre si nous avions eu un tour à bois. Grand-père m'avait répondu que nous n'en avions pas besoin. Une heure plus tard, il avait remplacé les pieds ronds, tournés, par deux pieds rectangulaires et grossiers. C'était ainsi que grand-père faisait de la menuiserie. Têtes de clous apparentes. Un peu *trop* solide. Comme s'il cherchait à éviter de ressembler à une certaine personne.

Une rangée de vieux livres s'alignaient dans une armoire. *L'Art du menuisier ébéniste. Anatomie du meuble.* Des esquisses de mobilier. Des constructions ambitieuses avec une multitude de détails. Des commodes à quarante petits tiroirs. Un meuble rond à portes coulissantes faites de fines lamelles.

L'ouvrage le plus usé était le catalogue d'une exposition de mobilier à Paris de 1925. Le texte était en français et je me sentis grisé de me rendre compte que j'en comprenais l'essentiel. La couverture présentait le dessin d'une fille – à moins que ce ne fût un faune –, vêtue d'une tunique ample, et qui courait dans un pré avec une antilope en portant une corbeille de fleurs.

Je m'assis à la chaleur du soleil montant et lus. Une corneille battait des ailes vers la forêt en craillant.

Il avait été assis ici. *Ici* précisément. Il avait peut-être entendu les corneilles s'envoler de la forêt de pins dont il était condamné à fabriquer des meubles en bois blanc. Des corneilles de la même famille que celles-ci. Il en avait rêvé. Jamais je n'avais vu de meubles d'apparat d'un style pareil ; et je ne rencontrerais probablement même jamais quelqu'un en possédant. Formes, ornements et motifs se surpassaient à chaque page. Et cette splendeur, il s'était trouvé quelqu'un pour essayer de la dépasser encore. Partout où il en avait la place, Einar avait ajouté ses propres idées. Transgressant un style déjà osé, il avait juxtaposé une autre essence, changé le motif de portes en verre givré, troqué quelques tulipes gravées contre un damier complexe.

Sur une feuille volante était inscrit son plan pour le bois de bouleaux flammés. La distance entre les troncs. Comment déplacer les feuillards. *Desserrer A, D et E un an sur deux. B et C tous les cinq ans.*

J'ouvris *Anatomie du meuble. Einar Hirifjell, Paris 1933* figurait sur la première page vierge. Quelle écriture il avait! Droite et serrée, avec la barre du H qui courait sur l'intégralité de son nom de famille. Ce H qui était aussi le mien. Mon nom de famille, que j'avais vu sali par les ténèbres de la guerre, se dressait ici dans toute sa sophistication.

Nous aurions pu être une famille. Nous aurions pu célébrer des Noël dans la fumée des cigares et les récits de voyages lointains. Nous aurions pu jouer sous la table, tirer sur les jupes d'adultes qui attendaient à la fenêtre l'arrivée dans la cour de la ferme de voitures dont l'immatriculation n'était pas celle du bourg.

Que fallait-il pour que je puisse écrire Hirifjell si fièrement?

Brusquement, je reposai le livre. La réalité de grand-père, c'était le jour auquel il se réveillait et la terre qu'il cultivait. Pourquoi ne faisais-je pas comme lui?

Je sondai la possibilité que les enveloppes du secrétaire n'existent pas. Qu'aucun cercueil ne soit venu des îles Shetland. Que je puisse continuer de regarder le champ germer, sortir tous les matins sur un Deutz que j'avais passé au jet le soir précédent.

Le mensonge, c'est peut-être comme l'alcool, me dis-je, il faut boire régulièrement pour se cacher à soi-même qu'on boit. Mais la vérité aussi a quelque chose de similaire : on est obligé de boire jusqu'à ce que la bouteille soit vide.

— NAVRÉE, MAIS CE NOM ne figure pas dans les registres. Pas d'Einar Hirifjell aux Shetland.

Aux renseignements téléphoniques internationaux de Televerket, le ton des réponses était direct, sans chaleur.

— Mais, fit la dame au bout du fil, cela ne signifie pas que cette personne n'existe pas. Ou n'a pas existé.

— Il se pourrait qu'il ait eu une boîte postale à Lerwick, suggérai-je. Numéro 118. Cela vous est-il utile?

— Quand ça? s'enquit la dame.

Elle parlait le norvégien d'Oslo avec une once de dialecte du Trøndelag.

— En 1967.

— Cela fait plus de vingt ans, observa-t-elle, sans sarcasme.

J'imaginais qu'il y avait une échelle hiérarchique sur son lieu de travail. Semblable à la distinction entre la section "amateur" et la section "professionnel" d'Oslo Kameraservice.

— Laissez-moi faire mes recherches, ajouta-t-elle. Je vous rappelle. Ça risque de prendre un peu de temps.

Je raccrochai et pris la photo de mes parents. Je me dis que je devrais déplacer soit la photo soit le téléphone dans le petit chalet. Je m'assis sur les marches, et ouvris un petit album en provenance de l'atelier de menuiserie. Des photos de rues de Paris.

Un ticket pour *Nosferatu* au Grand Rex. Un grand cinéma manifestement, il avait eu la place 48, au rang 60.

Des photos d'un immense atelier, quatre hommes en tenue de travail autour d'une armoire colossale. Un plan rapproché d'un jeune homme en blouse qui se donnait des airs en brandissant un ciseau à bois. *Charles B.* La photo suivante montrait un homme à lunettes rondes et raie au milieu. *Ruhlmann.* Sur son bureau se trouvaient une équerre et des croquis d'un divan.

Une autre photo montrait deux hommes en chemises trempées de sueur sur un radeau. *Bonsergent et E. Hirifjell au Gabon, 1938. Conclu un marché avec Lacroix sur la livraison de 300 m³ de bubinga par an.*

Un petit carnet de croquis était daté de 1926. Quel âge avait-il à l'époque? Douze ans? Il dessinait déjà des rues et de belles maisons, en plus de salons d'apparat au mobilier grandiloquent. Sur la quatrième de couverture figurait un pense-bête.

— *Faire l'étable sans qu'ils aient à me le demander.*

— *Ignorer Sverre quand il commence à me chercher des noises.*

— *M'exercer trente minutes à la calligraphie et à l'écriture normalisée.*

— *Aider maman si elle est seule pour faire des tâches pénibles.*

— *Tailler un objet à main levée.*

— *M'exercer au moins une heure à l'assemblage à queue d'aronde ou à l'assemblage à enfourchement.*

— *Être plus poli à table. Ranger.*

— *Proposer des réparations à la ferme avant de fabriquer du neuf.*

Je nous imaginais tous les deux à la ferme. Notre vie si ça avait été *nous* qui étions frères. Puis le téléphone sonna, dur et métallique.

— C'est encore Regine Anderson des renseignements téléphoniques internationaux. Je suis désolée du temps que cela a pris. Vous êtes *sûr* que Lerwick 118 a un lien avec l'homme que vous recherchez ?

— À peu près, oui.

— Le problème est que ce ne peut en aucun cas avoir été son adresse. En 1967, il n'y avait que quatre-vingts boîtes postales à Lerwick. Les lettres étaient presque toutes livrées selon le nom et la rue. En revanche, j'ai découvert autre chose. Lerwick 118 était le numéro de téléphone d'un salon de coiffure de St Sunniva Street.

— Un salon de coiffure ?

— Oui. St Sunniva Hairdressers. Près du croisement de King Haakon Street. J'ai regardé la carte.

— Hmm, fis-je d'une voix éteinte. Eh bien, merci d'avoir fait ces recherches.

L'opératrice marqua une pause. Prélude à un récital qui compensait très certainement des jours et des jours de demandes ingrates et renfrognées aux renseignements internationaux de Televerket.

— J'ai cru comprendre en vous écoutant que c'était important, reprit-elle. Alors j'ai prié un confrère de British Telecom à Aberdeen d'aller chercher dans l'entrepôt. Il a découvert une chose intéressante.

— Ah bon ?

— Le salon de coiffure a obtenu ce numéro en 1937. Mais pendant vingt et un ans, de 1946 à 1967 inclus, l'annuaire des Shetland comptait *deux* entrées pour Lerwick 118. L'une était St Sunniva Hairdressers. L'autre un certain E. Hirifjell.

J'eus des picotements dans le ventre.

— Donc à la lettre H, on le trouvait avec le numéro Lerwick 118 ? récapitulai-je.

Au bout du fil, j'entendis un bruissement de papier, les notes qu'elle prenait tous les jours quand elle recherchait des numéros internationaux à quatorze chiffres.

— Oui, confirma-t-elle, mais pas après 1968.

Alma avait dû retrouver sa trace en 1967, songeai-je. L'année suivante, quand j'étais né, il avait annulé son inscription dans l'annuaire.

— Vous êtes là ? s'enquit Regine Anderson.

— Oui, oui. Le salon a-t-il fermé au même moment ?

— Non. Il est resté ouvert jusqu'en 1975. Date à laquelle il s'est passé une chose intéressante. Normalement, comme les gens ont tendance à garder en tête le numéro d'un commerce et qu'ils ne savent pas forcément qu'il a fermé, les anciens numéros sont bloqués pendant trois ans avant d'être remis en circulation. Ce qui est remarquable dans le cas présent, c'est que ce numéro n'a jamais été inactivé. Il a été transféré à une femme du nom d'Agnes Brown habitant St Sunniva Street. Elle vivait probablement à l'étage au-dessus de l'ancien salon.

— Ce devait être la propriétaire ?

Je me représentai qu'elle avait peut-être été mariée avec Einar et qu'il avait ensuite déménagé.

— Très probablement. Car cette Agnes Brown figure encore dans l'annuaire de cette année. Même adresse, même numéro, juste avec un nouveau préfixe depuis l'automatisation du central.

— Ah oui ?

— Un peu curieux qu'elle n'ait pas changé de numéro. En tant que retraitée, on cherche plutôt à éviter de se faire réveiller intempestivement, non ?

— Peut-être attendait-elle que quelqu'un l'appelle ? suggérai-je.

— C'est souvent la raison pour laquelle on a le téléphone, répondit Regine Anderson. Voulez-vous le numéro ?

— Oui, s'il vous plaît. Nous avons perdu un détective en vous.

— Il ne s'est pas perdu du tout, jeune homme. Je travaille depuis trente-neuf ans aux renseignements internationaux de Televerket.

Pour la première fois de ma vie, je composai un numéro international. Un sifflement strident résonna sur la ligne. Comme si les signaux luttaient pour tracer leur voie sous la mer du Nord. Une sonnerie retentit à l'autre bout, un fort bruit de crécelle, différent des appels norvégiens.

Je tenais le combiné, j'attendais.

Pas de réponse.

Je raccrochai, puis errai en réfléchissant à ce numéro de téléphone. Je descendis consulter l'atlas de grand-père pour voir les distances. Je savais que l'archipel des Shetland avait été norvégien par le passé et j'y trouvais maintenant une bonne explication. Le trajet jusqu'à Lerwick était plus court de Bergen que d'Aberdeen.

Puis j'entendis de nouveau le carillon du téléphone. Je grimpai les marches quatre à quatre et arrachai le combiné.

— *Yes*, dis-je. *Hello?*

— Comment? fit la voix au bout du fil.

— Hmm?

— Euh, c'est Rannveig Landstad. C'est vous, Edvard?

— Ah. Oui. Bonjour.

— Bonjour. Euh, je suis désolée de vous l'annoncer, mais il y a des complications.

Elle m'expliqua qu'on ne pouvait pas utiliser le cercueil. Il était trop large pour le four crématoire. Il avait sans doute été fabriqué selon des mesures anglaises, car il faisait précisément quatre pieds de large.

"Aucun peuple ayant les yeux en face des trous ne mesure en pieds", avait décrété grand-père.

— Était-ce du reste votre intention qu'on l'enterre avec son couteau?

— Il l'aurait apprécié.

— Nous pourrions sans doute le mettre dans le cercueil, même si ce n'est pas tout à fait réglementaire. Mais pour la crémation… enfin, vous comprenez.

Je me promenai dans l'exploitation pendant une heure pour réfléchir. Je flânai entre les arbustes fruitiers, me repus de baies et portai mon regard au-delà des champs sur l'atelier de menuiserie.

Feu ou terre. Rien d'autre.

Je rappelai les pompes funèbres.

— C'est encore moi. Pouvons-nous utiliser le cercueil à l'église? Et le sortir avant la crémation? C'est faisable?

— Mais alors, répondit Rannveig Landstad, nous nous retrouverons avec un cercueil usagé.

— Remontez-le ici à Hirifjell. Mettez le couteau dedans.

— Edvard. Dans mon secteur, on demande rarement *pourquoi*, mais aujourd'hui, je crois que c'est nécessaire.

— Le cercueil sera utile plus tard.

JE SAVAIS QU'IL HABITAIT DANS LE CUL-DE-SAC à côté de la centrale d'achat, dans une grande maison de plain-pied noire, cachée sous des sapins buissonnants. Qui n'avaient sans doute pas été plus hauts que des arbres de Noël quand il avait emménagé. Et qui dominaient désormais tout le terrain. Le goudron du toit était recouvert de mousse, les gouttières débordaient d'aiguilles. La Rover était sous l'auvent, mais il ne vint pas quand je sonnai à la porte. Je fis le tour et le trouvai dans le jardin.

— Qui était Thérèse Maurel? lançai-je.

Le pasteur changea de position sur sa chaise de camping affaissée.

— Ta mère était ta mère.

Il désigna une chaise pliante contre la descente de gouttière. Je m'installai face à lui. Il but à une grande bouteille puis me la tendit. Par politesse, je n'essuyai pas le goulot avant de boire. Jus d'orange, épais et sucré.

— Pourquoi ne me l'avez-vous pas dit tout de suite?

— Le chagrin est plus pur quand il n'a qu'un seul point d'ancrage. Je pensais que ça pourrait venir ensuite. Les enterrements n'ont jamais été simples dans la famille Hirifjell. Pour le cercueil, tu aurais su de toute façon. Mais pour ce qui est de l'histoire qui précède, je me demandais ce que tu savais et ne savais pas. Et combien tu *voulais* en savoir. Souvent, la vérité gagne à avoir un petit temps de retard.

L'herbe caressait l'assise de nos sièges à fleurs.

— Je crois que le moment est venu.

— Ta grand-mère maternelle s'appelait Isabelle Daireaux, Edvard. Elle a donné naissance à ta mère à Ravensbrück, juste avant la capitulation. Elles ont dû être séparées, car ta mère a été adoptée par une femme française, dont elle croyait être la fille. À dix-sept ans, elle a trouvé des papiers indiquant que ce n'était pas le cas. Et à l'âge de vingt ans, elle a changé de nom pour prendre celui de Nicole Daireaux.

— Est-ce grand-père qui vous l'a raconté?

— Non, Walter. J'ai eu besoin de papiers et de numéros d'identité pour remplir ton certificat de baptême. C'est alors que l'histoire a refait surface. J'ai vu les anciens papiers de ta mère.

— Qu'est devenue ma véritable grand-mère maternelle?

— Je ne l'ai jamais su. Mais si elle a survécu à un camp pareil, et à la perte d'un enfant, elle n'a sûrement pas pu en sortir sans profondes blessures.

Je parlai au pasteur des papiers du secrétaire et de la photo de maman.

— Ce que je ne saisis pas, c'est pourquoi maman est venue *ici* précisément.

— C'est un secret qu'ils ont gardé pour eux. Walter soutenait que c'était une touriste.

— Ce serait alors la première et la dernière fois que des touristes auraient eu l'ubac de Saksum comme destination.

— Ne sous-estime pas la campagne. Bethléem non plus n'était pas une métropole.

Je cherchai du regard un caillou ou autre chose à manipuler, mais il n'y avait rien de tel autour de nous. Involontairement, je me retrouvai les mains jointes, j'en pris conscience et les séparai.

— Je me demande pourquoi elle a voulu s'appeler Nicole, remarquai-je.

— Va savoir.

— Son certificat de baptême donnait le nom de son père comme inconnu. En savait-elle davantage quand vous l'avez vue?

— Pas à ma connaissance, hélas.

— Vous parlez vrai, là, non?

— Je parle toujours vrai. Mais je ne parle pas toujours.

— Je suis allé voir le cercueil qu'Einar a envoyé. Je crois qu'il est venu ici le jour de mes dix ans et a abattu les arbres dont il est fait.

Le pasteur contempla son jardin noyé sous la végétation.

— Vraiment? fit-il avec surprise. La seule chose que je sache, c'est qu'Einar est revenu à Saksum l'année avant ta naissance. Tiens, bois encore un peu de jus d'orange. Si, si. J'avais bien l'intention de te le dire le moment venu.

L'ÉTÉ 1967, Einar avait frappé à la porte du presbytère. De son côté, Magnus Thallaug était installé avec son journal et un café. Il croyait Einar mort depuis 1944. Sans son dialecte du Gudbrandsdalen, Thallaug ne l'aurait pas reconnu, car son visage était buriné comme l'écorce d'un houx. Le gaillard vif, débordant de santé, qui avait réparé le crucifix et le retable de l'église de Saksum, était tout tremblant et ne payait pas de mine. Bien trop vieux pour son âge, son corps ressemblait à une peau de vache pendue sur une perche. Le pasteur avait vu en lui une profonde souffrance. Des années de mauvais sommeil, une nourriture uniforme, peu de savon. La seule chose qui distinguait Einar d'un clochard était sa chevelure soignée.

Le pasteur avait fini par lui soutirer qu'il vivait seul aux Shetland depuis la guerre.

— Mais on m'a pourtant informé que tu avais été tué, dit le pasteur.

— J'aurais voulu l'être. Mais il faut que je voie la fille qui est arrivée à Hirifjell.

Devant la maison était garée une voiture grise cabossée aux plaques anglaises, aussi brisée et défigurée qu'Einar. Le croyant de retour à Saksum pour revoir une dernière fois son village natal, le pasteur l'avait prié de confirmer les raisons de sa venue. Oui, c'était bien Nicole qu'Einar recherchait. Il s'était rendu à Hirifjell, mais en était aussitôt reparti, car Nicole – maman – était apparemment furieuse contre lui. Le pasteur s'était enquis de savoir pourquoi, mais Einar avait répondu que c'était entre lui et Dieu.

— Dans ce cas, je suis l'homme de la situation, déclara le pasteur. Tu es ici aussi près de Dieu que tu puisses arriver sans mourir. Explique-moi donc en quoi tu as besoin d'aide.

Einar demeurait indécis. Il n'avait visiblement pas formé de plan, s'était juste rendu au bureau du pasteur, comme s'il s'agissait d'un sémaphore produisant spontanément des idées intelligentes.

— Prête-moi une feuille et un crayon, fit Einar au bout d'un moment. Je vais essayer de lui écrire.

Le pasteur reconnaissait en Einar une chose qu'on voyait rarement dans le village de Saksum. Il était devenu croyant. Mais la foi qui l'emplissait n'était pas de celles qui signifiaient chorale et corbeilles de fleurs sur le pas de la porte. Sa doctrine était dure comme le roc, pétrie de remords et de douleur. Einar avait cependant refusé de s'étendre sur le désespoir qui le hantait.

Le pasteur lui avait présenté le plat de pains garnis prévu pour le conseil paroissial qui devait se tenir ce même jour, avant de refaire du café. Lorsqu'il était revenu avec la cafetière, Einar avait tout englouti, comme s'il n'avait pas vu de nourriture depuis des jours, ce que le pasteur pensait tout à fait possible. Puis Einar avait rédigé sa lettre dans le bureau avant de filer.

On en voit des vertes et des pas mûres quand on est pasteur dans le Gudbrandsdalen, s'était dit Magnus Thallaug. Mais cet épisode lui avait donné – pour reprendre sa formulation – "un désir pressant de voir si l'Église ne devait pas contribuer un peu plus à soulager la pauvreté de ses paroissiens". Le lendemain, il avait donc pris sa Rover et était monté à Hirifjell. La ferme était en apparence abandonnée. Pas âme qui vive. Mais le pasteur avait entendu des voix dans le potager. Maman et Einar se trouvaient sous un prunier. Ils parlaient en français, et ils parlaient fort. Les voix étaient emportées, mais ce n'était pas une dispute. À la vue du pasteur, ils s'étaient tus. Maman avait fait une génuflexion et échangé avec lui quelques politesses en norvégien, puis elle s'était rendue dans le petit chalet. Le pasteur s'était promené autour de la ferme avec Einar. Lequel lui avait indiqué que maman avait fini par "comprendre son propre bien", sans que le pasteur s'en trouve plus éclairé. La discorde entre les frères semblait perdurer, car Sverre et Alma étaient montés à l'alpage avec Walter.

De la vie d'Einar, le pasteur n'avait pas appris grand-chose, si ce n'est qu'il s'était installé aux Shetland. Il avait donné de vagues indications d'où ressortaient "Scalloway" et "Unst". Le pasteur connaissait Scalloway : ç'avait été le port des résistants du Shetland Bus pendant la guerre. En revanche, il dut consulter un atlas pour apprendre qu'Unst était l'île la plus septentrionale de l'archipel, un lieu désertique, quasiment sans présence humaine. Thallaug avait laissé entendre que les Shetland étaient un drôle de choix pour un homme qui avait été le maître ébéniste de Ruhlmann, mais il n'avait pas tiré grand-chose d'Einar sur ses faits et gestes après 1942, pas plus que sur ses liens avec maman ou la raison pour laquelle il lui avait fallu une lettre pour accepter de s'entretenir avec lui.

Einar était distrait, étrange, et sa conversation n'avait pas tardé à devenir aussi heurtée et embarrassée qu'au presbytère. Mais le pasteur croyait identifier un point commun entre lui et Nicole : tous deux semblaient avoir des comptes à régler. Il était reparti, alors qu'Einar restait seul dans la cour de la ferme à contempler les bois. Puis, maman sortit du petit chalet.

— ET ÇA, VOUS AVIEZ PRÉVU DE LE GARDER pour vous ? m'exclamai-je.

Le pasteur ôta ses lunettes et se frotta les yeux.

— Je pensais qu'il fallait t'administrer la vérité en portions congrues, répondit-il en remettant ses lunettes. Personne ne grimpe rapidement une échelle instable. Je t'ai dit absolument tout ce que je sais.

J'arrachai un brin d'herbe.

— Vous disiez quelque chose sur sa chevelure. Qu'elle était soignée.

— Oui, j'avais remarqué cela. Il était usé et frêle par ailleurs. Chaussé de vilaines bottes en caoutchouc jaunes. La dernière fois que je l'avais vu, à son retour de Paris dans les années 1930, il avait été coquet et élégant.

Je lui racontai l'histoire d'Agnes Brown et son salon de coiffure.

— Quelle était l'origine de sa mésentente avec grand-père, selon vous ? Ce n'était pas seulement la guerre, si ?

Le pasteur termina la bouteille de jus d'orange.

— Permets-moi d'abord de t'interroger sur les quatre jours de ta disparition. Te travaillent-ils parce que tu crains ce qui s'est passé ou parce que tu l'ignores ?

— Y a-t-il une différence ?

— Oh oui. On vit parfois mieux en se bricolant une vérité. Même bancale et pleine de fissures, elle peut tenir le coup. Souvent toute la vie.

— J'ai pris ma décision, affirmai-je. Racontez-moi ce que vous savez.

— Dans un premier temps, la querelle entre les frères Hirifjell était sans doute une histoire de succession et de politique. Mais je crois que leur discorde a été ravivée par l'accident de 1971 et qu'elle a pris un nouveau tour. Car le sang parle toujours plus fort que le reste et je crois que c'est tout le problème dans cette affaire. Tu excuseras mes conjectures, mais je pense qu'Einar savait ce qui est arrivé à tes parents, mais ne voulait pas le dire.

Un tressaillement parcourut mon front et s'implanta dans mes paupières. Il poursuivit sa progression jusqu'à enserrer mon corps entier. Mon diaphragme se noua, puis quelque chose éclata et la colère teinta chaque nouvelle pensée que j'avais. À quelle stupide curiosité avais-je donc cédé ? C'était comme si j'avais démonté quelque chose de précieux pour m'amuser et que je me rendais compte à présent que je ne pouvais pas le remonter.

Le pasteur se redressa.

— Tu m'as demandé de tout te raconter, Edvard. Voilà l'effet que ça fait. Et je n'ai pas terminé. Il faut encaisser, Edvard. Il faut que tu transfères toutes les pierres dans ton sac à dos.

— Pourquoi, murmurai-je, pensez-vous cela d'Einar ?

— Il n'est pas venu à l'enterrement. Soit il n'était pas désiré, soit il n'a pas eu la force de venir. L'un et l'autre vont dans le sens de son implication, car il avait auparavant été complètement obsédé par l'idée de voir ta mère.

— Il n'a peut-être pas été informé.

— Je ne pense pas qu'il ait eu besoin de l'être.

Le pasteur raconta que grand-père, d'habitude muet comme une statue de sel, avait exigé que papa et maman reposent dans le même cercueil et partagent la même pierre tombale bien qu'ils ne soient pas mariés. Quand on les avait finalement mis en terre, lui et Alma s'étaient écroulés par terre et avaient pleuré à chaudes larmes.

— C'était une bonne et saine réaction. Mais j'entendais Sverre sangloter sans cesse le nom d'Einar contre la terre. Il disait quelque chose sur "cette satanée forêt". Il le répétait inlassablement. Colère et compassion s'entremêlaient. Comme s'il voulait punir son frère et l'accepter à la fois.

— Disait-il vraiment "cette satanée forêt" ?

— À plusieurs reprises.

— Il parlait de la forêt de bouleaux flammés ?

— Non. On aurait dit qu'il s'agissait du lieu de leur mort et de ta disparition.

Je me levai et me dirigeai vers la clôture. Le tressaillement de mes paupières avait cessé. Mais je savais que rien ne serait jamais plus comme avant.

— N'est-il pas allé au cimetière plus tard ? tentai-je. Einar, j'entends.

— Non. Je gardais un œil sur la tombe, mais il n'y avait qu'une seule personne qui s'y rendait.

— Grand-père ?

Le pasteur secoua la tête.

— Il n'était pas comme ça, tu sais. La neige est venue tôt en 1971 et, tout au long de l'hiver, les seules empreintes qui menaient à leur tombe étaient étroites. Alma.

— C'était la façon de faire de grand-père, dis-je. Il évacuait en travaillant.

— Et toi ? Comment est-ce que tu évacues ?

Je déglutis. J'étais conscient que, parfois, se présentait l'un de ces rares tournants où on levait les yeux vers le ciel nuageux en se promettant que dorénavant tout serait différent. Toutefois, même les résolutions les plus fermes finissaient par lâcher peu à peu prise et il fallait prêter serment quand on avait encore mal. Ma tête et mes habitudes m'orientaient dans la direction de grand-père, elles m'incitaient à me transformer en statue de sel. Mais mon corps voulait autre chose. Il voulait la débâcle, les sanglots, des élancements fulgurants, des actes téméraires, ne serait-ce que pour montrer que je n'étais pas détaché, dur. Car je me rendais compte que, plus que tout, ce qui me manquait, c'était de ressentir un véritable manque.

Il s'écoula une minute, dix, peut-être. Je restais à la clôture. L'ancien pasteur était toujours assis sur sa chaise de camping. Il me fixait du regard comme si j'étais un animal aimé qu'on menait à l'abattoir. Comme s'il évaluait à contrecœur le nombre de coups qu'il me faudrait pour tomber.

— Il ne reste plus qu'une pierre, annonça-t-il.

— Envoyez ! répondis-je en avançant vers lui.

— Le problème, c'est que c'est la plus lourde et la plus anguleuse de toutes. Cela concerne l'affaire non réglée de ta mère.

— L'affaire non réglée ?

— J'ai mentionné qu'Einar avait écrit une lettre à Nicole dans mon bureau. Il avait pris la revue de la paroisse comme sous-main. À l'époque, nous nous donnions les moyens d'utiliser du papier glacé épais. Quand j'ai rangé après son départ, j'ai vu qu'il avait appuyé si fort que certains mots apparaissaient sur le papier au-dessous.

Le pasteur se leva. Je le suivis dans la maison, traversai une cuisine qui sentait le moisi et arrivai dans un bureau exigu, exigu parce que les quatre murs étaient couverts de bibliothèques de livres et de classeurs dont dépassaient des feuillets tapés à la machine additionnés d'une foule de corrections et d'ajouts. Il s'agenouilla avec raideur et tira une chemise marron. Elle contenait un vieux numéro de la revue de la paroisse.

— Je l'ai gardé. Dans l'hypothèse improbable où quelqu'un de la famille Hirifjell irait enfoncer sa charrue dans les profondeurs du passé.

Les rayons obliques du soleil projetaient de petites ombres sur les lettres. Avec les ans, les fibres du papier s'étaient redressées, mais en tenant la feuille à plat vers la fenêtre, je pus voir de faibles traces de l'écriture méticuleuse d'Einar. Les lignes s'entrecroisaient et les mots se bousculaient, mais certains éléments restaient lisibles. Je vis deux noms dans un champ blanc sous le dessin de l'église de Saksum. *Oscar Ribaut*. Et, à côté, l'année 1944 et *Isabelle Daireaux*.

— Qui est Ribaut ? m'enquis-je.

— Je l'ignore.

Le pasteur arracha un poil de ses narines.

— Sans doute serai-je puni pour t'avoir révélé tout ce que ton grand-père a maintenu secret pendant vingt ans, avec de bonnes raisons pour le faire. Si tu regardes attentivement, tu verras qu'un mot est répété à trois reprises.

— Lequel ?

Je tordis la feuille.

— Là, là et… là.

Je suivis son index jauni sur les faibles empreintes du crayon d'Einar.

L'héritage*[1].
— De qui? demandai-je.

Magnus Thallaug toussota et me fit comprendre que, en l'espèce, il avait sans doute été particulièrement zélé dans son rôle de pasteur des âmes. Ce jour de 1967, il avait répandu de la cendre sur la revue de la paroisse et essayé de distinguer le message d'Einar. Sa surprise avait été grande de découvrir qu'il y était question d'un bien patrimonial de la famille Daireaux. Ce bien semblait de grande valeur, pécuniaire ou affective, et le pasteur crut comprendre qu'il était ancien, vieux de plusieurs siècles. Mais les lettres se bousculaient sans cesse, et le mystère demeurait quant à savoir si maman connaissait la localisation de ce patrimoine et si Einar pensait qu'elle était l'héritière. Le pasteur avait en tout cas compris que maman avait l'intention de s'établir à la ferme, mais qu'Einar avait réveillé autre chose en elle.

— Je crois qu'Einar a préparé le terrain de ce fatal voyage en France en 1971, déclara-t-il en rangeant la revue de la paroisse dans la chemise. J'ignore ce que pouvait être cet héritage. Mais j'ai entendu ce qu'Einar disait à ta mère sous le prunier. Ma connaissance du français n'est pas formidable, mais cela correspondait aux phrases qui étaient identifiables sur la feuille à l'époque. Einar disait que *tout ce patrimoine existait encore et qu'il y avait de quoi remplir un camion.*

— Donc ce que nous allions faire, c'était retourner à la ferme d'Authuille? D'où provenait le nom Daireaux?

— Il pourrait sembler que ce soit le cas.

— Pensez-vous qu'Einar soit toujours vivant?

— C'est possible. Je le suis bien, moi. Il était physiquement à bout, mais j'ai vu en lui une obsession si ardente qu'elle aurait pu maintenir un homme en vie pendant cent ans. Et il n'en a pas encore quatre-vingts.

— Je ne saisis toujours pas pourquoi maman est venue à Hirifjell.

— Moi non plus. Mais je dois te prévenir. Ta mère s'appelait Maurel et elle a changé de nom, a-t-elle pu le faire pour apparaître

1. Toutes les expressions en italique suivies d'un astérisque sont en français dans le texte.

comme l'héritière légitime, ou est-ce par Einar qu'elle a eu vent de ce patrimoine, je ne sais pas.

À LA MAISON SE TROUVAIT UNE MANTA BLANCHE avec du gazon jusqu'aux jantes. Le capot était chaud. Elle lisait un précis sur les aliments concentrés pour porcelets dans la véranda. Elle portait un jean déchiré et grattait une piqûre de moustique sur sa cuisse bronzée. Grubbe était couché sur un coussin, une patte sur le museau.

— Tu veux des groseilles? s'enquit-elle en désignant du menton la coupe vide et un verre doseur de un litre rempli de baies.

— Pas de refus, répondis-je.

— La clef n'a pas changé de cachette.

— Il n'y a plus que toi qui la connaisses, maintenant, observai-je en suspendant mon blouson en jean.

J'absorbai le spectacle de sa présence ici. La possibilité de Hanne Solvoll. Cet été. Le reste de l'année. Le reste de ma vie.

Cette nuit, j'avais rêvé d'elle. Elle se tenait le dos tourné, avait la peau hâlée, jeune, ferme de part en part, sa colonne vertébrale comme une corde fraîchement commise, mais quand elle se retournait, elle était fripée, acariâtre, et ressemblait à Alma.

Je chassai ce souvenir. J'ouvris un courrier adressé à grand-père. C'était le contrôleur des plants. Inspection annuelle des champs de pommes de terre de semence, le lundi suivant, à partir de neuf heures.

— Le pasteur m'a raconté qu'Einar était venu ici voir maman, dis-je en reposant la lettre.

— Quand ça?

— En 1967.

Elle m'observa longuement, se leva, prit ma tête dans ses mains et me regarda dans les yeux.

— Mon cher, cher Edvard. Prends ta calculette. Ça fait vingt-quatre ans. Ça s'est terminé par quelque chose de sombre et d'affreux. Seigneur! Regarde autour de toi! C'est l'été, tu viens d'hériter d'une ferme et ta copine est en pleine ovulation.

— Ma copine? fis-je en esquissant un sourire.

— Si tu le veux.

Je l'embrassai et elle remplit ma coupe de groseilles.

— Je voudrais te dire deux choses. Tu as le chic pour gamberger et tu as le chic pour te torturer. Si tu commences à chercher et que tu ne découvres *pas* ce qui s'est passé, tu passeras le restant de tes jours avec l'allure d'un joueur d'échecs dans la dernière partie du championnat du monde. Tes parents sont morts, Edvard. La vérité est qu'ils ne reviendront pas. Quoi qu'il advienne, c'est *ça* la vérité la plus importante, et ça, tu le sais déjà. Il faut que tu acceptes ce qui se présente de nouveau.

Elle versa l'épaisse crème fluide jusqu'à ce qu'elle recouvre entièrement les groseilles. Au bout de quelques secondes, les baies remontèrent et voguèrent de leur rouge éclatant sur le blanc teinté de jaune de la matière grasse.

Grubbe sentit l'odeur. Il étira l'avant de son corps et bâilla en découvrant ses canines.

— C'est mauvais pour les chats, le lait, rappela Hanne alors que je prenais le carton de crème et en versais un peu dans une soucoupe.

— Et la crème?

— C'est pareil. Ça leur donne mal au ventre.

Je lui en donnai malgré tout. Il lapa la crème onctueuse en remuant lentement la queue.

— J'ai besoin d'aller à Authuille. Et à Reims.

— Reims? C'est où?

Je lui racontai Francine Maurel.

— Juste ciel, Edvard! Sverre n'est même pas enterré. Si nous allons quelque part, ce devrait être dans un endroit agréable. Le point fixe de ta vie a disparu. Pourquoi aller te charger de plus de ténèbres encore?

— Elle est vieille. Et c'est la seule personne qui puisse me parler de maman.

Elle enroula une mèche de cheveux autour de son majeur.

— *Ça*, je peux le comprendre. Mais commence par une lettre, au moins.

J'avais plus à dire, mais c'était trop long. Car cela comprenait un mot griffonné à trois reprises sur une revue de paroisse en 1967. *Héritage**. Et puis un autre, aussi loin de la chaleur de l'été norvégien que possible : *Ravensbrück*.

— Écoute, fit-elle en reposant son précis. Les moutons sont tous à l'alpage. Grubbe peut se débrouiller seul. Si on partait un peu après l'enterrement?

— Où ça?

— Dans les pays chauds, bien sûr. Ou à notre chalet dans le Sørlandet. Rien de plus méchant. Soleil et baignade. Allez. C'est ce que font les gens.

— Viens avec moi dehors, fis-je le lendemain, quand le soleil était au plus haut. Je vais te montrer quelque chose.

Nous allâmes jusqu'aux pruniers. Les prunes n'étaient plus dures ; serrées sur les branches, elles promettaient un automne suave. Nous contemplâmes le feuillage vert et toutes les prunes qui seraient bientôt rouges et fruitées. Mais elle pensait avenir et moi passé.

Hanne s'étendit sur l'herbe.

Ô Hirifjell. Avec toi. Fertile comme la terre sur laquelle tu es couchée.

Mais je ne pouvais pas rester ici.

Je la pris par la main et la conduisis au bois de bouleaux flammés. Je la menai jusqu'au plus grand arbre, un gros tronc entouré de cercles de fer tendus jusqu'à un point de rupture que le métal lui-même ne connaissait pas, et nous nous allongeâmes tous les deux, les yeux levés vers le feuillage.

Hanne s'arqua, pour défaire ses vêtements et les retirer. En un tour de main, elle se retrouva nue dans ce même arc.

— Toi aussi, exigea-t-elle. Tout de suite.

IL M'ÉTAIT ARRIVÉ D'IMAGINER L'ENTERREMENT. Je l'avais toujours vu en hiver, pendant le redoux de Noël. Je serais debout à côté de l'Étoile, seul sur le parking devant l'église de Saksum, raclant le givre du pare-brise avec une de ses cassettes de Karajan. La neige soufflerait en bourrasque à travers un vieux costume sombre sentant la poussière, je serais le dernier à partir, je resterais longtemps à côté de la voiture, avec vue sur la tombe où la neige se déployait en un duvet blanc.

Au lieu de quoi, c'était l'été, il faisait chaud, et je portais un costume neuf que nous avions acheté à Lillehammer. Hanne à ma gauche, en robe grise achetée à la même occasion. Yngve à ma droite, qui, lui, disposait de plusieurs costumes parmi lesquels choisir.

Le cercueil en bouleau flammé était posé dans la nef centrale, au milieu d'un océan de fleurs de pommes de terre. Sorti avant le lever du soleil, j'avais passé deux heures à couper des fleurs à la faux. Chaque espèce de pomme de terre était représentée, même la Beate avait ses émissaires. Le bois poli scintillait et projetait de nouveaux reflets à chaque cierge que le bedeau allumait.

Il était une heure moins dix. Une fenêtre était ouverte et, alors que les sonates en trio coulaient dans l'église, je me mis à guetter de l'oreille des pas sur le gravier. L'idée me traversait régulièrement : et si l'improbable se produisait et qu'Einar apparaissait effectivement à la porte ? Tous les matins et tous les soirs, j'avais appelé Agnes Brown, et chaque fois j'avais raccroché sans avoir obtenu de réponse. J'aurais pu envoyer une lettre, mais mon plan était prêt, ce ne serait pas nécessaire.

Puis j'entendis une sonnette de vélo et le crissement du gravier sous les roues, par la fenêtre vinrent une respiration contrainte et un bruit de choc contre la façade de l'église, je me tournai vers la porte et le vis arriver.

Janikken.

En blouson gris et pantalon de nylon brillant. Le souffle court, en nage, il marmonnait dans sa barbe. Yngve et Hanne échangèrent un regard, Jan resta dans la nef centrale, le regard errant. Il épongea la sueur de son front, plongea la main dans son pantalon et redressa ses testicules.

La musique ondoyait depuis les tuyaux de l'orgue.

Nouveaux pas précipités dehors. La mère de Jan traversa en hâte l'entrée de l'église et le saisit par son blouson. Jan se libéra et avança. Je me massai les paupières.

— Yngve, chuchotai-je.

Il se pencha.

— Tu peux régler ça ? demandai-je.

— OK. Je vais le faire sortir.

— Non. Dis à sa mère qu'il peut se mettre ici, devant.

Mais ils s'étaient déjà assis, ce n'étaient pas les places libres qui manquaient. Une ou deux personnes étaient venues pour les apparences, ainsi que le neveu d'Alma. Puis les cloches sonnèrent, l'organiste tourna sa page et l'ancien pasteur sortit de la sacristie d'un pas solennel. Un tas de pages de sa bible étaient détachées. En soutane noire, pâle et majestueux, il évolua lentement vers le cercueil.

Mon regard tomba sur le retable qu'Einar avait restauré en 1940. Je ne pouvais croire qu'il avait été fendu, car les lignes couraient toutes sans interruption.

J'écoutai l'homélie du pasteur. Me demandant s'il pourrait y avoir une faille *là*, alors que Thallaug montait en puissance vers les hautes sphères en expliquant que "Sverre Hirifjell avait été un homme que Dieu avait soumis aux épreuves les plus rudes", puis frappait fort à propos de péché et d'examen de conscience, de haine et de miséricorde. Ses mots retentissaient dans l'église presque déserte.

Je pensai à la tombe non entretenue de mes parents, à son aspect pitoyable, avec ses ramilles brunes et sa mousse, et je ne m'aperçus que le pasteur avait fini qu'une fois le silence revenu, un silence palpable.

Le cercueil était si lourd que nous nous mîmes à huit pour le porter. De mon côté marchaient Hanne, Yngve et le bedeau. De l'autre, Rannveig Landstad, son fils et des confrères de l'agence de pompes funèbres de Harpefoss réquisitionnés pour l'occasion.

Nous sortîmes, passâmes devant le vélo d'ado de Jan. Lorsque nous tournâmes au coin de l'église et émergeâmes des ombres, un soleil d'été incandescent nous accueillit. Ses rayons pénétraient profondément dans le bouleau flammé et faisaient chatoyer le bois. C'était comme si nous transportions un mirage.

Nous ne nous dirigions pas vers une tombe. Mais vers l'ancien corbillard, une Mercedes que l'agence de pompes funèbres n'utilisait plus. Car grand-père devait faire un détour par Lillehammer pour être incinéré.

Ensuite, tout commença à se désagréger, comme mes sens quand j'avais ôté la croix gammée au Lynol. À la sortie de l'église, mes jambes se dérobèrent quand nous traversâmes les effluves goudronnés de la façade recuite par le soleil ; c'était peut-être l'odeur des funérailles de mon père et de ma mère qui me rattrapait, je sombrai dans une rêverie à la vue de leur tombe en haut, sur la pente, si flétrie et sèche, dérobée au diable. J'étais comme scindé en deux : une partie de moi portait le cercueil tandis que l'autre dégringolait à travers sa propre vie pour tomber devant deux noms gravés et une date que je savais devoir expliquer.

— JE RÉSERVE ? demandait-elle. Il ne reste plus que deux places à ce prix.

Le combiné à la main, je me sentais déchiré en tous sens. Ça partait d'un bon sentiment, elle était la bonté même. Mais je comprenais enfin la finalité de cette photo de mes parents placée ainsi devant le téléphone. Ce n'était pas seulement une photo. C'était une question qui attendait d'être posée. Voulais-je aller à contre-courant et découvrir pourquoi ils étaient morts ?

— Non, Hanne. Ce n'est pas possible. Pas encore.

— Je monte chez toi. Tu n'es pas toi-même.

— Non. C'est moi qui viendrai chez toi. Demain. Ne viens pas ici maintenant.

Je raccrochai, sortis et fermai la barrière levante. Je démarrai le vieux Deutz, roulai jusqu'aux monceaux de bois et en remplis une remorque. Épicéa et tremble, en sections de soixante centimètres. Je rejoignis le champ de Pimpernell, bondis à terre et examinai les lieux pendant que le tracteur bourdonnait à vide. Je pris le parti d'aller un peu plus haut, ce serait au beau milieu du champ, mais c'était l'emplacement qui offrait la plus belle vue sur les bâtiments de la ferme.

Sous moi, dans la terre, ça poussait. Soleil, eau et terreau, un processus aussi infini que le décompte des étoiles.

Je renversai le chargement de bois et commençai la construction. J'allai chercher encore deux stères, il fallait que ce soit haut ; à la fin, j'étais debout sur la remorque pour atteindre le sommet. Je terminai dans la soirée, un socle bien régulier de bûches entrecroisées.

À la ferme, je plaçai avec précaution le chargeur frontal sous la palette du cercueil. Je la soulevai, montai doucement la pente, virai directement dans le champ comme avec une charrue. Les tiges aériennes des pommes de terre frôlaient le cercueil. Le bois craqua quand je l'abaissai sur le bûcher.

Je me douchai, me rasai et passai mon costume noir. Je bus de l'eau au robinet extérieur, glaciale à en faire vibrer les tempes, je lançai un regard sur le champ, où le cercueil brillait au soleil du soir telle une gigantesque pierre précieuse.

Il était onze heures quand je pris le sachet en tissu noué sur la table du salon. Après l'incinération, j'avais demandé à être seul dans la salle de remise des urnes. De mes doigts glacés, qui tremblèrent quand, conscient que c'était *lui* que je déplaçais, je vis un nuage de poussière prendre forme dans les airs, j'avais vidé ses cendres dans le sachet, avant de tirer de la poche de mon pardessus un autre sachet.

La couleur n'était pas la même : les cendres que j'avais apportées étaient plus noires et c'était un mélange de fragments et de poudre, mais ça ferait l'affaire, il n'y avait que grand-père et moi dans la pièce, à la maigre lumière des fenêtres en hauteur, entourés de l'odeur froide de pierre sacrée. Je m'étais demandé quel livre serait de taille. Ses auteurs de prédilection étaient Thomas Mann et Günter Grass, mais un autre roman était plus usé, et je l'avais apporté à la cheminée, j'avais lu et brûlé les feuilles une par une et réuni les cendres dans un seau en acier.

Ce ne fut pas grand-père qu'on enterra sous le regard de l'ancien pasteur et de Rannveig Landstad. Les cendres que je déposai dans la terre de Saksum étaient celles des 432 pages lues et relues d'*À l'est d'Eden* de John Steinbeck.

Les oiseaux chantaient encore quand je remontai avec mon grand-père dans les bras. Dans cet état, il pesait un kilo, mais le poids que je portais était lourd comme un moellon. Quand je soulevai le couvercle du cercueil, les ressorts qu'avait un jour montés Einar clignèrent faiblement. À hauteur de poitrine, je déposai dans le cercueil le costume cousu par Andreas Schiffer d'Essen, à hauteur de hanches, la baïonnette de l'armée russe. Dans les derniers vestiges de lumière j'ouvris le sac en tissu et répandis ses cendres, et ce n'était que de la poussière, mais ce fut comme s'il retrouvait une silhouette devant moi, soutenait mon regard une dernière fois et se déclarait satisfait, et il était à la fois vivant et mort, mort comme sur le négatif dans le Leica, vivant parce que je savais que ça lui aurait plu ; pour finir, je pris les billets de concert et les laissai choir où bon leur semblait dans le cercueil, ils tombèrent comme des plumes d'oiseaux qui cherchent l'endroit où elles vont reposer.

J'allumai des racines de pin résineux aux quatre coins du socle, elles grésillèrent et les flammes commencèrent à s'élever vers le bois de chauffe, qui à son tour alluma des flammes plus hautes léchant le cercueil, le bois flammé déjà en feu le jour où il avait été abattu.

Soudain, j'aperçus une petite découpe dans un coin. Un écureuil qui cachait son nez dans sa queue. Le feu trouva prise et l'écureuil disparut dans les flammes, qui peu à peu s'allongeaient, encadraient le cercueil. Il resta enveloppé de ce feu qui, éclairant désormais une grande partie du champ de pommes de terre, ne cessait de redoubler, m'obligeant à reculer pour éviter de me roussir les sourcils.

Le bois craqua, les langues de feu se dressèrent vacillantes sur le bouleau, motif doré qui reflétait un autre motif doré, puis le cercueil devint soudain noir de suie, un voile de deuil qui, la seconde suivante, s'enflamma, avant que résonne un éclat prolongé : le feu mit toute sa puissance et les flammes brûlèrent les flammes.

Je convins alors avec mon deuil que je serais quelqu'un sur qui les morts pouvaient compter.

III

L'ÎLE DES PÉTRELS-TEMPÊTE

1

JE NE FUS PAS RÉVEILLÉ PAR LE SOLEIL, mais par les Shetland.
Le bastingage peint de blanc était ponctué de gouttelettes; nous
avions essuyé une averse dans la nuit.

Quelques petits bateaux de pêche s'apprêtaient à nous dépasser. Sinon rien. Avant qu'une bande de terre se fixe dans la brume
marine. De ses contours grandit Lerwick. Des pentes ternes se
firent champs de verdure. De petites boules devinrent maisons,
grues du port.

J'avais une semaine devant moi. Car la ferme avait ses exigences. Et Hanne aussi. J'étais passé chez elle avec mon coffre chargé
et, à mon arrivée, elle avait cru que je venais la surprendre avec
une voiture parée pour des vacances dans le Sørlandet. Nos
adieux avaient été muets et déconcertés, amers et inintelligibles,
tout était en suspens.

— Ne va pas te perdre, m'avait-elle lancé d'un ton acerbe.

Un bruit de choc annonça que le ferry accostait. Je suivis les
camions, passai devant un écriteau *Bienvenue à Lerwick. N'ou-
bliez pas la conduite à gauche.* Texte en anglais et en norvégien.
Comme si nous avions une colonie ici.

Je roulais à gauche de la route et il me fallut plusieurs kilomètres pour me persuader que je n'aurais pas de collision fron-
tale. Je poursuivis ma route au hasard jusqu'à ce que je trouve
un point de vue. Le paysage ressemblait aux terres domaniales
d'altitude en Norvège, en plus vert. La même bruyère. Les
mêmes moutons. Les champs en pente régulière. La seule différence était qu'ici, le paysage coupait net et tombait dans la
mer.

113

Les bruits et les odeurs étaient très différents de mes forêts. Eau saline mêlée de viscères de poisson et d'épaisse fumée de charbon ou de tourbe. Cris d'oiseaux marins, grondement des brisants contre les falaises face au large. La mer du Nord et l'océan Atlantique de part et d'autre, qui se hissaient sans relâche sur le rivage, comme si j'étais dans une forteresse assiégée.

Je restai à humer la mer. Un vent froid, salé. Pourri, mais frais. Il me plaisait et me déplaisait à la fois, me rappelait le terreau qui fait de la place au neuf.

Quelque chose manquait. Une chose que j'attendais, mais que je n'arrivais pas à identifier.

Bien sûr, me rendis-je compte après avoir repris la route. Il n'y avait pas d'arbres. Pas un seul. Rien que des petits fourrés, des maisons en pierre et des pâturages. Pas la moindre pousse de tremble.

Comment un ébéniste pouvait-il supporter *ça*?

J'achetai une carte des Shetland et m'installai dans la voiture. L'archipel ressemblait à une bouteille brisée. De petits écueils et îlots étaient éparpillés le long de la côte comme des éclats de verre.

Le pasteur avait saisi deux noms de lieu. Unst et Scalloway. L'île la plus septentrionale et une petite ville près de Lerwick.

Alors que je visualisais le trajet, il m'apparut que j'avais parlé anglais vraiment pour la première fois. *"A map of Shetland, please. Yes. Thank you."*

Ç'avait été facile. Chaque victoire était une victoire sur Hanne et grand-père. "Ne va pas te perdre?" D'accord, je n'avais rien fait en cours, mais j'avais eu d'autres profs. Joe Strummer et Shane MacGowan m'avaient appris l'anglais. Une vieille chaîne Pioneer gris métallisé et des paroles de chansons sur mes pochettes de vinyles m'avaient appris l'anglais, en tout cas suffisamment pour m'acheter une carte ici.

Mais pour les Shetland, constatai-je, j'aurais plutôt dû apprendre le norrois. La carte fourmillait de noms d'un autre temps, de noms pour la navigation en bateau viking, de noms pour chemins et sentiers équestres. *Wick*, c'était *vik*, la baie. *Skerries*, c'était *skjær*, les écueils. *Swarta Skerries*, c'était *svarte skjær*, écueils noirs, car *Out Skerries* ou *Haaf Skerries* étaient réservés aux écueils situés à l'extérieur, près du large, *havet*.

Mais cette méthode avait son coût, *a fortiori* pour quelqu'un qui cherchait. La carte comptait dix ou douze *Hamnavoe*, encore plus de *Sandwick*, et les îlots s'appelaient soit *Inner Holm* ou *Outer Holm*, et si ce n'était pas ça, c'était *Linga*.

À Unst, le norvégien semblait ne pas avoir été dilué du tout. *Bratta. Hamar. Little Hamar. Framigord* étaient les fermes les plus proches de la route. *Taing of Noustigarth* une langue de terre, *tange*, près de Nordigard.

Je ne me l'expliquais pas. Quel genre d'attirance Einar, le Parisien, avait-il eue pour cet endroit, où tout semblait avoir été nommé par un Viking du temps des sagas? Lui qui, dès l'adolescence, s'était lassé de fabriquer des armoires en bois blond pour les grosses exploitations agricoles. Il avait désormais largement passé la barre des soixante-dix ans. Quelle est la première chose qu'on dit à quelqu'un qui est loin de sa famille depuis des années? Allait-il se soucier le moins du monde de la mort de son frère?

Brusquement, j'eus envie de faire demi-tour, de laisser tout comme avant. Car le Leica était sur le siège passager et la dernière photo prise restait le visage mort de grand-père. Je pensai soudain à une chose qu'il avait dite un jour. Ce devait être l'automne, après la lecture de *C'est arrivé cette année*.

— Les pommes de terre de semence, dit-il.

Et je sentis à sa façon de se relever de sa besogne, à sa façon de me scruter et à ses mots introductifs, que c'étaient là des paroles qu'il s'était préparé à me dire quand je serais "assez grand", et qu'il m'avait jaugé, évalué, et que le moment était venu. J'ignore ce que j'avais entrepris dans les minutes précédentes qui l'incita à me considérer soudain comme tel, assez grand. Je pensais avoir travaillé comme d'habitude, mais mon travail s'était peut-être paré d'une évidence qui l'avait fait se redresser ainsi et parler comme il le fit:

— Chaque pomme de terre est l'autre pomme de terre. Toutes les pommes de terre que nous plantons maintenant sont en fait la même plante. C'est seulement en semant des *graines* que nous obtenons d'autres plantes. Les pommes de terre que nous avons plantées l'an dernier, toutes celles que nous planterons l'an prochain, ne sont qu'une seule et même. Certes, la pomme de terre de semence pourrit. Mais les nouvelles ne sont que des excroissances de l'ancienne. Elles ne sont pas juste de la même famille, elles *sont* les unes les autres.

Cette année-là, je me mis à fumer, et c'était son tabac.

J'ôtai mon coupe-vent et allai me chercher du chocolat dans le coffre. Outre des conserves et des patates, j'avais dans ma caisse de provisions vingt barres Gullbrød, vingt tablettes de Firkløver et dix paquets de cacahuètes. Des outils et quelques pièces détachées pour la voiture. Une boîte de papiers du secrétaire auxquels je n'avais pas trouvé d'explication. Les plus importants, je les avais photographiés, et puis j'avais fait un tirage papier de la case de négatif 18b, la seule qui se démarquait des photos d'Allemagne de grand-père.

Je mastiquai mon chocolat en me disant qu'il ne restait qu'à continuer. Soudain le vent tomba. Peut-être était-ce mauvais signe de taper dans ses réserves dès le premier jour ?

Au large, une couche nuageuse noirâtre se déployait vers l'intérieur. Chez moi, l'orage annonçait son arrivée bien en amont, et toujours avec un temps lourd comme messager, j'imaginais que l'averse atteindrait les Shetland dans la soirée. Mais le changement de temps galopait, aussi vite qu'un taureau en furie. Le vent reprit et, un quart d'heure plus tard, mes essuie-glaces opéraient à plein régime tandis que je regagnais Lerwick et le salon de coiffure d'Agnes Brown.

À la fermeture de St Sunniva Hairdressers en 1975, on avait dû verrouiller la porte derrière le dernier client, balayer le sol et ne pas ouvrir le lendemain. Les années avaient passé ainsi, jusqu'à ce que je me retrouve aujourd'hui à regarder par les vitres poussiéreuses. À côté de la porte d'entrée était accroché un poster Wella défraîchi, le profil d'une femme aux cheveux en cascade. Sur une table étaient posés des *Shetland Times* jaunis, si desséchés que les pages se recourbaient à la lumière. On pouvait difficilement voir plus loin, mais je distinguai d'énormes sèche-cheveux bleu clair abandonnés au milieu du local. Des flacons à l'ancienne près des bacs à shampoing. L'endroit me rappelait l'atelier de menuiserie d'Einar. Empoussiéré et intact.

Je me retournai et restai sous l'avancée du toit. La pluie ricochait sur l'asphalte. On était vendredi et les gens avaient manifestement entrepris de faire leurs courses du week-end. Ils marchaient vite, sans se préoccuper de l'averse. Se contentant juste de remonter la capuche de leurs vestes de pluie.

J'étais entouré de maisons en pierre gris-brun avec de petits jardins. En chemin, j'étais passé par King Harald Street, devant de hauts bâtiments avec des flèches et des fenêtres en encorbellement à résille de plomb qui me rappelaient le château de mon édition de *Robin des Bois*.

Et ici, sur St Sunniva Street, un petit salon de coiffure avait donc eu sa clientèle. Au-dessus, une lampe brillait à la fenêtre. J'ouvris une grille en fer, traversai un jardinet qui n'avait pas été entretenu depuis plusieurs années, et fus parcouru d'un frisson en voyant la plaque en laiton à côté de la porte.

Agnes Brown.

Trois coups de sonnette. Aucune réaction. Une vitre était entrebâillée. Je fis quelques pas en arrière sous la pluie et lançai un *"hello"* qui resta sans réponse.

En face se trouvait un magasin de vêtements. Une femme aux cheveux roux frisés réparait un ciré jaune. Le rafistolage se faisait avec des produits pour crevaison TipTop, j'utilisais les mêmes pour mes chambres à air de vélo.

— *The hairdresser*, dis-je en désignant du menton le salon de coiffure.

Elle reposa son tube de colle et me jaugea.

— Vous n'avez pas besoin de vous couper les cheveux, si ?

Je ris.

— *I need to find Agnes Brown*, précisai-je.

— Cela fait des années qu'elle n'exerce plus. Allez sur St Magnus Street ou King Erik Street. Il y a de bons coiffeurs là-bas.

— Combien en voulez-vous ? demandai-je en montrant le ciré.

— Il n'est pas encore prêt.

— Mais quand il le sera.

— *Don't know yet.*

Elle le leva vers le plafonnier, sans doute pour estimer combien la déchirure le dévaluait.

— *Depends on how much you have in your pung*, dit-elle. Ça dépend de combien vous avez dans votre bourse.

— Hmm?

— *You are Norwegian, right?*

— Oui.

— Comment appelle-t-on ce dans quoi vous mettez votre argent?

— Un portefeuille, *lommebok*.

Elle répéta maladroitement.

— *Loomi-buuk?* Nous, on dit *pung*[1].

La transaction se fit.

— Je ne veux pas me couper les cheveux, précisai-je. C'est Agnes Brown elle-même que je recherche.

— *She is such a lovely old lady.* Il paraît qu'elle a gagné un concours de beauté quand elle était jeune. Mais je ne l'ai pas vue depuis longtemps. Elle reste sur son quant-à-soi.

Sa prononciation était facile à comprendre. J'avais pensé que le dialecte des Shetland serait très écossais, mais la sonorité des mots était très semblable à ce que j'avais entendu à la BBC sur l'autoradio.

— Avez-vous connaissance d'un Norvégien qui s'appelait Einar Hirifjell? Il est venu ici pendant la guerre.

Elle secoua la tête.

— *Sorry, no.*

— Sont-ils plusieurs à vivre dans l'appartement au-dessus du salon de coiffure?

— Je crois qu'Agnes a vécu seule toute sa vie, répondit-elle en pliant le ciré.

Elle avait tout son temps. Elle souriait comme si elle voulait me proposer quelque chose, mais qu'il aurait été trop brusque de le faire séance tenante, son calme et sa franchise recelaient toutefois une promesse de *prochaine fois*.

Je n'avais pas l'habitude d'être sans histoire. Au village, je restais constamment sur mes gardes: dès que j'arrivais quelque

1. *Pung* a un double sens, comme le "bourse" français : porte-monnaie et testicules...

118

part, il y avait comme des crépitements de pôles de batteries. Ici, aux Shetland, j'étais aussi libre qu'à l'alpage.

Obéissant à une inspiration subite, je pris mon carnet de notes.

— Je crois que c'est le numéro d'Agnes. Vous avez un téléphone, n'est-ce pas ?

— Bien sûr.

— Pouvez-vous composer ce numéro ? Si elle répond, demandez-lui si je peux lui rendre visite.

Elle alla téléphoner dans l'arrière-boutique. Passa une tête.

— Pas de réponse.

— Rappelez, demandai-je.

Je courus de l'autre côté de la rue, jusqu'à la porte d'entrée dans l'arrière-cour. Je levai les yeux vers la fenêtre ouverte et attendis. Mais aucun téléphone ne sonnait chez Agnes Brown, et l'appartement n'était pas assez grand pour m'empêcher d'entendre la sonnerie.

À la grille, j'entendis un tintement. En provenance du salon de coiffure. J'allai jeter un coup d'œil. À côté d'un tiroir-caisse ouvert sonnait un téléphone gris.

Je montai en voiture. Le pasteur avait mentionné Scalloway. L'ancien port du Shetland Bus. Dix minutes plus tard, je me garai, j'enfilai le ciré jaune et je regardai autour de moi. Scalloway n'était formé que de quelques rues autour d'une baie étroite.

Il lui avait donc fallu transporter sa vie ici. Traverser une mer grise désertique en laissant derrière lui un conflit non résolu avec grand-père. Comme moi aussi je le faisais, d'une certaine façon.

Que pouvait entreprendre un menuisier ici, dans ce village de pêcheurs, dont les hasards de la géographie avaient fait un point névralgique pendant la guerre ? J'essayai de me représenter ces années. Le paysage avait été identique, la météo avait été identique, mais seule la face nocturne des choses avait prévalu.

De l'autre côté de la rue se trouvait une enseigne. Royal Mail. Dire que je n'y avais pas pensé plus tôt.

J'entrai. Les lieux grouillaient de monde, mais ne ressemblaient pas à un bureau de poste, à un bouquiniste plutôt, avec des rayonnages de romans de gare poussiéreux et des magazines dans des cartons à oranges. Ne relevaient de l'enseigne extérieure que deux caisses en plastique. L'une jaune, avec des lettres affranchies pas encore tamponnées. L'autre rouge, pleine de courrier qui venait d'arriver. Les gens semblaient se servir librement de lettres, mais je ne tardai pas à comprendre le fonctionnement des opérations : ceux qui prenaient plusieurs lettres allaient sans doute en livrer aux voisins qui habitaient sur leur route.

J'attendis que la caisse rouge soit à moitié vide et que les lieux se désemplissent avant d'aller trouver le postier, un homme chauve qui classait des bandes dessinées.

— Einar Hirifjell, dis-je doucement. Un Norvégien. Vit-il ici à Scalloway ?

Le postier leva les yeux au plafond. Il paraissait compter dans sa tête. Un jeune garçon qui s'avançait pour payer quelques livres m'observa.

J'eus soudain des remords. Les gens allaient parler, les cancans parviendraient peut-être à Einar avant moi. Notre rencontre n'était pas censée se passer en fanfare devant un public. Je voulais le voir de loin, laisser cette vision grandir sans perturbation.

— Non, répondit le postier. Mais quelques Norvégiens sont restés après la guerre. Même si la plupart ont plutôt ramené les femmes chez eux en Norvège. Je vais demander à Lise, dit-il en prenant le téléphone.

Cinq minutes plus tard, j'étais pris dans les doux tentacules de Lise Robertson, une femme forte en veste à fleurs et bonnes chaussures. À demi norvégienne, c'était l'une des guides attitrées de Scalloway sur le Shetland Bus. Son exposé était une émission de radio au montage serré, il avait dû être sans cesse perfectionné depuis 1945, et elle me raconta, avec un sens du détail méticuleux, comment les bateaux de pêche norvégiens avaient fait la navette entre le littoral norvégien et Scalloway. Armes, explosifs et saboteurs à l'aller, réfugiés au retour, tandis que les avions de chasse allemands volaient à basse altitude et les arrosaient à la mitrailleuse quand ils les voyaient par des trouées dans la brume.

Nous pressâmes le pas sur le quai pour nous arrêter devant la sculpture d'un bateau de pêche chevauchant les vagues de la mer. Des colonnes de noms de marins norvégiens morts pendant le Shetland Bus étaient surmontées de l'inscription ALT FOR NORGE, "Tout pour la Norvège".

— Les Norvégiens ont toujours été appréciés aux Shetland, affirma-t-elle. Après tout, nous *étions* norvégiens. Nous avons été le Hjaltland jusqu'à l'arrivée des Écossais en 1472.

Elle raconta la mauvaise affaire qu'avait faite le roi du Danemark quand il avait marié sa fille et donné les Shetland en lieu et place de la dot qu'il n'arrivait pas à payer. Ce furent de sombres années pour les Shetlandais. Abrogeant les lois vikings, les Écossais transformèrent des hommes libres en métayers. Sur Yell, le seigneur féodal avait châtié quarante bonshommes en les envoyant pêcher dans le mauvais temps. La tourmente se fit tempête et trente-quatre familles perdirent leurs pères et leurs fils. C'est pourquoi le mot *Norvège* conservait des accents dorés aux oreilles de tous aux Shetland, car c'était leur lien avec le temps des hommes libres.

— Puis est venue la guerre, poursuivit-elle en me montrant une jetée qui s'appelait Prince Olav Slipway, et d'un seul coup, ils sont revenus, les Norvégiens, dans des bateaux de pêche qui traversaient la mer. Des gens hardis, comme nous les avions imaginés. Jeunes et courageux. Les Allemands pulvérisaient leurs bateaux, mais les Norvégiens n'abandonnaient pas. Ils les réparaient dans un atelier d'ici et repartaient la nuit suivante.

— Attendez un peu, l'interrompis-je. Vous disiez qu'ils avaient des bateaux en bois?

— J'ai dit qu'ils avaient des bateaux de pêche.

— Mais étaient-ils en bois?

— Oui.

— Et ils étaient réparés ici?

— Juste là, indiqua-t-elle en désignant un bâtiment éprouvé sur le port. Jack les a tous rencontrés.

Elle désigna de la tête un gars en combinaison. Il se dirigeait vers une remise en portant une caisse en bois qui manifestement était lourde, car son pas s'allongea quand il l'eut reposée.

Nous le suivîmes jusque dans l'atelier, au son des burins et des ponceuses, et Lise Robertson le persuada de nous accueillir dans un petit bureau.

Ne ressortit des quinze minutes suivantes qu'un seul renseignement. Mais un renseignement important.

Arrivé en 1942, Einar Hirifjell était devenu un charpentier de marine de haut rang.

— Au départ il n'était pas charpentier de marine, expliqua Jack, mais il a appris le métier exceptionnellement vite. À l'origine, il était ébéniste, d'après ce que j'ai compris. Un vrai miracle. Il était capable de remettre en état une coque éclatée plus vite que n'importe qui d'autre. Les gars fabriquaient des cachettes géniales pour les armes. Notamment une qui avait l'air d'un tonneau à poissons, mais qui abritait une mitrailleuse antiaérienne qu'on pouvait dresser en un clin d'œil. Mais en 1943 ils ont dû abandonner. Les Allemands avaient renforcé leur présence aérienne et ils coulaient un bateau sur deux. Les traversées ont cessé. Elles n'ont repris que quand les Américains leur ont donné des chasseurs de sous-marins.

Je manifestai mon incompréhension en inclinant la tête.

— Oui, parce qu'il n'y a pas de travail pour un charpentier sur un bateau en acier.

— Ah, d'accord, fis-je. Et où est-il passé à ce moment-là ?

— Il traînait dans le coin, sans travail. Il faisait de menus travaux. Des caisses à filets de pêche en échange de tabac. Ensuite, il a disparu. Apparemment, il était parti en mission pour un riche d'Unst.

— Unst ?

Il gratta sa barbe de trois jours.

— Unst, confirma-t-il.

Je lui montrai la photo que grand-père avait prise.

— C'est aux Shetland en tout cas, assura-t-il.

J'attendis qu'il en dise davantage.

— Parce qu'on ne voit pas de maisons, expliqua-t-il.

Les mécaniciens commençaient à se préparer à rentrer chez eux. Les uns après les autres, les tours et perceuses à colonne s'arrêtèrent, jusqu'à ce qu'ils se tiennent muets et lourds, dans les relents de cambouis. Jack jeta un coup d'œil sur sa montre, son regard m'indiqua qu'il lui faudrait bientôt passer un coup de fil à la maison pour expliquer pourquoi lui, le chef d'atelier, était en retard pour le dîner.

Je commençai à me diriger vers la porte, mais me retournai en demandant :

— Vous ne savez pas s'il est allé en France pendant la guerre ? Il secoua la tête.

— À cette époque, les Norvégiens faisaient beaucoup de choses dont on n'a jamais rien su. *Ask no questions and you will be told no lies*, avaient-ils coutume de dire.

Scalloway était une ville paisible à la base. Mais en reprenant la route, je vis que le calme du vendredi l'avait carrément aspirée tout entière. Le seul indicateur de vie était la lumière de l'enseigne Royal Mail.

DE MOINS EN MOINS DE VOITURES à mesure que je progressais vers le nord. "Le plus septentrional" ne tarda pas à être le principal, puis l'unique, qualificatif des établissements et commerces qui bordaient la route. Quand j'arrivai au "*fish and chips* le plus septentrional de Grande-Bretagne", à Brae, je coupai *Brownsville Girl* et entrai.

Je pris mon repas en pensant à la ferme. Déserte pour la première fois depuis cent cinquante ans. Assis sur le perron, Grubbe avait refusé que je le caresse. Il avait compris que je partais.

Au fond de la remise à outils était rangée la carriole à cheval dans laquelle étaient arrivés mes arrière-arrière-grands-parents pour rompre la terre de Hirifjell. J'avais démarré et les bâtiments avaient rétréci pour tenir dans mon rétroviseur. L'image avait tremblé pendant que je traversais le passage canadien ; une seconde plus tard, je fermais la barrière levante et je rejoignais la départementale. Quand j'avais franchi la montagne, ç'avait été comme m'éloigner d'une ancienne version de moi-même, mais à présent, alors que je dégustais une nourriture étrangère, on aurait dit que mon ancien moi revenait, et je commençai à me demander si j'avais pensé à verrouiller la barrière levante.

Plus que rassasié, avec le goût des pommes de terre frites dans la bouche, des Asterix d'après ce que j'avais pu goûter, je changeai de cassette, mis les Clash et repris la route. J'arrivai juste à temps pour prendre le *Bigga*, le bac pour Yell, et filer devant le Britain's Northernmost Pub.

Unst m'accueillit avec une pluie fine, mais le ciré jaune me gardait au sec. Tout à l'avant du *Geira*, je sentais les secousses de la coque en métal me porter de plus en plus près. Un endroit en mer pluvieux, désertique, aussi dépourvu d'arbres et stérile que Yell, raboté par les vents salins.

Je me retournai pour observer le pont des voitures. C'était apparemment les gros véhicules qui allaient à Unst. Les voitures familiales étaient restées à Yell. Autour de ma Commodore se trouvaient un Bedford, un Land Rover écaillé et un Hilux avec des casiers à crabes sur la plate-forme arrière.

Dans le Hilux se trouvaient deux hommes barbus. Ils n'avaient eu de cesse de regarder avec insistance dans ma direction. Le chauffeur se penchait maintenant pour entendre ce que lui disait son passager. J'eus le sentiment d'avoir mis quelque chose en branle.

Encore quelques minutes, puis nous y fûmes. J'aurais dû rejoindre ma voiture, mais je restai à fixer un gars tout seul sur le quai du ferry à Unst, un vieillard avec une canne.

Nous débarquâmes. Le vieillard grimpa sur le siège passager du Land Rover.

À partir de là, absolument tout fut *Britain's northernmost*. L'école la plus septentrionale. L'hôtel le plus septentrional. L'arrêt de bus le plus septentrional.

J'arrivai au Britain's Northernmost Grocery Shop, dont les néons étaient encore allumés. Je piochai quelques aliments frais, des canettes de bière, je m'amusai des étiquettes étrangères des marchandises, et du fait qu'on vendait des alcools forts dans une épicerie. Une famille de trois personnes avait presque fini ses grosses courses du week-end et je les dépassai pour rejoindre le comptoir.

Un homme à taches de rousseur en blouse grise était à la caisse. Quand il eut tapé le prix de la moitié des articles, je l'interrogeai sur Einar Hirifjell avec les mots que j'avais employés au bureau de poste.

Le caissier eut une drôle de réaction. Il se figea avec le doigt au-dessus des touches de sa caisse enregistreuse, me regarda du coin de l'œil et demanda :

— Il n'est pas là-haut, à Norwick?

Ce fut mon tour de réagir bizarrement. De lâcher mon portefeuille par terre, de bafouiller.

— Norwick, dis-je furtivement, où est-ce?

— Tout au bout, au bord de la route, expliqua-t-il en pointant le doigt vers le nord.

Derrière moi, la famille avait commencé à décharger son chariot. L'enfant réclamait des bonbons.

— Vous connaissez Einar? m'enquis-je en prenant ma monnaie. Il fait ses courses ici?

Le caissier ne comprenait manifestement pas ce que je disais. Je commençai à répéter, mais m'interrompis, regagnai ma voiture et étudiai la carte. Je ne trouvai aucun endroit du nom de Norwick. Avais-je mal compris ses paroles?

J'attendis que la famille sorte puis je retournai dans l'épicerie, ma carte routière à la main.

Mais le caissier n'était plus là. Je le retrouvai près du rayon des produits laitiers, dans un bureau dont la porte était ouverte. Le dos tourné, il parlait au téléphone.

Peu après, je ressortis du magasin. Je lançai un regard à la ronde. L'île était pluvieuse et calme, anesthésiée par le soir et peut-être aussi la réticence.

J'avais entendu quelque chose. Quelque chose qui me faisait percevoir mon plan comme présomptueux et égoïste.

J'avais peut-être mal entendu. Le sifflement du ventilateur au-dessus du rayon lait avait peut-être haché ses paroles. Mais il avait dit *the Norwegian*. Et qu'était-ce ensuite, *waiting* ou *wanted*?

Ou bien était-ce ce que j'avais cru entendre de prime abord, et que j'avais ensuite écarté comme invraisemblable : quelque chose à propos de quelqu'un qui avait *fini par arriver*?

Le ton était celui de la mise en garde, c'était l'avertissement qui pousse la tortue à se retirer dans sa carapace. Einar ne voulait peut-être pas de visite. L'homme qui s'était fait une place à Paris au rabot et au trusquin était peut-être devenu un vieux grincheux. Quelqu'un qui n'allait pas ouvrir sa porte quand je frapperais. Jusqu'à présent, j'avais juste foncé de l'avant, comme si l'histoire de sa vie était accessible aux renseignements internationaux. Mais des années s'étaient écoulées depuis mes dix ans. Sa vie avait peut-être été bouleversée.

Non, songeai-je. La vie d'un homme qui abat des bouleaux à la scie à archet, fabrique un cercueil et l'envoie à son frère, change très lentement, voire pas du tout.

Je roulai sans trouver Norwick. Mais il me sembla soudain identifier un tronçon ressemblant au cliché de grand-père.

J'empruntai une petite route vers l'intérieur en recherchant le motif d'une photo qui avait déjà été prise. Qu'est-ce qui incitait un agriculteur vieillissant peu porté sur la photographie à se poster pour prendre *une seule* vue d'un tronçon côtier insignifiant?

La route menait à la pointe sud de l'île. Je sortis, passai mon coupe-vent par ma tête et essayai de donner du sens au site. Sous une petite pluie intermittente, je continuai de chercher cette photo déjà prise.

Derrière une butte, un chien aboya. Bientôt je l'entendis encore, plus près. Langue pendante, oreilles plaquées en arrière, regard fou, un pointer à taches grises mouillé arriva, me dépassa et disparut. Dans la pente suivait une femme essoufflée, maigre comme un clou. Elle se précipita vers moi, ouvrit son blouson et le referma. Elle paraissait encore plus agitée que son chien.

— Il est parti par là, dis-je en lui indiquant la direction.

Elle se gratta violemment la main gauche. Sa peau croûteuse était en feu.

— Y a-t-il un Norvégien qui habite près d'ici? m'enquis-je.

— *Never heard of one.*

Elle partit à la recherche du chien, revint une minute plus tard en secouant la tête. Elle reprit son souffle, sortit un paquet de Salem. Après quelques bouffées, elle pinça la cigarette, la remit dans le paquet et se démangea de nouveau le dos de la main.

— Savez-vous où cela se trouve? demandai-je en lui tendant la photo.

Elle hocha la tête, marmonna "Haaf Gruney" et me montra l'île qui se distinguait à peine à l'arrière-plan de la photo.

Soudain, le chien revint, il battit sa queue contre ma jambe en faisant gicler l'eau. Elle accrocha sa laisse.

— Êtes-vous superstitieux? m'interrogea-t-elle en faisant venir le pointer au pied d'une secousse de sa laisse.

— *Not really*, répondis-je.

— Avant, les gens pensaient qu'on pouvait voir le diable ramer de Haaf Gruney. Il traversait la passe la nuit avec un cercueil dépassant de son bateau.

Je portai mon regard sur elle. Puis sur la photo.

— Des cercueils, fis-je. Y avait-il quelqu'un là-bas qui fabriquait des cercueils?

Elle ne répondit pas, reprit la cigarette à demi fumée et allait l'allumer quand le pointer repartit à toute allure.

— Où est Norwick ? lui criai-je.

— Là où sont les cercueils.

La carte commençait à être fripée. Je n'étais pas loin de l'île qu'elle appelait Haaf Gruney, entre Unst et Fetlar, l'île voisine. Les rafales fatiguaient le papier. Je suspendis le Leica à mon épaule et partis.

Arrivé au bord de l'eau, j'eus le sentiment que le magnétisme terrestre me poussait en avant, qu'il rectifiait mon cap comme une aiguille de boussole entre des points cardinaux opposés. Le paysage se mit en place. La colline de droite trouva la bonne hauteur, la baie de gauche la courbure que j'attendais, bientôt j'étais dans la photo.

Grand-père s'était tenu *ici*.

Instinctivement, je baissai les yeux sur le sol, comme si ses empreintes étaient encore visibles. Oui. C'*était* ici, je reconnaissais même l'angle de champ qu'il avait eu avec la focale de son Rollei.

Le tout n'en était que plus incompréhensible encore.

Car autour de moi, il n'y avait pas une seule maison. Juste la route, la mer et un précaire hangar à bateaux en pierre.

J'allai chercher les jumelles de grand-père dans le coffre afin de dissiper le moindre doute.

Haaf Gruney était inhabitée. On n'y voyait même pas un muret de pierres sèches.

Il ne restait désormais que Norwick. Il était un peu tard pour aller frapper aux portes et prononcer mon propre nom de famille pour m'enquérir d'Einar. Je continuai de rouler, pour délimiter les contours de l'île et chercher un endroit où dormir.

J'arrivai enfin à Norwick. Ce n'était indiqué par aucun écriteau, mais en ma qualité de Norvégien, je n'en avais pas besoin. Car quand j'arrivai à l'extrémité nord de l'île, je trouvai cette même vue qui, à l'époque norroise, avait incité quelqu'un à nommer la baie la plus septentrionale Nordvik, la baie du Nord.

Une ample échancrure sur le large par laquelle la mer entrait en grondant, six ou sept maisons sur les pentes. Un petit cimetière au bout d'un cap.

Un état qui ressemblait à la tremblante des chasseurs me gagna. Une conscience aiguë que quelque chose allait être réglé immédiatement. Il était ici, tout près. J'ouvris la grille en fer, marchai entre les pierres tombales, jusqu'à celle qui se démarquait.

Un cercueil en bouleau flammé avait traversé la mer du Nord.

En remerciement était arrivée une pierre tombale gris-bleu en granit de Saksum.

2

JUILLET 1986. Je me souvenais de ce mois. Grand-père était revenu du centre du village avec l'Étoile pesant lourdement sur ses roues arrière, comme en hiver, quand il mettait des sacs de sable dans son coffre pour permettre l'adhérence des pneus cloutés. C'était donc une pierre tombale qu'il avait transportée, mais il avait prétexté une suspension cassée, qu'il fallait réparer à Lillehammer, ce qui tombait bien puisque c'était l'assemblée annuelle des moutons et chèvres, un peu avancée cette année-là.

Il m'avait appelé d'ici. De la cabine près du ferry, peut-être. Sans révéler qu'il avait enterré son frère. Ensuite, nous avions cessé d'utiliser la boîte postale dans le centre pour reprendre notre boîte aux lettres au bord de la départementale.

Je m'assis sur un banc dans le cimetière. Je contemplai longuement les pierres tombales. Battues par les vents, recouvertes de mousse. Chacune d'entre elles formait un mausolée de ce que je voulais découvrir. La vérité sur mes parents. Ces quatre jours avaient leur propre stèle, sinistre, bancale. À peine plus loin, une croix rouillée. À la mémoire de ce que l'héritage aurait pu être. En bordure de mon champ de vision, une pierre courbe, au-dessous, la réponse à pourquoi, pourquoi, *pourquoi* il avait fallu me cacher Einar. Juste à mes pieds, une petite pierre blanche aux dates effacées par l'usure, le monument funéraire à la question de savoir comment mon père et ma mère s'étaient rencontrés.

Et, plus imposant que tout, au cœur de ce cimetière, un édifice colossal au-dessus d'une tombe qui s'était ouverte pendant que je me tenais assis de la sorte : ma béance intérieure.

J'avançai jusqu'à la sépulture d'Einar et m'accroupis. Norwick était un lieu au climat si dur qu'il fallait amarrer jusqu'aux fleurs de cimetière. Dans la terre devant les pierres tombales étaient fichées de petites barres en fer auxquelles on attachait les bouquets. Un bout de ficelle jaune effilochée battait sur la sépulture d'Einar. Un peu plus loin, balayées par le vent, des tulipes orange étaient éparpillées dans l'herbe. J'avais cru qu'elles appartenaient à une autre tombe, mais je voyais maintenant qu'elles étaient entourées de la même ficelle jaune.

Quelqu'un avait déposé des fleurs sur la tombe d'Einar très récemment.

Je rattachai les tulipes et me redressai. Le vent tirait sur les fleurs, il semblait désormais chercher non pas à les disperser, mais à souffler sur leurs pétales pour disséminer leurs graines.

LE RÉCHAUD À GAZ bourdonnait avec sa flamme bleue.

J'avais établi un campement avec vue sur la case 18b du négatif. Adossé à la roue arrière, je mangeais de la soupe de pois cassés. Hormis le hangar à bateaux sur la grève, il n'y avait rien à voir. Quelques moutons bêlaient sur les coteaux, le reste du tronçon était inanimé. Il était bientôt onze heures et j'étais épuisé, j'avais un peu froid. Les bacs circulaient toujours et le plus raisonnable eût sans doute été de prendre la voiture et me payer une chambre dans un hôtel bon marché de Lerwick avant de rendre visite à Agnes Brown le lendemain matin.

Mon regard avait un endroit où se poser : Haaf Gruney. La petite île dans la passe. Qu'Einar ait ramé avec des cercueils au soir tombant pouvait concorder avec ce que je savais de lui, mais en aucun cas il ne pouvait y avoir *habité*. Et pourtant la superstition s'était attachée à une île plate et paisible.

La brume commençait à tomber. Prenant mon Leica, je me dirigeai vers la grève de galets. Je découvris un ancien sentier broussailleux qui menait à la vieille remise à bateaux et me retrouvai à l'abri du vent contre cette construction basse, aux murs en pierre et au toit en tôle ondulée rouillée. Le mur avançait dans l'eau sur quelques mètres, et on pouvait ramer directement à l'intérieur.

Quelques pierres plates affleurant à la surface de l'eau menaient au coin du hangar. Je les suivis en me tenant à une corde qui longeait le toit et arrivai du petit côté du bâtiment. L'avant était fermé par un gigantesque battant en bois, éclaté et dévoré par la mer et les intempéries. Au centre, je distinguai de la peinture blanche écaillée, les restes d'une immense croix. La mer clapotait contre mes chaussures.

Et…

Au loquet était accroché un cadenas norvégien Mustad.

Je courus à ma voiture et fouillai dans mes bagages pour récupérer ma lampe de poche et le trousseau de clefs que j'avais pris dans le secrétaire.

Je jetai un coup d'œil sur la route, écoutai si j'entendais des gens. Puis je m'élançai de nouveau vers le hangar. Saisissant la corde, j'avançai jusqu'à la porte tandis que l'eau clapotait autour de mes pieds.

Je m'arrêtai. Mon corps tremblait.

La clef glissa dans la serrure. Un petit déclic et l'arceau brillant s'ouvrait d'un bond. Je fichai la torche sous mon bras, soulevai le loquet en fer, ouvris la porte et me faufilai à l'intérieur.

La lumière du soir tomba sur une vieille barque à rames qui balançait doucement dans cette eau qui était une continuation de la mer. Le fond du hangar était au sec ; comme une grotte, à peine un mètre de plafond, et j'y aperçus quelque chose de blanc et de rectangulaire. Je refermai la porte afin de n'être vu de personne, puis j'allumai la lampe de poche.

Le faisceau lumineux brilla sur un cercueil blanc brisé.

J'ignore si j'avais moi-même crié ou si j'*entendis* un cri. Mon cœur battait comme celui d'un lapin qui comprend qu'on va l'abattre. La lumière se figea sur le cercueil au bois éclaté, je n'osai pas déplacer la lampe, comme si de pires spectacles m'attendaient ailleurs.

L'angoisse me saisit. Je craignais qu'il n'y ait un corps en état de putréfaction dans le cercueil. Pas un corps d'os et de peau dévorée par les asticots, mais un corps que je ne pourrais jamais enterrer. Une vérité que je ne supporterais pas.

Je dépassai le bateau en crapahutant, m'accroupis et braquai de nouveau la torche sur le cercueil. Le côté où on plaçait la tête était cassé. Les panneaux latéraux restaient entiers, mais les assemblages avaient joué de telle sorte que le cercueil était de guingois, déformé. Je repoussai le couvercle.

Filets de pêche et restes de planches.

Il n'y avait sans doute rien d'indélicat à conserver ce genre de choses dans un cercueil. Du moment qu'il était déjà fabriqué. C'était comme la différence entre terre consacrée et terre de culture.

De forme, le cercueil ressemblait à celui qu'Einar avait fabriqué pour grand-père, mais en plus simple, plus nu, avec un simple ornement fin le long du couvercle, à peu près comme un cordon tressé. J'orientai la lampe sur le bateau. Noir comme du charbon, grossier, énorme, presque un canot de sauvetage. Bien assez grand pour transporter un cercueil.

Le faisceau lumineux s'agita sur les parois rocheuses. Une veste délavée. Des glènes de cordage. Des bidons d'huile maculés, des outils rouillés. Des rames.

À travers le bruit sempiternel du ressac, j'entendis un moteur de voiture baisser de régime. J'éteignis la torche, sortis et lançai un coup d'œil sur la route. Deux phares se distinguaient dans la brume.

La voiture resta un instant à côté de la Commodore avant d'accélérer.

Peu après, j'ouvris la porte du hangar et fis entrer davantage de jour. Tout était mouillé, la mer battait contre les pierres. Retenu par des amarres visqueuses, barbues de verdure, le canot tanguait faiblement.

Je voyais maintenant un mot à l'avant de la coque. Je crus d'abord que c'était ATNA, mais j'identifiai l'esquisse d'une cinquième lettre. Le bateau s'appelait *Patna*. Il avait dû appartenir à Einar. Auquel cas il avait passé cinq ans ici sans dommages. Le bois était bien gonflé et étanche, mais recouvert de coquillages.

Dans la passe, j'apercevais les contours de Haaf Gruney. Le hangar s'en trouvait à la plus courte distance possible. Qu'une île soit inhabitée n'était peut-être pas synonyme de *vide*?

La barque craquait, elle avait un gros tirant d'eau et était lente. Je me repérai par rapport à un rocher qui se dessinait en silhouette contre le ciel, visai une ligne plaçant Haaf Gruney dans mon dos, et me mis en route. Je n'avais jamais connu d'embarcation plus lourde à ramer, mais elle était stable comme un roc et c'était peut-être ainsi que les bateaux côtiers devaient être. Un peu rétifs.

Unst s'ouvrit davantage. De la lumière brillait dans un groupe de maisons au bout d'une pointe et, lorsque je m'éloignai un peu plus, les lumières de quelques autres habitations m'apparurent.

Je retirai mes chaussures et restai pieds nus pour sentir si l'eau se mettait à filtrer au fond. Mais la précaution était sans doute inutile. Le bateau avait beau être grossier et trapu, je suspectais que c'était Einar qui l'avait construit. Le maître ébéniste de ma famille. Je me souvenais de la vieille rébellion qui m'animait dans le bois de bouleaux flammés, l'éternelle compétition entre deux frères, ma tendance à prendre parti pour Einar quand j'étais en colère contre grand-père.

Le bruit d'un moteur de bateau porta sur l'eau. Je levai les avirons et regardai autour de moi. Soit le bateau n'avait pas de lanterne, soit il se trouvait derrière Haaf Gruney. Le bruit ricochait sur la surface de l'eau et entre les îles environnantes, et je crus un instant qu'il venait droit sur moi, mais il tourna, faiblit et je finis par ne plus l'entendre.

L'île était proche à présent. Je rajustai mon cap, ramai à coups plus rapides dans la brume nocturne.

Haaf Gruney croissait. Je ne tardai pas à entendre le bruit de l'eau sur les pierres de la grève. La lune perça. De loin, l'île avait paru plate, mais la rive dont j'approchais faisait quatre ou cinq mètres de haut, elle était ceinte de rochers déchiquetés.

Il me fallait continuer vers un endroit plus propice.

Je vis bientôt un haut-fond, je le sondai avec les rames, puis remontai mon pantalon sur mes jambes et sautai à l'eau. Mais la coque ne s'enfonça pas comme j'en avais l'habitude, si bien que je manquai de faire une culbute.

À tâtons, j'amarrai le bateau, ôtai mon coupe-vent et titubai sur l'île. Je trouvai une flaque d'eau et me désaltérai, m'assis dans l'herbe.

La fatigue s'abattit sur moi.

J'avais débarqué à Lerwick le matin même. Et maintenant, j'étais ici. À ce rythme, songeai-je, je serai au pôle Sud après-demain. Je sortis une barre chocolatée mouillée de mon coupe-vent. *Là*, je devais avoir le droit de puiser dans mes réserves.

Les lanternes d'Unst projetaient de longues lueurs jaunes sur la surface de la mer. Pendant que je mastiquais le dernier bout de chocolat, j'en vis une nouvelle s'allumer ; plus faible, elle n'atteignait pas la mer et devait appartenir à une maison plus en retrait dans les terres.

Haaf Gruney était couverte d'herbes hautes drues. Je progressai vers l'intérieur, grimpai sur un rocher.

Vue sur la nuit et le vent. Rien d'autre.

J'ôtai mon pantalon, l'essorai et l'enfilai de nouveau, dans toute sa raideur collante ; je cherchai du bois flotté dont faire un feu. Le froid commençait à me gagner, j'errai à la recherche de l'endroit le plus abrité.

Si tant est qu'il existât des endroits abrités à Haaf Gruney.

J'allai jusqu'au bout de l'île. Rien, uniquement des cailloux, des flaques d'eau, le ciel au-dessus de moi, la mer autour. Je revins sur mes pas et marchai vers le sud, tombai sur une pente, que je suivis, m'attendant à ce qu'elle s'achève sur un précipice abrupt.

Mais ce que je vis fut un toit de maison. Sa forme droite rompait avec le site érodé tout autour, qui semblait intact depuis des millénaires.

Deux, non, *trois* maisonnettes en pierre. Une petite remise à bateaux au bord de l'eau.

Le tout invisible depuis Unst.

Je descendis d'une démarche mal assurée, m'arrêtai entre les maisons, m'avançai jusqu'à la plus grande et fouillai dans la poche kangourou de mon coupe-vent à la recherche du trousseau de clefs, que je trouvai au milieu d'un enchevêtrement d'emballages de chocolat et de livres sterling mouillées.

3

ÉTAIT-CE L'ÉPUISEMENT ou un pressentiment qui me firent frapper à la porte d'un défunt en criant : "Il y a quelqu'un ?"

Je l'ignore. Peut-être n'était-ce qu'une salutation au fantôme d'Einar, fantôme qui ne répondait d'aucune voix, mais qui était là malgré tout. Je m'engageai doucement à l'intérieur, mes mouvements firent de l'écho dans l'entrée déserte et ce fut comme si je sentais sa présence dans la nuit.

Je suis arrivé, Einar, me murmurai-je à moi-même. Je ne sais pas vraiment si tu voulais que je vienne. Mais je le crois. Tu es venu à Hirifjell quand j'avais dix ans, et je ne savais alors rien de toi. J'arrive trop tard, mais maintenant je suis là. Alors montre-toi à moi comme tu le peux.

Les volets étaient fermés, je cherchai mon chemin dans la pénombre, les mains tendues, je tâtonnais le long des murs. Je sentis une vague odeur de suie, trouvai la cheminée et fis courir mes mains le long du mur.

Là. Sur le manteau. Une petite boîte. Je la secouai. Le même bon vieux bruit qu'en Norvège. Des allumettes.

La flamme éclaira une table et un divan. Une bibliothèque sous une fenêtre, sinon rien. Je lançai un regard circulaire à la lueur de l'allumette qui s'éteignait. J'en craquai une autre et aperçus une chandelle jaune, mais pas de quoi faire du feu dans la cheminée, ni de lit ou de couverture; frigorifié, je cherchai dans la pièce n'importe quoi de souple et de sec et finis par arracher un rideau et m'enrouler dedans.

J'allais m'endormir quand je me redressai d'un bond.

Le bateau. Il était toujours amarré là où j'avais accosté. Je n'avais aucune idée du niveau de la marée et, si elle était basse en ce moment, je ne savais pas s'il risquait de se détacher plus tard en tirant sur les amarres. J'enfilai promptement mes chaussures mouillées, mon pantalon trempé, mon coupe-vent ruisselant, et j'y courus.

Flottant devant les rochers, le bateau semblait m'attendre. Sur Unst, je vis passer les phares d'une voiture solitaire.

Employant mes dernières forces, je contournai l'île à la rame. J'évitai de justesse un écueil acéré juste devant le ponton. J'essayai d'ouvrir la remise à bateaux, mais ne trouvai pas la clef et finis par attacher la barque à deux piliers en décomposition.

Cette nuit-là, mes rêves tournèrent en boucle.

Je me trouvai dans une grande salle avec une femme en robe. La lumière, qui provenait de fenêtres en hauteur, étirait nos ombres sur le plancher. Nous étions immobiles. Comme si nous attendions la musique pour danser.

Nous avions le même âge, mais elle était adulte, et moi pas. Nous nous enlacions, mais ne pouvions sentir les contacts physiques, comme si elle était de l'air pour moi et moi pour elle.

Quelque chose clochait.

Quelque chose nous concernant.

Puis sa silhouette commençait à disparaître. Sa robe conservait la forme d'une personne, mais le vêtement devenait ensuite informe, l'étoffe fine s'affalait, je saisissais sa taille sur mon bras et me retrouvais seul avec la robe d'une femme morte.

Je me réveillai en me demandant si cette danse allait commencer. Ou jamais se terminer.

J'entendis la houle s'écraser sur Haaf Gruney. Puis je me rendormis.

UNE CLARTÉ BRUMEUSE à travers les fentes des volets. Mes vêtements en un tas mouillé sur le sol.

Je me redressai. Mon rêve trépidait encore en moi. Tel un fantôme gravé sur ma rétine, chassé lentement par la lumière du jour.

Dehors, le monde était gris. Le soleil essayait de forcer son passage. Quelques dalles gagnées par la végétation menaient à la remise à bateaux et la barque était là où je l'avais attachée. Le vent avait beau être calme, la mer se déchirait sur le rocher plus loin.

Je desserrai les écrous à ailettes qui retenaient les volets à l'intérieur, sortis et les soulevai pour les ôter. Je vis de l'extérieur la lumière pénétrer dans la maison, la scène me rappelait le moment où j'avais allumé la lumière dans l'atelier de menuiserie.

Puis j'avançai jusqu'à la porte d'entrée. Je posai la main sur la poignée en me disant que j'étais Einar Hirifjell.

Un grincement de gonds paresseux. D'infimes traces d'une vie. La peinture fatiguée au bas d'un mur, là où il ôtait ses chaussures.

Une petite partie de son quotidien m'apparaissait. Lever dans une chambrette au fond de la cuisine, où un vieux matelas à ressort reposait désormais sans draps dans un cadre de lit simple en bois grossier. Une cuvette cabossée et un pichet en fer-blanc vert. Une serviette et une savonnette desséchée.

Une cafetière retournée. Petit-déjeuner seul. Un tabouret solitaire à la fenêtre de la cuisine à l'aube. Vue sur le rocher aux oiseaux de l'île voisine.

Les meubles, il les avait fabriqués lui-même. Je le voyais aux assemblages. Mais ils avaient la simplicité d'un établi. L'élégance et le plaisir du travail n'avaient pas eu de droit d'accès dans sa propre maison.

Il s'était chauffé à la tourbe. J'en trouvai des blocs noirs secs dans une caisse à côté du fourneau. L'usure du sol formait un arc entre la cuisine et le salon, où il avait dû s'étendre sur le petit divan, poser sa tasse sur la table basse.

Une radio Kurér sur l'appui de fenêtre. Des pipes fumées jusqu'à l'érosion dans une corbeille en vannerie marron. Tout paraissait intact depuis sa mort.

Je m'assis dans le clair-obscur du vestibule. Le vent soupirait par l'embrasure de la porte.

Einar Hirifjell. Entre pierre et mer. Pluie et tourmente. Un ciel sévère surplombant un homme épuisé.

Une rafale me passa dans les cheveux. Grand-père avait dû changer les verrous après l'enterrement. Mais pourquoi avoir pris la photo depuis Unst et pas ici, et pourquoi ne pas avoir vendu les lieux ?

J'avais froid. Dans l'entrée, je trouvai une veste d'extérieur au kaki délavé. Je la passai, ainsi qu'un pantalon de travail maculé de cambouis et des bottes jaune pâle Dunlop au caoutchouc pourri. "Il était usé et frêle par ailleurs, avait dit le pasteur. Chaussé de vilaines bottes en caoutchouc jaune."

Je traînai devant la maison. C'était comme passer à proximité d'un chalet d'alpage fermé dont on avait soudain appris qu'il appartenait à la famille. À moitié à moi, à moitié à quelqu'un d'autre.

Il faut que je trouve les clefs du hangar, me dis-je. Que j'y mette la barque. Comme ça, j'éviterai d'attirer l'attention. D'avoir à parler à des gens. De me faire dire que l'île appartient en fait à quelqu'un d'autre.

Sous les gouttières, il y avait deux tonneaux remplis d'eau de pluie, je me penchai et bus, recrachai les filaments d'algues et bus encore. J'entendis alors un bateau.

Vite, je m'accroupis. J'espérais que c'était un pêcheur passant de l'autre côté de l'île. Mais le grondement du moteur se renforça et j'aperçus bientôt la coque d'un bateau qui contournait l'écueil. Il ralentit devant le *Patna* et resta sur l'eau dans un mouvement de roulis.

ELLE SE TENAIT AVEC UN GENOU sur le banc de nage et une main sur la manette des gaz. Un petit bateau en bois râpé avec un vieux moteur hors-bord de quarante chevaux. Elle avait mon âge, portait une veste matelassée sans manches. Son regard tomba sur le *Patna*, elle écarta les cheveux de son front et jeta un coup d'œil dans ma direction.

Quand je me redressai, elle sursauta. Mais elle ne me salua pas, se contenta de rester à m'observer. Comme si elle se trouvait devant une maison dont elle s'était demandé en chemin comment elle serait avec sa façade fraîchement repeinte. Puis elle accéléra, traça une grande courbe, revint avec le soleil dans le dos, l'amarra à côté de l'abri à bateaux et débarqua.

La rosée s'évaporait de l'herbe autour d'elle. Elle n'était pas très grande, d'une charpente un peu grossière, avec des cheveux frisés brun sombre. Un physique qui se fondait dans la masse. Et pourtant elle était nimbée d'un je-ne-sais-quoi alors qu'elle arrivait ainsi des flots étincelants. Elle ne sourit pas quand elle avança, pas plus que quand elle s'arrêta à quelques mètres de moi et voulut savoir ce que je faisais là.

— *Came yesterday evening*, répondis-je.

— D'accord, mais que *fais*-tu ici ?

Des *r* vibrants. Un *o* long et profond. Différents du parler des Shetland. Écossais, elle parlait écossais. Sa voix ne correspondait pas à son visage. Un air vulnérable, mais une voix de directrice de banque.

— Je visite.

— *Is that sooo ?*

Elle fit un pas en avant.

— Minuit, c'est le soir, pour vous, en Norvège ?

Avait-ce été faux de dire *evening* ? Je cherchai mes mots. Ne trouvant pas les bons, je finis par demander :

— *What do you mean ?*

— Il était plus de minuit quand tu as fait la traversée. Je me promenais et j'ai vu que tu étais à mi-chemin.

— Comment sais-tu que je suis norvégien. Est-ce ma façon de parler ?

— Moui, répondit-elle en passant devant moi. Tu parles comme les médecins étrangers de la NHS.

— Ce qui te fait dire que je suis norvégien ?

— Non, dit-elle en déportant son regard sur les maisons. C'est la voiture immatriculée en Norvège à côté du hangar à bateaux d'Unst.

Son regard marron était ferme, comme fait pour jauger plutôt qu'admirer. Elle avait cette habitude de plisser légèrement les yeux avant de s'exprimer. Quand je lui expliquai que j'étais un parent d'Einar, elle eut un air rêveur, qui disparut dès la seconde suivante.

— Tu aurais pu attendre qu'il fasse jour, nota-t-elle. Te faire emmener par quelqu'un dans un vrai bateau.

Je haussai les épaules.

— Donc pourquoi es-tu sorti cette nuit ?

— *To let the river run its course.*

Elle rigola, mais d'une façon indulgente, comme si la parade était maladroite, mais tout juste respectable. Ma réponse avait peut-être été stupide et pompeuse. Mais elle n'aurait pas été prononcée par un médecin étranger.

— Et toi? m'enquis-je. Tu viens souvent ici?

Haussant les épaules, elle se dirigea tranquillement vers les bâtiments, sans regarder si je la suivais.

Et maintenant? songeai-je. Suis-je censé m'asseoir en faisant semblant d'avoir quelque chose de prévu?

— Je viens de temps en temps, répondit-elle quand je la rattrapai. Je me balade avec mon panier et je regarde si je trouve de jolies choses au bord de l'eau.

— Ça t'arrive souvent? D'en trouver?

— Parfois. Mais toi, tu n'entres pas dans mon panier.

Ses hanches étaient larges et son pantalon bien tendu dessus. Elle avait des cuisses épaisses, de petits seins, mais un visage sensuel, et son arrogance générait en moi un attrait qui m'avait fait trotter à sa suite, ce qui m'avait exaspéré dès la seconde où j'en avais pris conscience.

— Qui possède l'île? demandai-je quand nous arrivâmes aux maisons.

Elle fronça les sourcils. Son regard se braqua sur la clef en fer forgé qui était dans la porte, le trousseau brinquebalant au vent.

— *Maintenant*, j'entends, précisai-je. Depuis qu'il est mort.

— C'est la famille Winterfinch qui possède cette île. Depuis toujours.

— Habitent-ils à Unst?

— À Édimbourg. Il leur arrive de venir en été.

— Tu les connais?

— Tout le monde connaît la famille Winterfinch.

Elle avait répondu d'un air absent en plissant les yeux vers le vestibule. Puis elle recula en pointant le toit du doigt.

— Tu sais pourquoi il est si solide?

Je ne l'avais pas remarqué. Le toit était recouvert d'épaisses tuiles de pierre par-dessus lesquelles on avait étiré du grillage.

— Le grillage, c'est pour protéger des déferlantes, expliqua-t-elle. Pour éviter que les tuiles ne soient arrachées. Je me demande comment c'est, ici, dans la tempête. Les vagues les plus hautes arrivent probablement aux fenêtres.

Elle était si près de moi que je pus lire ce qui était frappé sur ses boutons. *Cordings.* Je n'avais jamais entendu parler de cette marque, mais je me doutais que c'était du cher, catégorie Leica. J'étais en quête d'éléments pour la cerner, me l'expliquer. Elle avait l'air plus vieille que moi. Pas plus âgée, mais d'une autre époque.

Enfin, j'identifiai une notion pouvant lui convenir. Elle faisait *dame.* Ses gestes assurés, posés, l'élégance avec laquelle elle débarquait de son bateau, quelque chose d'un peu caressant dissimulé sous un masque de réserve.

Elle se dirigea vers une dépendance, tira sur un cadenas.

— Comment se fait-il que tu aies les clefs d'ici ?

— Elles étaient chez moi. Mon grand-père a dû changer les verrous quand il est venu l'enterrer.

— Je crois qu'ils ne sont pas venus depuis des années, remarqua-t-elle. La famille Winterfinch, j'entends.

— Einar était-il leur locataire ?

— Dans un sens, je crois. Pourquoi portes-tu ses vêtements ?

Elle était tellement sur le qui-vive. À toute question, elle parait par une autre. Elle me faisait l'effet d'une fille ayant gagné sa place de haute lutte et dont l'une des armes était visiblement de donner aux autres le sentiment qu'ils étaient simples d'esprit.

— Les miens étaient mouillés, répondis-je. Je n'ai trouvé que ça.

— Pas étonnant. Ces trucs-là, c'était ce qu'il portait.

— Donc tu le connaissais ? m'exclamai-je. Tu connaissais Einar ?

Elle répéta son nom. Le prononça *Aianarr.*

— Je le voyais parfois quand j'étais plus jeune. *An unken body.*

Elle se rendit compte que je ne comprenais pas.

— *Unken.* Un original. Un solitaire. Un homme dont on ne cherche pas la compagnie.

— J'ai croisé une femme, dis-je. Apparemment, les superstitieux pensaient que le diable vivait ici. Qu'il traversait la passe avec un cercueil dans son bateau quand quelqu'un allait mourir.

— Pas le diable. La *Mort.*

— La Mort ?

— Oui. À cause des cercueils. *Aainarr* était fabricant de cercueils. Il les apportait à Unst, où les pompes funèbres de Lerwick venaient les chercher. L'histoire est devenue ce qu'elle est parce que, au départ, il n'avait qu'un petit bateau et les cercueils dépassaient. Les gens d'ici comprenaient bien qu'il ne s'agissait pas chaque fois du même cercueil, mais les touristes, en revanche... Et ensuite, il s'est manifestement procuré celui-ci, dit-elle en regardant dans la direction du *Patna*. Avec assez de place pour un cercueil.

— Avait-il des amis? Hormis à l'agence des pompes funèbres.

— Je n'en ai pas la moindre idée.

Elle se dirigea vers la barque, mais s'arrêta à une certaine distance, comme si quelque chose la retenait d'approcher trop près.

— Ç'a dû être un doris à l'origine, observa-t-elle.

— Un doris?

— Oui. Tu le vois à sa construction grossière. C'était nécessaire pour éviter que le canot ne se brise sur la bande du navire. C'était bien aussi pour la chasse à la baleine. Le style est caractéristique des embarcations de cette taille aux Shetland. Il en est resté des centaines à Unst quand il n'y a plus eu la pêche au hareng d'autrefois.

Elle ne lâchait pas la barque du regard.

— Dire qu'il est mort dessous.

J'eus un petit choc. Non seulement ses paroles, mais encore l'idée que je n'avais pas réfléchi à la façon dont il était mort. Je m'étais imaginé qu'il s'était endormi comme grand-père, que la chandelle avait un jour été soufflée.

— Tu ne le savais pas?

Elle fit quelques pas en arrière.

Je secouai la tête.

— C'était *vraiment* quelqu'un de ta famille, n'est-ce pas?

— Bien sûr. Mais mon grand-père et lui ne s'étaient pas parlé depuis la guerre.

— Pourquoi cela?

— Ils...

Je m'interrompis.

— Raconte-moi comment il est mort, demandai-je.

Elle serra sa veste matelassée autour d'elle.

— Il y a cinq ans, un pêcheur passait devant. Il a vu que le bateau avait été tiré sur le bord. Il a supposé qu'Aainarr était en train de faire des réparations. Mais quand il est repassé avec sa pêche du jour, le bateau était renversé et les câbles d'un treuil pendaient au vent. Le bateau s'était renversé et lui était tombé dessus.

Ma gorge se noua. Il me semblait entendre le craquement. Du bois sur la pierre. Du bois sur les os. Personne d'autre sur l'île. Ensuite, rien que le vent. Une marche funèbre monotone pour Einar Hirifjell.

Soudain, il m'apparut tangiblement. Un garçon mal adapté à Hirifjell. Qui avait cultivé une forêt de bouleaux flammés. L'homme de confiance d'un atelier de menuiserie de rang mondial, celui qu'on envoyait en Afrique pour s'assurer d'obtenir les meilleurs, les *tout meilleurs*, exemplaires de bubinga.

— Alors il est mort seul ?

Je le disais pour dire quelque chose. Les flammes de l'affection s'élevaient en moi, mais n'ayant nulle part où aller, mon dévouement ressemblait à un oiseau chamboulé dans une maison fermée.

— Aainarr était toujours seul, déclara-t-elle. Je peux l'affirmer sans me tromper. Les gens sont allés chercher le prêtre. Ils ont remis le bateau à l'eau.

J'avais beau savoir qu'elles avaient été lessivées à la première averse, je commençai à jeter des regards sur le dallage en quête de taches de sang. Juste au-dessous de la ligne de flottaison, il me semblait distinguer des rivets en laiton. La réparation qui avait été effectuée. Le dernier coup de marteau du maître ébéniste.

Je chassai l'idée de mon esprit.

— Pourquoi était-il considéré comme un... comment disais-tu ?

— *Unken body ?*

— Oui, ça.

Elle repartit vers son bateau. Et ce n'est qu'une fois à distance du *Patna* qu'elle répondit, d'une voix plus douce.

— Je n'aime pas dire du mal des gens. Mais il est mort maintenant, donc puisque tu me poses la question...

— Oui ?

— Une histoire circulait à son sujet. Les gens disaient qu'il avait tué une famille en France.

— Lui ? Pourquoi ?

— Une forme quelconque d'avidité. On disait qu'il s'agissait de quelque chose qui valait une fortune.

Un homme meurt. Il laisse derrière lui des outils, des livres et des vêtements. Mais aussi des traces.

Dans un placard, je trouvai une boîte de cartouches de fusil. Pour abattre un oiseau marin de temps à autre, sans doute. L'arme avait disparu. Dans la bibliothèque, des éditions jaunies d'*Aftenposten* de la fin des années soixante-dix. La poésie d'Olav H. Hauge. Quelques vieux romans en français. L'un d'eux lu et relu si souvent que la couverture était usée jusqu'à la corde. *Lord Jim* de Joseph Conrad.

Sous les romans, une série de dictionnaires. Du français vers quasiment toutes les langues européennes. Polonais, hongrois, allemand, tchèque, roumain. Tous imprimés dans l'immédiat après-guerre. Je sortis le dictionnaire Larousse français-russe. Largement utilisé, reliure fatiguée. Mais aucun papier oublié, aucune note en marge.

Je regardai par la fenêtre. Les remous de son sillage s'étaient apaisés. J'avais beau apprécier d'avoir de la compagnie, j'avais été impatient de la voir partir. Elle avait eu tellement l'air d'une habitante des lieux, à faire ses petites observations qui heurtaient mon droit à me trouver ici. Car n'était-ce pas moi qui avais les clefs? Moi, l'envoyé des morts à Haaf Gruney?

La radio crépita quand je tournai le bouton. Une voix émergea de la friture.

"Et maintenant, les prévisions météorologiques pour Lindesnes…"

Les piles résistèrent quelques secondes, puis la voix du météorologue s'évanouit en laissant un chuintement qui, lui aussi, s'éteignit. La molette était coincée. Une radio réglée à jamais sur les ondes longues de NRK.

La faim me donnait des vertiges. Je dénichai quelques boîtes de conserve rouillées dans le garde-manger. Jenkin's Cod Cakes. C'était peut-être le dîner qu'il avait prévu avant que le bateau se renverse.

Ses paroles résonnaient encore en moi. "Une forme quelconque d'avidité." Ce devait avoir un rapport avec l'héritage.

J'allumai le fourneau de la cuisine. La tourbe brûlait péniblement, mais je me réchauffai. Je fis bouillir de l'eau et y plongeai les galettes de poisson. Je restai assis à regarder fixement par la fenêtre.

"Je crois qu'Einar savait ce qui est arrivé à tes parents quand ils sont morts, mais ne voulait pas le dire", avait déclaré l'ancien pasteur.

Je me trouvais peut-être dans la cuisine du meurtrier de mes parents. Mais je savais bien comment fonctionnaient les rumeurs. Elles allaient toujours croissant, devenaient de pires en pires. Mais quelque part ici, à proximité, s'étiraient les ombres de ce qui s'était réellement passé.

Je sortis. Les maisons avaient beau être invisibles depuis Unst et les pentes de Fetlar n'être peuplées que d'oiseaux marins, j'avais le sentiment d'être observé, de loin ou tout au contraire. Comme un œil en moi qui me regardait, mais dont je ne savais pas à qui il appartenait.

Nous ne nous étions pas dit nos noms, la fille étrangère et moi. Mais elle m'avait raconté qu'elle avait grandi à Unst, faisait ses études en Écosse continentale et était ici en vacances.

— Je repasserai demain, annonça-t-elle, pour voir comment ça va. Je vais rester discrète sur le fait que tu es ici à fouiner.

Elle avait démarré son moteur pour l'arrêter aussitôt.

— Fais attention, avait-elle ajouté en désignant la barque d'Einar du menton. Ici, une tempête peut arriver en cinq minutes. Tu connais l'histoire des deux filles en 1745 ?

Je secouai la tête.

— Elles avaient ramé jusqu'ici depuis là-bas.

Elle pointa le doigt vers l'île voisine.

— Cette île s'appelle Ueya. Le vent s'est levé, elles ont dérivé vers le large et elles ont échoué en Norvège.

Elle me raconta que, en ce temps-là, Haaf Gruney était un pâturage pour le bétail. Les filles en revenaient quand elles furent emportées au large, elles avaient survécu parce qu'elles avaient du lait dont se nourrir. La tempête les avait menées droit de l'autre côté de la mer du Nord et elles avaient débarqué en titubant sur le rivage de Karmøy, où elles avaient fini par se marier et avoir des enfants.

— C'est pourquoi, conclut-elle, il faut regarder des deux côtés quand tu franchis la passe depuis Haaf Gruney, comme si tu allais traverser une autoroute en courant. Jette-toi dans le bateau et rame aussi vite que tu peux. Sinon tu finiras marié à Karmøy. Et ce serait dommage.

À la suite de quoi elle avait brutalement accéléré, fait partir le bateau au planning et tourné vers Unst.

Alors que je menais mon enquête, mes pensées ne cessaient de lui rendre visite. "Mais tu n'entres pas dans mon panier." Dit d'un ton taquin que l'écho me renvoyait.

Le pouvoir d'attraction a bien des incarnations. Chez elle, c'était une forme d'assurance. Sa façon d'avancer, comme un émissaire légitime ayant cent drakkars dans le dos.

Je ne saisissais pas ma réaction. Elle avait réveillé en moi quelque chose dont j'ignorais l'existence. Un besoin de montrer qui j'étais vraiment, de montrer que je savais faire mieux que chercher mes mots, errer en bottes en caoutchouc jaunes devant des maisons en pierre.

J'ouvris l'une des remises.

Des outils de travail de la terre. Pelle et fourche. Barre à mine et masse. Du fil d'acier rouillé devenu irrégulier à force d'être étiré et enroulé. Il manquait une dent à la fourche, le manche de la houe à pommes de terre avait été remplacé. Il avait dû cultiver quelques légumes. Maintenir le scorbut à distance.

Le long du mur s'élevait un gigantesque monceau de tourbe, noire et grasse, découpée en briques. Hormis la radio à piles, il n'y avait sur l'île rien qui n'eût déjà été inventé en 1900.

À part une construction singulière dans un coin. Le moteur d'une moto Norton était vissé sur une palette. Une courroie d'entraînement effilochée tendue entre deux roues motrices entrait dans une dynamo. Un groupe électrogène bricolé. Le câble descendait jusqu'au sol et sortait par le mur. Dehors, je le suivis jusqu'à l'autre dépendance, que j'ouvris.

SON ATELIER DE MENUISERIE. Aménagé comme celui de Hirifjell. Même placement du tour à bois, répartition identique des outils sur le tableau d'outillage, avec les mêmes contours au crayon. Même codification des flacons d'huile de lin. Pinceaux usés dans un pot à confiture de térébenthine. Vis et rivets dans

146

des boîtes à tabac rondes. Il avait fumé du Dunhill Early Morning Pipe, exclusivement.

Cependant, je m'aperçus bientôt que l'atelier était différent de celui de la maison. Tout était à la même place, mais l'aménagement était plus *strict*. Les ciseaux étaient accrochés sur une ligne si droite qu'ils auraient pu être les graduations d'une règle. Les gabarits de la défonceuse étaient empilés comme de précieuses assiettes en porcelaine dans des vaisseliers de riches. Aucune spontanéité, aucune petite figurine en bois, rien du ludisme que j'avais vu dans ses carnets de croquis à Hirifjell, où il n'acceptait aucune forme pour ce qu'elle était sans lui donner de nombreuses variantes.

J'essuyai la poussière de l'établi. J'avais moi-même connu regrets et tourments et je les avais éloignés par le labeur. Cet endroit simple, spartiate, n'était pas le domicile de quelqu'un de glouton, qui se repaissait de profits, c'était l'autel de quelqu'un qui expiait.

De quoi se punissait-il ? Il semblait avoir eu un but autre que les travaux de menuiserie, comme s'il bridait ses pensées par un effort méticuleux. Le courant du groupe électrogène était utilisé pour l'éclairage de travail, le tour à bois et les machines quand la puissance manuelle ne suffisait pas. Rien d'autre. Il n'avait même pas tiré le câble électrique jusqu'à sa maison.

Sur des rayonnages au mur étaient rangés les matériaux. Chêne, pin et quantité d'essences que je ne connaissais pas. Une caisse de chutes d'une essence sombre, une crosse de fusil fendue. Au niveau du sol étaient posées des planches claires, presque lumineuses.

Je pris un rabot, fixai une pièce de bois sur l'établi et le passai quelques fois. Je vis les copeaux se recroqueviller. M'humectant le pouce avec la langue, je frottai et contemplai le motif qui apparaissait.

Du bouleau flammé. Du bouleau de Hirifjell. Les veines s'embrasèrent, pas tout de suite : l'humidité mettait une seconde ou deux pour pénétrer, comme si les flammes suivaient mon doigt.

J'essayai d'identifier comment il travaillait. À quoi il pensait.

Sa façon de travailler, je parvenais à l'appréhender dans une certaine mesure. Ce qu'il *pensait*, en revanche, demeurait un grand trou noir.

Mais ceci avait donc été sa vie. Se réveiller tous les matins au bord d'une mer et d'un temps qui changeaient d'une heure sur l'autre. Une vie avec du Dunhill Early Morning Pipe et un secret.

De nouveau, je tentai de le *voir*, comme si j'étais avec mon Leica et que je cherchais le détail qui m'indiquerait qui il était. Cette tache rocheuse au bord du large, torturée quotidiennement par la pluie et les tempêtes. Cet atelier où il faisait bon, à l'éclairage artificiel jaune, chauffé par un petit poêle à bois en fer-blanc.

Einar Hirifjell seul ici.

Je poursuivis mes recherches. Je soulevai une lirette et ouvris la trappe de la cave en terre battue sous la cuisine, je regardai derrière des placards à l'affût de planches détachées. Rien. Jusqu'à ce que je retourne dans l'atelier de menuiserie et que, déplaçant des pots de laque et de vernis, je découvre une pile de lettres qui m'étaient adressées.

À chaque anniversaire et à chaque Noël, j'avais reçu une lettre d'Einar. Et tout aussi régulièrement, grand-père les avait renvoyées.

Cette jolie écriture que je connaissais de son carnet de croquis parisien s'était délayée et durcie, mais elle restait tout aussi droite, comme si, pour chaque phrase, il avait placé un scalpel le long d'une règle et coupé le sommet et le fond de la rangée de lettres. Il avait parfois écrit mon nom à la française.

Je te souhaite un joyeux Noël et une belle année, Édouard. J'espère que ton cadeau te plaira. Avec mes meilleurs vœux pour 1976. Salutations d'Einar.

Mon cadeau. Je n'avais jamais reçu de cadeau.

Il écrivait à peu près la même chose tous les ans. Des mots neutres, sans référence à quoi que ce soit de commun entre nous.

Sous un coffret se trouvait un paquet enveloppé de papier glacé déchiqueté. Dessous se dessinait un damier. Un échiquier. Avec des charnières au milieu, un espace creux à l'intérieur pour ranger les pièces. Cases blanches en bouleau flammé clair, cases noires en noyer sombre. La transition des unes aux autres était nette et sans jours, le bois luisait de cire polie. Sur le grand côté était gravée une rangée de lettres, si précises qu'elles auraient pu être une ligne de livre imprimé.

Pour Edvard de la part d'Einar à l'occasion de ta confirmation religieuse.

Sur le papier kraft du colis étaient collés une étiquette de destinataire et des timbres norvégiens. Il avait été retourné de Saksum le 12 avril 1982.

Le nom d'un frère inscrit de l'écriture d'un frère.

Einar Hirifjell
Haaf Gruney, Shetland.

À l'intérieur de l'échiquier, entre les pièces, étaient glissées trois coupures de presse. Je les sortis et un bout de carton rectangulaire tomba par terre.

Une carte d'identité française de 1943. Émise par les forces d'occupation. Croix gammée tamponnée sur une photo agrafée. Einar, tel que je m'en souvenais sur la photo dans l'enveloppe que j'avais découverte à Hirifjell. Sa coiffure était singulière, une raie sur le côté et des vagues à plat sur le front.

Mais l'homme de la carte d'identité ne s'appelait pas Einar Hirifjell. Il s'appelait Oscar Ribaut. Lieu de naissance : Paris, profession : *ébéniste**.

Ribaut. J'avais déjà vu ce nom. Sur les empreintes de la missive qu'Einar avait écrite à maman au presbytère. À côté du nom d'Isabelle Daireaux.

Je regardai de nouveau la photo. C'*était* Einar. Bientôt, mon interrogation sur l'origine de ce nom, Oscar Ribaut, céda le pas à une autre, plus pressante encore. À savoir pourquoi Einar, ici, à Haaf Gruney, avait conservé des coupures d'un journal local français, *Le Courrier picard*, de septembre 1971. Les jours suivant la mort de mes parents.

Surmontant trois colonnes, le titre indiquait *Touristes décédés à Authuille. Un enfant disparu**.

Je lus l'annonce de la mort de mes parents. Les choses telles qu'elles s'étaient passées à l'époque et telles qu'elles avaient été perçues par un journaliste de la presse locale, sans la sagesse *a posteriori* du résumé de *C'est arrivé cette année* de 1971. Elle provenait du journal du vendredi, à peine vingt-quatre heures après leur décès.

La disparition d'un enfant de trois ans près d'Authuille a été déclarée hier matin. Ses parents, des touristes norvégiens, ont été retrouvés sans vie dans une zone forestière au nord du village. Le couple s'est noyé dans l'un des multiples étangs des bords de l'Ancre. À en juger par leurs blessures, ils auraient marché sur une grenade à gaz et seraient tombés inconscients dans l'eau. On suppose que l'enfant s'est perdu avant ou après l'événement et des équipes nombreuses le cherchaient hier.

L'accident a eu lieu pendant la nuit ou de bonne heure le matin. Les panneaux de danger étaient bien en évidence dans la forêt et la présence du couple à cet endroit demeure un mystère. Les risques sont bien connus : c'est la troisième fois cette année que des munitions de la Première Guerre mondiale prennent des vies humaines dans notre canton.

La coupure suivante datait du samedi. Le journal annonçait qu'à l'heure de l'impression, j'étais toujours recherché. Un parent de Norvège était arrivé et avait identifié les morts.

Grand-père avait dû aussi apporter une photo. Car il y avait dans le journal une photo de moi devant le grenier à victuailles de Hirifjell. Une autre photo montrait une femme en uniforme de police. La légende indiquait qu'elle s'appelait "J. Berlet", et dans l'article, elle racontait que des hommes et des chiens spécialement dressés cherchaient le garçon norvégien depuis la veille, sans trêve ni résultats, et qu'on avait aussi plongé dans l'étang où mes parents s'étaient noyés. Les recherches étaient compliquées, expliquait-elle, en raison des eaux troubles et des grenades sur le sol forestier.

La dernière coupure datait du mardi, quand l'affaire avait trouvé son terme. Du moins pour les équipes de recherche.

L'enfant norvégien recherché a été retrouvé lundi matin dans un cabinet médical de la ville côtière du Crotoy. La police suppose que l'enfant a été enlevé, mais ne souhaite pas fournir de détails sur l'enquête. On ignore comment le garçonnet a pu échouer si loin. Hormis quelques blessures superficielles, il est en bonne santé.

Je fus pris de tremblements. C'était comme si je revivais ces instants. Je m'étais figuré l'Ancre en gros fleuve propre, à peu près comme le Laugen, mais à présent la vérité apparaissait, de façon définitive. Ils avaient trouvé la mort dans une eau sale. C'était ça, la vérité.

J'essayai d'abord de me convaincre d'une explication inoffensive : Einar avait su pour les décès et commandé les journaux français après coup. Mais les pages étaient racornies et jaunies, avec de petites écorchures sur le bord, et les articles étaient entourés de profondes marques de stylo.

Einar s'était rendu sur place. La question était de savoir s'il avait été quelqu'un qui cherchait ou quelqu'un qui fuyait.

Ou quelqu'un qui avait tué une famille en France.

La forêt au nord d'Authuille. Jusqu'à maintenant, je les avais crus morts dans un pré, un champ de bataille que l'on avait préservé et transformé en musée. Mais d'après le journal, les lieux semblaient denses et opaques.

Grand-père n'avait peut-être pas simplement proféré une vague accusation lors de l'enterrement de mes parents. La "maudite forêt", comme il l'avait murmuré sur la tombe, existait réellement. Elle devait se trouver près d'Authuille.

Je chassai ces pensées. Continuant mon exploration, je trouvai la clef de la remise à bateaux, ménageai de la place entre des glènes rongées par les intempéries et des filets de pêche déchirés et pus faire entrer le *Patna*. Le temps changeait sans cesse. La chaleur faisait place à de longues bouffées de froid et de mauvaise mer. Une heure plus tard, le soleil et le calme arrivaient. Puis la pluie sous le soleil. Une averse drue ensuite et encore du soleil.

Parfois un bateau de pêche passait, mais toujours de l'autre côté de l'île.

Je retournai dans l'atelier de menuiserie, m'attardai longtemps sur les soupçons et possibilités. Était-ce là l'atelier d'un homme qui pouvait avoir tué mes parents ?

L'idée générait le besoin de vengeance une seconde, la compassion la suivante.

Le pasteur avait dit qu'Einar était devenu croyant. "Sa doctrine était dure comme le roc, pétrie de remords et de douleur."

Mais c'était en 1967 qu'il était allé trouver le pasteur, songeai-je. Einar avait été un homme tourmenté bien avant sa rencontre avec maman, donc *avant* leur mort en 1971.

"Une forme quelconque d'avidité."

Je n'en voyais pas la moindre trace ici, à Haaf Gruney.

L'endroit était un véritable monastère.

4

JE RELEVAI MES RAMES et regardai vers Unst. Elle devait vivre dans le coin. À moins qu'elle n'ait l'habitude d'entreprendre de très longues promenades autour de minuit. "Je suis ici cet été", avait-elle dit. Elle habitait chez ses parents, probablement. Je n'avais pas franchement envie de frapper à une porte et de devoir saluer ses parents. Qui plus est, je ne voyais pas de maison qui lui convienne, seulement des logements de vieux garçons, avec bidons d'essence et casiers à crabes dans le jardin.

Le *Patna* grinçait. Je restais révulsé à la pensée que j'utilisais le bateau qui avait écrasé et tué Einar. Deux goélands me suivirent sur mon trajet à la rame jusqu'à la remise à bateaux, où je le rangeai. J'ouvris la Commodore, enfilai des baskets sèches et suspendis le Leica à mon épaule.

Le temps changea de nouveau. Brusquement, la lumière faiblit, comme si on avait glissé du papier alimentaire devant le soleil. Une brume laiteuse se déposa. Elle allait et venait, laissant passer pendant quelques minutes les rayons secs d'un soleil éblouissant, et la continuité des lieux entre lesquels je marchais m'échappa. Un instant je me tenais auprès d'une maison en pierres effondrée, le suivant j'étais dans un passage étroit entre une clôture et la route. Une Vauxhall orange me dépassa en vrombissant.

De temps à autre, je levais mon Leica pour prendre une photo. Mais je n'éprouvais plus le besoin de capturer le monde dans mon appareil photo, cette vieille nécessité qui me chassait alentour, qui me disait que rien ne devait se perdre. Tout ce que je rencontrais ici était si changeant, j'en aurais presque *souhaité* ne pas savoir ce qui était véritable et ce qui ne l'était

153

pas. Je rechignais à avoir une solution sur l'émulsion du film. Qui m'attendrait à mon retour, et parlerait peut-être contre le souvenir que je voulais garder.

Puis je pus voir quelque chose. Dans un instant de clarté cristalline entre les bouffées de brume duveteuse. Une maison en bois. La première que je voyais aux Shetland. Haute et large, sur trois niveaux, d'un style qui rompait avec tout ce qu'il y avait autour. Toit plat, grandes fenêtres. L'entrée, peinte dans un coloris jaune pâle, était encadrée de grandes colonnes et, au sommet du large perron, une ample double porte en bois brun luisant était protégée d'un porche. Une haute clôture voûtée au fer forgé rouillé courait autour de la propriété. Les fenêtres du second devaient offrir une vue formidable, car la maison se situait à l'extrémité d'une falaise qui plongeait à pic dans la mer.

J'approchai et, au souffle de visibilité suivant, je vis que la maison était abandonnée. Entourée d'herbe haute et raide. Deux vitres étaient cassées, une porte latérale fermée par des clous.

Je franchis le portail en fer forgé en le faisant grincer. La maison avait autrefois été ceinte d'un large et strict cadre de graviers de gabarit identique, blancs comme le marbre. Désormais envahis par l'herbe, ses contours avaient perdu toute netteté. Les marches du perron s'étaient désolidarisées et de petites pousses émergeaient des interstices.

Le temps dégagé se maintint plus longtemps cette fois. Je me penchai en arrière, regardai les étages. La maison était si large que les pièces intérieures ne devaient pas recevoir beaucoup de lumière.

Quelque chose me frappa. Une intuition glaçante me disait que mon empressement avait supplanté le reste. Je me retournai. Sur le versant derrière moi, un homme et un gamin m'observaient. Des agriculteurs. Bottes en caoutchouc, vêtements de pluie, un chien de berger en laisse.

Je leur fis un signe de tête en brandissant le Leica pour m'inventer une mission. Mais ils restèrent sans réaction, se contentèrent de remonter la colline.

Comment les cancans se répandaient-ils dans un endroit pareil ? Comme le vent. Dans un mouvement rapide et ample, qui gagnait toute la population. Ils passaient sûrement tous devant cette Opel Commodore bleue immatriculée en Norvège. La barque d'un homme mort était remise à l'eau. Quelqu'un furetait sur une île habitée pendant des décennies par *an unken body*.

Et voilà que ce *quelqu'un* venait maintenant fureter ici. Je continuai d'avancer, jusqu'à la façade de la maison. Le fracas de la mer montait en puissance à mesure que je progressais. Bientôt je n'entendais plus le bruit de mes pas sur le gravier et lorsque je tournai le coin de la maison, le grondement était assourdissant. Trente mètres plus bas, la mer se précipitait contre les falaises.

Elle se trouva alors derrière moi.

— D'où arrives-tu? demandai-je.

Elle ne répondit pas, signala du pouce que nous devions revenir sur nos pas.

— *This is private property*, dit-elle lorsque nous fûmes à l'abri des embruns.

Elle portait une autre veste aujourd'hui, un peu serrée, une veste en tweed gris-vert, avec une doublure rouge sous le col, cintrée dans le bas du dos, faisant ressortir son séant. Plus pressée que la veille, elle boutonnait sa veste en marchant.

— Qu'est-ce que c'est que cette maison? m'enquis-je.

— Ce n'est pas une maison. *It is Quercus Hall.*

— *Qu...* quoi?

— *Quercus.* Le chêne. La charpente est en chêne.

— Tu habites *ici*?

Elle secoua la tête. Elle continua de marcher jusqu'à ce que nous arrivions à la grille.

— *I am just taking care of the house*, expliqua-t-elle en nous faisant sortir. Elle appartient à la famille Winterfinch.

Je me retournai, je ne voulais pas lâcher des yeux le spectacle de cette énorme demeure battue par les vents.

— Et *toi*, alors, où habites-tu? Puisque tu m'as vu arriver.

Elle jeta un coup d'œil vers un sentier dans l'herbe. Il menait à une maisonnette en pierre entourée d'un mur en pierre.

— Pourquoi ne l'as-tu pas dit hier? Que tu habitais chez eux?

— Ce n'est pas une information qu'on délivre de but en blanc à des inconnus. J'ai un droit d'usage de la petite maison et du bateau et, en échange, je surveille la grande maison.

Elle avait au bras une vieille montre d'homme, qu'elle consulta d'un regard impatient.

— Que disait la rumeur au sujet d'Einar ? Plus précisément. En quelle année est-il censé avoir tué des gens ?

— Je n'en sais pas davantage. Je vais à Lerwick. Il faut que j'attrape le bus.

Tout comme la veille, elle repartit sans regarder si je la suivais, et tout comme hier, je trottinai à sa suite.

Il y avait une incohérence dans ses propos. Une mèche se consumait en grésillant. C'était comme être en montagne. Sentir que, même si je ne le voyais pas, j'étais à proximité de l'élan, un grand mâle qui brusquement se dresserait de toute sa hauteur, avec des bois énormes, au moment où je m'y attendais le moins, en dehors de la saison de la chasse, sans cartouches dans le chargeur, si bien que je ne pourrais rien rapporter que *ma frayeur soudaine.*

— Je peux te conduire à Lerwick, lui criai-je. Si tu veux.

ELLE S'APPELAIT GWEN LEASK et ce qu'elle allait faire à Lerwick, c'était acheter un disque, *The Cutter and The Clan*, de Runrig. Elle avait grandi au nord de l'île, mais ses parents avaient déménagé depuis plusieurs années. Je crus comprendre que la famille Winterfinch était naguère venue ici l'été et qu'elle préparait alors la maison, faisait le ménage et achetait des victuailles. Sa seule tâche assignée *désormais* était l'inspection régulière du grenier avec une lampe de poche afin de signaler d'éventuelles fuites.

— Je dois donc faire mes tournées quand il pleut, m'expliqua-t-elle sur le ferry. Ce qui se produit tous les jours. J'aime la pluie.

— Qu'est-ce que tu fais comme études ?

— Commerce. *Numbers and figures.*

Ses phrases se tronquaient quand elle parlait d'elle-même. Elle ne faisait rien pour simplifier son parler quand je peinais à suivre. Mais il me sembla saisir qu'elle vivait à Aberdeen.

— Comment sont-ils ? La famille Winterfinch. Pourquoi louaient-ils les bâtiments à Einar et pourquoi les ont-ils laissés intacts ?

— *Please listen.* Je ne peux pas parler de mon employeur. *It is not done.*

Nous débarquâmes du *Geira* et, à mi-parcours, l'air devint humide et frileux sur Yell. Sans me demander, elle tourna la molette du chauffage à fond, recula son siège et ôta sa veste.

Son corps était plus visible à présent. Pâle et un peu informe, mais se tortillant sur le siège avec une gourmandise qui m'incita à attarder un peu trop mon regard ; des yeux étroits, un regard qui se foutait de ce que pensaient les autres. Elle paraissait être d'une intelligence fulgurante.

Où est-ce que je vais, là ? me demandais-je.

À bord du *Bigga*, nous nous achetâmes des barres chocolatées à un distributeur. Au mur était collée une affiche pour le Hjaltadans de Fetlar, où le Fullsceilidh Spelemannslag assurait la musique.

— On appelle ça comme ça en Norvège aussi, déclarai-je. Non que ce soit mon truc.

— De danser ?

— Jamais, fis-je, en me sentant idiot encore une fois.

— Tu aurais dû venir pendant le *Up Helly Aa*.

Elle sortit un paquet de cigarettes rouge et plat. Il était orné de la tête d'un petit chat noir et l'étiquette indiquait *Craven A*.

Elle m'en offrit une et je me retrouvai avec une barre chocolatée dans une main et une cigarette dans l'autre. Oui. Elle devait avoir mon âge. Vingt-cinq ans, tout au plus. Quand elle fumait, elle gardait toujours le coude contre son corps. À chaque bouffée, elle déportait son regard sur l'horizon, puis conduisait sa main contre son épaule, au même endroit chaque fois, faisant pointer la cendre vers l'arrière, position qui imposait aussi une petite cassure de la hanche.

Même ça, elle y arrivait. Fumer avec élégance sur un ferry des Shetland.

— Tu parlais de *Helly Aa*, rappelai-je.

— Les célébrations du Nouvel An. En souvenir des temps norrois. Casques à cornes et bière à flots. Ils fabriquent des petits bateaux vikings et les envoient en mer, puis y mettent le feu avec des flèches enflammées.

— Tu dis *ils*, observai-je en cherchant du regard un cendrier.

— Oui.

Elle fit un léger pas en arrière pour laisser la vitesse souffler sa cendre. Je tentai la même opération, mais j'étais mal positionné et je reçus des braises sur mon coupe-vent.

— Tu ne te considères plus comme shetlandaise?

— Je ne me considère comme rien du tout, répondit-elle en tirant une autre bouffée avant de faire tomber sa cigarette dans la mer.

Le *Bigga* claqua contre le quai de l'île principale. Elle s'était un peu dégelée en route, mais elle cherchait toujours à orienter la conversation sur moi et pas sur elle.

— Y a-t-il un cadastre à Lerwick? demandai-je quand nous fûmes de nouveau en voiture. Tu sais, les titres de propriété et tout.

— Pour quoi faire?

— Demander s'il existe un titre de propriété pour Haaf Gruney. Les maisons n'ayant pas été vidées, je me demande si Einar n'était pas en fait *propriétaire* de l'île.

— Il faut aller voir le shérif.

— Le shérif?

— Oui. Son bureau s'occupe de tout. Il n'y a pas de police aux Shetland. Ni de services d'état civil.

— Tu m'accompagnes? Ce serait bien d'avoir une interprète.

— Ton anglais est très compréhensible. Et tout le monde à Lerwick aime bien rencontrer des vrais Norvégiens.

— En fait, ce n'est pas pour la langue que j'ai besoin d'une interprète. C'est plus pour... savoir comment demander.

— *Oh, please, I've told you this.* Ce n'est pas possible vu que je travaille pour eux. *It is not done.*

CHAQUE BÂTIMENT DE LERWICK était imbibé d'eau de pluie, car l'averse que nous avions traversée à Yell était passée par ici d'abord. Y a-t-il jamais eu aux Shetland de maison sèche, vraiment sèche? m'interrogeais-je en flânant sur King Erik Street en direction du bureau du shérif.

Devant la porte, je m'arrêtai pour examiner l'enseigne. En Norvège, les autorités m'avaient toujours agacé. Leur prestance, leur autosatisfaction. Cette Norvège des gens qui faisaient du ski de fond. Cette Norvège des gens qui faisaient l'école d'officiers. Mais la Norvège dont je trouvais ici des vestiges était une survivance bancale et bricolée de ce que j'aimais dans ma patrie. La profondeur des racines norvégiennes des Shetland, je l'avais depuis longtemps perçue dans le drapeau bleu à croix blanche qui flottait partout. Mais je ne m'étais pas attendu à ce qu'une devise norroise soit inscrite sous les armes du shérif.

Með lögum skal land byggja. C'est avec le droit qu'un pays doit se construire.

Je me trouvai bientôt au service des archives, dont l'essentiel du mur latéral était occupé par une carte des Shetland. Un type au crâne luisant, en pull sans manches marron, arriva en mâchonnant un pain aux raisins.

— *Sir. May I be of assistance?*

Je me dirigeai vers la carte et pointai le doigt sur Haaf Gruney.

— Je me demande qui est propriétaire de cette île, répondis-je en anglais. Un homme qui s'appelait Einar Hirifjell...

— Pardon ?

— H-i-r-i-f-j-e-l-l. C'était un parent à moi. Il a vécu à Haaf Gruney pendant près de quarante ans. Il se pourrait qu'il ait obtenu la nationalité britannique après la guerre.

L'homme mordit de nouveau dans son pain aux raisins. Il regardait fixement une fleur en plastique dans un vase jaune sur le comptoir.

— Et maintenant vous vous demandez qui possède l'île ?

— Oui.

Il souleva un registre avachi. Puis il ouvrit un tiroir et fit défiler les dossiers entre ses doigts. Il se servait de ses deux mains, serrant entre ses dents son petit pain entamé. Le tiroir métallique se referma dans un claquement et il en ouvrit un deuxième. Il avait maintenant un dossier au coin du bras. Il en puisa un autre.

— Hum.

L'employé de bureau posa les dossiers de son côté du guichet et prit une nouvelle bouchée.

— Oui ? fis-je.

— Je dois vous demander votre nom. Une pièce d'identité.

Je lui tendis mon permis de conduire. D'un air soupçonneux, il examina le tampon de l'Inspection des automobiles d'Otta.

— Vous avez dit vous appeler Edvard... *Hirifjell...* pardonnez-moi si ma prononciation est incorrecte.

— Oui. C'est moi.

— Avez-vous un deuxième nom ?

— Non.

— Je vais interpréter ça comme un oui, car votre numéro d'identité correspond. Je vous donne une copie de ce titre de propriété. Le droit sur Haaf Gruney a été transféré de *Mister* Einar Hirifjell à Edvard Daireaux Hirifjell le 5 novembre 1971.

Je sentais la moindre goutte de sang qui circulait dans mon corps.

— En 1971, murmurai-je.

— *Yes indeed.* Mais le transfert ne devait s'effectuer qu'à sa mort.

— Donc je possède une île ? demandai-je en regardant la carte.

— Oui et non. Pas sans certains efforts. Vous voyez ici le contrat d'origine, expliqua-t-il en produisant une petite feuille dont l'en-tête WINTERFINCH LTD remplissait la partie supérieure.

Il indiquait, dans une écriture tapée brutalement à la machine sur du papier jauni, qu'Einar Hirifjell et ses *descendants* étaient autorisés à habiter à Haaf Gruney et détenaient un droit exclusif sur les terres et les bâtiments *until the end of time*. Il n'y avait pas de loyer à payer. La seule chose qui pouvait renverser ce contrat éternel était un *act of God*.

Sous la ligne *As witness the hands of the parties*, je vis la signature régulière penchée à droite d'Einar. À côté, un griffonnage maladroit nettement plus ample, fait d'une plume si dure que le papier s'en était trouvé éraflé : *Duncan Winterfinch*.

L'accord avait été conclu le 3 août 1945.

Je considérai l'homme au guichet d'un air interrogateur. Il lança un coup d'œil sur le texte, avala sa dernière bouchée de pain aux raisins.

— Un accord très généreux à l'époque, observa-t-il. Personne ne savait quel chemin prendrait la guerre. Les gens étaient nombreux à redouter que l'Europe entière devienne territoire allemand. Un domicile en Grande-Bretagne, même aride, était sans doute un ticket pour la liberté. Aujourd'hui, en revanche, il apparaît comme quelque peu... marqué par la solitude des lieux, pourrions-nous dire.

— Qu'est-ce qu'un *act of God* ?

— Tout ce qui est hors du contrôle des humains : un tremblement de terre, une éruption volcanique, ou que l'île sombre dans la mer.

Il se gratta le front juste au-dessus du sourcil.

— Voici le document qui complique le tout.

Il prit un autre papier. Celui-ci aussi portait l'en-tête de WINTERFINCH LTD, mais dans une police plus moderne.

— À la mort de M. Hirifjell, un avocat a contesté la légitimité du titre de propriété. Si le droit est revendiqué, l'affaire sera poursuivie en justice.

— Qui conteste ?

— L'avocat de la famille Winterfinch à Édimbourg. Il estime que le contrat est caduc parce que M. Hirifjell n'avait pas d'enfant.

— C'était mon grand-oncle. Je suis donc son héritier le plus proche.

— D'après ce contrat, descendants signifie enfants ou petits-enfants. *Sorry about that.*

Il partit faire des photocopies. Qu'il certifia conformes d'un tampon du shérif. Coups moelleux contre le coussinet d'encre, durs contre la surface de la table. Une pochette jaune pour protéger de la sempiternelle pluie des Shetland. "Je vous en prie et bonne chance" et il me fit signe de sortir en me saluant de la main.

Lorsque j'appuyai sur la poignée de la porte, il me rappela du fond du local. Il brandissait un papier pour que je le voie.

— Ceci n'a en fait pas sa place dans nos archives. Vous le voulez peut-être ?

Je le rejoignis.

— En 1971, poursuivit-il, quand M. Hirifjell a voulu vous transférer le droit sur l'île, quelqu'un d'ici a dû l'aider à régler les papiers. Regardez.

C'était une petite feuille à carreaux avec un dessin au crayon d'une table ronde. Au-dessous était inscrite la liste des matériaux et les mesures.

— Pas là, précisa-t-il. Au verso.

Je tournai la feuille. Un aide-mémoire. L'écriture était tremblée et imprécise, mais c'était bien celle d'Einar. Une liste dressée

à Haaf Gruney par un homme éreinté, avant une visite importante à Lerwick. *Shérif. Ne pas oublier mon passeport. Titre de
propriété. Lettre à Edvard disant qu'il doit y dormir pendant au
moins une semaine de froid. Virement bancaire au fleuriste.*

Elle était au fond de Clive's Record Shop dans la rue centrale.
Au rayon soul. On avait dû lui réserver son disque, parce qu'il
y avait sur le comptoir un sac en plastique scotché avec *Gwen*
écrit au feutre rouge.

Je fouillai un peu dans les bacs, sentant le poids des vinyles
croître entre mes mains à mesure que je les passais en revue,
basculant de nouveau la pile avant de m'attaquer à une autre
rangée. Je n'arrivais pas à mettre de l'ordre dans mes pensées.
Je trouvai deux maxis des Pogues, mais les reposai.

Virement bancaire. Parlait-il de la fleuriste de Saksum? Lui
avait-il demandé de décorer la tombe de mes parents? *Y dormir pendant au moins une semaine de froid?* La phrase n'avait
pas de sens. Sans doute était-ce censé s'insérer dans une lettre
qui m'était destinée, et que grand-père avait interceptée de
longue date.

Gwen changea de bac. Par deux enceintes éraflées venait *Half
a World Away* de REM. Elle sortait à demi un disque, en retournait un autre pour lire ce qui était au dos. Rapide, déterminée,
sachant ce qu'elle voulait. Elle se frotta la tempe, remit en place
une boucle de ses cheveux frisés. Elle avait un joli dos.

— Tu achètes quelque chose? me demanda-t-elle en tirant
un disque de Maria McKee.

Je haussai les épaules.

— Je n'ai pas de…

Je cherchai mes mots en faisant tourner mon doigt en cercle.

— *Record player.*

J'acquiesçai.

Elle fit "hmm". Comme si elle ouvrait et refermait une porte
d'un seul et même geste.

Alors j'achetai *Fairytale of New York* en maxi 45 tours. Dans
l'espoir qu'ici aussi l'usage veuille que le plus proche propriétaire
d'électrophone ouvre sa maison pour copier le vinyle sur une cassette. Ensuite, alors que nous longions le quai avec chacun notre

sac, elle me demanda comment s'était passée ma visite chez le shérif. Je lui racontai qu'Einar m'avait légué l'île quand j'avais trois ans. Mais que ce droit était contesté par la famille Winterfinch.

— C'est bien ce que je pensais, fit-elle sans s'étendre.

Je voulais que nous montions à Unst, qu'elle m'invite chez elle et que nous buvions une boisson chaude pendant que son nouveau disque tournait sur l'électrophone. Mais je sentais qu'il me fallait bander l'arc dès maintenant.

— C'est pourquoi, annonçai-je, je vais prendre le premier ferry pour Édimbourg. Chercher la famille Winterfinch. Ne t'inquiète pas. Je ne mentionnerai pas que je t'ai rencontrée.

Elle allait dire quelque chose, mais ravala ses paroles. Elle marchait devant moi. Nous approchions de la voiture, garée derrière la Viking Bus Station, quand un ventilateur diffusa une odeur étrangère dans notre direction. Une vapeur onctueuse et raffinée.

Raba. *Indian Restaurant.*

Instinctivement, nous nous arrêtâmes. Je nous aperçus dans la vitrine du restaurant et pensai *Seigneur*. Je n'avais pas remarqué son élégance avant de nous voir tous les deux ensemble. Ni l'allure pathétique que j'aurais à la porte d'une famille de riches d'Édimbourg. J'avais un Levi's noir crasseux, un coupe-vent aux poches bourrées à craquer et des cheveux comme si je venais de passer trois jours aux champs.

— Edward, dit-elle. Ton dernier repas remonte-t-il à aussi longtemps que la dernière fois que tu t'es changé ?

Je hochai la tête :

— Je ne peux pas entrer. Pas avec une allure pareille.

Elle s'accroupit à côté d'une sortie de gouttière, remplit sa main d'eau et passa ses doigts dans mes cheveux.

Une fille me touchait. Une fille qui m'appelait *Edward*. Par un bref instant de soleil d'après-midi. Dans une rue de Lerwick.

— Enlève ton coupe-vent et porte-le au creux de ton bras. Tu es un peu débraillé, mais ça va. Ce n'est tout de même pas le Bibendum.

— Le Bibendum ?

Mais elle entrait déjà.

Cinq minutes plus tard, nous avions chacun notre menu relié de skaï bordeaux. Chaque fois que la porte des cuisines s'ouvrait et qu'un Indien en chemise blanche se hâtait entre les tables, des arômes lourds flottaient jusqu'à nous.

Elle écarta quelque chose d'invisible de sa joue et captura le regard du serveur, qui nous rejoignit aussitôt. Comment faisait-elle ? Moi, j'avais à peine osé entrer, mais elle, en revanche, avait mis en branle le personnel sitôt le seuil franchi. Elle avait rejeté la proposition de table en milieu de salle, sans un sourire, pour leur faire préparer à la place une table d'angle qu'on venait de laisser dans un état chaotique et la couvrir de *new linen, please*.

— Qu'est-ce que tu aimes, *Edward*? s'enquit-elle quand la nappe fut changée et la table prête.

— Je ne sais pas, répondis-je en riant doucement.

Je devais sans cesse regarder son visage pour me rappeler que nous avions le même âge, qu'elle avait en fait l'air très ordinaire.

— Qu'est-ce qu'il y a de drôle?

— Je ne suis jamais allé au restaurant.

— *Say what?*

— Pas un restaurant comme celui-ci. Juste des cafés. Et un *fish and chips* à Brae. Le *fish and chips* le plus septentrional de Grande-Bretagne.

— Ce n'est pas un restaurant. Plutôt une salle d'attente.

Le serveur arrivait, un homme fin aux cheveux ramenés en arrière. Je fixai la carte avec perplexité. Gwen referma son menu d'un coup sec.

— Juste un *korma* aux crevettes pour moi, s'il vous plaît. Mais *the gentleman here* voudrait une soupe *mulligatawny* en entrée, un poulet *rajasthani* comme premier plat et de l'agneau *pasanda* en second. Et puis il nous faut deux naans *peshawri*, du *sag bhaji* et du *dhal tarka* en accompagnement. Deux pakoras à partager. Et, oui, des papadums, bien sûr, avec quelques bons chutneys. De la bière sans alcool pour monsieur, il conduit. Rapportez-en quand elle sera vide, il a soif. Pour moi, un verre de vin rouge, avez-vous un bon barolo? Comme vous le voyez, il nous faut un cendrier. OK? Bien.

UNE HISTOIRE SE CACHE sous une jeune femme qui porte une vieille montre d'homme éraflée. *A fortiori* quand ladite jeune femme tire sur sa manche dès que quelqu'un regarde la montre en question. Je pressentais qu'elle savait tirer sa manche sur des secrets bien plus considérables.

— Que cherches-tu? demanda-t-elle. Est-ce cette fortune? Celle qui, au dire des gens, a poussé Einar à tuer cette famille?

Je secouai la tête.

— Non. Je ne sais même pas ce que c'est.

— *Qu'est-ce que* tu cherches alors?

C'était figé en moi comme une verrue. Je n'en avais jamais vraiment parlé à quiconque. Pas même à Hanne, qui commençait toujours à regarder ailleurs quand l'année 1971 arrivait sur le tapis.

C'était peut-être simplement que Gwen était étrangère. Que j'avais toute la mer du Nord entre les ragots de Saksum et moi. Que je me trouvais avec une personne curieuse de mon passé. En même temps, Gwen était une pierre fichée dans la terre. J'avais envie d'insérer une barre à mine autour, de voir un peu où elle pouvait se libérer.

— Quand j'étais petit, racontai-je, je suis parti en vacances avec mes parents. Ils m'ont perdu et on ne m'a retrouvé que quatre jours plus tard.

— Ta mère était contente de te retrouver, j'imagine.

— Ma mère était morte. Mon père aussi. J'ai été élevé par mon grand-père.

Elle était en train d'arranger sa serviette sur ses genoux, mais son mouvement s'interrompit et sa main froissa le tissu blanc empesé.

— *Christ!* s'exclama-t-elle, restant longtemps immobile avant de finir d'étaler sa serviette. Tu es orphelin?

— C'était sans doute quelqu'un qui m'a trouvé et qui ne savait pas quoi faire de moi.

Sur une montre d'homme que je ne pouvais voir, trente secondes s'égrenèrent. Je n'évoquai rien du lien qu'Einar avait pu avoir avec l'événement. Je ne mentionnai pas les coupures de presse. Lorsque Gwen reprit la parole, elle ne fit pas ce que j'attendais – elle ne raccorda pas mon récit aux rumeurs sur Einar. Elle sembla placer le tout dans une machine à calculer.

— Les choses n'ont pas pu se passer comme ça, c'est impensable, conclut-elle. Ça n'aurait pas duré quatre jours. Les gens qui t'auraient trouvé auraient contacté la police sans délai, à moins d'avoir eu l'intention de te tenir à l'écart pendant tout ce temps.

Je l'observai. Pour la première fois, j'avais en face de moi quelqu'un qui se préoccupait réellement de découvrir une *logique* dans cette disparition. Plutôt que de l'enfouir dans un oubli cotonneux, de faire comme s'il ne s'était rien passé.

— As-tu disparu *d'abord*, si bien qu'ils sont morts en te cherchant ? Ou étiez-vous ensemble et tu es le seul à en avoir réchappé vivant ?

— La première option paraît plus vraisemblable. Pourquoi sinon auraient-ils marché sur le sol d'un bois truffé de vieilles grenades ?

— Hmm, fit-elle.

Je vis que quelque chose la faisait gamberger.

— Ce qu'il y a de curieux, c'est que c'était le matin de bonne heure, remarquai-je.

— Les enfants sont matinaux, répondit-elle, et d'ajouter quelques secondes plus tard : ai-je entendu dire.

Je l'observai.

— C'était peut-être quelqu'un qui voulait un enfant, suggérai-je. Parfois je me demande comment ç'aurait été. De grandir dans une autre famille sans rien savoir.

— Tu aurais su, assura-t-elle. Tôt ou tard, tu l'aurais remarqué.

Comme maman avec sa mère adoptive, songeai-je.

— Tu ne te souviens de rien ? demanda Gwen.

— Seulement de gens qui se disputaient ou criaient. J'étais dans une voiture. Quelque chose à propos d'un jouet, un chien. Mais je ne sais pas si le souvenir est réel ou inventé. Je n'avais que trois ans. Presque quatre même. Je suis du début de l'année.

— J'ai beaucoup de souvenirs de mes quatre ans.

Le serveur indien apporta l'entrée. D'abord une galette au cumin ruisselante de matière grasse, de petits bols en céramique avec des sauces orange et vertes. Je lançai un coup d'œil vers Gwen et imitai sa façon de faire. Lorsque ma langue rencontra les saveurs, je tombai en hypnose. C'était là une cuisine qui avait des dimensions d'une grande profondeur.

Tout comme je suspectais Gwen d'avoir les siennes.

Après un passage à la *bathroom* pour se repoudrer le nez, d'une main si légère que son maquillage était presque imperceptible, elle changea de place. Elle s'assit dos au mur, au milieu d'une banquette trois places. Le mur était tapissé d'un papier rouge sombre ornementé. Au-dessus d'elle était accroché un tableau représentant une scène de chasse au tigre à dos d'éléphant. C'était probablement un choix conscient de sa part de se positionner ainsi. D'entrer dans la composition du décor. Elle savait qu'être entourée de chasseurs la faisait paraître plus féminine.

— Je ne saisis toujours pas, reprit-elle. Quelles sont les chances qu'une personne assez cinglée pour enlever un enfant se trouve précisément *là*? Et que, effectivement, la possibilité de le kidnapper se présente? La probabilité doit être infime.

— C'est cet endroit, il y a quelque chose. Cet endroit, en France.

Elle m'observa. Silencieuse, grave. Dans l'attente.

Et puis, merde, me dis-je, annonçons la couleur.

— Pendant la guerre, un message est arrivé à la ferme. Il disait qu'Einar avait été abattu à proximité de l'endroit où mes parents sont morts.

— Où était-ce?

— Dans le Nord de la Somme.

Elle cassa un bout de galette et le trempa dans la masse violacée qu'elle m'avait présentée comme du chutney d'aubergine.

— Mais encore, fit-elle tandis que ses mâchoires travaillaient tranquillement.

— Authuille.

— *Authuille?*

— Oui. Tu sais où c'est?

Elle fut soudain très occupée à mastiquer. En outrant légèrement le geste, pour signaler que sa réponse n'allait pas tarder. Elle déglutit, s'essuya les lèvres sur sa serviette, qui ne fut pas colorée par ce contact.

— Évidemment. N'importe qui qui a suivi en cours d'histoire connaît Authuille. C'est dans la Blighty Valley. L'une des principales lignes de front de la bataille de la Somme. Authuille a été anéantie par les bombes. Y es-tu retourné par la suite?

— À Authuille?

Je secouai la tête.

— Je ne suis allé nulle part ailleurs qu'ici.

— Tu vas y aller?

Je redressai le cendrier.

— Je crois. Même si j'espérais trouver une réponse ici. Mais ici, il n'y a que des pierres.

Elle détourna le regard et je m'empressai de combler le blanc pour le faire passer pour une simple pause.

— Et toi, ajoutai-je.

Elle répondit par un sourire malicieux. Un sourire identique à celui qu'elle avait eu en déclarant qu'il serait dommage que je me marie à Karmøy.

Il ne fallait pas que je la dévisage plus longtemps. Il ne fallait pas que je la fixe.

— Dis-moi, comment ç'a été de grandir avec ton grand-père?

Je lui racontai un peu. La ferme. Les soixante kilomètres de stop pour aller chez le disquaire le plus proche. Mais elle avait ses fards et j'avais les miens. Saksum se trouvait infiniment loin du Raba Restaurant de Lerwick. Je passai donc mon récit au tamis fin, lequel pesait excessivement lourd lorsque j'eus terminé mon résumé de la vie d'Edvard Hirifjell. C'était comme si, d'un seau de baies non nettoyées, j'avais fait du jus, en filtrant une purée de brindilles, fourmis, aiguilles de sapin, sauf que mon tamis croulait sous les gens qui avaient combattu avec les Allemands sur le front russe, sous le silence et les regards de travers devant la coopérative. En revanche, je laissai plus ou moins passer le récit de maman. Parce que j'avais envie, pour mon propre compte, de m'ouvrir un peu. De sentir l'effet que cela faisait.

J'en parlai comme si je l'avais toujours su. Qu'elle était née à Ravensbrück et avait grandi à Reims, avant de venir en Norvège, où Einar était ensuite allé la retrouver.

— Elle a changé de nom, expliquai-je. Mais je ne sais même pas pourquoi elle a choisi de s'appeler Nicole.

— Quel était leur lien? À ta mère et Einar.

— Je ne sais pas trop. Si ce n'est qu'il a travaillé en France dans les années 1930. Comme ébéniste.

— Tu parles français?

— Un peu. Ma mère me parlait en français.

— *Il me semble que c'est un bon souvenir**, fit-elle.

Je traduisis dans ma tête. Puis je m'éclaircis la voix, tentai de retrouver une musicalité plus ou moins oubliée.

— *Oui, en effet. Mais c'est aussi tout ce dont je me souviens d'elle**, répondis-je.

Aussitôt après arrivèrent nos plats. Enfin, *plats*? Ce fut comme plonger dans l'eau chaude d'une baignoire et remonter en ouvrant les yeux sur un monde meilleur. Quelque part où chaque fibre de ma personne était caressée, choyée. De petites coupelles martelées sur un portant en laiton surmontant une bougie chauffe-plat. Des raisins gonflés nageaient dans le blanc cassé d'une sauce à la crème onctueuse saupoudrée de noix de coco. La viande des brochettes était d'un rouge orangé pétulant. Le serveur retourna un bol sur une assiette en porcelaine blanche et le retira pour révéler un dôme de riz jaune pâle parsemé de carotte. Puis, luisants de matière grasse et grésillant de chaleur du four, deux pains plats déposèrent sur la table des effluves suaves étourdissants.

Je me jetai dessus et j'en sortis grisé. Une effervescence d'arômes. Chaque bouchée si exquise que je savais que j'allais trop manger, et que je devais me le permettre. Le poulet était terriblement relevé, je transpirais, et je voulais transpirer, on aurait dit un refrain continu qui ne cessait de s'amplifier.

Je la regardai par-dessus la vapeur des assiettes. Elle mangeait peu, avec élégance.

La musique changea. Il n'y avait eu jusqu'à présent que de la soupe insignifiante. Puis vint une chanson pop que j'avais méprisée en Norvège. La chanson sur laquelle les petites bourges de Vinstra buvaient avant de sortir. Celle que les frimeurs mettaient pour les attirer dans leurs voitures neuves.

Et je ne me reconnus pas. On aurait dit que ma carapace tombait.

Je méprisais cette chanson, son refrain éhonté aux effets sonores et à l'écho tapageurs, mais voilà qu'elle déferlait en moi alors que j'avais baissé la garde, elle mettait le paquet et j'entendis que c'était une chanson *sincère*; je dus regarder Gwen dans les yeux sans rien dire, comme si un pacte était conclu dans l'instant, un pacte fragile dont nous ignorions les implications.

Let us die young or let us live forever.

Et ce n'était peut-être qu'illusion, ou séduction, car il s'agissait d'une simple chanson pop, du plastique là où la vraie musique était d'acier, du carton-pâte là où il aurait dû y avoir de la maçonnerie, mais encore une fois je l'entendis. *Cette chanson était sincère.* Et soudain, je sus que je vivais là l'un de ces épisodes très rares dans une vie où la musique s'attache à un instant. Instant dont je me souviendrais encore dans cinq, dans dix ans. Je vis que Gwen le comprenait aussi et que nous avions la chance de le comprendre en temps réel et pas seulement *a posteriori*.

C'était un instant décisif dans sa vie aussi, le seul instant, le seul endroit avec mes yeux bruns et ses yeux bruns, cet instant qui apparaîtrait chaque fois que nous entendrions *Forever Young*.

Puis elle disparut.

Cette fille qui en avait dit un minimum sur elle-même, si ce n'est qu'elle pensait que sa famille avait des origines norvégiennes, comme la plupart des familles shetlandaises, et qu'elle allait rentrer à Aberdeen *when summer is gone*. Je raclais le fond de la marmite en fer quand elle se leva sans un mot, vint de mon côté, me donna l'accolade. Elle murmura *the bathroom*, mais se retrouva aussitôt de l'autre côté de la fenêtre, dans la rue, où elle leva la main et remua lentement les doigts. Puis elle fila, s'enfonça dans une ruelle étroite, et je ne vis plus que l'éclat des pavés.

Je restai seul un quart d'heure. Puis je réglai l'addition. Je ne partis pas à sa recherche.

Il se passait quelque chose, quelque chose de caché, en ce moment même. Les Shetlandais n'étaient pas du genre à se précipiter hors de leurs maisons dès qu'un étranger approchait. Pourtant Gwen Leask avait fait en sorte d'être dans les parages, pour pouvoir apparaître fortuitement quand j'arrivais.

Je flânai dans les rues désertes de Lerwick. Jusqu'au fortin, où de vieux canons en fonte pointaient au-dessus du quai. Un écriteau éclairé par un projecteur expliquait en anglais et en norvégien qu'ils avaient autrefois protégé les harenguiers. Pour une fois, il ne pleuvait pas et je flânai en regardant les vitrines, les articles conçus pour affronter la mer et les intempéries.

La ville était attachée aux choses d'autrefois. Ici, c'était encore au pharmacien qu'il appartenait de vendre les appareils photo et les pellicules, un vestige de l'époque où les gens préparaient leur révélateur eux-mêmes.

Je passai mon chemin. Je découvris l'hôtel Kveldsro, où grand-père avait logé après l'enterrement. Partout je voyais des éléments norvégiens. Je crus que *Faerdie-maet* signifiait *ferdig mat* et vendait des plats tout préparés, ce qu'il faisait, mais *faerdie* devait s'entendre comme *ferd*, expédition, et pas comme *ferdig*, prêt, terminé ; *Faerdi-maet* vendait de la cuisine de voyage.

Dans le port, un bateau sur deux portait un nom norrois. *Neffa, Hymir, Glyrna*. Ici, le passé était indélébile.

Comme il l'était pour moi. Quoi que je fasse, le rappel serait là. Que je portais un deuxième nom français, sans en connaître l'histoire. Comme si tout ce que je construisais allait se trouver en terre étrangère.

Ma Commodore était là. Une fidèle camarade de voyage laquée de bleu. Je mis la clef dans la serrure et allais la tourner.

C'était *ça* que j'avais oublié.

Je rejoignis sans tarder St Sunniva Street ; dans l'appartement au-dessus du salon de coiffure d'Agnes Brown, une lampe brillait.

5

PERSONNE NE RÉPONDIT quand je frappai. La porte n'était pas verrouillée. Je l'entrebâillai et passai la tête dans l'entrée. Un imperméable gris, un parapluie. Des bottes en caoutchouc de petite pointure. Les vêtements d'une femme qui vivait seule.

— *Hello*, lançai-je, mais aucun mouvement ne se dessina derrière le verre opaque de la porte.

Plus loin dans la maison, j'entendais un air chanté doucement. On aurait dit quelqu'un qui *fredonnait*.

Je traversai l'entrée jusqu'à une montée d'escalier étroite. Je criai : *"Anyone home?"* De nouveau, j'entendis le fredonnement, il venait de l'étage, où quelqu'un déambulait d'un pas léger.

Je montai lentement, entrai dans une cuisine exiguë. La vaisselle venait d'être faite, ça sentait le citron et l'assiette solitaire sur l'égouttoir était chaude et mouillée. Une casserole rouge sur la cuisinière. Un mug de thé sur un *Møre-Nytt*. Une édition de la semaine précédente.

— Il y a quelqu'un ? tentai-je en norvégien.

La voix se fit de nouveau entendre, derrière le mur de la cuisine, cette fois. *Kjærlighet fra Gud.* L'amour de Dieu.

— Il y a quelqu'un ? répétai-je, nettement plus fort à présent, avant de regagner le palier, où la frêle silhouette d'une vieille femme disparaissait par une porte.

Devais-je repartir, revenir plus tard ? Non, elle entendrait tout aussi mal plus tard.

Je lui emboîtai le pas, descendis un autre escalier, plus étroit, où de vieux magazines étaient empilés le long des murs. Débouchant dans un sous-sol vide, je la suivis par une autre porte qui donnait sur une grande pièce, où elle alluma la lumière.

L'odeur de poussière grillée me prit au nez tandis que je contemplais le salon de coiffure fermé d'Agnes Brown. Le spectacle qui m'accueillait était différent de ce que j'avais pu entrevoir depuis le trottoir. Je me trouvais dans un intérieur que j'avais déjà vu. Dans le catalogue d'une exposition d'arts décoratifs de 1935.

Le salon était éclairé par une rangée de lampes rectangulaires, semblables à des réverbères au bord d'une allée. Elles brillaient d'une lueur chaleureuse à travers des surfaces vitrées jaune orangé, ornées de tulipes dépolies à la tige inclinée. Devant chaque fauteuil, de hauts miroirs renvoyaient la lumière. De prime abord, le revêtement du sol semblait être un carrelage au damier labyrinthique, mais je ne tardai pas à voir que c'était en fait du parquet, dont les contrastes étaient créés par la diversité d'essences des lattes étroites.

La lumière se reflétait sur elle à présent. Longs cheveux blancs, robe noire simple. Entourée de flacons de lotion capillaire solidifiée.

Elle passa devant les séchoirs à cheveux bleu clair, avança jusqu'à un coin, devant... six têtes humaines sur une table? Elle fredonnait toujours son cantique, regardait autour d'elle, promenait sa main sur les têtes. Soudain, ses gestes rêveurs s'interrompirent. Elle ramassa quelque chose sur la table, inclina la tête, comme Hanne l'avait fait en mettant sa boucle d'oreille.

Son appareil auditif sonna quand elle le mit. Pour ma part, je restai dans la pénombre, j'attendais qu'elle ait fini. Les six têtes étaient de plâtre et portaient des perruques. Des coiffures d'antan ayant leur place dans des films en noir et blanc.

Puis elle m'aperçut.

Elle se figea un instant, fit un pas dans ma direction et demanda en dialecte du Vestlandet :

— Edvard. C'est ton nom, n'est-ce pas?

Debout au milieu de la salle, entourée du motif recherché du parquet, elle essuya un peu de la poussière d'une lampe tulipe et m'observa.

— J'ai essayé de vous appeler, expliquai-je. De Norvège. Mais vous n'avez peut-être pas entendu.

Elle lança un regard absent sur le téléphone.

— Parfois je descends jusqu'à ce téléphone. Pour appeler ma sœur à Måløy. Ou un taxi. Je ne veux pas de téléphone en haut.

— Pourquoi cela?

— Parce que je ne les aime pas.

Je fus frappé par l'idée que j'étais comme elle.

— Est-ce vous qui avez décoré sa tombe? demandai-je en passant le doigt sur le motif givré d'une lampe.

Elle se tourna vers les têtes en plâtre.

— C'est moi, oui.

— Je suis ici pour découvrir ce qui s'est passé en 1971.

Elle ne répondit rien. Agnes Brown semblait avoir autour de soixante-dix ans et restait une belle femme, belle comme un meuble patiné onéreux.

— Je viens d'Ørsta, déclara-t-elle subitement. J'ai passé mon certificat professionnel à Molde. Je m'appelais Agnes Storeide avant de me marier. C'était un marin de Lerwick. Il est mort en 1940. Son navire a été torpillé.

— Est-ce vous qui avez averti mon grand-père de la mort d'Einar?

Elle acquiesça.

— Grand-père est mort. J'étais venu l'annoncer à Einar.

— C'est ce que je pensais. Qu'il faudrait que Sverre meure pour que tu puisses venir.

Je me rapprochai un peu d'elle.

— Pourquoi Einar était-il inscrit dans l'annuaire au Lerwick 118?

Elle parut ne pas entendre.

— Comment crois-tu que ce soit, finit-elle par dire, de passer vingt ans à attendre un appel qui ne vient jamais, et qui, de surcroît, ne t'est pas destiné?

Agnes traversa la salle en ajustant son appareil auditif. Puis elle se tourna vers un coin sombre au fond. S'y trouvait un unique siège de barbier en fonte laquée de blanc, à peine illuminé par les réverbères extérieurs.

— Le fauteuil messieurs, annonça-t-elle. Assieds-toi. Pour que je puisse me souvenir.

Le cuir sec craqua quand je m'installai.

— C'est précisément ici qu'était assis Einar la première fois que je lui ai coupé les cheveux en 1943.

174

Elle fouilla dans une commode. Elle ouvrit un robinet en laiton corrodé, les conduites d'eau claquèrent, le robinet cracha de la rouille. Elle rinça une paire de ciseaux. Je l'interrogeai du regard et, en guise de réponse, elle prit une cape de nylon délavée et me la noua autour du cou. Elle enfila un tablier rouge sang, posa ses deux mains sur mes épaules et nos regards se croisèrent dans le miroir craquelé.

— Tu lui ressembles. Enfin, ce n'est pas étonnant.

Puis, sans autre forme de procès, elle entreprit de me couper les cheveux. Ses gestes étaient rapides, précis. Elle posa ses ciseaux pour prendre un coupe-chou et me *tailler* les cheveux. Le couteau filait en longues éraflures, la coupe de chaque mèche laissant une brève trémulation des racines. Elle rattrapait les cheveux dans sa main, les frottait furtivement entre ses doigts avant de les laisser choir par terre, comme si elle en vérifiait l'authenticité. Puis elle se mit à raconter.

AU PRINTEMPS 1943, Einar était entré dans le salon de coiffure, il avait poliment salué dans un relativement bon anglais et demandé une "coupe lyonnaise", où les cheveux étaient disposés en vagues figées sur le front. La coupe avait eu du succès en France à la fin des années 1930, raconta Agnes, mais les Shetland n'étaient pas un endroit où les hommes demandaient des coiffures à la mode. En règle générale, ils voulaient juste quelque chose de suffisamment classique pour pouvoir ôter leur casquette à l'église. À l'époque, Agnes était l'une des deux employées du salon de coiffure, qui était dirigé par une coiffeuse pour hommes vieillissante originaire de Glasgow. C'était un local aux murs faits de planches qui desquamaient, avec des meubles aux tiroirs mal ajustés et des miroirs de dimensions hétéroclites.

Einar avait une attitude totalement différente de celle des pêcheurs qui fréquentaient par ailleurs le salon. Vif et tendineux, bien au fait des coupes à la mode en France. Il avait un accent étrange et des habitudes de métropole. Agnes ne tarda pas à comprendre qu'il était norvégien et ils changèrent de langue, mais sans lâcher de nom. Les Shetland fourmillaient de Norvégiens et la jeune coiffeuse et le fringant monsieur firent comme l'indiquait la coutume de guerre, ils parlèrent peu d'eux-mêmes, parce que des oreilles qui allaient jusqu'à Berlin pouvaient traîner.

Elle supposa que cette coupe de cheveux était un déguisement pour quelqu'un qui avait l'intention de se rendre dans la France occupée. Mais elle ne fit aucun commentaire. Einar se déclara satisfait de sa coiffure et sortit en laissant la clochette de la porte tinter derrière lui. Agnes ne le revit plus. Lorsque la guerre se termina enfin, elle racheta le salon, embaucha une coiffeuse de plus et misa sur la coiffure pour dames. Or, quand un salon de coiffure passe d'un seul fauteuil pour dame à trois, une mutation s'opère. Il devient un central de la rumeur et Agnes ne tarda pas à entendre une histoire dont elle comprit qu'elle concernait le Norvégien tendineux.

Une cliente avait été cuisinière chez un négociant fortuné d'Unst. Remerciée, elle pouvait désormais s'adonner aux ragots sur son employeur. Elle rapporta qu'il avait hébergé un Norvégien pendant la guerre, un soi-disant menuisier d'exception. Le richard et le menuisier avaient perçu quelque chose l'un en l'autre, notamment parce que tous deux étaient vraiment connaisseurs du travail du bois. Car le négociant n'était pas n'importe qui. C'était Duncan Winterfinch. Cinquième génération de négociant en bois, à la tête d'une puissante société familiale d'Édimbourg. Dont le secrétariat avait été déplacé dans la maison de vacances des Winterfinch à Unst, par crainte d'un bombardement du siège.

Très souvent, Winterfinch et Einar passaient des soirées entières dans un salon d'apparat à former des projets en savourant du tabac d'avant-guerre. À toute heure du jour et de la nuit, ils se faisaient monter du thé et des sandwichs. Des œufs aussi, ils en avaient, malgré le rationnement. Or rien ne suscitait davantage de jalousie chez les serviteurs que de devoir servir d'autres serviteurs. Ils écoutaient aux portes, traînaient dans les couloirs, recueillaient des bribes de conversations puis, à la fin, trouvèrent leur exutoire sous un sèche-cheveux de St Sunniva Street. De toute évidence, ces deux-là fomentaient un plan qui ne tolérait pas la lumière du jour, car ils se taisaient quand on les servait.

En 1943, après avoir eu sa "coupe lyonnaise", Einar disparut brusquement. Pendant les mois suivants, Winterfinch devint de plus en plus agité. Il s'enquérait constamment d'un télégramme qui n'arrivait jamais. C'était à la base un homme irritable, notamment en raison d'une vieille blessure de guerre, qui lui avait valu l'amputation d'un bras, et de lésions par balles aux jambes qui le forçaient, par périodes, à se déplacer en chaise roulante. Ce fut pendant l'une de ces périodes où la douleur faisait rage qu'il reçut, à l'automne 1944, un appel téléphonique qui le plongea dans une ire telle qu'il brisa une fenêtre de son bureau. Nul ne sut de quoi il retournait. Mais une scène similaire se déroula également au lendemain de la guerre.

Inopinément, le Norvégien se présenta chez Duncan Winterfinch, exigeant de lui parler. Le majordome crut d'abord qu'il s'agissait d'un inconnu. En haillons, fragile, le corps amaigri, les traits tirés. L'entrevue fut brève. Winterfinch était furieux et, bien qu'étant à portée de voix du personnel de maison, il injuria le Norvégien et lui cria qu'il avait "rompu leur accord et fait tuer toute la famille".

Les hurlements retentirent jusque dans les champs et, le lendemain, tout Unst était au fait de l'incident. Ces paroles suivraient Einar pour toujours.

Sur ces entrefaites, et à la surprise générale, Einar rama jusqu'à Haaf Gruney, la propriété de Winterfinch, pour prendre possession des maisons qui s'y dressaient. Winterfinch demanda aussitôt à ses employés de préparer un bateau, on le hissa à bord et ils se précipitèrent vers l'île. Sa chaise roulante n'y étant d'aucun secours, il fallut le porter jusqu'aux bâtiments alors que sa colère ne cessait de redoubler, et une nouvelle dispute acrimonieuse éclata. Einar ignora Winterfinch comme s'il s'agissait d'un enfant hystérique, il s'adressa au majordome et lui montra un titre de propriété officiel qui indiquait qu'il avait, sans conditions, le droit de vivre à Haaf Gruney pour toujours.

La suite de Winterfinch rebroussa chemin sans avoir réglé l'affaire ; épuisé de rage, le manchot se contenta de rester assis à suffoquer. Mais cette réaction ne semblait pas trouver son origine dans une malheureuse perte financière. Il semblait avoir perdu quelque chose de *précieux* et il sombra dans un silence affligé, découragé, en murmurant de temps à autre quelques paroles sur les *pauvres veuves*. Le lendemain matin, il renvoyait la cuisinière et trois autres employés de maison. Il demeura plusieurs jours dans son bureau, où l'on n'entendait que le grincement de sa chaise roulante.

— C'était juste après la guerre? demandai-je en me carrant sur mon siège.

— Oui, fin 1945.

Il ne s'agissait donc pas de mes parents, songeai-je, en goûtant la différence entre les récits de la vieille dame et de Gwen. Agnes avait dit qu'il avait fait tuer une famille. Gwen, qu'il avait tué des gens.

Dans le miroir, je vis le reflet nébuleux de phares. Il y eut un éclair lumineux quand la voiture quitta St Sunniva Street et je vis que mes cheveux étaient séparés par une raie sur le côté à laquelle je n'étais pas habitué.

— Einar vous a-t-il jamais parlé d'une femme prénommée Isabelle?

— Isabelle, oui, fit-elle avec un rire amer. Isabelle Daireaux. Ça, je peux te garantir qu'il m'a parlé d'Isabelle Daireaux.

UN SAMEDI DE 1945, à la fermeture, Agnes balayait le sol en se réjouissant à la perspective de dîner et de passer un week-end paisible à lire un roman que sa sœur lui avait envoyé de Måløy. Entre deux coups de balai, son attention fut attirée par un visage creusé derrière la vitre. Au bout d'un moment, elle reconnut le Norvégien qu'elle avait coiffé deux ans plus tôt. Ses cheveux étaient ébouriffés, ses vêtements sales et il remarquait à peine les gens autour de lui. Il resta dehors jusqu'à ce que tout le monde soit parti, puis entra, en gardant les yeux rivés au sol. Il tendit sa main vers le téléphone sur le comptoir et demanda à Agnes si elle pouvait prendre un message pour lui.

— Quel genre de message?

— Isabelle, répondit-il. Il faut que je retrouve Isabelle.

— Je ne dirige pas un central téléphonique, observa Agnes, avant de poser son balai et de lui raconter les rumeurs qui circulaient à Lerwick sur sa trahison de Duncan Winterfinch.

— Non, rétorqua Einar. C'est lui qui les a trahis *eux*.

Agnes regarda tour à tour Einar puis son balai. Il avait l'air et l'odeur de quelque chose qu'elle aurait dû balayer hors de son salon.

— Je m'appelle Einar Hirifjell, dit-il. Mais si on appelle, il est possible qu'on demande Oscar Ribaut.

Ce qui fit céder Agnes fut le désespoir de cet homme, intense et franc. Mais elle ignorait qu'ils signaient là un pacte fatal qui durerait jusqu'à la fin de leur vie. Einar lui raconta que, pendant la guerre, il s'était rendu dans le Nord de la France en faisant un crochet par l'Espagne, sous le nom de couverture d'Oscar Ribaut. Son but était d'exécuter une mission secrète pour Duncan Winterfinch. Il ne voulut rien en révéler. Mais la récompense devait être une somme généreuse et un droit d'habitation perpétuel à Haaf Gruney.

En France, il avait pris le parti de ne pas mener à bien le plan, pour des raisons qu'il garda aussi pour lui. À la place, il rejoignit la Résistance. Après ses années parisiennes, Einar parlait un français parfait et on l'accepta comme un autochtone. Pour pallier une constante pénurie d'explosifs, un plan d'une folle témérité avait été élaboré par le groupe de résistants dont les quartiers se trouvaient à Authuille, près des anciens champs de bataille de la Première Guerre mondiale. Les explosifs ayant une longévité quasiment infinie, le plan était d'entrer dans une forêt close, de récupérer des grenades intactes de la guerre précédente pour en retirer les explosifs et s'en servir contre les Allemands.

C'est ainsi qu'Einar rencontra Isabelle Daireaux, ma grand-mère. Elle était l'aînée des deux survivantes d'une fratrie de quatre enfants. Ses deux frères faisaient partie de la même troupe d'infanterie lors de la percée allemande dans les Ardennes et ils avaient été abattus à un jour d'intervalle.

Dans le récit d'Agnes, c'était tantôt Einar tantôt Isabelle qui avait eu l'idée de déterrer les explosifs non détonés et portait la responsabilité des événements fatals qui suivirent.

Après la Première Guerre mondiale, dans les années 1920, les terres des alentours d'Authuille, où se trouvaient les tranchées, avaient été labourées et nettoyées de leurs squelettes et de leurs obus lors d'une grande opération orchestrée par les autorités françaises. Des millions d'explosifs avaient été retirés de la terre, travail aussi dangereux que la vie de soldat elle-même, mais les champs avaient fini par redevenir cultivables.

Les bois, en revanche, avaient vu des combats si intenses qu'ils s'étaient révélés impossibles à nettoyer. Nulle part ailleurs il ne restait davantage de corps et d'obus que dans les bois. Ceux-ci n'avaient pas tardé à n'être considérés plus que comme des cimetières, mieux connus sous les surnoms que leur avaient donnés les soldats, comme Devil's Wood dans le cas du bois d'Elville.

Les forces d'occupation étaient au courant qu'il restait des grenades, mais elles n'étaient pas en mesure d'exercer une surveillance permanente de ces zones. On ne sait trop comment, Einar et Isabelle avaient identifié des sentiers sûrs dans l'un des bois et ils entreprirent de collecter des explosifs. Einar vivait dans une remise à la ferme et se faisait passer pour un cousin sans travail qui avait été menuisier à Paris.

Les explosifs devaient servir à faire sauter la façade sud de la grande prison d'Amiens, où les Allemands détenaient de nombreux éléments centraux de la Résistance. C'était une opération capitale, coordonnée avec les Alliés ; on lui avait attribué le nom de code "opération Jéricho" parce que sa réussite nécessitait le dynamitage de hautes murailles.

Très vite, Isabelle et Einar étaient tombés amoureux. Follement. Agnes le comprit malgré l'aridité du discours d'Einar. Elle les comprenait si bien. La guerre avait fait que personne ne perdait de temps en détours, tout le monde était brusque, avide, parce que la vie pouvait prendre fin à tout moment. Einar s'était paré d'une arrogance qui ressemblait sans doute à celle d'Isabelle, et ils s'étaient mutuellement poussés à de plus en plus d'audace. Einar n'avait pas tardé à regretter de ne pas avoir transféré la ferme à son frère. Il ne jugeait pas invraisemblable de mourir en France et si tel était le cas, les registres norvégiens allaient le classer pendant des années comme recherché.

Une personne seulement sut qu'Oscar Ribaut était en fait Einar Hirifjell : Gaston Robinette, le chef de l'unité de résistance. Il était fondé de pouvoir au Crédit agricole ; expert en fausse monnaie avant la guerre, spécialiste de la production de faux papiers d'identité pendant. Einar cachait son passeport norvégien dans la doublure de sa veste et dut le montrer à Robinette pour qu'il le croie.

Einar proposait une solution peu sentimentale au problème de la succession de la ferme, à savoir avancer sa propre mort.

Robinette plaça son passeport norvégien sur le corps molesté d'un délateur et ainsi parvint en Norvège l'annonce qui mit Hirifjell entre les mains de Sverre.

Le jour de l'"opération Jéricho" arriva. Les explosions retentirent dans Amiens quand la Résistance détona les vieux obus. Des avions alliés bombardèrent en piqué les murs de la prison orientés au nord et à l'est, et des centaines de prisonniers s'évadèrent.

Pour les représailles, les Allemands prirent tout leur temps. Ils passèrent les six mois suivants à encercler la Résistance. D'aucuns estimèrent par la suite qu'il avait dû y avoir un mouchard au sein du groupe de résistants, puisqu'au cours d'une nuit du printemps 1944, la Gestapo arriva à Authuille et dans les villes voisines. Lors d'une rafle parfaitement agencée, quatre cents soldats allemands arrêtèrent quasiment tous les résistants. Seuls quelques-uns, parmi lesquels Gaston Robinette, parvinrent à s'échapper.

Cette nuit-là, Einar était dans la forêt close, et lui aussi en réchappa. La famille Daireaux n'eut pas cette chance. Isabelle, sa sœur, ses parents et ses grands-parents furent emmenés et enfermés dans la partie de la prison qui tenait encore debout. Le lendemain du raid, Einar tomba à Authuille sur Robinette et un autre résistant. Einar n'ayant pas été présent lors du raid, ils le soupçonnèrent d'avoir dénoncé les autres. Robinette sortit un couteau en lui demandant si la ruse du passeport norvégien n'était pas en fait un signal à l'ennemi.

Sur ces entrefaites, une patrouille allemande approcha et Einar profita du trouble pour s'enfuir. Il quitta Authuille, pour retrouver un ami de sa période parisienne, un homme qui vivait désormais dans un coin perdu sur la côte, et il y resta caché jusqu'à la Libération.

Par la suite, Einar apprit, par l'un de leurs codétenus, ce qu'il était advenu des Daireaux. Après dix-neuf jours d'interrogatoires sous la torture, ils avaient tous été ligotés à des poteaux sur la place d'exercice au milieu de la cour, visible depuis les cellules. Pauline, la sœur cadette d'Isabelle, avait quinze ans. Pendant un long moment, rien ne s'était passé. La place restait vide. Puis au bout d'une heure, le public était arrivé. D'autres prisonniers, que les Allemands forcèrent à regarder. Un soldat avança jusqu'à la mère d'Isabelle, Nicole, et la libéra, uniquement pour la pendre à un nœud coulant accroché à un crochet à viande. Lorsque ses pieds cessèrent de chercher appui, ils firent redescendre la corde, lui ôtèrent la boucle du cou, mais laissèrent là le cadavre, et pendirent son mari, Édouard, au même crochet, avec la même corde.

Les membres restants de la famille, deux grands-parents âgés et un cousin, furent abattus un par un. On épargna Pauline, ainsi qu'Isabelle, qui fut détachée et torturée de nouveau. Quelques jours plus tard, les sœurs étaient déportées à Ravensbrück.

Libre, Einar ne le fut plus jamais. Ce qui le taraudait le plus était l'idée que, quand elle avait été envoyée au camp de prisonniers, Isabelle pensait qu'il l'avait trahie. Il se rendit en Allemagne dès la capitulation et parvint à gagner Ravensbrück, mais ne put retrouver sa trace.

La raison pour laquelle Winterfinch avait brisé une vitre était qu'Einar l'avait appelé pour l'informer de l'échec de la mission et lui demander de l'argent pour chercher Isabelle.

Aux yeux de tous hormis Einar, ce souhait paraissait illogique et illégitime, puisqu'il n'avait pas exécuté la mission de Winterfinch. Mais quand Agnes l'interrogea sur la question, il se contenta de marmonner ; toute sa vie, il refusa de lui dire quelle avait été la mission d'origine.

— Que voulez-vous, alors, au juste ? lui avait-elle demandé le jour où il était venu au salon.

— Vous emprunter votre numéro de téléphone. Pour qu'*elle* puisse me joindre. Car je vais devoir voyager.

Einar souhaitait tout bonnement qu'Agnes prenne le message si quelqu'un téléphonait pour apporter des nouvelles d'Isabelle Daireaux. De son côté, il allait poursuivre ses recherches, faire savoir qu'il la cherchait, dire qu'on pouvait le contacter quelque part où il y avait toujours des gens pour prendre un message : un salon de coiffure bien tenu dont le numéro était Lerwick 118.

— Mais comment trouverez-vous de quoi payer vos recherches ? avait objecté Agnes.

— Je vais aider à remonter le Sauveur sur la croix.

Car Einar avait une aptitude qui lui fut alors pleinement utile, et lui procura abri et assistance, une aptitude qu'il s'était découverte en avril 1940, quand il avait recollé le grand crucifix de Saksum : il savait réparer l'art sacré. Pendant tout l'après-guerre, il alla dans les villes d'Europe ravagées par la guerre, se rendit dans les églises bombardées et offrit de restaurer les retables et les sculptures sur bois endommagés. La seule chose qu'il demandait aux prêtres était qu'ils essaient de trouver des renseignements sur une prisonnière du nom d'Isabelle Daireaux. Il dormait dans les sacristies, réparait des meubles et des ornements éclatés, et le soir, aidé des prêtres, il écrivait des lettres aux prisonnières de Ravensbrück, à la Croix-Rouge, aux bureaux des Alliés, aux registres d'état civil.

Son unique obsession, d'année en année, fut de la retrouver. Il était loin d'être le seul à se livrer à une entreprise pareille : à cette époque, des dizaines de milliers de personnes recherchaient des êtres chers. Einar gagna de quoi s'acheter une vieille voiture, écrivit aux survivantes du camp de la mort, écuma les listes de prisonnières dès leur publication, se vit accueillir par de tristes regards compatissants quand il se rendait dans les bureaux de la Croix-Rouge. À tous, il indiquait qu'on pouvait le joindre au Lerwick 118.

La même information alla à Hirifjell. Il écrivit une courte lettre indiquant qu'il était en vie, renonçait à la ferme et ne souhaitait de contact avec la famille qu'en cas de décès.

Dans l'appartement au-dessus du salon de coiffure, Agnes ne tarda pas à faire sien le manque d'Einar. Elle fit ajouter son nom dans l'annuaire à son numéro, comme s'ils vivaient sous le même toit. Toutes les semaines, il téléphonait. De France, de Tchécoslovaquie, des zones frontalières de l'Union soviétique. Il demandait si quelqu'un s'était manifesté.

Très vite, Agnes se mit à espérer qu'Einar appellerait juste pour lui parler à *elle*. Quand elle soulevait le combiné et que les gens mettaient du temps à dire de quoi il retournait, elle avait toujours un mince espoir qu'il s'agisse d'Isabelle, qu'on lui annonce sa mort.

Les choses continuèrent ainsi, jusqu'à ce qu'Einar téléphone un jour près de l'heure de fermeture. Mais cette fois, il fut moins prompt à poser sa question habituelle. Il se contenta de dire :

— C'est moi. Moi.

Agnes le pria de répéter, car sa voix était totalement altérée. Il parvint tant bien que mal à lui expliquer que la Croix-Rouge avait enfin trouvé des archives de Ravensbrück et qu'il avait ainsi appris qu'Isabelle avait succombé au froid lors de la marche de la mort et était probablement enterrée dans un lieu inconnu d'Allemagne de l'Est.

Un bref instant, comme une lueur dans les ténèbres, Agnes éprouva un soulagement qui lui fit honte. Elle espérait qu'Einar pourrait désormais oublier Isabelle et revenir aux Shetland. Mais les choses ne pouvaient se passer ainsi. Car avec l'annonce de la mort d'Isabelle, le désespoir d'Einar avait été remplacé par un autre, plus grand encore. La Croix-Rouge lui avait aussi fourni un autre renseignement : en janvier 1945, à Ravensbrück, Isabelle Daireaux avait mis au monde une fille.

PENDANT QU'AGNES BROWN me coiffait, des cheveux se glissaient entre ma nuque et mon dos, et la démangeaison allait croissant. Un trouble naissait en moi, une démangeaison en un point inaccessible à mes ongles.

J'imputai d'abord mon agitation à ma certitude que les grenades collectées avaient un lien avec l'accident de 1971. Mais cette agitation fit place à une forme d'incrédulité qui me touchait au plus profond de mon être, tandis que je me trouvais assis dans ce salon de coiffure.

D'après Agnes, Einar n'avait pas su s'il était le père de l'enfant d'Isabelle ou si cet enfant avait été conçu à l'occasion d'un des innombrables viols qu'elle avait dû subir dans la prison d'Amiens. Je me fis la réflexion que si jamais mon grand-père maternel avait été un soldat allemand, je ne pouvais pas mépriser cela en soi, je pouvais mépriser le viol, mais pas le seul uniforme, car c'était aussi celui qu'avait porté mon grand-père paternel.

Mais bientôt les doutes se dissipèrent.

Juste avant de juger qu'elle en avait terminé, Agnes prit le coupe-chou et fignola, élimina de légers défauts à brefs coups de rasoir. Elle peaufinait son œuvre de 1943, quand, d'une coupe lyonnaise, elle avait transformé Einar Hirifjell en cet Oscar Ribaut que j'avais vu sur son faux passeport.

Voyant que le visage dans le miroir n'était plus le mien, je mis d'abord tout sur le compte de la coiffure. Mais ce n'était pas le cas. L'homme qui me renvoyait mon regard était bel et bien Oscar Ribaut.

6

SA FAUX ÉTAIT TOUJOURS TRANCHANTE. Deux coups de pierre à aiguiser éliminèrent la rouille déposée sur le fil par l'air marin. J'entrepris de faucher l'herbe autour des maisons de Haaf Gruney. De la cheminée se déversait de la fumée de tourbe bleunoir. Elle ne sentait pas trop mauvais. J'avais allumé le fourneau de la cuisine et je me demandais si j'allais dîner de la soupe ou des saucisses grillées.

Si seulement nous avions pu manger ensemble. Tous les deux. Einar et moi. Nous promener ici. Être les réalités de nos suppositions mutuelles. Parler ou nous taire. Ne pas tenter de comédie chaleureuse. Juste le voir fumer son Early Morning Pipe et l'entendre murmurer quelques mots.

Même après s'être rencontrés, Einar et ma mère avaient dû être tiraillés par le doute et se demander qui était son vrai père. Mais la vérité s'était présentée la veille, devant Agnes et moi, une réponse apportée à la plus brûlante de toutes les questions, mais qui arrivait vingt ans trop tard.

Ils prirent place en moi. Comme si j'avais vécu toute ma vie dans un salon avec quatre rectangles pâles, clou au centre, laissés par des photos autrefois accrochées au mur. Aujourd'hui, les visages emplissaient les cadres. Isabelle Daireaux, Einar et maman. À côté d'Alma, Sverre et papa.

Mes parents avaient été cousins germains. Je ne ressentais aucun déchirement, aucune honte, rien que du dévouement. Je savais que je ne le raconterais jamais à personne. À part l'ancien pasteur, peut-être. Personne ne méritait de le savoir, personne n'avait besoin de le savoir.

Moi, cela ne me faisait rien, au contraire, je sentais la fierté couler dans mes veines, une lignée qui me rattachait plus près du retable de Saksum, de l'atelier de Ruhlmann à Paris. Mais les gens auraient des interprétations si diverses. J'avais déjà assisté au phénomène. Les haineux avec leurs longs becs qui piquaient le point le plus sensible, à nu, au cœur de la dignité.

Grand-père avait peut-être eu des soupçons. Qu'Einar puisse être le père de Nicole. Il m'avait vu grandir en ressemblant à ce frère qu'il ne supportait pas. Et cependant, jamais une parole négative. Il s'adonnait simplement à ses pommes de terre de semence, qui n'étaient pas apparentées, mais *étaient* les unes les autres.

Je continuai de couper l'herbe et ne tardai pas à sentir la présence de grand-père. Lui qui m'avait appris à faucher. Des mains chaudes sur mes petites mains. La bonne courbure, la poignée de bois grisonné, l'acier qui tranchait l'herbe pour la laisser en rangées rectilignes.

Ils étaient avec moi, tous. Assis autour à m'observer. Je sentis que j'avais envie d'appeler Isabelle Daireaux "grand-mère", et peut-être y avait-il en moi une place libre pour ce mot. Jusqu'ici, Einar n'était qu'Einar, même s'il y avait des dénominations libres pour lui aussi.

Je poursuivis les rangements après avoir mangé, j'avais finalement opté pour les saucisses irlandaises à chair grossière ; le soir, il faisait bon dans la maison. Je changeai les piles de la radio et écoutai le son crépitant de NRK grandes ondes.

On attendait des précipitations durables dans l'Østlandet. L'inquiétude s'implanta en moi. Trop d'humidité et le mildiou pouvaient faire capoter toute la récolte de pommes de terre. Comme un rappel supplémentaire, arriva une averse si drue que les gouttes paraissaient gicler de la mer. La vue sur Unst se referma et je redoutais qu'il n'y ait les mêmes intempéries à la maison.

Le lendemain matin, je me levai à l'aube. La mer était plate, sans un souffle de vent. Je ramai jusqu'à Unst, m'assis sur une hauteur et contemplai la maisonnette de Gwen. Vers neuf heures, je vis un mouvement derrière les rideaux. Elle ouvrit la porte, s'étira vers le beau temps, retourna à l'intérieur.

Je consultai ma montre. Et je décidai de descendre, sans savoir comment j'expliquerais ma visite. Car Agnes Brown m'avait appris une chose qui pouvait signifier que Gwen n'était pas celle pour qui elle se faisait passer.

QUAND AGNES AVAIT FINI de me couper les cheveux, je m'étais levé du fauteuil et nous étions montés dans son salon. Elle avait conservé un double des clefs de Haaf Gruney qu'elle me donna, apparemment soulagée de s'en défaire. Elle m'expliqua qu'Einar avait passé des années à rechercher l'enfant sans nom, sans mesurer le caractère désespéré de l'opération, sans savoir ce que nous avions désormais tiré au clair, que l'enfant était le sien. Près de mille enfants étaient nés dans le camp de Ravensbrück, mais la Croix-Rouge supposait qu'ils n'étaient que dix ou quinze à avoir survécu.

Je l'imaginais. Le jour avec des serre-joints et de la colle à bois, face au crucifix, chassant la douleur en restaurant de l'art sacré. Les yeux dans les yeux avec les apôtres, main dans la main avec la Vierge Marie, jour après jour devant Jésus-Christ. Il ne pouvait que devenir croyant.

Il avait suivi la même méthode de recherche que pour Isabelle. Des prêtres reconnaissants l'aidaient à écrire des lettres. Il allait dans des orphelinats, s'enquérait s'il y avait une enfant née en janvier 1945. Quête dont il avait lui-même dû percevoir l'impossibilité, car si l'enfant était en vie, elle avait probablement été adoptée et ne savait rien de ses origines. Dans les années 1950, le découragement l'avait rongé de plus en plus. La guerre froide compliquait l'obtention de visas, des frontières se fermaient. Einar se mit à séjourner davantage à Haaf Gruney, toujours agité, traqué, adressant des regards haineux à Duncan Winterfinch. Il aménagea l'atelier de menuiserie et gagnait son pain en fabriquant des meubles simples pour un petit commerce de Lerwick.

— Mais où trouves-tu les matériaux? l'avait interrogé Agnes.

— Ils viennent jusqu'à l'île d'eux-mêmes, avait-il répondu.

En effet, les courants marins transportaient des fûts et des planches qui dérivaient de Russie et de la côte norvégienne, et il y avait parfois même des bois durs d'Amérique.

Agnes m'expliqua qu'Einar n'avait jamais perdu foi dans le fait que l'enfant d'Isabelle prendrait contact avec lui et ils convinrent que, si jamais quelqu'un cherchait à le joindre au Lerwick 118, elle irait à Unst peindre une croix blanche sur le hangar à bateaux, qui était orienté vers Haaf Gruney. À ce signal, il viendrait aussitôt.

Une croix blanche. Je me souvenais de la peinture blanche écaillée du hangar.

— Y a-t-il eu beaucoup d'appels?

— Non. En vingt ans, personne n'a téléphoné à Einar Hirifjell.

J'allais lui dire que j'avais découvert la peinture quand elle entreprit de parler de sa propre relation avec Einar.

— Je ne pouvais m'en prendre qu'à moi-même. Le chagrin d'Einar était suffisamment lourd pour nous tirer vers le fond tous les deux. Mon seul espoir était qu'une réponse vienne. Pour qu'il puisse accepter que la fille aussi était morte. Mais qui étais-je donc pour bâtir mon espoir sur le désir qu'un enfant soit mort?

Elle voyait parfois chez Einar de petites étincelles d'affection. Elle avait souvent rêvé d'arranger son salon de coiffure défraîchi et, un jour, Einar surgit à l'improviste et lui demanda si elle pouvait fermer pendant quelques jours. Il apporta des matériaux, recouvrit les fenêtres de papier kraft et verrouilla la porte. Agnes l'entendit travailler jusqu'aux petites heures du matin. Le lendemain, il apporta des fauteuils et des plans de travail qu'il avait fabriqués au préalable et elle vit sur son visage quelque chose qui ressemblait à un sourire.

Un après-midi, les coups de marteau s'évanouirent et il la conduisit dans un salon qui aurait eu sa place dans une rue commerçante chic de Paris. Le mobilier épousait un style Art déco pointu aux lignes épurées, d'expression simple, mais regorgeant d'ornements exquis, avec une rangée de jolies lampes offrant une bonne lumière de travail aux coiffeuses.

— Ça, c'est moi, déclara-t-il. Vraiment.

La pièce maîtresse était une commode composée de trente petits tiroirs pour les ciseaux et les accessoires. Chaque tiroir était incrusté de gouttes brillantes de nacre blanche qui, quand ils étaient tous fermés, formaient le contour d'une tulipe, identique à celles des lampes.

— Tout est en bois flotté, observa Einar. Comme toi et moi.

C'était la première fois qu'il lui témoignait des sentiments. Agnes le prit dans ses bras, mais elle eut l'impression d'étreindre une statue de Vigeland. Après le dîner, il passa la nuit chez elle, mais le lendemain, il fut de retour à Haaf Gruney.

Le mobilier du salon devint un filet perpétuel. Elle ne pouvait que s'éprendre follement d'un homme qui créait des choses si belles. Pour cette même raison, elle ne parvint jamais à vendre son salon et elle s'habitua à être un central téléphonique pour un appel qui n'arrivait pas. Tous les ans, Agnes renouvelait l'inscription de son nom dans l'annuaire, tous les ans elle ravivait sa douleur de voir sa propre vie gâchée avec celle d'Einar.

Ainsi passèrent les années. Jusqu'en 1967, où le téléphone sonna et où Agnes Brown posa ses ciseaux de coiffure avec le pressentiment que cet appel-là était différent.

Il y avait de la friture sur la ligne, un bruit de fond différent des appels locaux des Shetland. Une femme s'exprimait d'une voix haute et formelle dans un anglais lamentable. Elle avait de toute évidence un papier et déchiffrait les mots un par un. Ce n'est qu'en prononçant un nom que sa voix prit de l'assurance.

— *Einar Hirifjell*, fit la femme au bout du fil, et à son dialecte, Agnes entendit qu'elle était du Gudbrandsdalen.

Agnes interrompit sa lecture précipitée :

— Parlez en norvégien. Pour l'amour du ciel ! Je suis norvégienne, moi aussi.

Un murmure hésitant s'ensuivit, puis son interlocutrice reprit :

— Dites à Einar que Nicole Daireaux est ici. Ici, en Norvège. À Hirifjell.

Elle lui dicta un numéro de téléphone puis raccrocha, et Agnes resta le combiné à la main, incapable d'articuler le moindre mot. Nicole Daireaux, la mère d'Isabelle, avait pourtant été pendue en 1944 ?

Einar avait caché sous une pierre un pot de peinture à l'huile et un pinceau, et, sous la pluie, elle traça la croix blanche sur les vantaux du hangar à bateaux. Elle resta dans les rafales à regarder l'île stérile. Quatre fois par jour, se calant sur les horaires de bus, Einar avait l'habitude de faire une pause dans sa menuiserie et de grimper sur une petite hauteur pour jeter un œil sur le hangar à bateaux. Agnes passa plus d'une heure assise ainsi sur une pierre, sans vêtements de pluie, à regarder. Puis, bien avant le passage du bus, elle vit sa silhouette apparaître sur l'île. Elle se leva en agitant les deux bras et bientôt Einar arrivait dans sa barque en ramant vigoureusement. Mais il resta figé sur place, bouche bée, quand elle lui indiqua la provenance de l'appel.

— Hirifjell? finit-il par demander. Nicole Daireaux?

Ne tenant pas compte de sa présence, il partit sur la route, marcha jusqu'à la cabine téléphonique au croisement avec le terminal du ferry et en ressortit perplexe et absent.

— Tu peux supprimer mon inscription dans l'annuaire, murmura-t-il. Il faut que j'aille en Norvège.

Sur ces entrefaites, elle le vit à Lerwick, se dirigeant vers le ferry de Bergen, dans la vieille voiture grise qu'il possédait. Puis il disparut. Pas un mot de remerciement, pas un coup de fil pour expliquer ce qui se passait en Norvège.

— Je détestais Einar à ce moment-là, me confia Agnes. Je le détestais parce qu'il ne me laissait pas prendre part à ce pour quoi je l'avais aidé pendant vingt ans.

Elle supprima son nom de l'annuaire en lui souhaitant d'aller se faire voir. Les quatre années suivantes, elle ne le vit jamais, mais apprit par d'autres qu'il était à Haaf Gruney de temps à autre et qu'il avait, en une occasion, eu de la visite.

Mais un soir de décembre 1971, elle eut l'occasion de le croiser à Lerwick. Il faisait peine à voir. Il s'était mis à boire et titubait devant un café de marins près du port. On aurait dit un cormoran aux ailes collées. Agnes savait qu'un homme pouvait sombrer en moins d'un mois à Lerwick, et Einar semblait avoir mis le cap sur cette destinée. Il errait alors que les brisants de l'Atlantique déferlaient droit dans la rue, les bourrasques lui arrachèrent sa casquette et l'emportèrent en mer tandis qu'une pluie battante le trempait jusqu'aux os. Elle apprit qu'il n'avait plus droit de cité qu'au Captain Flint's, le bar le plus mal famé de Lerwick. Vers Noël, alors que tout le monde était chez soi, Einar chancelait sur les dalles glissantes des rues.

Une fois de plus, Agnes le fit entrer chez elle. Il était alors si sale qu'elle ne distinguait plus sa peau de ses vêtements. Et ne pouvait déterminer si ses tourments découlaient de son chagrin ou d'une forme de culpabilité qui, dans son cas, n'allaient pas l'un sans l'autre. Ce n'est que le matin du Jour de l'an qu'il fut en état de parler.

Il lui raconta que, à l'époque, la fille d'Isabelle était arrivée en Norvège, croyant qu'il vivait à Hirifjell. Apparemment, une fois dissipé ce qu'Einar qualifiait de "grand malentendu", ils n'avaient cessé de correspondre et elle lui avait aussi rendu visite. Il dépeignit ces années comme les meilleures de sa vie.

Mais la mort de mes parents l'avait brisé. Pour Agnes, Einar se sentait coupable des événements. Et il était incapable de parler d'autre chose que du fils de Nicole – moi – qui était en vie.

Le 2 janvier 1972, Einar avait ramé vers Haaf Gruney pour de bon. Jusqu'à sa mort, il n'avait plus touché une goutte d'alcool, et jusqu'à sa mort, il avait fabriqué des cercueils. Les matériaux lui arrivaient par le ferry de Bergen, et pendant toutes les années 1970, les Shetlandais avaient été enterrés dans des cercueils en pin norvégien.

Quelques années plus tard, Agnes ferma son salon de coiffure et retourna en Norvège habiter avec sa sœur. Mais elle ne tenait pas en place et revint aux Shetland. Elle ramait parfois jusque chez Einar et constatait que la croix qu'elle avait peinte en 1967 était peu à peu rongée par les intempéries. Elle lui coupait les cheveux, ils dînaient ensemble, elle passait parfois la nuit à Haaf Gruney, puis elle prenait le bus pour regagner son salon de coiffure désaffecté.

Lorsque le bateau se renversa et qu'Einar mourut, on le coucha dans un cercueil simple qui se tenait prêt dans la remise à bateaux. Il avait choisi le cimetière de Norwick, où le vent érodait les pierres tombales en quelques années à peine. Sur le couvercle, il avait gravé *Oscar Ribaut*, comme s'il cherchait désespérément à signaler ce nom à quelqu'un.

Agnes avertit grand-père, qui vint aux Shetland avec une pierre tombale, mais ne manifesta d'intérêt ni pour l'île ni pour ce qu'elle avait à lui raconter.

Elle marqua une pause. J'observai cette vieille dame aux cheveux blancs, j'aurais voulu faire quelque chose de bien pour elle. Mes pensées allèrent brièvement à Hanne. Son dévouement était peut-être similaire, plus grand que je n'étais capable de le voir.

Agnes me parla alors de l'étrangère qui avait assisté à l'enterrement d'Einar. Une fille de dix-sept ou dix-huit ans en vêtements coûteux, qui était venue seule et avait l'air égarée. La fille avait pris grand-père à part, mais il avait secoué la tête, et semblé aussi lourd et mutique que la pierre tombale qu'il avait apportée. Toute à son chagrin, Agnes n'avait pas fait très attention à l'inconnue, mais quand on avait jeté des poignées de terre sur le cercueil, il lui avait semblé reconnaître les traits de la jeune fille. Elle l'avait vue des années plus tôt, à Lerwick, main dans la main avec un vieil homme. Au départ, elle avait été choquée que le vieillard laisse la fillette marcher du côté de la circulation, mais elle l'avait ensuite reconnu et avait vu qu'il ne pouvait pas faire autrement. C'était Duncan Winterfinch, le manchot, qui tenait sa petite-fille par la main.

En allant ranger et nettoyer à Haaf Gruney après les funérailles, Agnes s'était aperçue qu'on avait fouillé dans les maisons. Elle avait remplacé les cadenas par d'autres, qu'elle avait achetés à Ørsta, puis elle avait fait le dernier trajet à la rame du *Patna* et fermé le hangar à bateaux. Enfin, elle avait accroché les clefs sur l'ancien porte-clefs d'Einar pour les envoyer à grand-père à Hirifjell. Passant devant Quercus Hall en quittant Unst, elle vit que la maisonnette en pierre était occupée par la fille de l'enterrement.

D'après la description d'Agnes, je reconnus Gwendolyn Winterfinch, la petite-fille de Duncan.

7

— TU T'ES COUPÉ LES CHEVEUX? fit-elle.

— Oui. Chez St Sunniva Hairdressers.

— *Quite… individual. Nice, though.*

Elle se tenait dans le vestibule de la maisonnette, les deux mains sur le chambranle. Elle portait une jupe en feutre verte à petits carreaux et un pull col roulé noir. Son regard était fuyant. Comme si on l'avait dérangée pendant qu'elle le fixait sur un objet. Quelque chose en elle était en train de s'endurcir, une matière qui pouvait se figer en quelques secondes, et elle devint silencieuse et arrogante.

Par l'embrasure de la porte s'échappait une chaleur moelleuse, de celles qu'ont les maisons où le feu de cheminée a brûlé toute la nuit. Mais cette chaleur fila devant moi pour disparaître dans la grisaille. Elle avait tout de son côté. La propriété, la langue, peut-être aussi la vérité.

— Merci pour hier. C'était sympa au Raba, dis-je.

Elle baissa les yeux. Puis elle les leva en m'ignorant. Elle regarda Quercus Hall, qui se dressait à l'extrémité de la falaise. Elle ne répondait pas. Comme si ma présence la gênait.

— Ils sont arrivés? m'enquis-je. Les Winterfinch?

Elle répondit que non. Par-dessus son épaule, je voyais un petit salon. J'entendais à l'intérieur le refrain d'un disque qu'elle avait acheté à Lerwick. Je tâtonnai à la recherche des mots justes en anglais et demandai :

— Peux-tu me faire entrer dans Quercus Hall?

— *What?* Je perdrais mon job. Ils n'apprécient même pas que j'aie de la visite *ici.*

Je descendis une marche du perron. Elle maintenait donc son bluff. Auquel cas, il s'agissait là d'un jeu dans lequel il me fallait procéder avec subtilité.

La maison était faite de pierres rondes comme des billes, devenues gris pâle là où le soleil les avait chauffées. Le mur d'enceinte était couvert de mousse ; haut et solide, il protégeait des coups de vent maritimes. Entre la clôture et la maison poussait un fouillis de fleurs.

Elle ne manifestait toujours aucune intention de me faire entrer, n'invitait pas à la conversation, n'irradiait rien de la chaleur de la pièce derrière elle.

— Duncan Winterfinch, fis-je. Quand est-il mort ?

— Pourquoi veux-tu le savoir ?

— Parce que j'ai découvert qu'Einar lui avait caché quelque chose.

Je la regardai dans les yeux et ajoutai :

— Le patrimoine que ma mère cherchait. Winterfinch a dû envoyer Einar le chercher en 1943.

Elle haussa les épaules d'un air indifférent.

— Ah oui ? Qui t'a raconté ça ?

— Quelqu'un qui connaissait bien Einar.

Je ne m'étendis pas. C'était sans doute un dangereux traquenard. Les aides de maison se contrefichent des anciennes obsessions d'un homme mort. Si jamais elle manifestait davantage d'intérêt pour l'héritage, son masque tomberait.

— Et puis mince ! fit-elle. Je peux bien te faire entrer *ici*. Viens.

Elle ajouta quelques grosses bûches brun rougeâtre qu'elle prit dans une bassine en cuivre astiqué. Le feu repartit de plus belle. Du chêne. Les familles de négociants en bois ne se chauffaient visiblement pas à la tourbe. Pas même leur "intendante", qui ne se bousculait pas précisément pour faire le ménage. Les placards étaient ouverts, le lit défait, et elle avait manifestement l'art de prendre une nouvelle tasse chaque fois qu'elle buvait un thé.

L'endroit était on ne peut plus chaleureux, mais pas sans danger. Il ne manquait que l'odeur de cuisine indienne pour que je sombre dans la même hardiesse séduite qu'au Raba. Dans le salon, un canapé profond à rayures rouges était entouré d'immenses piles de magazines de musique. L'une d'elles s'était répandue par terre. *Record Collector, New Musical Express*. Sur la table était ouvert un double album et le goulot de la théière fumait encore.

— Où es-tu allée? demandai-je. Après le dîner.

— J'ai pris le dernier bus pour Unst.

Elle baissa le son de la chaîne stéréo. La platine était une Linn Sondek, la même que celle pour laquelle le mordu de la hi-fi de Saksum avait versé six mois d'allocations chômage. Un ampli Audiolab en trois éléments. Deux haut-parleurs électrostatiques Quad. Une chaîne digne des cinq cents albums – au bas mot – qui occupaient les rayonnages.

— Tu es critique musicale?

Elle se concentra sur ses ongles.

— Je m'intéresse juste. Ces disques… ne sont pas à moi.

J'ôtai mon coupe-vent. Avant de faire la traversée, je m'étais savonné frénétiquement et j'avais changé de sous-vêtements. Mais encore maintenant, je pouvais convoquer les saveurs épicées du Raba. Ma peau n'avait toujours pas perdu son odeur inhabituelle, le parfum de toute cette nouveauté qui s'évaporait lentement.

— Tu n'étais pas censé aller à Édimbourg? fit-elle.

— Si. Mais le ferry ne part que demain. Dis-moi, tu viens en avion, d'habitude?

— Non, non. Je prends le ferry, moi aussi.

— Comment est la famille Winterfinch, au juste? Quand tu en parles, on dirait une grande nébuleuse. Une espèce de clan.

Elle entreprit de rassembler les magazines en s'accroupissant, les fesses sur ses chaussures cirées. Les jupes lui allaient mieux que les pantalons. Ses cheveux étaient coupés en un petit U sur l'occiput, si bien qu'une bande de racines noires soulignait le creux nu de sa nuque. J'aspirai soudain à me tenir tout contre son dos, à frotter mon nez sur ces racines de cheveux, pour voir si un effleurement aérien pouvait vaincre son cerveau, faire émerger ce qui était vraiment elle.

— C'*est* un clan, affirma-t-elle en se relevant avec la pile de magazines. Une vieille famille. Mais…

— Tu ne parles pas de ton employeur, coupai-je.

— *Exactly*, commença-t-elle, *it is…*

— … *not done*, terminai-je.

Combien de temps pourrait-elle garder le masque ? Et pourquoi se cachait-elle ? Elle avait l'air de marcher avec des pieds de plomb derrière un cheval qu'elle ne voulait pas monter.

— Donc tu as découvert ce qu'était cet héritage ?

— Oui, répondis-je. Je sais ce que c'est.

Nous nous observâmes. Comme si chacun de nous réglait la mise au point de son Leica. Soit elle avait compris que je mentais, soit elle était meilleure menteuse que moi.

— Et tu sais où il se trouve ?

Je secouai la tête.

Elle posa les magazines sur une étagère. Le dos tourné, elle s'immobilisa, mit ses mains sur ses hanches et resta dans cette position quelques secondes.

— Mais… tu souhaites le découvrir ? demanda-t-elle en se retournant.

J'acquiesçai d'un signe de tête. En me demandant quel serait le prix à payer.

Un peu plus tard, je regagnai Haaf Gruney, je traînai jusqu'à la tombée du soir, puis je restai seul avec la nuit et la mer.

Gwen et moi avions écouté *The Cutter and The Clan*, nous étions redevenus les deux personnes du Raba et l'étions restés, deux identités désormais fausses, mais qui demeuraient les seules à travers lesquelles nous puissions nous rencontrer. Elle m'avait parlé de ses groupes préférés, Runrig et Big Country, et quand la tête de lecture se leva du disque, un silence pesant se déposa dans la pièce ; nous nous fîmes des adieux tâtonnants assortis d'un "à plus".

Elle avait probablement compris que je bluffais, que j'avais besoin d'elle pour en savoir davantage, mais c'était comme si nous voulions commencer un jeu et que nous ne trouvions pas le dé.

C'était plus facile comme ça, remarquai-je. Tant que nous opérions en surface, nous jouions au poker non pas pour découvrir la vérité sur mes parents, mais pour un héritage, de l'argent, des lingots d'or, ou ce que ça pouvait bien être. Nous faisions un petit détour autour des grandes questions.

Un détour que j'avais finalement emprunté toute ma vie.

Je montai sans me presser sur la butte d'où Einar pouvait voir le hangar à bateaux. Un tourment de mon adolescence me revint. Cette époque où je me reprochais de n'avoir jamais ressenti de véritable peine pour mes parents.

J'*admirais* le chagrin d'Einar, sa réaction en 1971. Il avait ouvertement et réellement souffert, il avait enduré les supplices qui auraient dû me torturer aussi. Moi, je m'étais contenté de faire comme mon grand-père : il leur avait dit au revoir, s'était redressé et m'avait pris la main, puis il avait tourné les talons et continué d'avancer dans la vie.

Mais la différence, songeai-je debout sur le rocher, c'était qu'Einar les avait *connus*. Ma peine, autant que j'essaie de la faire venir, n'était qu'une pâle couverture, elle pouvait concerner n'importe qui, et, en conséquence, mon manque non plus n'était pas *vrai*, il flottait tel un flocon de neige dans les airs, dont personne ne remarquait la chute.

LE LENDEMAIN, JE RAMAI jusqu'à Unst. Je roulai jusqu'à une cabine téléphonique. Probablement celle d'où Einar avait appelé en Norvège en 1967, aussi hésitant que je l'étais maintenant.

Je rassemblai les pièces de ma poche. Puis je pris une profonde respiration et réitérai son acte de l'époque. Je composai moi aussi un numéro de Saksum. Un numéro que j'avais souvent composé quand les choses se corsaient.

Son père répondit. Comme d'habitude, l'annonce de mon prénom fut accueillie par un "ah oui" ambigu. Notre seul point commun : moins nous nous parlions, mieux nous nous portions.

Hanne prit le combiné après que j'avais entendu son père marmonner "C'est lui".

— Ah, fit Hanne.

Je connaissais ce "ah", ses significations étaient multiples. À cet instant précis, il signifiait *je suis fâchée et tu as besoin qu'on te torture un peu*.

— Tu es rentrée du Sørlandet? m'enquis-je.

— Je n'y suis pas allée.

— Einar est mort il y a des années.

— Aïe, dit-elle, sa voix se radoucit un peu. Et tu es rentré, alors?

— Je suis toujours aux Shetland.

— Tu plaisantes, Edvard?

— Non, je *suis* aux Shetland, dis-je en ouvrant la porte de la cabine téléphonique. Tu entends les cris de mouettes? Je me trouve dans un endroit qui s'appelle Unst.

Elle se tut. Un faible grésillement électrique se fit entendre sur la ligne.

— Toi qui es à peine allé à Oslo...

J'avais l'intention de lui dire qu'elle me manquait, car c'était le cas. Mais, ce qui compliquait la chose, c'était qu'elle ne me manquait pas tout entière. Sa chaleur et son équilibre me manquaient. Mais pas le poids en elle qui menaçait de me retenir.

— Je me débrouille plutôt bien.

— Mais qu'est-ce que tu fabriques là-bas s'il est mort?

Je voulais lui dire qu'il existait un lien entre Einar et les quatre jours où j'avais disparu. Que j'étais sur une piste qui allait me faire découvrir la raison pour laquelle ma mère était venue à Hirifjell et ce qu'était l'héritage. Mais je sentais que toute cette histoire commençait à appartenir à quelqu'un d'autre, une fille pour qui je ressentais de la réserve et de l'attirance à la fois. Gwendolyn Winterfinch.

— Edvard, fit Hanne. Je n'arrive plus à te cerner. Je ne sais pas quoi croire.

— Je ne savais pas que tu avais besoin de croire quoi que ce soit.

— Alors il ne me reste plus qu'à raccrocher, trancha-t-elle.

Le téléphone émit un signal. Je glissai une nouvelle pièce.

— Hanne. Désolé. J'ai été bête de dire ça. Il faut que je te demande quelque chose. Je dois rester une semaine de plus. Tu pourrais faire un saut à la ferme pour voir s'il y a des signes de mildiou sur les plants? La clef de la barrière est sous la pierre noire.

— Tu me demandes *quoi*?

— Juste de regarder s'il y a du mildiou sur les pommes de terre.

— Et s'il y en a? Je ne vais pas jouer les métayères et traiter les plants?

— Non, vérifie juste que tout va bien. Et puis, si tu pouvais aussi rendre les livres qui sont sur la table de la cuisine.

— Quand dois-tu les rendre, Edvard?

— Je ne suis pas sûr.

— La durée des emprunts à la bibliothèque est de deux mois cet été. C'est *une*, deux ou *trois* semaines que tu comptes être absent?

— Encore une. Les moutons sont à la montagne. Et...

— Ça m'échappe, coupa-t-elle. Qu'est-ce que tu vas faire là-bas alors que, de toute façon, il est mort?

JE ME RENDIS À LERWICK, au terminal de ferry de Holmsgarth, qui sentait le poisson et le diesel. Le guichetier était un gars à double menton, qui avait l'air de n'avoir jamais fait d'exercice à l'âge adulte. Je pus repousser mon retour à Bergen et me renseignai par la même occasion sur les horaires de départ du ferry d'Aberdeen.

Cela pourrait faire un sujet de conversation approprié avec Gwen. Exercer un peu plus de pression sur elle. Si je continuais de prétendre avoir l'intention de rendre visite à la famille Winterfinch à Édimbourg.

Je ne faisais que lui demander quand le bateau partait, mais le guichetier prit une voix haut perchée et déclara qu'il ne voulait pas me vendre de billet pour Aberdeen du tout.

— Quoi? fis-je en me pliant vers l'hygiaphone.

— Pas de billet pour vous, désolé!

— Pourquoi est-ce que je ne peux pas acheter de billet? demandai-je, avant de me rendre compte que c'était juste une façon de parler.

La raison, m'expliqua-t-il, était qu'on attendait du mauvais temps. Du genre très mauvais temps.

— *We have strong gales coming in. Really strong ones.*

On ne pouvait donc pas se fier aux horaires d'arrivée. Ni même à l'arrivée tout court, semblait-il :

— Dans le pire des cas, le bateau ne peut pas accoster et doit attendre au large. Il est arrivé qu'il y reste pendant deux jours.

Je quittai le terminal, baissai ma vitre et tendis la main au vent. Je humai l'odeur de l'herbe, levai les yeux vers le ciel. Bleu et limpide. Où donc était cette tempête dont il parlait?

J'avais traversé la moitié de Yell quand elle arriva. Une rafale fit chasser la voiture latéralement, comme si une suspension avait lâché. Alors que la route tournait vers une crique je vis la tempête approcher au large. Le ciel s'assombrit, comme si la nuit elle-même était en train de tomber. La mer, déjà haute, était fouettée de blanc. Dans une montée, le vent de face était si fort que je dus rétrograder.

Une heure plus tard, sur le *Geira* en direction d'Unst, je sentis que quelque chose se tramait. Les camionneurs tiraient des crochets en acier du pont, allaient chercher de grosses sangles orange et attachaient leurs véhicules pour les empêcher de déraper.

Le mal de mer me gagna bien avant que nous ne prenions de la vitesse. Le bateau suivait les vagues comme un bouchon. Le temps restait en suspens quand il s'accrochait au sommet des déferlantes avant de rester en apesanteur puis de retomber à l'oblique dans le creux de la vague, faisant jaillir par-dessus la coque l'eau, qui se déversait en torrents sur les voitures.

Je supportai trois de ces plongeons avant de descendre pour vomir. Quand je remontai sur le pont, je vis que nous avions perdu le cap, la vue sur Unst n'était plus la bonne.

Nous nous dirigions vers le large.

Pris de sueurs froides, je commençai à lire les consignes de sécurité. L'emplacement des canots de sauvetage. Les procédures d'évacuation. La mer gris-vert était fouettée en texture fine, comme le sillage d'un moteur.

Par beau temps, la traversée durait à peine un quart d'heure. Là, au bout d'une demi-heure, nous n'avions toujours pas le bon cap. Mais l'équipage n'élevait pas la voix, n'agitait pas les bras, il se contentait de marcher d'un pas pesant, d'anticiper les mouvements quand le bateau retombait entre les vagues, de tirer sur les sangles des camions pour s'assurer qu'elles tenaient le coup.

Les passagers aussi restaient imperturbables. Assis dans leur voiture, les gens allumaient leurs essuie-glaces et continuaient de lire le *Shetland Times* sous les jets de mer qui lessivaient les capots.

Je m'apaisai un peu. Jusqu'à ce qu'une nouvelle inquiétude se manifeste. Ces gestes calmes ne pouvaient signifier qu'une seule chose. Le temps pouvait empirer.

Enfin, le pont d'acier s'abaissa en claquant contre le quai. Je débarquai, mal assuré, en proie au vertige, comme si j'avais passé la journée à boire de l'alcool pur. Je restai dix minutes dans la voiture arrêtée avant de repartir.

À travers la pluie, je vis les lumières de l'épicerie. Un motif de photo particulièrement réussi, qui ne pouvait s'obtenir que par ce temps. Mais je n'emportais plus mon Leica. Signe peut-être que je commençais à me sentir un peu trop chez moi.

Je courus à l'intérieur et attrapai des saucisses, des conserves et une bouteille de White Horse sur les rayons. Le caissier parut surpris de me voir et lança un regard discret vers les magazines.

Elle y était. Le dos tourné, en veste huilée vert sombre.

Je l'attendis à la sortie. Son sac de commissions était mince et léger, le mien menaçait d'éclater sous les conserves.

Un garçon des forêts norvégiennes fait face à la tempête avec des provisions caloriques et des fusées de détresse. Gwendolyn Winterfinch l'affrontait avec six magazines, une boîte de chocolats et du thé en vrac.

— Bonjour, l'étranger, fit-elle.

— Tu es venue à pied par ce temps ?

— Pas terrible, là, hein ?

De nouveau, nous étions dans ma voiture.

— Le ferry d'Aberdeen ne circule pas, expliquai-je. À cause de la tempête. Il faut que j'attende un peu avant d'aller voir la famille Winterfinch.

Une bourrasque fit claquer les essuie-glaces. Je conduisais en direction de Quercus Hall ; nous passâmes devant le hangar à bateaux d'Einar et contemplâmes les vagues.

— Tu ne peux pas ramer jusqu'à Haaf Gruney par une mer pareille, observa-t-elle.

— Je sais. Je pensais passer la nuit au fond du hangar à bateaux ou dans ma voiture. C'est pour ça que j'ai acheté de quoi manger.

Elle resta en suspens. La possibilité d'attendre chez elle la fin de la tempête. La possibilité qu'elle me dise qui elle était. En échange de mon récit sur ce que je savais *vraiment*.

— Tu n'as pas besoin de dormir dans l'abri à bateaux, dit-elle alors que nous nous garions devant Quercus Hall. Je peux t'emmener. Et puis je viendrai te chercher demain.

— C'est possible ? demandai-je en fixant la mer grise démontée.

— *I have access to a highly seaworthy boat.* Mais alors, il faut partir tout de suite. Sinon ça va être difficile.

— Parce que là, ça ne l'est pas ? criai-je à travers le vent. Si on attendait un peu pour voir si ça s'arrange ?

— Ça ne va faire qu'empirer. Regarde. Les pétrels-tempête se rassemblent.

Dans les trombes de pluie apparaissaient une foule d'oiseaux noir et blanc. Ils se rassemblèrent, se mirent sur le vent et migrèrent en masse vers Haaf Gruney.

— Ils avertissent de la *véritable* tempête, dit-elle. D'où leur nom.

8

SI J'ACCEPTAI, ce n'était pas que j'éprouvais le besoin d'y aller. Je voulais comprendre ce qui poussait Gwen à braver la tempête avec moi. À renoncer à la douce chaleur de la maisonnette en pierre et aux six magazines qu'elle venait d'acheter.

— On prend ce bateau-là, vraiment?

Je désignai le ponton où le bateau dans lequel elle était venue le premier jour était ballotté par les vagues.

— Ça ne va pas!

Elle marchait en tête vers un énorme hangar à bateaux à deux cents mètres de là.

— C'est *celui-ci* que nous allons prendre.

Elle ouvrit les portes. Dans l'obscurité, je distinguai une embarcation fuselée. Gwen disparut à l'intérieur et le prochain bruit que j'entendis fut celui d'un gros moteur. Il avait le timbre d'une des belles américaines qui ronronnaient autour de la station Mobil du village voisin.

Elle fit une marche arrière rapide. Une vedette très ancienne, de peut-être vingt pieds de long, avec deux rangées de sièges rouge sombre et un pare-brise bas. La coque en acajou brun était éraflée, le vernis craquelé et terne, le franc-bord et l'étrave parés de chromes rouillés. Sur la poupe était peint *Zetland* en lettres noir mat.

— C'est quoi, ce bateau?! m'exclamai-je en saisissant la main qu'elle me tendait.

— Tu as entendu parler des Riva?

Je secouai la tête et m'assis à côté d'elle. La mer s'agitait fortement autour de nous. Le moteur s'enraya pendant qu'elle le chauffait.

— Eh bien, c'est un Riva, mais de 1924, avant que les Riva deviennent des bateaux de frimeurs.

L'âge et la minutie de l'ouvrage se voyaient dans les moindres détails. C'était comme sortir un Rembrandt sous une pluie battante.

— Tu es sûre qu'il supportera une mer si haute ? demandai-je.

En guise de réponse, elle me dit de bien me tenir, tira sur un levier brillant et accéléra en direction de Haaf Gruney. Le *Zetland* fendait les vagues comme une torpille.

— Duncan Winterfinch leur fournissait de l'acajou, raconta-t-elle par-dessus le grondement du moteur, et quand elle changea de régime, on aurait dit que le pot d'échappement jouait un air d'opéra. Il s'est fait construire cette vedette par un vieux monsieur appelé Serafino Riva – le père de Carlo Riva, qui, dans les années 1950, a fait du Riva l'espèce de Rolex maritime clinquante qu'il est aujourd'hui. Quand les Riva sont devenus des bateaux de snobs, Winterfinch a dévissé les emblèmes du sien. Paraît-il.

Elle était fière de lui. Son grand-père. Elle s'exposait. Une légère pression et elle dirait qui elle était réellement.

— D'où vient le nom Winterfinch ?

— D'un de ses ancêtres, qui cherchait un endroit où s'établir. C'était l'hiver et il est tombé sur un oiseau solitaire dans un arbre. Un *finch*, un oiseau de la famille des fringillidés. Un migrateur qui n'était pas parti. C'est devenu l'arbre de la maison. Paraît-il.

Pourquoi je ne me lançais pas ? Pourquoi ne lui demandais-je pas son nom afin de lui rendre la même franchise ?

La vérité était que je commençais à me prendre à ce jeu et je voyais qu'elle aussi. Elle aimait jouer "l'autre" et j'aimais qu'elle pose le roi de pique comme première carte, ne me permettant de frapper qu'en révélant mon as.

Son visage était différent au vent. Ses joues rosies, ses cheveux ébouriffés. Ce qui ne changeait pas, c'étaient ses vêtements. Elle restait bien au sec sous sa veste huilée, alors que l'averse passait droit à travers mon coupe-vent. La pluie oblique était glacée, les gouttes paraissaient aiguisées. Gouttes vers lesquelles *elle* tournait son visage, qu'elle laissait lui piquer la peau.

— Ça m'économisera un gommage, déclara-t-elle crânement.

Le Riva tournait à plein régime et au bout de quelques minutes seulement nous accostâmes au ponton d'Einar, je jetai mon sac d'emplettes sur les planches pourrissantes puis crapahutai hors du bateau.

Mais Gwen ne recula pas. Elle laissa le moteur tourner à vide, observa le large avec ses cheveux qui battaient au vent. Puis elle me lança une amarre, en biais par rapport au vent, pour que la dérive l'apporte droit dans mes bras, et elle me pria de tirer la vedette jusqu'à la remise à bateaux.

— Qu'est-ce que tu fais?

— Regarde par là-bas, fit-elle en tournant la tête vers la passe.

Des nuages, plus sombres encore que ceux que j'avais vus sur Yell. Ils roulaient vers nous, noirs et denses comme la fumée d'un volcan.

— *Là*, ça devient trop difficile, déclara-t-elle avant d'ouvrir la porte et d'amarrer le bateau à des poteaux recouverts de coquillages au fond du hangar.

— Que pense la famille Winterfinch du fait que tu utilises ce Serafino-Riva, ou je ne sais quoi?

— Oh, Edward, ils en ont un autre, tu comprends. Quelque part en Méditerranée.

— Du genre clinquant?

— Du genre clinquant. Ils sont d'une autre génération. D'un autre style.

— Où as-tu appris à piloter un bateau?

— C'est papa qui m'a appris, répondit-elle en claquant le loquet en fer. Il disait que ce n'était en tout cas pas le climat qui allait le chasser d'Unst.

— Alors pourquoi avez-vous déménagé?

— Parce que le climat a chassé *maman* d'Unst.

Elle commença à remonter vers les maisons. Je restai à regarder la mer.

— Est-ce une tempête ou un ouragan qui arrive?

— Aucune idée. Ces notions-là ne font pas l'affaire par ici.

— Y a-t-il quelque chose de pire que *gale*?

— *Furious gale*. Pour les vents plus forts, nous n'avons pas de dénomination.

Nous étions dans le salon spartiate, de part et d'autre d'une lampe à pétrole, à manger des Jenkin's Cod Cakes alors que le vent mugissait dehors. J'avais beau me tenir parfaitement immobile, les mouvements du bateau perduraient en moi.

J'attendais une occasion, qui se présenta lorsqu'elle tendit la main vers le sel.

— J'ai trouvé une vieille lettre, mentis-je, de 1958, où Einar proposait à Duncan Winterfinch de reprendre l'héritage pour trois mille livres.

Dans son geste, juste avant d'attraper la salière, se glissa un sursaut, puis une hésitation. Un petit temps de retard où sa main perdit le contact avec ses pensées.

— Ah oui? fit-elle d'un ton plat. Et ils ont conclu le marché?

— Apparemment, Winterfinch n'a pas voulu.

Elle revêtit de nouveau son masque. Elle se remit à manger et commença à parler du temps et de la tempête.

Mais je savais qu'elle connaissait une partie de l'histoire. Elle savait ce qui s'était passé ou pas en 1958, bien des années avant sa naissance.

Je faillis tout lui dire. Mais j'avais les morts auxquels répondre. Si je faisais mes révélations, à quoi les emploierait-elle? Savait-elle déjà presque tout, si bien qu'il ne lui manquait qu'une année et un nom de lieu pour pouvoir repartir et trouver ce que mes parents et Einar avaient cherché?

Le mugissement de la mer croissait. Pluie torrentielle, battant violemment les fenêtres. Nous migrâmes près du feu. Nous ne parlions plus ni de Winterfinch ni d'Einar. Nous continuions d'être le Norvégien pas à sa place et la servante ignorante.

Ça ne va pas, me dis-je intérieurement. Nous deux, ici. Hanne si loin, quelle que soit l'unité de mesure employée.

Je regardai Gwen dans les yeux et songeai : combien de temps une fille et un garçon doivent-ils rester sous le même toit par temps de tempête avant de coucher ensemble? Chaque rafale nous poussait l'un vers l'autre, les murs en pierre nous protégeaient du climat, mais quelque chose d'autre s'emparait de nous, ses regards sur moi s'attardaient, comme les miens sur elle, nous étions des hommes des cavernes qui, à la fin, devrions aller l'un vers l'autre pour conserver la chaleur, mettre au monde des enfants, faire perdurer l'humanité.

Ses seins étaient durs sous la laine. J'étais en passe de devenir un animal. Juste avant l'instant où ses paupières allaient s'alourdir suffisamment pour contenir une invitation, du verre tinta et le fracas de la tempête se fit plus sonore et plus distinct.

L'enchantement se rompit, nous bondîmes sur nos pieds.

Dans la cuisine, des bris de verre jonchaient le sol. Une pluie cinglante s'introduisait à travers l'ouverture de la fenêtre, les gouttes grésillaient sur le fourneau en fonte.

Une claque résonna contre le mur. Une pierre contre la pierre. Puis une autre.

— Il faut mettre les volets ! s'écria Gwen. Le vent décolle les pierres de la grève et les souffle contre la maison.

— Ce n'est pas possible.

— *Blimey !* Bien sûr que c'est possible. Ici, les postiers ont interdiction de s'arrêter près de la grève par ce temps. Les voitures se font cabosser.

J'avançai vers la vitre cassée.

— Ne reste pas là, enfin ! s'exclama-t-elle en me tirant par mon pull. Tu risques de recevoir des éclats de verre.

— Merde ! Qu'est-ce qu'on fait ?

— Tu crois que les volets d'une maison des Shetland sont là pour faire joli ? Sors les mettre et je les fixerai de l'intérieur.

Dans le vestibule, je dus mettre tout mon poids sur la porte pour parvenir à l'ouvrir. Lorsqu'elle le fut à moitié, la tempête trouva prise et l'arracha presque de ses gonds, s'engouffra dans la maison et repoussa les vestes de pluie sur la tringle. Le vent hurlait dans mes oreilles et j'avais à peine passé le coin de la maison que j'étais trempé jusqu'aux os. Autour, la mer semblait avoir monté de plusieurs mètres, verdâtre, pleine d'écume, elle était prête à engloutir l'île entière. J'avançai encore, courbé en avant, comme si je grimpais sur terrain plat, me retournant parfois pour reprendre mon souffle. Sur la grève résonnaient des claquements secs, comme les contrecoups du déchargement d'un camion de pierres, quand chacune d'entre elles cherchait un endroit où se poser.

Je libérai les volets sous les jets de pierre, son bras sortit par la vitre brisée et elle les tira vers elle. Nous poursuivîmes jusqu'à ce que la maison soit fortifiée de l'extérieur et obscure à l'intérieur.

Elle sortit, se posta à côté de moi. En quelques secondes, elle était complètement trempée. Ses cheveux se collèrent sur son front. Au-dessous, les vagues se recourbaient comme de gigantesques copeaux de rabot.

— Tu sais, Muckle Flugga? cria-t-elle. Le phare d'Unst. Au bout de quelques années d'utilisation, ils ont dû l'élever, parce que les pierres n'arrêtaient pas de casser les vitres.

— Les poissons ne vont pas tarder à être emportés par le vent, observai-je.

Elle hocha lentement la tête.

— Ça se pourrait bien, oui.

La mer et le ciel obscurs, ternes, continus à présent, comme une marmite avec un couvercle. Nous deux à l'intérieur, minuscules. Une furieuse masse close dont il était impossible de démêler le début et la fin. Un tapage d'hélicoptère.

Soudain, je perdis l'équilibre. Deux secondes pendant lesquelles je crus que *l'île entière* se détachait de la croûte terrestre. Mais ce n'était que la tempête sur laquelle j'avais pris appui qui se calmait subitement.

Aussitôt, les vagues s'apaisèrent, comme si elles s'apercevaient qu'elles étaient seules dans leur chevauchée sauvage et qu'il leur manquait le vent. La mer se posa, vert pâle, fouettée, pleine de bulles d'air. L'air saturé demeurait pluvieux, mais un faisceau de lumière semblait tourbillonner au-dessus de la couverture nuageuse.

— Ça se dégage? m'étonnai-je.

L'eau de pluie ruisselait sur son visage aux joues rouges, mais elle ne l'essuya pas.

— Non. On a eu des *furious gales* tout à l'heure. Ce qui arrive maintenant, c'est ce pour quoi nous n'avons pas de nom.

Devant nos chaussures, l'eau s'amassait en un ruisseau au cours vif. Les tuiles du toit tenaient grâce au grillage, mais la porte d'une des dépendances était restée ouverte et elle commençait à forcer dangereusement sur ses gonds.

— Alors il faut que j'aille chercher de la tourbe, annonçai-je. Pendant qu'on peut encore tenir debout. Et que je fixe cette porte.

— Vas-y.

D'un pas rapide, elle descendit à la remise à bateaux vérifier les amarres du *Zetland*.

Je suspectais que j'avais en main des cartes minables. Notamment parce que la météo était de son côté. Je commençais à me rendre compte que, dans les temps anciens, le cours des générations n'avait pas été gouverné par les pensées chaleureuses et les paroles attentionnées. Mais par les parois des cavernes face à la bourrasque. Par de l'acier brillant contre les ennemis. Par un sol sec après s'être débattu dans l'eau. Par l'attirance des gens effrayés pour les gens sans peur.

Dans la remise, je remplis la bassine en fer-blanc de tourbe, courus à la cuisine, où je vidai une partie du contenu dans la caisse en bois à côté du fourneau. La tempête était en train de se reformer. La mer se creusait et le mugissement du vent forcissait. Je remplis la bassine de la cheminée avant de repartir en courant chercher davantage de tourbe. Je passai devant la petite remise à côté de la maison. Une réflexion m'arrêta alors que l'eau dégoulinait de mes cheveux.

À Hirifjell, le bûcher était près des corps de logis, afin de ne pas avoir des mètres et des mètres à faire par moins trente pour chercher du bois. Alors pourquoi Einar avait-il stocké la tourbe de chauffe dans la remise la plus éloignée ? En l'empilant *tout au fond*, qui plus est ? L'obligeant à se faufiler entre les outils et le groupe électrogène chaque fois qu'il avait besoin de tourbe.

— On doit en avoir assez, là, jugea Gwen à mon retour.

Elle avait allumé une rangée de bougies et était assise devant la cheminée, en pull fin grisâtre. À travers la laine, je voyais la fermeture de son soutien-gorge dans son dos.

— Encore un peu, répondis-je. Ça pourrait durer longtemps.

Elle m'accorda ce regard indolent auquel j'avais presque cédé auparavant.

— Ça se pourrait bien, en effet.

Je déchargeai le combustible et retournai à la dépendance. J'entrepris de descendre dans l'empilement de tourbe. Les pains de tourbe gras dégageaient une odeur âcre. Je les tirai sur le sol, grimpai sur le tas et continuai de progresser vers le bas. J'y tombai sur une couche plus ancienne, dont les blocs plus réguliers avaient une surface plus grise, plus sèche.

Je poursuivis jusqu'au plancher. M'agenouillant, je passai délicatement la main sur des planches en bois.

Le plancher?

Il n'y avait pourtant pas de sol en bois dans cette dépendance.

Y dormir au moins une semaine de froid, me souvins-je. Afin que j'utilise assez de tourbe pour arriver au fond.

— Qu'est-ce qui t'a pris si longtemps? hurla-t-elle.

— La porte est sortie de ses gonds, braillai-je. J'ai dû visser des planches sur le chambranle.

Bien qu'à l'intérieur, nous criions à pleins poumons, car le vent hurlait dans la cheminée, comme si un géant jouait un air à la bouteille.

— Tu as *vissé* la porte qui donne sur la tourbe?

— Sans quoi elle aurait été emportée par le vent.

J'ôtai mon pull trempé et me retrouvai torse nu.

— On en a assez là, pour deux, trois jours.

Gwen vint vers moi, légèrement vêtue, son corps en silhouette contre le feu de cheminée. Mon jean collait à mes cuisses.

— Qu'est-ce que tu as, au juste? Tu as vu un fantôme dans la tourbe?

La maison commençait à craquer. C'étaient les rafales qui projetaient les vagues par-dessus, comme Gwen l'avait prévu. L'eau se mit à ruisseler des encadrements des fenêtres.

— Cette maison a plus de cent ans, rappela-t-elle en posant une main sur ma poitrine.

Elle la laissa aussitôt retomber et suspendit mon pull sur un dossier de chaise.

— Donc si elle n'a pas été emportée au large jusqu'ici, ça ne va pas se produire maintenant?

— Exactement. Le coup de vent le plus violent de Grande-Bretagne a été mesuré à Unst. À Muckle Flugga, dont je te parlais.

— C'était pire que ça?

— Cent soixante-treize miles par heure.

— C'est impossible, dis-je en essuyant l'humidité de mon front. Je me rapprochai d'elle pour entendre ce qu'elle me répondait.

— C'est ce qu'ont dit les météorologues. Que c'était impossible. Les mesures dépassaient l'échelle des instruments de mesure. Et puis une rafale encore plus forte les a emportés en mer, ces instruments de mesure.

Les volets branlaient. Nous étions dans la pénombre, à la lueur du feu de tourbe.

Elle fit un pas vers moi, se mordit la lèvre.

— Mais cette maison est restée, dit-elle.

Elle *voulait*. Que je fasse le prochain pas pour qu'elle puisse s'ouvrir, me laisser entrer. Je la humai, les exhalaisons de ses cheveux et la laine humide de ses sous-vêtements, elle avait une odeur mouillée de mer et d'animal.

LE LENDEMAIN MATIN, l'île était lessivée et détrempée. Le soleil perçait et de la vapeur s'élevait du sol, une curieuse odeur de sel mêlée de terre, de pluie et de pourriture.

Des bandes noires de terre nue s'étiraient là où la tempête avait écorché la tourbe. En mer dérivaient des paquets d'herbe et d'algues. Le bois flotté était arrivé et reposait parmi des houppes d'écume. Du bois blond pâle luisait sous l'écorce raclée. C'était essentiellement du pin, norvégien probablement, mais il y avait aussi de gros troncs que je ne reconnaissais pas. Ils pouvaient venir de n'importe quelle mer.

Gwen venait vers moi. Ignorant le beau temps, elle me passa droit devant et descendit à la remise à bateaux.

Bafouée, de mauvaise humeur.

J'avais presque cédé la nuit précédente, presque cédé au désir et à la curiosité, de savoir qui elle était, ce que Winterfinch cherchait, deux questions qui convergeaient en un point humide. Je *voulais*, moi aussi. La voir avec des épaules nues et une gorge découverte, enlever le reste et la prendre sur le sol.

Lui raconter ensuite tout ce que je savais. Réclamer la même franchise de sa part.

Mais un bon sens cynique, presque maléfique, m'avait arrêté. Il y avait quelque chose sous les planches de la remise, quelque chose de si bien dissimulé qu'Einar avait dû avoir une bonne raison de le cacher. Quelque chose que Gwen recherchait probablement aussi.

Elle rejoignit au pas de charge le bord de l'eau et tomba en arrêt.

— Qu'est-ce qu'il y a? demandai-je en la rattrapant.

Elle ne répondit pas. Faisant deux pas en avant, je pus voir un mouton sans vie aux pattes raides piquer dans la mer. De temps à autre, les vagues s'emparaient de lui et le retournaient, faisant ressortir ses sabots de l'eau, comme des allumettes calcinées. Désolidarisée, sa tête pendait. Sa langue se balançait entre ses dents.

Je pataugeai dans l'eau et le saisis par les pattes arrière. La laine de la bête flottait et suivit d'abord les mouvements de la mer, puis les miens, jusque sur les galets de la grève.

— Qu'est-ce que tu vas en faire? demanda-t-elle.

— En faire?

— Oui?

C'était un mouton. Un animal de ferme. En hissant la bête sur la rive, c'était un bout de ma vie à Hirifjell que j'avais eu l'impression de remonter. Lourd, laborieux. Le poids de mon propre lien à la ferme. Le mouton avait une boucle jaune à l'oreille, la même couleur que les nôtres.

Je hissai l'animal sur un gros rocher rond. L'eau s'écoulait lentement de sa toison. Gwen rejoignit le hangar à bateaux. Aussi revêche que les contrecoups d'une *furious gale*.

Je m'attendais à entendre le bruit du loquet en fer suivi du grincement du vantail qu'on ouvrait. Mais ce qui vint fut un sonore et grossier *"what the hell?"*.

La tempête avait arraché la porte de l'abri à bateaux. Dedans, les intempéries avaient malmené le *Zetland* et réduit en miettes une partie de l'arrière. Autour, le bois était éclaté comme sur un ski cassé en deux. Mais il n'avait pas pris l'eau et flottait comme il fallait, entouré juste de l'arc-en-ciel d'un peu d'essence.

Elle sauta à bord. Le moteur démarra du premier coup. Elle fit marche arrière, j'avançai sur les pierres jusqu'à un endroit d'où embarquer, en me demandant si le hangar d'Unst, où était amarré le *Patna*, s'en était sorti.

Mais elle n'approcha pas du bord. Elle fit ronfler le moteur alors qu'elle se trouvait à quelques mètres de distance, m'observa comme Duncan Winterfinch avait dû observer Einar et me lança un *"Goodbye, you..."*.

Le reste fut avalé par le rugissement du pot d'échappement. Le *Zetland* commença à planer et Gwen disparut alors que le ressac battait la terre.

Laissant le mouton, je dévissai les planches sur la porte de la dépendance et me remis à dégager la tourbe. Mes mains devinrent noires et graisseuses. Le tas était si haut qu'il allait bientôt empêcher l'air frais d'entrer par la porte, mais j'avais maintenant déterré un objet rectangulaire noir.

Un cercueil.

Dehors, les goélands commençaient à se risquer après la tempête. Ils tournoyaient au-dessus de l'île et, par la porte entrebâillée, je vis le plus courageux piocher dans le mouton. Je sortis, pris un couteau, vidai et écorchai la bête. Le sang lava le noir tourbeux de mes mains. Je suspendis la carcasse dans la remise et jetai les viscères à la mer, où le groupe de goélands se rassembla.

Je guettais le *Zetland* de l'oreille. Rien.

J'observai le cercueil. Dehors, les cris de goélands crurent, puis, une fois les viscères dévorés, le tintamarre s'estompa.

À la lueur d'une lampe à pétrole, je frottai la surface. Apparurent des lys.

Des lys légers, sinueux, gravés dans un bois laqué de noir. Pétales et tiges étaient remplis de gouttes de nacre iridescente. La lumière jouait sur les ornements, comme un soleil bas plaque des ombres sur un paysage. D'autres motifs se révélèrent. La structure entière était décorée de façon à ce que le grand côté ressemble à une forêt. Pas des motifs clinquants, juste une esquisse élégante, délicate. De grands arbres solitaires parmi des massifs de petits. Paisibles et forts. Des brins d'herbe se distinguaient sur le sol de la forêt, dessin à main levée qui aurait été difficile à réaliser même pour un artiste au crayon affûté.

Sauf qu'Einar avait utilisé un ciseau à bois.

Devant moi, le cercueil était entièrement dégagé, entouré de pains de tourbe, comme un moule de coulage qui se serait effrité.

La vérité, me dis-je. Un jour, il a enterré la vérité ici. Je me levai et saisis le couvercle. Il était coincé. Je le saisis de nouveau, tirai si fort que le cercueil se souleva dans un soupir. Puis je sentis quelque chose céder, le couvercle grinça et se débloqua.

Je restai à genoux, la lampe à la main. Soulagé et déçu à la fois.

Dedans se trouvaient deux objets.

Un vieux fusil effilé. De près, il paraissait duveteux. De la poussière à longs fils s'était déposée sur la graisse des canons mats d'usure. Une cire collante rendait le bois de la crosse uniformément gris.

Le deuxième objet était un grand écrin en bouleau flammé poli. Il semblait fait d'une seule et même pièce de bois. Ce n'est qu'en l'emportant dans l'atelier de menuiserie où je pus allumer la lumière que je vis le mince trait de l'ouverture. L'écrin était si hermétique qu'il me fallut un serre-joint pour trouver prise et lorsqu'il s'ouvrit dans un grincement, une brève bouffée odorante faillit me faire tomber à la renverse.

Mais je restai debout. Car c'était un parfum rassurant. Ça sentait la maison.

Ça sentait maman.

À l'intérieur, il y avait un paquet souple, enveloppé dans du papier de soie gris.

Dessous, quelques lettres. Adressées à Einar Hirifjell, aux cachets apposés entre 1967 et 1971.

L'écriture de maman. De fines enveloppes de courrier par avion avec des timbres à motif bleu. Envoyées de Saksum, frais de port, quatre-vingt-dix øre.

Je pris le paquet et le papier de soie glissa aussitôt. Le contenu avait été soigneusement plié et reposait désormais sur mon avant-bras.

Une robe, d'un bleu marine profond avec des bordures blanches sur le col. Couleur éclatante, étoffe propre. En parfait état après toutes ces années dans l'écrin étanche.

Je reçus comme un lointain signal électrique. Ma mémoire me jouait-elle des tours ? Je sentais de la proximité et de la chaleur, comme une réminiscence de mouvements à travers une teinte bleue. Je n'étais sûr de rien. Je mis le nez contre l'étoffe, essayai de retrouver l'odeur que j'avais sentie. Je tins le vêtement devant moi.

Était-ce bien la robe d'été de maman? La coupe me paraissait étrangère.

Mais ce n'était peut-être pas très étonnant.

Car il manquait le corps de ma mère.

MON ENVIRONNEMENT AVAIT DISPARU. Les sons qui auparavant m'auraient mis en garde étaient désormais des bruits que je notais sans m'en soucier. Le climat n'existait pas. J'étais assis sur un rocher plat, le regard dans le vide. La pluie vint, elle me mouilla, je séchai sur place.

Je voulais m'en aller. La mer avait cessé de me protéger du monde qui m'entourait. Elle me gardait prisonnier à Haaf Gruney. Einar lui-même était devenu un fantôme qui errait sans but devant moi.

Le cercueil. Une forme octogonale élancée. Plus beau et plus triste que tout ce que j'avais pu voir par le passé.

Il avait dû le fabriquer pour ma grand-mère, Isabelle Daireaux. Dans l'espoir que l'on retrouve un jour sa dépouille. Les arbres comme une ligne de front, les lys comme un voile de mariée. La forêt d'Authuille, sans doute.

Je regardai le fusil. Sous la cire poussiéreuse, je vis que la crosse était en noyer. L'essence qui se répétait dans les cadeaux d'Einar.

Le soir approchait. Je me rendis à l'atelier de menuiserie et m'installai avec la robe sur les genoux. Une vague souvenance s'éveillait en moi, sans s'avancer. Comme si je me trouvais devant une porte verrouillée, que mon souvenir s'agitait de l'autre côté, et que nous cherchions tous deux la clef.

Je fermai les yeux et levai la robe, passai la pulpe de mes doigts sur l'étoffe et les coutures. Je m'aperçus que la texture était enregistrée en moi. Une image de maman se développa alors. Moi, lui arrivant aux genoux, caché derrière elle, à lui tenir les jambes. Je sentis l'odeur de sa peau bronzée, un soleil aigu brillait sur elle en jetant sur moi un éclat bleu. Je voyais quelques grands arbres et j'entendais des voix, c'était une sonorité inhabituelle, et je me rendis à l'évidence que l'une de ces voix était la mienne, c'était l'été et je disais quelque chose en français à ma mère.

J'ouvris la première lettre.

9

C'est un enfant remuant, avec l'énergie d'un chiot, qui se réveille aux aurores. La seule chose qu'il désire, c'est se cacher derrière les pommiers. J'ai beau être fatiguée, je joue le jeu, car chaque fois que nous prétendons nous retrouver est un rappel que ma vie a désormais un sens. Je lui parle en français. Walter en norvégien. Nous nous demandons quel sera son premier mot. Nous avons parié deux couronnes dessus.

Maman et Einar avaient correspondu en français. L'écriture de ma mère était irrégulière et lancée.

Je rêvais de devenir souffleuse de verre, écrivait-elle. *Je n'étais pas particulièrement bonne élève à l'école, mais j'étais manuelle et on m'avait donné des espoirs d'aller en apprentissage.*

Si seulement elle l'était devenue, me dis-je. Souffleuse de verre. Si elle avait laissé derrière elle quelque chose de durable, un testament de son sens de la forme, comme l'avait fait Einar.

Un frisson me parcourut le dos, mes poils se hérissèrent, et je fus gagné par un sentiment d'affection aux contours ouateux. Elle me décrivait comme *la lumière forte et belle** de sa vie. Qui lui avait *épargné l'obscurité.*

L'obscurité? Je rangeai la lettre dans l'enveloppe, classai les missives par date et ouvris la toute première. Elle y évoquait, un peu honteuse, sa première rencontre avec Einar, en Norvège. Elle semblait l'avoir offensé, traité de quelque chose de laid, et elle évoquait l'épisode comme un "malentendu" dont elle s'excusait.

Il faut que tu comprennes que je suis arrivée à la ferme avec des pensées vengeresses. Cela me fait un drôle d'effet d'y repenser. À la

place, j'y ai trouvé un foyer. Le traître n'était pas là. Juste son frère,
qui m'a dit que tu étais mort. Qu'il m'ait menti, je le lui pardonne,
car c'était sa façon de me donner des forces. Je n'ai pas tardé à com-
prendre que la guerre l'avait frappé durement, lui aussi. C'était
bizarre de se confier à un homme qui avait porté l'uniforme alle-
mand. De lui relater tout ce que ma mère adoptive avait vécu à
Ravensbrück. De lui raconter comment ma vraie mère était morte
à cause de son frère.

Sverre m'a dit que tu étais un rêveur qui mettait la vie d'autrui
sens dessus dessous, ou en péril sans même t'en apercevoir. Alma était
et reste hargneuse. Renfermée, pour des raisons qui m'échappent.
Dans la vie, elle s'en tient aux tâches pratiques. Quant à Sverre, il
m'a dit voir en moi une lumière qui s'était un jour éteinte en lui.
Et puis tu es venu tout gâcher.

La lettre s'arrêtait là. Elle ne signait même pas. Einar avait
dû lui envoyer une réponse aussitôt, car seulement douze jours
plus tard, une nouvelle missive pour les Shetland avait été tamponnée au bureau de poste de Saksum.

Dans cette lettre et dans celles qui suivirent, le ton était plus
calme, plus intime, et elle commençait à raconter sa jeunesse. Je
me demandais ce qu'Einar lui avait écrit pour l'apaiser et songeai soudain que ses lettres pouvaient se trouver quelque part
à Hirifjell.

J'aimerais bien te rendre visite, écrivait-elle. *Il faudrait alors*
que ce soit bientôt. J'en suis déjà au cinquième mois. Après, il me
sera difficile de voyager.

Janvier 1968, une carte postale envoyée de l'hôpital de Lillehammer : *Un beau garçon en bonne santé! Son nom ne peut être*
qu'Edvard, d'après mon grand-père. Mais tu peux aussi interpré-
ter ce E comme le tien.

Les mots de maman étaient douloureux et bienfaisants à la
fois. Je relus ses lettres plusieurs fois, m'imprégnai de sa façon de
s'exprimer, ce qui résidait dans ce qu'elle ne disait *pas.* Elle écrivait tout ce que Francine Maurel lui avait raconté du camp de
femmes. Je pus retracer son histoire et celle de ma grand-mère,
et découvrir les véritables raisons de notre voyage en France à
l'automne 1971.

En 1944, après avoir assisté à la pendaison de ses parents, Isabelle Daireaux, grand-mère, s'était retrouvée entassée dans un wagon de marchandises en partance pour Ravensbrück. Pauline, sa sœur de quinze ans, mourut dans le train. Isabelle serra son maigre corps jusqu'à ce que la rigidité survienne. Les gardiens l'obligèrent ensuite à l'abandonner, entassée avec les autres.

Dans le baraquement, elle fit la connaissance de Francine Maurel, arrivée quelques mois auparavant, qui avait trouvé des moyens de subsister dans ce paysage lunaire de souffrance et de sadisme. Grand-mère devait être forte, mais elle s'effondra en voyant quel fond l'humanité avait atteint. La plupart des enfants qui naissaient dans le camp mouraient au bout de quelques heures, certains étaient battus à mort par les gardiens, d'autres périssaient dans les chambres à gaz ou lors d'avortements forcés. Et si, malgré tout, les gardiens surprenaient un cri d'enfant, ils avaient un candidat tout trouvé aux expériences médicales.

Grand-mère ayant été résistante, elle avait le statut de prisonnière *nuit et brouillard*. Destinée à disparaître et mourir. On lui refusait les colis d'aide humanitaire et on l'employait à des tâches lourdes à la laverie. Les repas étaient constitués d'une bouillie avariée brunâtre censée être une soupe. Elle ne tarda pas à perdre du poids.

Ce fut un choc pour elle de se découvrir enceinte. Non pas à cause de la perspective de l'accouchement, mais du monde dans lequel ce bébé allait mourir.

Les enfants un peu plus âgés, qui avaient suivi leurs mères lors de leur arrestation, avaient maintenant cinq ou six ans. Ils percevaient ce qui se passait et s'adaptaient par le jeu. Au lieu de jouer aux cow-boys et aux Indiens, ils étaient gardiens SS et prisonniers. Ils se donnaient des ordres de travail forcé et n'hésitaient pas à frapper quand le travail n'était pas fait convenablement. Plus tard, ils se mirent à arranger des cartons pour faire semblant d'envoyer leurs camarades de jeu dans les chambres à gaz.

Pendant ce temps, les rumeurs circulaient. Plusieurs résistantes d'Authuille arrivèrent et rapportèrent que c'était un certain Oscar Ribaut qui avait dénoncé les membres du groupe.

Grand-mère ne voulait peut-être pas avouer qu'elle avait été son amante. Quoi qu'il en soit, début 1945, personne ne savait qui était le père de la fille que ma grand-mère mit au monde dans un coin de la laverie. Francine Maurel lui fourra une serviette dans la bouche pour l'empêcher de crier et elles parvinrent à envelopper la fillette dans du linge sale et à la cacher des gardiens.

Francine elle-même avait été enceinte d'un gardien allemand qui lui donnait de la nourriture. Mais cet enfant avait été piétiné à mort aussitôt après sa naissance. Mieux alimentée, Francine fut en mesure d'allaiter l'enfant de grand-mère.

Quelques semaines plus tard, l'armée soviétique approchait. Des milliers de femmes furent chassées de Ravensbrück sans autres vêtements que ceux qu'elles avaient sur elle. C'était un cortège grelottant, trempé par la pluie. Les lamentations s'entendaient à peine, car les femmes étaient trop épuisées pour se plaindre, et elles ne savaient pas où elles allaient. Grand-mère portait les mêmes chaussures depuis que la guerre avait éclaté, elle souffrait d'une pneumonie et crachait du sang. Francine estimait qu'elle devait peser quarante kilos à peine.

Grand-mère et Francine se relayaient pour porter maman. Deux ou trois jours après avoir quitté Ravensbrück, les femmes campèrent près d'un fleuve et une famille allemande leur donna à manger. Lorsque Francine se réveilla dans la matinée suivante, elle vit Isabelle qui gisait sans vie sur le sol. Elle avait enroulé sa tenue de prisonnière autour de maman et était morte de froid. Francine prit maman dans ses bras et sentit qu'elle respirait encore.

Le fermier qui les avait nourries creusa une tombe au pied d'un arbre. Les femmes entamèrent un cantique, mais la plupart perdirent patience après le premier verset et reprirent leur marche heurtée. Francine récupéra la carte de prisonnière de grand-mère et resta avec maman près d'elle pour chanter les derniers versets du cantique. Le fermier plaça une perche sous le dos de grand-mère et la fit rouler dans la tombe.

Francine rattrapa le reste du cortège, elle se souvenait vaguement d'être arrivée dans un village à l'église brûlée et d'y avoir trouvé les bus blancs de la Croix-Rouge. Lors de l'enregistrement à Malmö, Francine déclara que maman était son enfant et elle fut baptisée Thérèse Maurel. Ma mère grandit dans un appartement exigu de Reims et finit par se demander pourquoi elle ne ressemblait à aucun membre de sa famille. Lors d'un grand nettoyage de Noël, elle découvrit la carte de prisonnière d'une étrangère, Francine craqua et lui raconta toute l'histoire.

EN JANVIER 1965, maman se rendit à Authuille, à la recherche de la famille Daireaux. Elle ne trouva rien d'autre que leur pierre tombale et, croyant à une supercherie, les gens qui exploitaient désormais la ferme la prièrent de disparaître.

Maman n'avait rien à dire pour sa défense, et puis elle arrivait avec dix ans de retard. En France, 1955 avait été la date butoir pour demander la restitution des propriétés après la guerre. Elle n'avait même pas de photo pour prouver une ressemblance familiale ; lorsqu'elle s'éloigna de la ferme, son désir de vengeance s'éveilla pour de bon. Se souvenant des noms sur la pierre tombale, elle décida de changer le sien et de s'appeler Nicole Daireaux.

Sur son acte de naissance, le père était donné comme *inconnu* et Francine lui avait fait part de ses suppositions que c'était un soldat allemand qui avait violé Isabelle. Une autre rumeur avait aussi survécu aux années d'après-guerre. Le nom d'un délateur, un certain Oscar Ribaut. Maman interrogea les habitants d'Authuille pour savoir si des résistants avaient survécu et rencontra Gaston Robinette, l'homme qui avait vu le passeport d'Einar. Il lui confirma l'histoire de la trahison et lui indiqua que le véritable nom d'Oscar Ribaut était Einar Hirifjell.

Ce n'était assurément pas pour faire du tourisme que maman s'était rendue en Norvège. Elle emprunta de l'argent et trouva le chemin de Saksum.

Mais à la ferme, point d'Einar. Seulement grand-père. Or, si son frère savait restaurer les retables fragmentés, Sverre Hirifjell pouvait, avec le même talent, apaiser les blessures d'une guerre. Il maintint qu'Einar était mort et expliqua à ma mère qu'une vie était possible pour ceux qui se tournaient vers la terre noire et les concertos pour orgue de Haendel.

Sans doute devint-il pour elle une figure paternelle. Une version meilleure du soldat inconnu allemand qu'elle pensait être son géniteur. Quant à lui, Sverre était certain qu'Einar ne reviendrait jamais à Hirifjell et, pour protéger ma mère autant

222

qu'Einar, il ne démentit jamais cette confortable contre-vérité selon laquelle son frère était mort.

L'étrange fille française arrivait en plein agnelage. Une saison laborieuse. Elle resta à la ferme et apporta son aide, en dépit des regards sans clémence d'Alma. Plus tard, papa vint en visite. C'était quelqu'un de son âge qui tendait la main aux autres enfants de la guerre.

Alma, qui avait côtoyé Einar pendant les premières années de la guerre, reconnut peut-être ses traits dans le visage de la Française. Son inquiétude croissait, elle sortit la vieille lettre d'Einar et trouva son numéro de téléphone. Sacrifiant la paix de la ferme, elle appela Lerwick 118 pour empêcher le mariage de deux cousins.

Mais maman était déjà enceinte, et le sang avait de nouveau pris l'ascendant.

RIEN N'ÉTAIT DIT dans les lettres sur le fait qu'Einar devait être son père. Mais je sentais qu'ils s'étaient rapprochés avec la visite de maman à Haaf Gruney. Il avait peut-être suffi d'un effleurement ou d'un regard averti.

Dans les dernières lettres commençait à apparaître un mot : l'héritage*. Il semblait qu'Einar ait mis le sujet sur le tapis et cherché à la convaincre d'aller au bout de l'affaire. D'après les réponses de maman, les biens devaient se trouver en France. Mais elle rechignait apparemment à faire valoir son droit. Les deux premières années après ma naissance, c'était apparemment tout juste si elle avait quitté Hirifjell, sauf pour rendre visite à Francine, qui était malade et n'en avait plus pour longtemps.

C'est Édouard ma vie maintenant et je ne souhaite pas revoir la France avant longtemps. Même si la chose à faire serait sans doute d'aller au bout. Si tant est que la partie adverse veuille bien coopérer.

Puis vint un tournant. Je cessai de lire les lettres comme une conversation entre deux morts pour les voir comme le début d'une histoire sur moi-même, une histoire qui m'avait mené ici, à Haaf Gruney, et qui ne s'achèverait pas avant que je retourne en France.

En juillet 1971, maman écrivait ceci :

Faisons ce que tu proposes. J'ai l'impression que cela te tracasse et moi-même je le ressens de plus en plus. Un trouble. Oui, retournons donc à Authuille. Walter estime que septembre serait un bon moment pour y aller. La période convient bien pour le travail à la ferme. À Sverre, j'ai juste dit que nous avions envie de partir en vacances. Je l'ai formulé ainsi, parce que je sais le mal qu'il a avec le passé. Il a répondu : "Alors vous n'aurez qu'à emprunter ma voiture! La belle Mercedes noire."

Mais nous nous en tiendrons à cette fois seulement. Si le manchot n'accepte pas, je ne lui serrerai que la main qu'il n'a plus.

Ta Nicole

10

— QUE S'EST-IL PASSÉ? Et comment as-tu fait la traversée?
demanda-t-elle.

La même scène se reproduisait : la chaleur migrait de l'entrée,
j'étais frigorifié et hésitant sur le perron. Un pêcheur m'avait pris
en stop pour m'emmener de l'autre côté de la passe et, avec ma
chemise froissée et mes baskets couvertes d'herbe, j'étais plus
débraillé que jamais.

— C'est quoi, ça?

Elle désignait le sac en toile que je portais.

— Gwen. Arrêtons cette comédie. Aide-moi.

— À quoi?

— À découvrir ce que cherchait Duncan Winterfinch.

— Que *moi* je t'aide? Grand Dieu! Sur l'île, tu m'as fait croire
que tu étais aussi prêt que moi. Mais ce n'était pas le cas. Tu as
changé de peau pour devenir un pisse-froid bizarre. Le matin,
tu étais quasiment mutique, tu te contentais d'errer sans rien dire.
Et maintenant tu oses venir *ici*? Tu tambourines sur ma porte
avec l'air d'une créature des fonds marins.

— C'est un fusil que j'ai trouvé à Haaf Gruney.

Je levai le sac.

— Un *fusil*?

— Un vieux juxtaposé. J'ai le sentiment qu'il signifie quelque chose. Il était… très caché.

Le fusil était démonté sur la table du salon. Le mécanisme
différait de tout ce que j'avais pu voir. Le bois épousait entièrement le bas de la bascule, formant une courbe svelte là où une

arme ordinaire n'était que métal anguleux. Je levai les canons vers la fenêtre pour que le ciel jette sa lumière au travers. Bouchés, mais par la poussière, pas la rouille.

Gwen essuya la graisse de la bascule avec un chiffon. Une gravure apparut. *John Dickson & Son, Edinburgh*, au-dessus d'une myriade de rosettes. Je pris la crosse et respirai l'odeur de la cire rance qui recouvrait le bois. Le fond de crosse était parcouru de profonds sillons transversaux interrompus par un motif à peine visible, tel un visage en ombres derrière une grille.

Un écureuil qui cachait son museau dans sa queue. La marque de menuisier d'Einar Hirifjell.

Gwen saisit le col de la crosse, si bien que nos mains se retrouvèrent un instant sur le bois. Je lâchai prise, elle enfonça un ongle dans la couche de cire et l'érafla.

Je ne comprenais pas sa réaction : ce fusil avait brusquement changé son humeur. Je n'avais rien dit du cercueil. Et j'allais encore moins lui raconter les lettres ou la robe.

Gwen ouvrit un placard qui abritait un aspirateur et des produits d'entretien. Elle ouvrit une boîte en fer-blanc d'huile pour meubles et y plongea une boule de coton. Elle essaya de frotter la crosse. Mais le coton se disloqua et les fibres s'y collèrent, s'étirant comme du fart à ski par temps chaud.

— C'est ça qu'il faut prendre, dis-je en sortant un chiffon et un bidon d'essence de térébenthine.

La dernière fois que j'avais senti un solvant me piquer le nez, c'était pour effacer la croix gammée de la voiture de grand-père. À présent, en revanche, le motif devenait de plus en plus apparent. Le chiffon se satura du liquide que je versai de nouveau et je continuai de frotter.

Lorsque la crosse fut propre, j'eus peine à croire qu'elle était en bois. À un moment donné, j'avais cessé d'astiquer, de peur que le motif fût peint. Mais plus je frottais, plus il apparaissait. On aurait dit une peinture dont on devait soi-même trouver les continuités. Partant d'abysses rouge orangé, des lignes bleu-noir s'enroulaient follement, comme un feu vivant. Le veinage changeait avec la lumière. Il scintillait et trouvait de nouveaux chatoiements à chaque angle d'où je le regardais, tel un nid de vipères s'éveillant à la vie. Au centre du bois, on voyait une concentration sombre échancrée, un maelstrom d'une couleur de sang coagulé et, autour de ce tourbillon, de fins affluents comme j'en avais vu dans le bouleau flammé. Les brûlures de ce bois recelaient quelque chose de plus profond, de plus insondable encore.

Gwen rompit le silence :

— *Exquisite!* Divin! Du noyer de la plus haute qualité. L'écrin à bijoux de la reine aurait pu être fait de ce bois.

Je l'observai du coin de l'œil.

— Inutile de jouer les surpris, poursuivit-elle. Les serviteurs britanniques apprennent tous à connaître les symboles de la classe supérieure. Nous polissons leurs meubles et astiquons leurs armes.

Me prenait-elle pour un con? On aurait dit qu'elle proposait à la vente un ticket journalier lui permettant de continuer de jouer à Gwen Leask.

— Ce doit être un très vieux fusil, remarquai-je. L'usine est sûrement fermée.

— Ce fusil n'a pas été fabriqué dans une usine, rétorqua-t-elle en passant l'index sur les canons. Mais à la main. Un fusil de chasse de la plus noble extraction.

— Le mécanisme paraît relativement… fis-je en cherchant mes mots, *particulier*?

— *Vieux? Particulier?* Ma parole, tu n'as vraiment pas passé longtemps en *Old Blighty*. Âge et usure sont des distinctions. Je parie que ce fusil a soixante-dix, quatre-vingts ans. Ce n'est rien pour un joyau britannique. Dickson existe toujours, bien sûr. Je suis passée devant leur magasin plusieurs fois. Quel est le numéro de série?

Du pontet, une étroite bande d'acier bleu courait sur le canon. Quatre chiffres y étaient inscrits. Mais le numéro n'était pas gravé, c'était le métal autour des chiffres qui avait été soigneusement buriné, faisant apparaître "5572" comme une espèce de protubérance.

Je me répétai le numéro à voix basse.

— Tu devrais aller voir l'armurier et lui demander de trouver l'historique de cette arme, suggéra-t-elle. Puisque tu vas à Édimbourg de toute façon.

— Ouais. Que pourrait-on me dire ? Ce n'est rien qu'un fusil.

— *Rien qu'un fusil ?* Dans tout ce qui est *vraiment* vieux réside une histoire. *A fortiori* ce qui est britannique, fabriqué à la main et hors de prix. Je crois qu'ils t'aideront largement à identifier l'origine de ce bois. Et comment un fusil aussi cher a échoué entre les mains d'un fabricant de cercueils. Tu es déjà allé à Édimbourg ?

— Jamais.

— Dans une grande ville ?

— Seulement Lerwick.

— *Now why does not this surprise me, Edward ?*

Elle secoua la tête.

— Dans ce cas, tu devrais laisser ta voiture à Lerwick et prendre le ferry pour Aberdeen. Puis faire le reste du trajet en train.

Elle consulta sa montre rayée.

— Le ferry part dans cinq heures. Tu as tout ton temps.

— POURQUOI APPELLES-TU *ici* ? fit son père.

— Eh bien, je me demandais si Hanne était là.

— Tu te moques de moi ?

Il raccrocha. Les pièces dégringolèrent jusqu'au tiroir métallique du téléphone public. C'étaient les jetons d'une mise mal engagée.

Mise qui avait aussi pris une ampleur dangereuse. Car, malgré la friture sur la ligne, j'avais perçu l'accentuation inhabituelle d'*ici*. Je restai à contempler les moutons paissant sur les collines à travers les vitres tavelées de la cabine. Derrière un fossé, je distinguais la mer. Un bateau de pêche se glissa dans mon champ de vision. Quand il disparut, j'étais encore loin d'avoir digéré ce que Hanne avait dû faire, loin de là.

Dans une attente angoissante, mes doigts coururent sur le cadran du téléphone. Je connaissais ce numéro mieux que tout autre, mais cette fois pourtant il me semblait étranger.

Car je n'avais probablement jamais eu besoin de téléphoner à Hirifjell.

Au bout du fil résonna la sonnerie. La scène m'apparaissait distinctement, dans ses moindres détails, sur une commode dans le corps de logis vide d'une exploitation agricole déserte, un téléphone sonnait devant la photo de mes parents.

Il y eut un déclic dans le combiné, je sursautai quand le crépitement fut interrompu par un *allô* qui, des années durant, m'avait rempli d'attentes, mais qui aujourd'hui me décourageait.

— Vous êtes chez les Hirifjell! lança-t-elle. Bonjour!

— C'est *toi*? fis-je.

— Ha ha, oui! Me voici!

— J'ai eu ton père.

— Il était de mauvaise humeur?

— Pas plus que d'habitude.

— Ne fais pas attention, Edvard.

— Dis, tu viens d'arriver à la ferme?

— J'y suis depuis quatre jours. Je suis d'abord montée faire un saut rapide. Très tristounet, je dois l'admettre. Les pommes de terre sont bien. J'ai vérifié tous les champs, pas une tache. Je suis allée à l'intérieur et j'ai regardé autour de moi. Je me suis dit : il a quitté ça. Ma parole, il est bel et bien parti. Mais il reviendra. Le lendemain, il faisait très beau. Et peut-être… enfin, on verra ça au lit à ton retour, Edvard. Mais je regrette d'avoir été grognon quand tu es parti. Tu as fait ce qu'il fallait. Je suis fière de toi.

Merde, merde, merde, songeai-je en sentant des vipères serpenter dans mon ventre.

— Tu es là.

— Oui. Bien sûr. Je… j'ai juste été surpris.

— Qu'est-ce que tu fabriques?

— Je… retape les maisons. Il me les a léguées.

— Eh ben. Dis donc, on a une maison de vacances aux Shetland?

Je me mordis la lèvre. Une pièce de monnaie octogonale tomba alors que nous restions sans mots.

— Où dors-tu? m'enquis-je.

— Dans la maison en rondins, au premier. Notre ancienne chambre. J'ai apporté mes livres. C'est génial de pouvoir réviser en paix. De pouvoir fumer sans avoir droit à un sermon. Je m'essaie aussi à l'exploitation agricole. Du moins, j'ai tondu la pelouse et désherbé le potager. Qu'est-ce que je dois faire des fraises?

Je me pris le front.

— Il y en a beaucoup?

— Assez pour un régiment entier.

— Tu n'as qu'à les laisser.

— Mais elles vont pourrir. Je pensais tout cueillir et les donner à la maison de retraite. Ce serait une bonne idée, non?

— Écoute, Hanne. Tu n'as pas besoin de t'occuper de la ferme. Je vais bientôt rentrer. Laisse tout comme c'est.

Une pièce tomba. Puis une autre.

— Qu'est-ce qui s'est passé, Edvard?

— Beaucoup de choses.

— Écoute. J'ai... j'ai toujours cru que tu resterais ici à Hirifjell. Caché et... enfermé. Maintenant j'ai passé un peu de temps ici et j'ai réfléchi à mes sentiments sur la question. Au fait que tu me manques. J'aime l'idée d'être ici et toi là-bas, me dire que tu rentres bientôt.

Je regardai fixement les moutons doux derrière les murets en pierre et j'aurais voulu que ma vie soit aussi simple que la leur. Mais les choses étaient peut-être plus compliquées que je ne l'imaginais pour les moutons.

— Hanne. Mieux vaudrait ne pas avoir trop de... d'illusions.

— J'ai pas mal réfléchi. Ce que tu viens de faire...

— N'en dis pas plus, l'interrompis-je. Hanne. Écoute. Je ne peux pas te promettre d'être le même à mon retour.

— Qu'est-ce que tu veux dire? Pas le même?

— Je te rappelle dans quelques jours. Je n'ai plus de monnaie.

Sa voix fut bientôt coupée et remplacée par de brefs bips. Je ressortis avec encore une flopée de pièces de vingt pence dans la main.

LE FERRY SE PROPULSA de Holmsgarth, pivota et passa devant Lerwick. La ville apparut sous mes yeux, la fumée épaisse des cheminées hautes, l'entrecroisement blanc des pierres d'angles des maisons, les pêcheurs sur le port et les vieux canons du fort Charlotte.

Un quart d'heure plus tard, je contemplais toujours la ligne déchiquetée du rivage. Défilé monotone, désertique. Des falaises noires, tout le reste lessivé par la mer.

Entre-temps, une fille était arrivée sur le pont. Elle s'appuya sur le bastingage à quelques mètres de moi. Elle portait la veste en tweed qui soulignait ses courbes.

Je ne me déplaçai pas. Feignant l'absence de surprise.

Nous restâmes ainsi. Une minute, deux.

Brusquement, comme sur un signal, à moins que ce n'ait été une maturation synchrone de nos attirances, nous approchâmes l'un de l'autre. Son bras frôla le mien.

— Tu vas à Aberdeen ? m'enquis-je.

— Oui, j'ai une petite course à y faire. Et toi ? Tu t'es offert une cabine ?

— J'ai pris un siège inclinable bon marché.

— Et le fusil ?

— Dans ma voiture.

— Tu as donc ignoré tous mes bons conseils et pris ta voiture quand même ?

Je réprimai un sourire penaud.

— Comment s'appelle cet endroit ?

— Ça doit être Troswick. Pourquoi ?

— Pour rien, pour faire la conversation, j'aime parler anglais. J'ai besoin de progresser. Pour ne pas avoir l'air d'un médecin étranger.

Un vent léger souffla sur nous. Elle remonta son col et me regarda.

— Tu veux que je t'apprenne l'anglais ?

— Je trouve que nous sommes déjà bien partis.

— Une chose. Tu avais l'intention de te pointer chez Dickson… comme ça ?

— Comment ça "comme ça" ?

— Tu ne peux pas… enfin. Non, rien.

Nous dépassâmes la pointe sud de l'île. Les vagues qui se brisaient sur l'extrémité de la pointe se réduisirent de plus en plus.

— Quand tu as réservé un siège inclinable, demanda-t-elle, était-ce parce que tu te doutais que quelqu'un avait aussi réservé une cabine ?

— Pas du tout.

— Bon, il faut que je descende, déclara Gwen quand le spectacle des Shetland prit fin. Tu m'accompagnes ?

— Ôte d'abord tes chaussettes, dit-elle en tournant le loquet chromé de la porte. Ensuite, tu enlèveras ton pantalon.

Elle me tourna le dos pendant qu'elle déboutonnait son manteau. Un pull noir était tendu sur ses omoplates. Les basques de son soutien-gorge étaient visibles et je voyais sa carotide pulser.

— Est-ce que je comprends bien ce que tu es en train de dire ?

— Absolument. Ôte tes chaussettes. Le reste ensuite. *All the way down.* Je vais faire pareil. Mais lumière éteinte.

— Je ne sais pas si je peux accepter ce cadeau, Gwen.

— Allez. On fait un cours d'anglais.

— Et qu'est-ce que la… *pair of socks* a à voir avec l'affaire ?

J'avais la gorge sèche, le sang me picotait le front, mais dans mon pantalon battait la preuve que mon corps allait bientôt exiger que sa volonté soit faite.

C'est le prix à payer pour cette mascarade, me dis-je. Si Gwen et moi avions été n'importe qui d'autre que nous deux, que les gens que nous sommes *réellement*, ça fait longtemps que nous aurions fini au lit. Nous voulons garder nos masques le plus longtemps possible et ça, c'est ce que nous faisons pour le pouvoir. Ça ne se serait pas produit si nous avions révélé qui nous sommes réellement. Elle m'aurait laissé en plan si je lui avais dit que je savais qu'elle est à la recherche de l'héritage, elle aurait verrouillé sa porte. J'avais besoin d'elle pour avancer, je devais me laisser tirer par le remorqueur pour pouvoir dépasser les récifs.

Mais ce n'est qu'une maigre explication, songeai-je. La vérité, c'est que tu as envie d'elle et de tout ce qu'elle transporte.

— Écoute, fit Gwen en posant l'index sur ma poitrine. Tu m'as demandé de t'apprendre l'anglais. Je l'ai interprété comme une décision de ta part. Les hommes anglais sont blancs comme des cadavres. Ils portent toujours des chaussettes noires. Rien ne jure davantage que des chaussettes noires sur un homme nu pâle. C'est pourquoi on ôte toujours ses chaussettes d'abord. Allez. Sois un bon Anglais maintenant.

En me réveillant, je regardai par le hublot de la cabine et sentis les mouvements du navire sur la mer noirâtre. C'était toujours le corps de Hanne qui vivait dans mes mains. La courbe de ses reins, la fermeté de ses cuisses, les articulations de sa colonne vertébrale quand j'y passais l'index. Gwen était différente, moins fine, plus large, et quand elle s'était assise sur moi la nuit précédente, mes mains n'avaient pas trouvé ce qu'elles cherchaient, comme si elles traduisaient les contacts en Hanne. En même temps, quelque chose me disait d'aller au bout maintenant que j'avais franchi le pas.

Gwen se réveilla.

— Qu'est-ce que tu as dit cette nuit ? lui demandai-je.

Elle s'extirpa de la couette, eut un petit rire, s'étira vers une valise et en sortit un paquet de Craven A.

— Juste avant que la mer tremble sous moi ?

Elle prit une cigarette.

— À peu près à ce moment-là, oui.

— Ça faisait partie de ton cours d'anglais.

— Tu m'intéresses, là.

— C'était le conseil de la reine Victoria aux femmes pour leur nuit de noces. *Close your eyes and think of England.*

— Tu ne l'as pas *dit*. Tu l'as hurlé, ça s'entendait jusqu'à la salle des machines.

— *Good fun*, conclut-elle.

Elle me tendit sa cigarette, sortit du lit en emportant la couette. La cabine n'était pas grande et je la suivis du regard alors qu'elle franchissait les quelques pas qui la séparaient de la salle de bains. Ses omoplates étaient nues et son derrière un peu large se dessinait sous la couette.

Je restai à somnoler. Dehors, il faisait nuit.

Elle ressortit, tout habillée, en chemisier blanc et jupe noire.

— Il est bientôt cinq heures. Il faut qu'on se dépêche.

— Mais le ferry n'accoste que dans trois heures.

— Le cours d'anglais n'est pas terminé. Tu dois te changer avant que nous allions chez Dickson & Son.

— Je dois quoi ?

— Te changer.

— Mais ce n'est qu'un armurier. Et puis j'ai à peine de quoi me changer. À part des sous-vêtements propres. Je les ai fait bouillir à Haaf Gruney.

— *Sweet heavens!*

Elle se fraya un passage entre les vêtements sur le sol et tira une mallette en cuir usée qui était entreposée dans un coin.

— Je m'en doutais. Écoute. *A gunmaker* n'est pas un endroit où l'on "vend des fusils". Tu te diriges vers l'autel même du snobisme britannique. Où l'*old money* se claque comme des zlotys polonais. Quand les riches peuvent justifier une dépense en arguant qu'ils se procurent une chose qui va durer jusqu'à la génération suivante, et celle d'après, il n'y a absolument aucune, je dis bien *aucune*, limite. Les prix de ces armes sont astronomiques. Et tu vas débarquer en coupe-vent usé jusqu'à la trame et baskets trouées ? C'est vraiment ce que vous avez l'habitude de porter en Norvège ?

— Il y a sans doute beaucoup de gens mieux habillés que moi.

— Ils croiront que tu as volé le fusil et que tu es assez bête pour demander combien il vaut. Ils appelleront peut-être la police.

— Et c'est *maintenant* que tu me le dis ?! m'exclamai-je en me redressant sur le lit.

— Le personnel sera aimable, mais ils ont horreur des *timewasters*, des abrutis qui font baisser le niveau de leur magasin ; ils détestent encore plus les *wannabes*, et Dieu sait qu'ils te feront comprendre que tu n'es pas à ta place. Rien que leurs regards te mettront à genoux. Il n'est qu'*une* seule chose qui puisse te sauver, c'est qu'ils te prennent pour un parent proche de quelqu'un qui a un jour acheté un Dickson. Nous devons être présentables. Sans quoi ils ne feront qu'une bouchée de toi.

Elle avait changé du tout au tout. Elle avait l'air authentique. Son regard vague situé entre le coincé et le secret était remplacé par un enthousiasme vif et entreprenant. Était-elle Gwen Leask en fin de compte ? Une *bavarde* pouvait-elle mentir ?

— Comment sais-tu tout ça ?

— L'actuelle famille Winterfinch est *old money* depuis sept générations. Mais ne perdons pas de temps en bavardages, nous sommes pressés. Et je ne peux rien dire sur mon employeur, tu le sais. Le truc, c'est que tu as l'air pitoyable. Franchement pas présentable. Ta coiffure est cool, ça, je le reconnais. Démodée, mais divinement excentrique.

Elle défit les sangles en cuir de la valise, prit deux pantalons en velours côtelé et évalua les nuances de marron. Elle déplia ensuite une veste en tweed beige profond, dont des fils verts et rouge sombre formaient de minuscules carreaux tissés, visibles seulement de près.

Elle mit ses mains sur ses hanches.

— Ce qu'il te faut, c'est des vêtements *portés*. Tu ne peux pas te pointer avec des habits empesés que tu viens d'acheter. J'essaie de t'épargner d'avoir l'air d'un arriviste. Va vite te doucher et te raser. N'hésite pas à laisser la porte ouverte pour que je puisse jeter un coup d'œil en cours de route.

— D'où viennent ces vêtements? demandai-je en changeant la lame de mon rasoir.

— Un petit emprunt à Quercus Hall. Éminemment incorrect. Mais n'y pense pas.

Je m'essuyai et pris la chemise blanche qu'elle me tendait.

— Coton égyptien, précisa-t-elle.

Le tissage était dense, mais doux et souple. Chaud sur mon corps. Sans le moindre pli. Le pantalon était un peu large, mais elle tira une ceinture en cuir à la patine mordorée, la lança autour de ma taille pour mesurer la longueur. L'espace d'une seconde, alors que je repensais à ce que nous avions fait dans la nuit, la ceinture se mua en un serpent autour de ma taille avant de redevenir ceinture.

Elle considéra avec horreur mes baskets, restées lacets défaits là où je les avais enlevées. Toute ma vie, j'avais porté des baskets ou des chaussures de protection de la centrale d'achat de Saksum.

— Des chaussures raides et bien brillantes te trahiraient tout de suite. Tu chausses du 10 1/2, n'est-ce pas?

Je me détournai pour lui cacher mon visage.

J'avais mal. L'image de Hanne, si pure et ingénue dans le jardin de Hirifjell. Nous deux. Du phare de sa mobylette près de la boîte aux lettres quand elle avait quatorze ans jusqu'à ce qu'elle porte la robe de mariée d'Alma. Son tailleur gris à l'église.

Il était trop tard. J'avais reculé devant l'idée de sauter sans me rendre compte que je l'avais déjà fait. Un saut laissant Hanne sur l'autre rive.

Derrière moi, Gwen ouvrait un sac en tissu bleu foncé et en extrayait une paire de chaussures de ville brun sombre. Le lustre du cirage recouvrait une infinité d'éraflures et de petites rayures. Un dos hâlé de galérien.

— Une paire de derbys John Lobb, sans ornements. Montre-moi comment tu fais tes lacets.

Je me penchai, les nouai et me relevai.

— *Oh dear!* s'écria-t-elle en s'agenouillant. Ce ne sont pas des baskets.

Elle ajusta la longueur des lacets et mit les embouts en boucle.

— Fais comme moi. *Turquoise turtle knot.*

— *Turquoise* quoi?

— C'est un nœud de tortue. Le seul nœud de lacet correct. Regarde.

Je regardai ses cheveux, qui vibraient au rythme du laçage qu'elle faisait en murmurant, comme si elle parlait aux chaussures.

— Les embouts doivent être face à face. C'est important. Ensuite tu croises les lacets... tu fais une boucle, *voilà*, ensuite tu relâches cet embout, tu le tiens avec ton pouce, *comme ça*, pour trouver prise avec ton index, *là*... tu le glisses autour de la boucle, tu viens le rechercher par en dessous et tu serres. Regarde ça!

Elle me travaillait comme une statue inachevée. Elle élimina un poil de mon sourcil avec de petits ciseaux, produisit un flacon de Truefitt & Hill Sandalwood et en tapota deux gouttes sur mon cou, coupa un fil qu'elle avait découvert sur la veste, redressa le col; elle me façonnait.

— On s'amuse bien, là, déclarai-je en toute sincérité. Comment as-tu appris tout ça?

— *My dear.* Ne pose pas tant de questions. Comment as-tu l'intention de transporter le fusil?

— Eh bien, dans le sac en toile gris que je t'ai montré.

— Dans la rue commerçante d'Édimbourg avec les canons qui dépassent? *Oh Lord!*

— Les canons ne dépassent pas. Je ne suis quand même pas...

— Tout autre chose que *ceci* est impensable.

Elle se baissa sous le lit pour en sortir un bagage rectangulaire. Renforts en métal oxydé, cuir rayé, flanc bardé d'étiquettes de transport râpées des chemins de fer coloniaux.

— Parfait! déclara-t-elle. Je l'ai empruntée au département des équipements sportifs du bâtiment principal.

J'AURAIS VOULU QU'IL Y AIT CENT VINGT MILS NORVÉGIENS entre Aberdeen et Édimbourg. Il y en avait en fait à peine vingt, soit deux cents kilomètres, mais je jouais à confondre le *mile* anglais de 1,6 kilomètre avec le *mil* norvégien de dix kilomètres. Un trajet en voiture par soleil bas. *The Cutter and The Clan* dans l'autoradio et un paquet de Craven A partagé.

Une douce illusion sur route à trois voies. Je m'y habituais vite. C'était mieux que le goudron des routes de Saksum. Je n'avais aucun mal à me raconter que ce jeu de roulette russe était nécessaire, qu'il servait des objectifs plus élevés. Mes remords se volatilisaient avec les gaz d'échappement derrière nous.

Je n'aimais pas les beaux habits. Essentiellement parce que je les portais pour des occasions que je ne supportais pas. Les jours où je devais me faire beau n'étaient jamais de bon augure.

Mais là?

La chemise épousait mon corps, tout comme la veste. J'avais l'impression d'être un Leica, dont ces vêtements étaient l'étui.

— Ne dis rien de l'histoire du fusil. On ne parle pas de ces choses-là dans ces cercles. *It is not done.*

De son côté, elle avait rejeté sa tenue précédente et opté pour un chemisier souple repassé, avec un petit pull à côtes posé sur sa jupe. Une jupe grise au genou. Je suspectais que c'était du sur-mesure qui avait attendu dans une penderie de Quercus Hall. Si Hanne avait porté de tels vêtements, elle aurait eu l'air d'une gracieuse fille d'armateur.

Le seul élément qui détonnait chez Gwen était sa vieille montre au verre rayé.

— Qu'est-ce que c'est, cette montre?

— *Just a small idiosyncratic touch.*

— D'où est-ce que tu sors tout ça? Tu as fait des études de stylisme ou quoi?

— Non, non. Je sais un certain nombre de choses sur l'art de bien se présenter. Mais ça s'arrête à peu près là. Je fais une étudiante en économie lamentable.

Les écriteaux faisaient le décompte de la distance qui nous séparait d'Édimbourg. Quarante miles. Trente-deux. Quand il en resta dix-huit, elle me demanda de m'arrêter sur une aire de repos.

— Tu n'as qu'à laisser le moteur allumé. Viens avec moi dehors. Tu sens un peu trop le propre, un peu trop… le *neuf*. Ce qui compte, c'est une once de négligence. Mets-toi devant le pot d'échappement. Non, là. Tourne-toi. Voilà. Prends cette pipe. Dunhill. Voilà un tabac classique. Three Nuns. Oui, bascule le couvercle. Il devrait y avoir un briquet Ronson dans ta poche. Là, oui. Fais en sorte que la fumée reste dans tes vêtements. Hmm, très bien. Ils vont reconnaître l'odeur. Elle va avec ton après-rasage. Il est suffisamment atténué maintenant. Un petit peu *trop* du reste. Il t'en faut encore une goutte. Voilà. L'autre joue aussi. Allez, fume. Recrache la fumée sur ta veste, ne mets pas de cendre. *Là*. Maintenant l'odeur est juste perceptible, mais seulement de tout près. Et puis on froisse un peu la chemise. Non, laisse-moi faire. Juste un peu. Voilà, c'est ça. Les vêtements restent beaux à regarder, tu vois qu'ils coûtent une fortune. Mais le truc, c'est que tu t'en fiches. Tu as juste eu une journée active de *motoring and sports*. L'insouciance contribue à prouver que l'argent n'a aucune importance pour toi. On ne gaspille jamais, on ne détruit jamais et, pour l'amour de Dieu, on ne signifie *jamais* qu'on est riche, on a juste une vie intense et amusante et on use les choses.

Elle monta en voiture et posa la carte routière sur ses genoux.

— Allez, on y va.

— *Very remarkable.*

Les deux hommes parlaient à voix basse, désignaient les poinçons sous les canons, s'exposaient l'un à l'autre des détails du mécanisme. Ils approchaient tous deux de la soixantaine, deux armuriers en tablier gris-bleu, assombri par les taches d'huile. L'un d'eux, qui s'était présenté comme *Mister* Stewart, astiquait le bois avec un chiffon blanc. Il passa des canons à la crosse, étira un mètre-ruban du fond de crosse à la queue de détente et nota les dimensions en pouces et seizièmes.

— *A Dickson Round Action, bar in wood*, déclara-t-il. Notre fierté absolue. Extraordinairement rare.

— Quel âge a-t-il ? demanda Gwen.

— Il date au moins d'avant-guerre, répondit M. Stewart.

Gwen n'eut pas l'air surprise.

— Les années 1930 ? proposa-t-elle.

M. Stewart sourit, content qu'elle lui permette d'en arriver au fait.

— Non, mademoiselle. La guerre des Boers. Il date de 1898. Avec un bois pour le moins exceptionnel. Venez-vous pour une évaluation ?

— Nous aimerions surtout découvrir ses origines. Savoir si on peut s'en servir en toute sécurité. Il appartenait à un parent éloigné. Nous ne savons pas dans quel état il est.

Je n'aurais su dire ce qu'elle avait fait exactement, si ce n'est offrir la démonstration d'une assurance solide comme le roc. Le magasin entier s'était mis à notre disposition. En ce qui me concernait, je restais à l'arrière-plan, je les observais, elle et le fusil, qu'elle ne manipulait pas comme une arme, mais comme une antiquité intéressante, et les gars derrière le comptoir accueillaient chaque question d'un air appréciateur avant d'y apporter une réponse exhaustive.

Je regardai autour de moi. J. Dickson & Son ressemblait à un instantané de safari. C'était un petit magasin, mais le vieil argent en sortait par toutes les coutures. Ni bureau, ni atelier ou commerce, il s'agissait plutôt d'un salon, dont la discrétion n'était pas sans similitudes avec l'agence de pompes funèbres de Landstad, où le spectacle d'une caisse enregistreuse eût été insultant. Près de l'entrée se trouvait un rayon de vêtements en laine aux couleurs terriennes. Les montants me firent me demander si le prix était en couronnes norvégiennes ou en livres sterling écossaises.

— *Just a moment.*

M. Stewart disparut dans l'arrière-boutique avant de revenir avec un gros livre relié de cuir dont le dos était gravé d'un *1893-1905*. Le registre claqua lourdement sur la table. Il l'ouvrit à une page puis alla chercher quatre autres volumes. Gwen fit un signe de tête entendu pendant qu'ils compulsaient les tables les unes après les autres ; elle se faufila pour mieux voir, sa jupe en laine au genou et son pull sport à côtes étaient parfaitement chez eux ici. Elle était un vase de fleurs sur une table et elle le savait.

Autour de nous se dressaient cinq grandes vitrines de fusils, tous des juxtaposés aux gravures discrètes. Les étiquettes de prix pendaient à une ficelle attachée au pontet. L'un coûtait plus cher que ma voiture tout en ayant l'air très simple et spartiate. Le fusil voisin valait le double. Dans une autre vitrine étaient exposées les armes neuves. Sur lesquelles n'était inscrit aucun montant.

— Ces registres recensent les spécifications de l'ensemble des armes que nous avons produites depuis 1820, expliqua M. Stewart. Nous utilisons le numéro de série qui est dans le registre pour trouver les renseignements dans les autres volumes. Nous avons un livre recensant les armes telles qu'elles sont à la livraison. Un autre pour les réparations. Chaque livre compte une page par arme. Et quand elle est pleine, nous renvoyons à un autre volume. Ce fusil… voyons voir.

Il suivit quelques lignes brunâtres d'écriture à la plume.

— Le voici. Numéro 5572. Il a été fabriqué à ses mesures pour un certain Lord Ingram de l'île de Skye. Il en a pris possession le 24 août 1898. Lisse et quart – rien que de très habituel. Dans la catégorie de prix supérieure à l'époque. Cent cinquante guinées.

— Combien coûtent-ils aujourd'hui ? demandai-je.

La pause qui suivit m'embarrassa. Gwen se tortilla.

— *Nah*, fit M. Stewart. À partir de trente mille guinées. Tout dépend du bois et des gravures.

Il l'avait dit d'un ton bas et indifférent, comme si j'avais demandé le chemin des toilettes.

— Enfin. Nous avons la chance de disposer de registres qui sont tous intacts. Je vois qu'il a été pris en dépôt en 1922. Il est ensuite resté longtemps invendu. C'est malheureusement typique. Vous pouvez toujours lire l'histoire des guerres dans une arme de chasse britannique. De nombreux propriétaires étaient des officiers qui ne sont jamais revenus auprès de leurs fusils. Sans parler de tous les artisans qui sont tombés. La Première Guerre mondiale a été la période la plus sombre de l'armurerie de notre pays. Cette arme, en l'occurrence, est restée invendue pendant neuf ans. Ce n'est qu'en 1931 qu'elle a été vendue à… voyons voir… est-ce un H ou un M ? Ah oui, un certain général de brigade Mortimer. Il devait avoir une tout autre morphologie, car la crosse a été raccourcie d'un pouce trois et avantagée de deux degrés un quart vers l'intérieur. Je suppose qu'il mesurait aux alentours de cinq pieds trois pouces et avait des mâchoires robustes. L'arme faisait probablement l'objet d'une utilisation régulière, elle nous a été remise pour examen tous les deux ans jusqu'en 1940. Ensuite, elle a disparu de nos protocoles.

— *Another war*, observai-je.

— Précisément.

M. Stewart feuilletait dans un sens puis dans l'autre, notait des codes et des numéros de page, allait chercher de nouveaux volumes reliés de cuir, les ouvrait d'un geste vif et se livrait à un examen scrupuleux des pages.

Ma prononciation avait dû être acceptable. Curieusement, je ne me sentais pas déguisé. Entre les bâtiments de pierre et les rues fourmillantes d'Édimbourg, par cette circulation si massive que je ne la percevais plus que comme un grondement permanent, je trouvais que mes vêtements me permettaient de me fondre dans le décor, ils me faisaient m'aimer.

— Le voici... fit M. Stewart, le doigt pointé sur une ligne. L'été 1954, nous avons poli l'âme des canons pour en ôter la rouille et fait un entretien général de l'arme. Très habituel à cette époque. Défaut d'entretien quand les propriétaires meurent. Le nouveau propriétaire s'appelait Westley et habitait à Lerwick aux Shetland.

Gwen me regarda. Son regard disait *nous approchons*.

— Curieux, remarqua M. Stewart. En 1972, nous avons fourni un devis à M. Westley pour une grosse réparation. L'arme avait visiblement été endommagée. Elle était peut-être tombée d'un talus. La crosse était cassée, la longuesse abîmée. Mais la réparation n'a manifestement pas été effectuée. C'est un travail très coûteux, car il est particulièrement difficile d'adapter le bois sur ce type de fusils. Cela requiert un armurier monteur sur bois confirmé, possédant au moins dix ans d'expérience. Mais nous arrivons à quelque chose d'intéressant. En 1898, l'arme a été livrée avec un canon de grade deluxe n° 4. Largement au-dessus du niveau standard, donc. Mais ce bois est nettement plus cher. J'ai en fait à peine souvenir d'en avoir jamais vu de pareil.

Tenant la crosse dans ses mains, M. Stewart la fit tourner lentement et les rayons du soleil qui entraient par la fenêtre révélèrent de nouvelles facettes du noyer. L'homme se perdit dans ses pensées.

— Hmm, fit-il après une pause d'une ou deux minutes.

— Combien de classes de noyer existe-t-il ? demandai-je.

— Dix grades standard, répondit-il d'un air absent. Et puis après, on a les classes spéciales. Parmi lesquelles une catégorie à part pour les armes d'exposition. Exceptionnellement belles, resplendissantes, mais trop fragiles pour être utilisées. Et puis il y a le *Circassian grade*. Aussi beau que les classes d'exposition, mais ayant poussé plus droit, plus solide. Nommé d'après les femmes circassiennes, qui passaient pour être les plus belles du monde.

M. Stewart reposa la crosse à regret.

— À lui seul, le bois de ce fusil a beaucoup de valeur. *Beaucoup*. Prenez les enchères qui conviennent et un tel exemplaire de crosse atteint le prix d'une Jaguar relativement récente. L'ébauche de crosse venait probablement de la racine d'un noyer vieux d'au moins quatre cents ans. Il est devenu impossible de s'en procurer.

Il frotta la crosse avec sa manche et fit apparaître un nouveau chatoiement du bois.

— Est-il à vendre ?

— C'est possible, répondit Gwen.

— À la fois le fusil et cet exemplaire de crosse seraient, disons, *attirants* pour une transaction discrète chez nous. La seule chose que je puisse trouver à redire, c'est que la crosse n'a pas été ajustée par un *master stocker*. Mais, bon, c'était quelqu'un d'exceptionnellement talentueux. La dextérité s'exprime à un point rare. Je l'embaucherais sur-le-champ. Il lui faudrait quelques années d'expérience pour être dans la toute meilleure catégorie, mais il y arriverait. Son manque d'assurance ne se voit que dans des détails infimes. Regardez : une toute petite courbe là où la découpe aurait dû être droite, de minuscules esquilles dans le chenal de la queue de pontet. Mais c'est tout de même singulier. Dans ce pays, seuls quatre ou cinq armuriers monteurs sur bois sont dignes d'une pièce pareille, et *eux-mêmes* auraient passé des semaines à faire des cauchemars d'erreurs de découpe.

— Est-ce une mauvaise réalisation ?

Je laissai presque échapper que c'était probablement la première fois qu'Einar fabriquait une crosse de fusil.

— Mauvaise? Cette crosse est proche de la perfection. Mais à quatre-vingt-dix-neuf pour cent, pas cent. Même le *feeling*, il l'a obtenu.

Je lui lançai un regard interrogateur.

— Un fusil pur-sang, expliqua-t-il, doit avoir un col de crosse svelte. De l'épaisseur d'un poignet de femme. Mais les dimensions sont une chose. Deux fusils peuvent sembler parfaitement identiques, il n'y en aura qu'un qui vivra dans vos mains. Le col de crosse doit aussi offrir un *ressenti* de *wrist of a true lady*. C'est le cas de celui-ci.

Il prit le fusil et fit scintiller le bois à la lumière de la lampe.

— Il y a quelque chose de… plus dans ce bois, quelque chose que je n'arrive pas tout à fait à situer. Cela me rappelle une histoire que M. Battenhill m'a racontée, à propos d'un lot de noyer français.

— Battenhill? demanda Gwen.

— Notre plus vieil armurier monteur sur bois. Acheteur de noyer pendant soixante ans. À la retraite aujourd'hui.

— C'est dommage, conclut Gwen.

— Mais il vient ici tous les jours. Il voudra sûrement vous parler. Mais je dois vous prévenir qu'il peut paraître un peu… *brusque*.

— Ah bon? demandai-je.

— Il a quatre-vingt-treize ans. Et il en a passé quatre-vingts à tirer sans protection auditive.

Ce jour-là, comme les autres, le vieux monteur sur bois fit sa visite quotidienne. Gwen et moi l'attendîmes dans un bureau, où nous restâmes à chuchoter, sans rien de sensé à dire, comme si nous attendions un verdict.

J'entendis bientôt une voix criarde de l'autre côté de la porte. Battenhill entra, un vieil homme immense, écrasant par sa taille et aussi parce qu'il parlait suffisamment fort pour s'entendre lui-même. Mais à la vue du fusil, il se modéra et murmura :

— Juste ciel! *C'en est un.*

Il prit l'arme comme si c'était son propre enfant disparu et déclara n'avoir pas vu de fusil au bois pareil depuis vingt-six ans, c'était alors le double canon d'une carabine africaine appartenant à l'ambassadeur Cleve. Il avait été mis aux enchères et un descendant du maréchal Haig, commandant en chef des forces britanniques pendant la Première Guerre mondiale, avait acquis la carabine après en avoir offert une somme inouïe.

— Mais pourquoi ? l'interrogea Gwen.

— Parce que ce bois porte en lui les blessures de la guerre, expliqua Battenhill en désignant la zone sombre sur la crosse.

Il fouilla dans un tiroir et en sortit un petit flacon en verre. L'odeur d'huile de lin se répandit quand il l'étala sur le bois. Le veinage devenait de plus en plus profond, comme s'il se livrait à de l'alchimie.

— Il a été un peu sec, marmonna Battenhill. Vous voyez, fit-il avec recueillement. Pendant une seconde, le motif est symétrique. Il ressemble aux ailes déployées d'un faisan. Quand je le tourne, comme ça, la lumière tombe d'un autre angle et fait ressortir les couches plus profondes du bois. Chaque millimètre a mis des années à pousser. Vous voyez loin dans les siècles. Mais l'année la plus distincte, c'est 1916.

Il continua de masser l'huile, et à chaque mouvement le motif se faisait plus net. Puis il entreprit de raconter le régiment écossais The Black Watch et son avancée pendant la bataille de la Somme. Il apparut très vite que ce récit parlait aussi de *moi*. Mais mon histoire débutait bien avant l'année de ma naissance. Elle avait déjà commencé quatre cents ans auparavant, avec la germination à Authuille de seize noyers.

11

EN SEPTEMBRE 1916, à cinq heures du matin, une compagnie du Black Watch attendait dans les tranchées le signal de l'offensive. Quand les cornemuses résonnèrent, raconta l'armurier, ils avancèrent avec les Cameron Highlanders dans les reliefs de ce qui avait été une forêt luxuriante. L'artillerie avait abattu les arbres et transformé la zone en bouillasse de souches calcinées et de cadavres déchiquetés. Comme les soldats qui avaient attaqué avant eux, ils portaient le kilt. Les corps entre lesquels ils progressaient étaient méconnaissables, mais ils identifiaient les divisions aux tartans qui flottaient au vent sur les monceaux de morts.

La bataille de la Somme durait depuis le 1er juillet. Rien que le premier jour, cinquante-sept mille Britanniques avaient péri, dont vingt mille immédiatement. Les mitrailleuses couvraient le front entier et, lors des avancées les plus optimistes, des centaines de soldats mouraient chaque minute. Des tonnes de soldats restèrent accrochés aux barbelés et il était impossible d'aller les récupérer. Ils pourrirent dans la chaleur estivale et restèrent pendus là jusqu'à ce que leurs chairs se détachent. Les corps qu'on parvenait à enterrer étaient impossibles à garder en terre : les bombardements les faisaient remonter à la surface.

— C'était comme si les grandes puissances avaient appelé à une gigantesque mise en commun des ressources européennes, observa Battenhill.

La toute meilleure machinerie, les ingénieurs les plus intelligents, la génération la plus apte au travail, des millions de personnes se tenaient le long d'une ligne de front qui coupait l'Europe en deux : une force de travail et des connaissances suffisantes pour construire une pyramide par jour.

Les champs, les cimetières, les forêts et les villages furent transformés en soupe d'argile sur une dizaine de kilomètres. Des mineurs civils creusèrent des tunnels de mille mètres de long, y placèrent de telles quantités d'explosifs que les détonations s'entendaient jusqu'en Angleterre et laissaient des cratères aussi béants que des impacts de météorites. Les derniers arrivés s'étonnaient des petits nuages qui semblaient rester en suspens au-dessus des champs, et que l'on voyait à cinquante mètres de distance. C'est seulement en reconnaissant le bourdonnement assourdissant qu'ils comprenaient qu'il s'agissait de nuées de mouches se nourrissant de cadavres.

De part et d'autre, l'artillerie travaillait nuit et jour. Au total, les lignes de front furent bombardées par plus d'un milliard de tonnes d'obus. Les usines devaient produire toujours plus vite, la qualité en pâtissait. Environ un quart des obus touchèrent le sol sans exploser et ne tardèrent pas à être ensevelis dans la terre avec les morts.

De tous les événements de la bataille de la Somme, c'étaient les combats en forêts que les soldats considéraient comme les plus bestiaux. Quand les obus atteignaient les troncs, des éclats fusaient comme des lances. Contraints d'attaquer en formation serrée, les soldats devenaient des cibles faciles dès que l'artillerie visait à la mitrailleuse. Les souches et les racines des arbres interdisaient de s'abriter en s'enfouissant dans la terre et les combats de proximité étaient si rapprochés que les soldats pouvaient être tués par des fragments d'os de leurs propres camarades.

Ce matin-là, l'objectif des soldats du Black Watch était la reconquête d'un bois au nord d'Authuille, sur les pentes au-dessus de l'Ancre. C'était la dix-septième vague d'attaques sans victoire et ils savaient que leurs adversaires avaient ordre de se battre jusqu'à la mort.

La forêt ne s'étendait sur guère plus de trente hectares, mais les bombardements y avaient été plus intenses que n'importe où dans la Somme. Au plus fort, elle recevait plus de sept grenades par seconde. Dans les rares pauses entre les salves de canons s'entendaient les râles de centaines de blessés. Un jour entier pouvait s'écouler avant qu'il soit possible d'extraire quelqu'un du bois et la plupart avaient alors succombé d'eux-mêmes.

Les combats de forêt ne présentaient aucune nouveauté pour les Écossais. C'était à croire que les commandants avaient une propension particulière à les y envoyer eux précisément, et ils essuyèrent également de gigantesques pertes dans le Devil's Wood et High Wood.

Le Black Watch avança et, une heure plus tard, quatre-vingts pour cent des soldats étaient tombés. Les survivants perdirent presque tout sens de la réalité et continuèrent simplement de se battre, mètre après mètre, à la baïonnette et à la pelle, dans les troncs d'arbres brûlés et les monceaux de morts, dans un fracas indescriptible. Les lignes d'approvisionnement étaient brisées depuis longtemps et les blessés avaient perdu tout espoir qu'on vienne les chercher.

À l'aide de mortiers et autres armes à trajectoire courbe, quelques soldats parvinrent à faire sauter un nid de mitrailleuses ennemi et à briser la ligne de défense des Allemands, puis ils prirent d'assaut un bosquet où se dressaient encore quelques arbres gigantesques. C'étaient d'immenses noyers, très anciens. Malgré les branches arrachées par les tirs, leur robustesse offrait une protection contre l'artillerie. Les soldats parvinrent enfin à installer un groupe de mitrailleuses derrière les arbres, trouvèrent de bonnes lignes de visée et tuèrent plusieurs centaines d'ennemis.

À la tombée de la nuit, le pilonnage allemand commença pour de bon. Les sommets brûlèrent, mais les arbres ne rompirent pas. D'autres soldats rejoignirent les Écossais avec des vivres et des munitions. Se préparant à contre-attaquer le lendemain, ils tassèrent de la terre autour des chevaux et soldats morts et construisirent ainsi un retranchement avec des sabots et des bras qui dépassaient des barricades.

À la jumelle, les Allemands virent depuis leurs lignes où les Écossais s'étaient fixés et, désormais sûrs qu'aucun des leurs ne se trouvait à proximité, ils purent déployer leurs forces et employer tous les moyens à leur disposition.

À l'aube, ils déclenchèrent un vaste bombardement au gaz toxique. Les soldats connaissaient bien les effets du chlore et de l'acide cyanhydrique, et plus encore du gaz moutarde, qui d'abord aveuglait avant de provoquer des semaines de souffrances, pendant lesquelles le corps périclitait : les organes internes pourrissant tandis que le soldat était encore en vie. Mais ce gaz-ci, personne ne le reconnaissait. Ce fluide diabolique était soit un gaz expérimental, d'une complexité telle que les chimistes ne parvinrent jamais à en découvrir la composition, soit une erreur de production impossible à identifier.

Les grenades au gaz éclatèrent contre les noyers et un brouillard vert pâle s'en écoula puis resta sur le sol. Les soldats revêtirent aussitôt leurs masques à gaz s'ils étaient encore en bon état. Les autres durent recourir aux moyens du bord dont l'un consistait à pisser sur des chiffons et à respirer à travers. Mais tous sentirent bientôt que rien n'offrait de réelle protection.

Certains commencèrent à perdre la tête, se battirent entre eux. D'autres se redressèrent, pour être abattus quelques secondes plus tard par les balles des tireurs d'élite. Ceux qui se trouvaient le plus près du gaz errèrent sans but entre les arbres avant de perdre connaissance et de s'effondrer dans la boue des impacts d'obus. La compagnie subit une demi-heure de pilonnage, le gaz vert pleuvait des noyers. Un jeune capitaine donna l'ordre d'avancer et de placer les mitrailleuses *devant* les arbres. L'ordre était insensé, mais ils obtempérèrent et tous furent aussitôt tués. Le capitaine lui-même fut touché par une grenade et retrouvé plus tard loin des positions.

Mais les arbres restèrent debout. Le vent se leva et chassa le gaz. Les Écossais eurent tout juste le temps d'obtenir des renforts avant le début de la contre-attaque. Ils succédèrent à leurs camarades morts derrière les mitrailleuses et ouvrirent un tir bas et dense qui, en quelques minutes, décima largement les troupes. Le reste des effectifs put bientôt avancer et gagner les positions. La victoire était totale. En six semaines, les combats pour la petite forêt avaient coûté la vie de cinquante-cinq mille soldats allemands et britanniques.

Pendant le récit de Battenhill, Gwen et moi nous étions imperceptiblement rapprochés, jusqu'à nous retrouver bras contre bras, et je sentais de petits tressaillements dans son épaule. Mais voilà qu'elle s'écartait légèrement et je n'aurais su dire si ses tressaillements avaient redoublé ou si elle s'était soudain apaisée.

"La bataille de la Somme s'est achevée en novembre 1916", conclut Battenhill. Il ajouta d'un ton laconique que les pertes de part et d'autre s'étaient finalement élevées à 1,2 million de morts et de blessés.

Les Alliés avaient gagné neuf kilomètres de terrain, qui était devenu une fange saturée de bouts de corps et de métal. Après les combats dans le bois, presque aucun soldat du Black Watch ne fut enterré dans sa propre tombe, mais leurs noms furent inscrits sur les piliers de Thiepval, le monument à la mémoire de ceux qui ne furent jamais retrouvés ou ne purent être identifiés. Après la capitulation, huit mille cadavres de soldats demeurèrent dans le petit bois, enchevêtrés dans la boue, les racines et les grenades non explosées.

Mais devant les anciennes positions de mitrailleuses se dressaient toujours les seize noyers. Leur sommet était brisé, leur écorce arrachée et leurs branches brûlées, mais ils tenaient toujours debout. Comme tout avait été balayé alentour, le groupe d'arbres se voyait de loin. Au printemps, des ramilles poussèrent et se parèrent de feuilles vertes. Avec quelques coquelicots orange, ils étaient les seules choses vivantes le long de l'ancien front et parmi les soldats britanniques, ces arbres furent connus comme *the sixteen trees of the Somme*, les seize arbres de la Somme.

Lors de la mise en place du vaste programme national dit de *reconstitution des régions dévastées**, le propriétaire de la forêt souhaita que la zone soit nettoyée pour pouvoir y replanter des arbres, mais c'était un travail auquel on dut renoncer rapidement. La concentration de grenades était telle qu'on laissa les démineurs se contenter de la création d'un seul passage sûr à travers le bois. Le propriétaire n'obtint pour tout dédommagement que du fil barbelé pour clôturer la zone.

Fourrés et petits arbres commencèrent à sortir du sol, mais la terre était impossible à entretenir. Le propriétaire entrait parfois dans le bois par le sentier sûr. De loin, il observait les seize noyers brûlés, qui avaient donné de riches récoltes avant la guerre. Il voyait désormais que les noix n'étaient plus saines.

Les fruits étaient noirs et rabougris, et le feuillage ne tarda pas à se tacher de gris.

Entre-temps, un négociant en bois écossais entendit parler des arbres par un soldat rentré au pays et, dans les années 1920, il se rendit à Authuille avec des démineurs privés, s'assura un passage jusqu'à l'un des arbres et le fit abattre avec la racine.

Lorsque le tronc fut acheminé à une scierie, ils s'aperçurent que le bois avait un motif rouge doré, le négociant pensait qu'il s'agissait d'une réaction au gaz toxique. Il fit scier la racine par ses meilleurs employés et ils constatèrent aussitôt que le noyer ancien était du plus haut grade de qualité, voire le dépassait, et valait donc une fortune. Fortune d'emblée décuplée par l'histoire de la guerre qui vivait dans ses veines.

En soi, le noyer était un bien chéri de la classe supérieure britannique, admiratrice de beau bois depuis des générations. Le négociant jugea que la chose à faire était de proposer le noyer *exclusivement* sous forme d'ébauches pour crosses. Les armuriers pourraient ainsi proposer de coûteux fusils de chasse qui seraient à la fois des joyaux et des souvenirs de guerre, les porteurs des souffrances et de la victoire du pays.

Le propriétaire de la forêt accepta que le négociant abatte les arbres et déterre les racines, sans que l'on en connaisse la contre-partie. Le négociant remarqua qu'un veinage sinueux continuait de se développer. Les arbres mourant lentement, il souhaita attendre avant de les abattre, car il pensait que les sillons du bois n'atteindraient le summum de leur beauté qu'au moment où les noyers seraient près d'abandonner la lutte.

Dans le premier arbre, il avait découpé vingt-quatre ébauches pour crosses, dont douze furent vendues aux plus grands armuriers du pays : trois à Purdey, trois à Dickson, deux à Holland & Holland et quatre à Boss & Co. Les riches de ce pays fatigué par la guerre s'éprirent de l'histoire du bois et, malgré la misère générale, les armes se vendirent à des prix astronomiques.

Au cours des années 1930, le négociant lâcha au compte-goutte les ébauches restantes sur le marché afin de maintenir l'intérêt pour cette histoire, en prenant soin de rappeler les événements. En 1937, on laissa entendre aux armuriers que les arbres seraient prêts pour l'abattage autour de 1943 et seraient disponibles dans les ventes aux enchères de l'année suivante. Les attentes étaient colossales ; le bois fut mentionné plusieurs fois dans *The Field* et l'ouvrage de référence *The British Shotgun* le dépeignit d'un seul qualificatif : *hors pair*.

Puis une autre guerre éclata, au terme de laquelle des rumeurs commencèrent à circuler sur la disparition des noyers. D'aucuns disaient que la forêt avait brûlé lors de l'avancée des Alliés, d'autres que les arbres avaient été abattus et détruits. Mais le négociant affirmait que la cargaison était simplement en transit, que toutes les commandes seraient bientôt honorées.

En 1949, deux ébauches de noyer furent proposées lors d'une vente d'armes chez Bonhams à Londres. Elles faisaient indubitablement partie du lot de noyers disparus, car le motif était reconnaissable entre tous et surpassait largement les quelques échantillons qui avaient été vendus avant la guerre. Le vendeur était anonyme et le négociant fit un procès à la maison de vente aux enchères. Mais comme le bois ne porte ni poinçon ni numéro de série, il ne put prouver qu'il avait été volé.

En 1955, une autre ébauche aussi fabuleuse que les précédentes fut mise sur le marché. Les enchères durèrent plus d'une heure. Le négociant avait alors dépensé des sommes prodigieuses en avocats et ne démordait pas qu'il allait bientôt livrer tout ce qui avait été commandé. Mais rien d'autre ne vint sur le marché. La cargaison, dont le grossiste prétendait qu'elle comprenait près de trois cents ébauches, continuait d'être considérée comme l'un des lots de bois les plus onéreux de l'histoire.

Les pièces étaient connues sous différents noms. Certains y faisaient référence comme au noyer des *sixteen trees of the Somme*, ou au "noyer de la Somme" en souvenir des soldats tombés. Parmi les monteurs sur bois, on le surnomma "noyer Daireaux", d'après le nom originel de la forêt et de la famille qui la possédait.

12

— POURQUOI TU NE MANGES PAS ? voulut-elle savoir.

Il y avait sur la table un pichet d'eau auquel personne n'avait touché, deux hamburgers luisants de gras avec une pique en bois plantée à l'oblique dans du pain doré croustillant. Un fromage jaune pâle avait fondu entre des oignons crus et de la viande grossièrement hachée.

— À cause du col de crosse du fusil, dis-je.

— Quoi ?

M'étirant par-dessus la table, je saisis son poignet.

— L'armurier a parlé du col de crosse d'un fusil juxtaposé. Il fallait avoir l'impression de toucher le poignet d'une femme de la classe supérieure.

— Et alors ?

— Tu n'es pas une aide de maison, remarquai-je en serrant son poignet comme je l'avais fait au lit, sur le ferry. Tu es la petite-fille de Duncan Winterfinch.

— Je savais que tu savais, répondit-elle après un long silence emprunté. Mais je suis contente que tu ne l'aies pas dit plus tôt. Que tu m'aies laissée être…

Je me redressai sur ma chaise, bougeai mon pied, qui frôla la mallette du fusil. Elle aurait pu être pleine d'argent, si j'avais vendu le fusil.

— D'où as-tu sorti Leask ?

— Oh, c'est un nom répandu aux Shetland, expliqua-t-elle en tournant lentement sa fourchette dans sa main. John Leask dirige une boîte de déménagement à Lerwick. Leur camion venait de passer quand tu m'as demandé comment je m'appelais.

— Donc tu me mens depuis le début ?

— *Oh please*, fit-elle en s'essuyant la bouche. Je n'étais pas au courant pour le noyer. Crois-moi. Je savais qu'il y avait *quelque chose* avec Haaf Gruney, sans savoir quoi exactement.

— Allez ! Je ne te crois pas.

Elle faisait comme au Raba. Elle s'appliquait à mastiquer quand elle voulait cacher l'expression de son visage.

— C'est en tout cas la vérité. Grand-père avait ses secrets. Quelque chose le hantait. L'île nous appartenait, mais il était évasif quand je lui demandais pourquoi il laissait ce drôle de bonhomme y habiter, cet homme dont la rumeur disait que c'était un meurtrier. Il était en colère contre Einar, mais je n'ai pas su pourquoi avant aujourd'hui. Je ne savais pas que c'était parce qu'Einar avait pris le noyer lui-même.

— N'en sois pas si sûre. Pourquoi alors se serait-il installé sous vos fenêtres ?

Ses yeux devinrent deux fentes. Subitement, nous étions les émissaires des outrages héréditaires de deux familles.

— Le bois pourrait-il être à Haaf Gruney ? suggérai-je pour arranger les choses. Puisqu'il a fabriqué la crosse du fusil.

Gwen repoussa son cornichon sur le côté de son assiette, coupa un morceau de pain. À l'aide de sa fourchette, elle le promena dans la sauce, laissant la porcelaine propre. Je me demandais quel soin elle apportait par ailleurs à la présentation de son récit pour le rendre appétissant.

— Impossible, trancha-t-elle. Une fois où Einar était absent, grand-père a fait fouiller toute l'île par une équipe. Ils y ont passé quatre jours. Ils ont brisé les verrous, creusé la terre, ils ont même détaché le lambris des murs. Je lui ai demandé ce qu'il cherchait. Il est devenu bizarre, fuyant. Et il n'était pas du genre à qui l'on pouvait reposer une question.

— Pourquoi n'avez-vous pas vidé les maisons de Haaf Gruney à la mort d'Einar ?

Elle baissa les yeux. Elle agita sans but son couteau et sa fourchette. Puis elle finit par les reposer sur la table, s'essuya de nouveau la bouche, et quand elle me regarda, elle s'était débarrassée de ses attitudes hautaines.

— Parce que… commença-t-elle… oh, mon Dieu, ça va paraître vraiment puéril.

— Quoi donc?

— Ça fait des années que j'ai planifié ceci. J'attendais que tu viennes.

— *Tu* m'attendais, *moi*?

Gwendolyn tendit la main au-dessus de la table et la posa sur la mienne.

— Oui, toi, *Edward Daireaux Hirifjell.*

Elle me raconta comment son monde de jeune fille protégée s'était écroulé le jour où son grand-père avait perdu l'équilibre en haut de l'escalier et, n'ayant pu se rattraper dans sa chute, était mort. Le shérif leur avait envoyé une copie du seul acte établissant le droit d'usage et d'habitation d'une de leurs propriétés, à savoir Haaf Gruney, où il était indiqué qu'un certain Edvard Daireaux Hirifjell, qui avait le même âge qu'elle, reprendrait ce droit à la mort d'Einar.

Gwen était sortie regarder l'île avec les jumelles. De la fumée de tourbe s'en élevait et elle pensa à l'étrange fabricant de cercueils qu'elle voyait parfois au terminal du ferry, mais qu'elle n'avait jamais salué. Avait-il véritablement un héritier? Et c'est avec cette question qu'avait débuté l'une de ses nombreuses rêveries sur ma personnalité, mon apparence physique. Elle vivait à Édimbourg et, à l'annonce de la mort de l'ermite de Haaf Gruney, elle était venue assister à l'enterrement dans l'espoir de me rencontrer. Mais elle n'avait rencontré à Norwick qu'un vieil homme taciturne en Mercedes immatriculée en Norvège. Gwen lui expliqua que la famille Winterfinch possédait Haaf Gruney et voulut savoir si j'allais faire valoir mon droit d'y habiter.

— C'est à mon petit-fils de le décider, répondit grand-père en mauvais anglais avant de remonter dans sa voiture et de s'en aller.

Cela avait d'autant plus attisé la curiosité de Gwen. Prenant le *Zetland*, elle avait débarqué à Haaf Gruney pour la première fois. Elle se demandait pourquoi son grand-père avait passé l'île au crible. C'était avant qu'Agnes Brown vienne ranger. Les maisons n'étaient pas verrouillées. Gwen alla dans l'atelier où il fabriquait des cercueils. Elle fouilla dans ses affaires, mais trouvant l'opération sordide, elle repartit. Deux jours plus tard, elle revenait. Mais on avait alors changé les verrous, et sa curiosité redoubla encore.

Son avocat lui avait proposé de prendre contact avec moi en Norvège et de régler toute l'affaire. Mais Gwen s'était dit : *Non, attendons. Contestons le droit d'habitation, rien de plus. Un parent de l'homme qui cachait quelque chose à grand-père existe. Si je coupe le fil qui nous mène à lui, la dernière trace disparaîtra. Mieux vaut laisser cela mûrir. Edvard Daireaux Hirifjell viendra.*

— Donc oui, je l'avoue, fit Gwen. J'espérais que tu surgirais, que tu ferais un faux pas, que tu laisserais un fil conducteur que je puisse suivre.

— Tu es cynique.

— Pas tant que ça. Parce que je ne savais pas que tes parents étaient morts à Authuille. Et *toi*, alors ? Pourquoi est-ce que, *toi*, tu n'as pas annoncé la couleur ? Qu'est-ce que tu faisais avec ton regard niais, à faire semblant de gober tout ce que j'inventais ? Répondez, *monsieur Daireaux**!

Elle avait prononcé mon nom dans un français impeccable, bien meilleur que le mien, et j'eus le sentiment qu'elle avait en elle davantage de mon histoire que moi. Entendre mon nom de famille avec cet accent était comme un souffle sur les braises de la question qui m'animait vraiment et mes pensées s'envolèrent vers la forêt que ma famille avait possédée. À quoi ressemblait-elle aujourd'hui ?

— Hé oh. Tu n'as pas de réponse ?

— Si, répondis-je calmement. C'est parce que je préfère être avec toi que fouiller dans le passé.

Gwen resta un instant sans rien dire. Elle piqua sa fourchette dans une petite pomme de terre isolée, luisante de matière grasse et ponctuée de fines herbes hachées, puis elle la mastiqua. Elle coupa son cornichon en deux et le mangea aussi. Je ne tardai pas à l'imiter. Je gardai longtemps sur ma langue le goût du vinaigre avant de déglutir.

— Ça me plaisait. D'être Gwen Leask. De rouler dans ta voiture vulgaire, de traîner la nuit. J'étais peut-être déjà éprise de toi sans le savoir.

Ses yeux eurent une lueur rêveuse, cette même lueur qu'ils avaient eue pendant une seconde lors de notre première rencontre. Là, songeai-je, nous commençons à naviguer en eaux passablement profondes.

— Après l'enterrement d'Einar, je suis rentrée à Édimbourg, mais j'ai commencé à passer mes vacances dans la petite maison. J'aimais l'idée qu'il y ait dans ce pays féerique qu'est la Norvège une âme étrangère qui, tôt ou tard, serait attirée ici. Je t'ai laissé être une petite confiserie non déballée dans ma vie. Là, cette année, j'avais presque oublié toute l'histoire quand j'ai inopinément reçu un coup de fil du caissier de l'épicerie. Le soir même je te voyais traverser la passe à la rame.

Elle était différente à présent. Plus jolie, comme si les traits figés d'un masque s'étaient détendus.

— J'imaginais que tu serais mielleux et que tu essaierais de me rouler. Mais tu étais *handsome*. Noble, dans un sens. Comme un animal de race, en sang et affamé. Avec un but concurrent du mien. Tu me surprenais. Parmi les hommes que je connais, aucun n'aurait sorti un mouton mort de l'eau.

Je toussotai. Je songeais au retour. Gwen Leask et Edvard Hirifjell étaient partis pour Édimbourg. Gwendolyn Winterfinch et Édouard Daireaux en rentraient.

— Une question, dis-je. Que feras-tu si tu trouves le noyer?

— Tout dépendra de la raison qu'Einar a eue de le lui cacher.

Elle appela un serveur, déclina le thé et demanda l'addition. Consultant sa vieille montre, elle calcula le temps qui nous restait avant la traversée, conclut que ce n'était hélas pas assez pour passer à son appartement d'Édimbourg.

— Qu'y a-t-il de si urgent? demandai-je.

— L'armurier a donné l'impression que mon grand-père était un négociant en bois avide qui, par hasard, était tombé sur quelque chose de précieux.

— Eh bien, avide ou pas, il…

— Il y a une question qui n'a pas été posée, coupa-t-elle.

— Et c'est?

— Pourquoi le *capitaine* Duncan Winterfinch était obsédé par l'idée de se procurer les seize noyers du lieu où il avait combattu avec le reste du Black Watch en 1916.

ELLE N'ÉTAIT PAS DANS LE LIT. Je me retournai. Pas de réponse. Mon "Gwendolyn?" résonna dans une chambre vide.

La maisonnette était dans l'obscurité. Une plus grande intensité entre nous cette nuit. Comme si nous cherchions tous deux à dégager ce que l'autre recelait au plus profond de son être. À déterrer les mensonges pour voir ce qui se cachait derrière. Un mélange à parts égales de passion amoureuse et de confusion, évacué dans la sueur d'une voracité musclée.

Son réveil indiquait trois heures moins le quart. J'allai dans le salon, passai devant la table basse et son fouillis de magazines musicaux. Dans l'obscurité de la nuit, je vis de la lumière briller au dernier étage de Quercus Hall. Nous nous étions mis d'accord pour n'y aller que le matin venu.

De retour dans la chambre, je lançai un regard sur les beaux vêtements foulés aux pieds par terre, pris mes vieilles hardes de Norvège. Je traversai la cour en bras de chemise au clair de lune ténu. La mer était calme contre les falaises en contrebas. Les vagues frappaient paresseusement, faisaient l'effet de mouvements esquissés. Il pleuvait de nouveau. Pas une averse violente, mais de grosses gouttes chaudes.

La porte d'entrée haute et large était entrebâillée. Elle glissa lourdement sur ses gonds. De l'autre côté, la pièce m'apparut lentement, le temps que mes yeux s'acclimatent à la pénombre. Un grand hall avec un double escalier en colimaçon. Pas le style belle demeure grandiloquente auquel je m'attendais. Des lignes droites, simples. Haut de plafond, mais sobre. De larges carreaux sur le sol avec une rose des vents au centre. La place d'accueillir au moins vingt personnes dans l'entrée. De grandes portes en bois sculpté.

Je trouvai l'interrupteur derrière une tenture. Une rangée de globes s'illumina, ils pendaient du plafond à de fins tuyaux métalliques. Des rectangles pâles indiquaient d'anciens emplacements de tableaux. Je montai l'escalier. La rampe sinuait comme un gros serpent d'acajou luisant, les barreaux avaient été tournés en sabliers allongés. À l'étage s'étirait un couloir sombre. Ma recherche d'un interrupteur resta infructueuse, mais j'aperçus plus loin une lueur sous une porte.

— Gwen, fis-je en avançant.

Pas de réponse. La porte était verrouillée, je passai mon chemin, traversai une autre salle où je ne pus allumer la lumière. Odeur de moisi et de vieux cuir. Je descendis un escalier et distinguai une lumière diffuse à travers une porte en verre dépoli.

Je l'ouvris, fus accueilli par de l'air frais et me rendis compte que j'avais découvert l'un des secrets de la maison.

Un jardin intérieur. Vaste et luxuriant, humide, vert. Si touffu qu'il en était presque impénétrable. De grands arbres d'essence inconnue se dressaient comme des colonnes parmi des arbustes à feuilles larges. Je fus frappé par ce qui m'avait manqué aux Shetland, ce dont Einar avait été privé et que Duncan Winterfinch possédait : le bruit des gouttes de pluie sur le feuillage de grands arbres en pleine santé.

— Il avait l'habitude de me regarder depuis ici.

La voix venait d'en haut. Je tournai la tête à la recherche de sa silhouette, tandis que des gouttes de pluie chaude ruisselaient des feuilles et tombaient sur mon front. Je suivis les rangées de fenêtres sur les façades autour du jardin et la vis sur un balcon du premier étage. Je me frayai un passage dans le sous-bois en écartant des branches et en faisant de hautes enjambées jusqu'à un escalier en colimaçon dans l'angle.

— C'est presque une serre, observai-je.

— Non, expliqua-t-elle en se penchant. C'est un *arboretum*. Un jardin botanique constitué d'arbres. Dix-huit essences différentes. À l'origine, il y avait une verrière pour créer un climat plus chaud, mais elle a été cassée en 1933. Le jardinier a failli périr sous la pluie d'éclats de verre.

Elle ouvrit la voie dans l'escalier en colimaçon, jusqu'au second, qui était intégralement ceinturé d'un balcon sur cour. On y avait vue droit sur la couronne des arbres. Les branches les plus longues fouettaient légèrement la rampe. On entendait à peine la houle. Dehors, la tourmente devait parfois être si drue que des déferlantes d'eau saline brûlaient tout ce qui tentait de pousser. Mais ici, tout était abrité, les murs protégeaient les plantes dans une douce étreinte.

— Nous avons toujours vécu des arbres, poursuivit-elle. Des arbres et avec les arbres. Depuis sept générations, nous vendons du bois. Du bois des forêts tropicales, de la taïga russe, de

Norvège et de Suède. Pour la décoration, le mobilier, la construction. Dans notre catalogue de 1901, nous avions soixante-dix-huit essences différentes en stock.

Elle se dirigea à l'extrémité du balcon, fléchit les genoux, balança son corps de haut en bas pour faire jouer le sol. Pas un craquement ne se fit entendre.

— Du chêne? proposai-je.

— Oui. Le chêne est à l'origine de notre histoire familiale, et a fait notre fortune. Certains disent que Winterfinch Ltd a déboisé la Grande-Bretagne, mais c'est absurde. Il n'y a qu'une *guerre* pour priver un pays de tous ses arbres. La construction d'un vaisseau ordinaire de soixante-quatorze canons requérait le bois de trois mille sept cents chênes. Quand le *HMS Victory* a été achevé en 1765, cinq mille sept cents chênes de taille adulte y étaient passés. L'administrateur principal du bois de ce vaisseau s'appelait Gregor Winterfinch. Il avait personnellement inspecté chaque rondin du *Victory*. Les papiers sont au sous-sol. L'une des signatures est celle de l'amiral Nelson.

— Je commence à me rendre compte que vous êtes différents des Norvégiens.

— Vous n'avez pas été assez entreprenants pour ce qui était de vous procurer des colonies. C'est Gregor qui a démarré l'entreprise familiale. En 1770, il a commencé par importer du bois venu du littoral de la Baltique. Il n'a pas tardé à devenir l'un des plus gros négociants en bois du pays. De 1858 à 1893, nous avons été les plus grands. Des bureaux dans tous les comptoirs de l'empire. Nous fournissions toutes les essences : des bois pour la construction navale aux essences les plus nobles pour les écrins à bijoux et les cannes de marche. La moitié de l'ébénisterie britannique vendue en guinées était faite d'un bois de Winterfinch.

— C'est quoi, cette histoire de guinées? L'armurier aussi a employé ce terme.

— Le prix des marchandises produites en série était fixé en livres. Mais tout ce qui était fabriqué sur mesure était payé en guinées. Une table standard? Prix en livres sterling. Une table de salon sur mesure? Guinées. Un Lee Enfield produit en masse, livres. Un Dickson Round Action sur mesure, guinées. Les chevaux de courses, ton portrait peint à l'huile…

— Mais quelle est la différence?

— Oh, presque aucune. Nous n'avons plus de guinée sous forme de pièces de monnaie ou de billets depuis 1816. Mais une guinée vaut une livre et un shilling. La tradition voulait que le maître prenne la livre et l'apprenti le shilling.

La brise atteignit les cimes des arbres et fit bruisser le feuillage. Des mouches bourdonnaient.

— Grand-père n'était pas censé hériter de la société, c'était son frère Stanley l'aîné. Après l'école d'officiers de Sandhurst, grand-père se voyait mener une vie trépidante dans les colonies. Mais à la suite de sa visite du bureau de Georgetown, Stanley est mort de la malaria. Quand il lui a succédé, grand-père était déjà affaibli par la guerre. L'une de ses plus grosses erreurs a été de construire cette maison.

— Erreur?

— Les bâtisseurs ont commencé en 1921 et abandonné en 1928.

J'inclinai la tête sur le côté.

— Viens, fit-elle avec impatience. Il faut que tu voies l'intérieur.

Nous traversâmes trois salles vides qui renvoyaient de l'écho, éclairées par la lumière grisâtre de la nuit d'été, puis un couloir sans fenêtres, long comme un corridor de bâtiment scolaire. Elle souffla avec agacement quand "comme d'habitude" les interrupteurs ne marchèrent pas et nous continuâmes d'avancer à tâtons, jusqu'à ce qu'elle s'arrête devant une porte. Ses mouvements étaient à peine perceptibles dans l'obscurité, comme une étoffe noire se déployant sur une autre.

— J'admirais grand-père, déclara-t-elle. Derrière cette porte se trouve une pièce qui était autrefois ce que je possédais de plus rassurant. Je me suis toujours dit qu'il avait ses raisons d'être comme il était. Et puis, ton arrivée m'a forcée à me demander si ces raisons étaient suffisamment bonnes.

Elle tendit un bras. Dans le noir, je vis les aiguilles phosphorescentes de sa montre former un angle serré. Trois heures cinq.

— Tu regardais fixement cette montre quand nous nous sommes rencontrés, remarqua-t-elle.

— Parce que c'est une montre d'homme. Je me demandais si tu étais fiancée.

— Cette montre se trouvait à Authuille à l'endroit où tu as disparu, dit-elle en ouvrant la porte. Cinquante-cinq ans plus tôt.

Elle entra dans la pénombre de la pièce. La première chose que je notai fut un creux d'usure au milieu du plancher. Comme si une machine de fer y avait fait des pirouettes.

Ensuite, un souffle me traversa, je ressentis un bref déjà-vu, qui disparut avant que j'aie pu saisir le souvenir. C'était l'odeur qui m'avait réveillé. La pièce avait un parfum d'antan et de meubles en cuir, mais, latente, comme une profonde note d'orgue, sommeillait une senteur terrestre aiguë.

— Cette odeur. Qu'est-ce que c'est?

Elle ouvrit les rideaux. Passa l'index sur l'appui de fenêtre et fronça le nez en voyant la poussière.

— Ça sent grand-père. Son tabac à pipe. The Balkan Sobranie Mixture. Fumé ici sans discontinuer pendant cinquante ans.

Elle tourna un interrupteur et une lumière jaune emplit la pièce. Elle mesurait bien soixante mètres carrés et occupait un coin entier de la maison. Une rangée de fenêtres donnait sur la mer, de l'autre, je voyais les terres d'Unst. Je traversai la salle. De là, je voyais le balcon. Dehors, l'arboretum et son feuillage vert.

Dos à la fenêtre, Gwen m'observait sans rien dire. Je me promenai en regardant autour de moi. Devant une armoire à livres s'étalait un immense bureau aux angles usés. Gommes desséchées, étuis à lunettes et stylos-plumes mats occupaient des corbeilles en vannerie. Les bibliothèques débordaient de coupures de presse jaunies et de livres reliés de cuir.

Une vitrine contenait des bouteilles de whisky, dont l'alcool était le plus souvent éventé. Dans une autre s'empilaient des boîtes en fer-blanc plates.

— C'est de cela que tu sens l'odeur.

Elle en dévissa une. Balkan Sobranie. Sur l'intérieur du couvercle était écrit *A long cool smoke to calm a troubled world*. Je mis le nez contre le tabac sec. J'essayai de ranimer l'étincelle de ma réminiscence, en vain.

— La veste que je portais. Elle appartenait à ton grand-père?

Elle acquiesça.

— Tu me l'as prêtée pour voir la réaction de l'armurier ?

— Non. Je l'ai empruntée pour toi, parce que tu avais besoin d'une veste en tweed. Ne sois pas si méfiant. Ça ne te va pas. Je ne veux pas de ça. Pas *ici*.

Devant une cheminée noircie se trouvait un salon un peu fatigué, avec une large coupe de cristal sur la table basse. Un portrait à l'huile de Gwen était accroché au-dessus de la cheminée. Elle devait être au début de l'adolescence. De profil, vêtue à l'ancienne mode en jupe à carreaux et chemisier sans manches, elle contemplait le littoral. Je reconnus l'endroit, c'était une baie d'Unst.

— Il n'y a pas d'autres portraits de famille, ici, remarquai-je.

— Oh que si. Tu as là son autre famille, expliqua-t-elle en désignant le mur derrière le bureau.

La photo faisait un mètre de large, mais n'était guère plus haute qu'une feuille de papier à lettres. En m'approchant tout près, je pus voir pourquoi le format était ainsi. La photo montrait une grande troupe militaire, sûrement trois cents hommes, répartis en six rangées. Une petite plaque en laiton incrustée dans le cadre indiquait en lettres gravées THE BLACK WATCH 1915.

— Il est assis parmi les officiers vers le milieu du premier rang. C'est celui qui n'a *pas* de moustache. Capitaine à l'âge de vingt ans.

C'était une belle photo. Tous les visages apparaissaient dans des nuances de gris purs et nets. Les soldats avaient mon âge, ils paraissaient enjoués, le cœur léger.

— Le Black Watch a combattu en kilt jusqu'au début de la Seconde Guerre mondiale, raconta-t-elle. Les Allemands croyaient que c'étaient des jupes et parlaient des "Dames de l'enfer". Regarde les quatre personnes à côté des officiers. Les joueurs de cornemuse. Ils suivaient les soldats sur la ligne de front. Jusqu'au bout. Ce n'est pas par hasard qu'une fanfare du Black Watch a joué aux funérailles de Kennedy.

— Pourquoi portaient-ils ce nom ?

— *Portent*. Ils existent toujours. Tu crois qu'un régiment écossais qui est là depuis le XVIIᵉ siècle se défait uniquement parce que quelques centaines d'années se sont écoulées ? Mais pour en revenir à leur nom, personne n'en est tout à fait sûr. Mon grand-père pouvait passer deux heures à égrener toutes les explications. Leur tartan est foncé, mais ma version préférée est qu'ils s'appellent le Black Watch parce que les premiers soldats avaient le cœur très sombre.

Face à la photo, l'odeur m'atteignit de nouveau. L'odeur du tabac qu'il fumait telle qu'elle se fixe dans une pièce ou sur les vêtements. Tout comme le souvenir de grand-père me saisissait quand je sentais des exhalaisons de cigarillo. *Papa* avait-il pu fumer du Balkan Sobranie?

Je me penchai de nouveau sur la photo et observai Duncan Winterfinch. La bandoulière barrait fièrement sa poitrine. Il ne regardait pas l'objectif, mais ses soldats, sur le côté. Qui étaient étonnamment nombreux à n'avoir pas non plus le regard dirigé vers l'appareil, mais vers leur capitaine. On n'aurait toutefois pas su dire si ce que l'on voyait dans leurs yeux était du doute ou de l'admiration.

D'une armoire, Gwendolyn sortit une veste d'uniforme en drap de laine kaki. Elle l'étala délicatement sur la table en verre devant la cheminée. Le cendrier en cristal couina quand elle le repoussa. Elle arrangea la veste. Je crus d'abord qu'elle ne l'avait pas entièrement dépliée, avant de me rendre compte que le bras gauche avait entièrement disparu. Le tissu pendait en lambeaux de l'épaule. Les fils étaient noirs et ressemblaient à de la grosse ficelle. Du sang coagulé imprégnait l'étoffe déchirée, qui n'avait jamais été lavée. Les épaulettes étaient ornées de trois étoiles de capitaine ternies.

— Tu trouves ça sordide?

— Non, répondis-je. C'est plutôt... triste.

Elle ôta sa montre et la posa sur la table, à peu près là où la manche gauche aurait fini si la veste en avait eu une.

— Grand-père était sur le front depuis près d'un an quand c'est arrivé. Il avait même combattu le premier jour catastrophique. Puis on a donc lancé le Black Watch pour reprendre la forêt. Le récit de l'armurier correspondait avec le sien. Mais pour ce qui concerne les arbres et le gaz, mon grand-père les a laissés de côté. Je n'ai jamais entendu parler des *sixteen trees of the Somme* avant aujourd'hui. Ça me dépasse totalement.

Ce doit être ce même gaz qui a tué papa et maman, pensai-je. Mais je le gardai pour moi, car je sentais que dans cette histoire Gwen suivait sa piste et moi la mienne et que nous en ressortirions peut-être chacun de notre côté.

— Grand-père m'a raconté qu'il avait reçu un éclat d'obus. Quand il est revenu à lui, il était seul. Ses soldats gisaient, mourants ou en morceaux autour de lui. En se redressant sur ses genoux, il s'est senti singulièrement en porte-à-faux. C'était parce que son bras arraché reposait sur le sol devant lui. Son revolver Webley avait atterri à proximité de sa main. Tu sais ce qu'il a trouvé de plus étrange?

Je secouai la tête.

— De voir la trotteuse de sa montre continuer d'avancer sur son bras arraché.

Je passai la main sur l'étoffe. Grossière, tissée serré. J'éprouvais le besoin de brandir devant moi l'uniforme comme je l'avais fait avec la robe à Haaf Gruney, mais je m'en abstins.

— Quel âge avais-tu quand tu as reçu la montre? m'enquis-je.

— Dix ans. Son histoire m'a été racontée quand j'en avais quinze. Comment il a erré jusqu'aux lignes d'approvisionnement en portant son bras, pour finalement être retrouvé près de l'Ancre.

Elle rangea les haillons. Et me montra un insigne cabossé de l'unité. Il avait la forme d'une étoile et tenait à peine au tissu.

— Mais il n'a jamais mentionné les seize noyers?

— Jamais.

— C'est curieux. On aurait pu croire que c'était une chose parfaitement anodine à raconter.

— Oui. Inoffensive, et même un peu *chouette*. Mais non. Pas un mot. Ni sur le fait qu'il avait loué les services d'Aainarr en 1943 pour se procurer le bois.

Je me souvenais de ce que le pasteur avait entendu. "De quoi remplir un camion." Cela pouvait tout à fait correspondre à seize troncs d'arbres.

— Comment était-il? demandai-je. Avec toi?

— Le plus gentil du monde. Ça lui plaisait que je porte toujours cette montre. Avec les autres, il pouvait être rude. Parfois, il faisait d'affreux cauchemars. Il se réveillait toujours à trois heures du matin. Et là, il fallait que les choses soient comme il voulait. Je l'entendais parfois. Il avait de l'autorité dans la voix.

Sur l'insigne était inscrite en demi-cercle une locution latine. Je la murmurai tout bas.

Nemo me impune lacessit.

— Leur devise, expliqua-t-elle. "Nul ne me provoque impunément."

Je restai à contempler l'uniforme. Gwen se dirigea dans un coin de la pièce et soudain résonnèrent les cris aigus du métal contre le bois. Je me retournai vivement vers le bruit. Gwen débouchait d'un paravent en poussant une très ancienne chaise roulante à dossier élevé. Les roues immenses étaient cerclées de fer et auraient pu provenir d'une carriole à cheval. Le tissu du dossier était déchiqueté.

— Il était dans cette chaise quand il est rentré de la guerre, dit-elle en faisant tourner les roues d'avant en arrière. En 1921, il est allé se faire enlever quinze éclats d'obus au King's Hospital de Londres. En 1947, il s'est fait opérer aux États-Unis. Les soins ont coûté une fortune, mais en 1953, il était en mesure de marcher sans assistance. Ce n'est qu'à quatre-vingts ans passés qu'il a dû regagner cette chaise par intermittence.

Gwen resta longtemps assise sur le fauteuil roulant. Subitement, elle se leva, ouvrit une porte et sortit sur le balcon. De l'autre côté de la balustrade était installé un ascenseur rudimentaire. Une caisse en bois grossière fixée sur des roues rouillées, des poulies et des câbles en acier.

— Évidemment, ç'aurait été plus pratique d'aménager le rez-de-chaussée, mais ce bureau avait la vue. Les frondaisons des arbres sur l'intérieur et la mer sur l'extérieur.

Elle actionna une poignée noire. Un moteur électrique se mit à bourdonner. Nous nous assîmes sur le plancher de la caisse en bois. Elle repoussa un levier et, par à-coups, nous descendîmes le long des arbres, les narines pleines de l'odeur des feuillages, de l'air marin et de cambouis séché mêlés.

— Parfois je montais le voir en prenant l'ascenseur. J'étais assise comme ça et je balançais mes jambes. Je tapais à sa porte sur le balcon et je pénétrais dans l'odeur de Balkan Sobranie.

Il savait que j'arrivais parce qu'il voyait l'ascenseur descendre et remonter.

— *This is fantastic!* m'exclamai-je.

Gwendolyn Winterfinch sourit.

— Ce n'était pas le bon mot? demandai-je.

— *Fantastic?* Si. Si tu es de cet avis.

— Je vais bientôt trouver un terme meilleur. J'étudie la question.

— Ce n'est pas si *fantastic* que ça à la lumière du jour. Je te disais que la maison n'avait jamais été terminée. Deux ailes sont sans revêtement mural ni plancher. En 1926, l'argent a commencé à se tarir. En réalité, grand-père était un romantique. Il voulait faire de Quercus Hall un hommage à la paix et aux essences de bois du monde. Après la guerre, il est devenu pacifiste. Il adorait les arbres et les meubles, mais il ne savait pas gérer une entreprise et ses lésions le faisaient souffrir. Ce à quoi il s'intéressait *réellement,* c'étaient les essences décoratives utilisées dans la fabrication de fusils et de mobilier. Le département des matériaux de construction, celui qui était véritablement rentable, déclinait sérieusement. Le chiffre d'affaires chutait. Les bureaux ont fermé les uns après les autres. La situation a encore empiré en 1946. Pour devenir la même qu'en 1919. Personne n'avait d'argent à dépenser en beaux matériaux. On avait surtout besoin de planches bon marché pour reconstruire. Ma mère est née en 1927. Dans les faits, c'est elle qui dirige Winterfinch Ltd depuis qu'elle a vingt ans. Grand-père a continué de s'occuper du commerce de bois exotiques, mais c'était comme être directeur du département de l'huile pour machines à coudre chez British Petroleum. Donc ma *mère* gouvernait tout.

— Pourquoi dis-tu *mère* de cette façon?

— Ma naissance ne cadrait pas avec ses plans. Elle en avait terminé avec les enfants. Elle voulait se concentrer sur la société. Mon père ne s'occupait que de ses timbres. Il disparaissait au dîner comme un cerf dans la forêt. J'ai deux frères nettement plus âgés que moi. Des hommes clairvoyants, efficaces, qui me prennent pour une sale gamine pourrie gâtée.

— Tu as grandi ici? Dans cette maison?

— Quasiment. L'œuvre de la vie de mes grands-parents a été de m'élever selon les règles de l'éducation ancienne. Vêtements, bonnes manières et mobilier. J'ai vu toutes les grandes villes d'Europe depuis la banquette arrière d'une Bentley Continental. Le hobby de grand-mère, c'étaient les ventes aux enchères. À douze ans, je pouvais estimer la valeur de n'importe quel vase Lalique. Dater un bijou de Miriam Haskell avec une marge d'erreur de quatre ans. À la mort de grand-mère, j'étais une survivance ambulante des usages d'avant-guerre.

— Mais tu disais pourtant que ton père t'avait appris à naviguer ? Elle haussa les épaules.

— Ce n'était pas tout à fait vrai. C'est mon grand-père qui m'a appris à piloter le *Zetland*. À partir de l'âge de dix ans, je sortais par grosse mer avec un vieillard manchot. Il n'était d'aucun secours, si ce n'est par son calme. Après tout, une *furious gale* n'est rien en comparaison d'une attaque aux grenades de l'armée allemande.

— Il me plaît. Duncan. Sans que je sache vraiment pourquoi.

— Après la mort de grand-père, ma mère a voulu vendre cette maison. Mais ce n'est pas possible.

— Ah ?

— Il me l'a léguée.

— *Elle est à toi ?*

— Ainsi que les terres environnantes. Haaf Gruney. Et quelques rochers du coin.

— Mais pourquoi loges-tu dans la maisonnette ?

— Ici, je disparais. Je n'ai pas le… *gabarit* pour remplir cette maison. Quand j'étais petite, j'étais dans une école privée. Je m'y plaisais, finalement. Mais le reste de ma trajectoire était fixé depuis longtemps. L'Edinburgh School of Economics, puis la responsabilité d'un département de Winterfinch Ltd.

— Tu ne manqueras jamais de rien.

— Si, c'est justement le cas. Je manque de quelque chose de crucial.

— Quoi donc ?

— Je suis comme grand-père. Je n'ai pas de talents pour les affaires. Je n'ai que faire des taxes d'importation et de la rentabilité. J'entends les autres poser des questions dans l'amphi et je me ratatine. J'ai loupé mes derniers examens et, au printemps, ç'a été pire que jamais.

Dans la pénombre, je pus enfin voir ce qui se trouvait *réellement* derrière le masque de Gwendolyn Winterfinch. Du désespoir à l'état pur.

— Je reçois de l'argent de parents qui ne sont pas contents de moi. Suffisamment pour m'acheter des vêtements chers et de la musique, mais pas pour entretenir le monstre qu'est cette maison. Si j'avais été jolie, j'aurais pu me trouver un mari avec un gros compte en banque. Mais j'ai des petits seins et je suis nulle en cuisine. Mes seuls domaines de compétence sont les antiquités et le *heavy weather sailing*. Les quelques liaisons que j'ai à mon actif ont été avec des hommes plus âgés et mariés. Seigneur, Edward ! Tu ne comprends pas ? Je suis un objet décoratif et je ne suis même pas belle.

13

EN VESTE DE TWEED, SOUS UN PLATANE, je lisais *The Shetland Times* en buvant du thé noir avec du miel. Sur la table se trouvaient les reliefs de notre petit-déjeuner : boudin noir, œufs au plat et tomates grillées. Je l'avais préparé sur la gazinière de la petite maison avant de traverser le temps frisquet pour l'apporter, sur un plateau en argent oxydé recouvert d'une cloche, dans l'arboretum, où nous étions installés.

Je n'étais pas calme. J'avais le même sentiment que quand le *Geira* était parti vers le large. L'appel de 1971 était décidément sans fond. Jamais plus je ne m'éveillerais en voyant le visage de Hanne. Une fille gentille et facile à vivre, troquée contre une aventure avec Gwen qui en aucun cas ne pouvait connaître une issue heureuse.

L'argent. J'en avais eu et je l'avais dépensé. Ma part des revenus des pommes de terre ou des moutons que nous avions envoyés à l'abattoir. Transformée en disques, en objectifs Leica, en une voiture. Je n'avais jamais besoin d'économiser. La terre noire de Hirifjell me ravitaillerait en argent à l'automne suivant.

Mais ça ? songeai-je en levant les yeux sur Quercus Hall. Je remarquais combien les sommes élevées avaient une puissance à part. D'abord, j'avais regardé la demeure en me disant qu'elle appartenait à d'autres, que cette maison *était* quelqu'un d'autre. À présent, je réfléchissais à ce que je ferais si elle était à moi, si elle était moi.

Au dire de l'armurier, les ébauches pour crosses – si elles existaient encore – valaient nettement plus cher aujourd'hui que dans les maigres années d'après-guerre. Je calculai mentalement la somme pour laquelle elles pourraient être vendues. Largement de quoi acheter n'importe quelle grande exploitation de Saksum.

Mais maman n'avait pas ressenti de telle inclination. En tout cas pas d'après ce qu'elle écrivait à Einar. Malgré une enfance dans le besoin.

Il restait des feuilles de thé au fond de la théière, mal nécessaire d'après Gwen, qui méprisait les sachets. Je vidai le reste, il coula sur les brins d'herbe et les fit scintiller. Attiré par l'odeur sucrée, un papillon virevolta avant d'atterrir.

À qui les noyers appartenaient-ils, au juste ? À ma famille en France, qui s'était transmis la forêt de génération en génération, ou à Duncan Winterfinch, qui à la fois s'était battu pour les arbres et avait acquis le droit de les abattre ? Au cours de la nuit, il était devenu de plus en plus difficile d'y répondre. Car, après m'avoir montré les ailes ouest de Quercus Hall, Gwen avait tapé dans ses mains en disant :

— Nous ne pouvons pas rester là à tourner en rond. Je suis certes une étudiante minable. Mais quatre ans à l'Edinburgh School of Economics m'ont tout de même permis d'être en mesure de trouver mon chemin dans les archives d'une entreprise. Mais avant de les explorer, je voudrais avoir la réponse à une question.

— Quel genre de transaction nous ferons, c'est ça ?

— Précisément. Il est indéniable qu'Einar a trompé grand-père.

— Ça, nous n'en savons rien. Nous ne savons toujours pas ce qu'il reprochait à *ton* grand-père.

Elle alla à une fenêtre. Le dos tourné, elle déclara :

— Edward. Il n'y a qu'une seule façon de procéder. N'ayons aucun secret l'un pour l'autre. Si nous trouvons le noyer, nous le partageons équitablement. En même temps, tu apprendras peut-être la vérité sur ce qui s'est passé en 1971.

De nouveau, elle me précéda dans les couloirs, elle ouvrit une porte en métal et nous descendîmes un escalier. L'air devint lourd et cru comme dans un sous-sol. Nous sommes arrivés dans une salle aussi grande que la bibliothèque municipale de Saksum, bourrée à craquer de dossiers d'archives et de classeurs tavelés.

— Ce sont les archives commerciales de Winterfinch Ltd. Elles courent jusqu'en 1947. Plus toutes les archives privées de grand-père, un peu désorganisées pour l'instant.

Il y avait une échelle brisée par terre. Dans un coin, une étagère s'était renversée et une avalanche de papiers avait échoué dans l'eau d'une vieille fuite. La moitié des lampes étaient claquées, mais on voyait tout de même aisément que le nombre de dossiers était un baromètre de la grandeur et de la décadence de cette entreprise. Il fallait une étagère entière pour couvrir la période de 1899 à 1906. À partir des années 1920, le commerce s'était réduit pour reprendre ensuite, avant de retomber en 1940. Après la guerre, la mère de Gwen ayant pris les rênes et ramené le siège à Édimbourg, il n'y avait que quelques rares classeurs.

— Aide-moi, dit-elle en tirant un escabeau bancal. Tiens ça pendant que je monte vers les rayonnages du dessus. Ce sont ses anciennes archives personnelles.

Une heure plus tard, elle s'exclama :

— Voilà quelque chose. Un certificat de maladie datant de la guerre.

Le formulaire était mince et fragile. Les points tapés à la machine avaient troué le papier.

L'unité a été exposée à une attaque au gaz dans la position 324 Thiepval/Authuille. Cyanure ou arsenic possibles, mais symptômes très inhabituels (confusion, insubordination). Presque tous les soldats et officiers ont quitté leurs positions ou se sont évanouis. 47 soldats tués ou blessés par le feu des mitrailleuses. 32 noyés dans les cratères d'obus inondés. Le capitaine Winterfinch a été retrouvé à Speyside Avenue, près de l'Ancre, portant son bras arraché.

— Speyside Avenue ? demandai-je.

Agenouillée, Gwen parcourut un document, en commença un autre, revint au précédent et le lut plus attentivement.

— Les passages et les tranchées menant au front portaient des noms de rues, fit-elle d'un ton absent. Pour gérer la circulation. Des milliers de soldats devaient trouver leur chemin.

Elle me tendit un autre certificat médical.

Bras gauche arraché entre l'épaule et le coude. Il portait son bras lui-même et refusait de le lâcher. Le reste a été amputé par un chirurgien de campagne.

Nous poursuivîmes nos recherches. Jusqu'à ce qu'elle trouve une carte d'état-major sale et déchirée, datée de l'automne 1916. J'eus un frisson quand la carte se déploya entre ses mains, car cela me rappelait la façon dont le *C'est arrivé cette année* de 1971 s'était un jour ouvert devant moi.

La rivière Ancre. Le village d'Authuille. Une zone hachurée au-dessus de la rive. Le bois Daireaux. Chaque hauteur, chaque tourbillon, sentier, champ, apparaissait clairement. Les lignes de tranchées, les positions ennemies et les postes de premiers secours. Le tracé qui s'appelait Speyside Avenue. Symboles et flèches dessinés au crayon. Probablement par le capitaine Winterfinch, avant que son bras soit arraché.

La position 324. Où ils avaient réussi à résister avec leurs mitrailleuses. Où seize noyers avaient poussé.

Peu à peu, la guerre sembla disparaître de la carte, et ce qui subsista sous mes yeux fut le site. Tel qu'il était sans les positions d'artillerie, tel qu'il était quand les noyers s'étaient mis à pousser au XVIᵉ siècle, tel qu'il était en 1971 quand mes parents et moi y étions.

Je savais où mes parents étaient morts. Mais ce n'était qu'un point sur la carte. Ici, je voyais le lieu où ça s'était effectivement produit, aussi distinctement que sur une carte d'orientation. Sur un petit tronçon en contrebas de l'orée du bois, la rivière sinuait et se jetait dans trois grands étangs.

Ce devait être dans l'un d'eux qu'ils s'étaient noyés.

Une perception inhabituelle se développait en moi. Un mélange d'expectative et de certitude. Comme quand j'avais roulé en voiture avec la photo que grand-père avait prise de Haaf Gruney, que j'étais descendu sur la grève et que j'avais vu le site se mettre progressivement en place, comme si deux calques identiques se superposaient.

Un souvenir émergeait.

Lentement la carte se conforma à mon souvenir. Un sentier où nous marchions. L'odeur de la forêt. Des chants d'oiseaux inconnus. Deux mains chaudes tenant chacune des miennes, l'une plus grande que l'autre, celle de mon père. Un fourré que nous devions franchir. Un sol instable, comme un marais. Puis rien.

Était-ce à ce moment-là que je les avais perdus? Ou ce souvenir n'était-il qu'une émanation du *désir* de me souvenir?

Gwen ne remarqua pas que je m'égarais dans mes pensées. Elle soliloquait en épluchant les archives de la société, qui étaient la preuve de la fidélité de Winterfinch Ltd à ses fournisseurs. Avant 1929, les archivistes avaient exclusivement utilisé des classeurs jaune pâle de Stonehill. Avant de passer aux Eastlight à dos gris marbré jusqu'en 1967.

Mais parmi les dos gris de l'année 1943, un dossier jaune pâle détonnait. Un classeur Stonehill de l'année 1921. Mal placé de vingt-deux ans.

Elle y trouva un contrat, écrit en français, avec l'ancien en-tête de Winterfinch Ltd. *Suppliers of fine and exotic materials worldwide. Edinburgh – London – Rangoon – Georgetown – Takoradi.* Daté de 1921, il concernait le droit d'abattre "l'ensemble des arbres" du bois Daireaux d'Authuille. À côté de la signature rigide de Winterfinch se trouvait un nom apposé à la plume dans une écriture dense. Des lettres basses et larges. *Édouard Daireaux.*

Mon arrière-grand-père était un vrai agriculteur. Car le contrat avec Winterfinch n'avait pas pour but de rapporter de l'argent, mais de permettre d'exploiter de nouveau la forêt.

Contre le droit d'abattre les seize noyers, Winterfinch allait payer des démineurs civils pour reprendre là où les autorités avaient abandonné. Tous les explosifs et "parties de corps reconnaissables" devaient être éliminés du sol forestier, pour pouvoir y planter de nouveaux arbres.

Mais très vite, les problèmes avaient émergé. Et pour nous deux, qui nous trouvions à Quercus Hall soixante-dix ans plus tard, le même désaccord n'allait pas tarder à rejaillir. Nous commencions à surveiller nos paroles. Nous guettions les faux pas dans les déclarations de l'autre, prenions instinctivement parti.

— La famille allait recevoir une somme rondelette une fois les arbres abattus, remarqua-t-elle. Probablement assez pour construire les bâtiments de la ferme.

— Ça n'a pas été d'un très grand secours, répondis-je, quand tu vois que le contrat n'a jamais été honoré.

Car le dossier contenait un rapport du chef des démineurs civils. En quelques jours, trois hommes étaient morts. Le sol était marécageux. L'équipement insuffisant. Les difficultés s'enchaînaient. Ce que l'armurier avait raconté au sujet de l'"évolution en cours" du veinage du bois n'était qu'une partie de l'explication. Winterfinch n'avait pas réussi à faire nettoyer la forêt.

Ils n'étaient pas les seuls. Le travail de désobusage dura des années et, même dans les champs où l'utilisation de tracteurs et de charrues était possible, des centaines de démineurs avaient payé de leur vie. Ce n'est que dans les années 1930 que Winterfinch parvint à trouver des gens disposés à courir le risque, tous plus négligés et alcoolisés les uns que les autres, mais ils avaient fini par rompre leur contrat. Les fourrés et buissons qui poussaient alors entre les obus rendaient la tâche impossible. Winterfinch avait écrit à l'usine Renault dans l'espoir qu'on pourrait accélérer le développement d'un nouvel "engin miracle", un tracteur blindé muni d'un batteur fait de chaînes qui déclenchaient les détonateurs sans que quiconque soit blessé.

Mais la commission des tombes de guerre s'était alors mise à grogner. Elle protestait contre l'utilisation de grosses machines sur le sol d'une forêt où se trouvaient des milliers de cadavres de soldats britanniques. Ou on nettoyait la forêt à la main ou il fallait laisser le charnier en l'état derrière les barbelés.

Notre enquête continua, rapidement dans les archives personnelles, lentement dans celles du service commercial. Çà et là, nous trouvâmes des preuves des plans de Winterfinch pour la vente du bois : un contrat optionnel avec Purdey, le fournisseur d'armes de chasse de la maison royale, sur l'achat de trente ébauches de noyer pour un montant astronomique.

Jusqu'à présent, Gwen avait paru un peu gênée par le traitement de ma famille en France, alors qu'*elle* ne pouvait renvoyer qu'à de froids calculs de rentabilité.

Elle trouva enfin une feuille qui changeait la donne. Une lettre au directeur de Scottish Widows. Banque établie à l'origine comme un fonds pour les veuves de soldats tombés pendant les guerres napoléoniennes.

— Je suppose que Scottish Widows existe toujours, dis-je.

— Cela va de soi. Leur symbole reste le même, une veuve voilée, mais elle est devenue moins triste avec les ans. Bien moins triste.

Puis elle se tut. Je me penchai par-dessus son épaule pour lire.

— C'est ce que je pensais, fit-elle. Il n'a jamais voulu prendre les bénéfices pour lui. Il a créé un fonds pour les familles des soldats. À titre personnel, il ne voulait pas en garder une livre.

Il était six heures du matin. Cela ne nous empêcha pas d'éplucher les archives jusqu'au bout et de découvrir ainsi un ordre de Winterfinch à l'équipe de déminage qui nous fit tous deux avoir mal pour l'autre.

Les années avaient passé. Winterfinch continuait de verser de petites sommes à la famille Daireaux pour conserver son droit d'appropriation des noyers. À partir de 1938, des équipements de protection récents lui permirent d'engager un travail de nettoyage efficace.

Dans son ordre à l'équipe de travail, Winterfinch soulignait que le désobusage devait se limiter à la zone des noyers, de façon à ce que tous les anciens sentiers restent dangereux jusqu'à ce que les arbres aient été abattus et acheminés hors du bois. Les zones sûres et leur point d'accès devaient être indiqués sur une carte à laquelle la lettre faisait plusieurs fois référence, mais que nous ne retrouvâmes pas dans les archives. Dans les dernières lignes était exposé le plan de Duncan pour protéger les noyers d'un abattage frauduleux : les grenades au gaz devaient demeurer autour des arbres comme un périmètre de protection. De même pour la rive, elle devait pratiquement être minée afin d'empêcher quiconque d'accoster.

Gwen resta figée avec le document, comme s'il s'agissait d'une condamnation à mort. Elle ne dit rien pendant un certain temps. Puis le rangea dans le dossier.

Elle nous fit sortir ensuite de la salle des archives, nous quittâmes le froid du sous-sol, traversâmes les longs corridors jusqu'à une entrée plus chaude ; nous débouchâmes dans le matin et elle claqua violemment la porte de Quercus Hall.

— Notre accord est suspendu ! déclara-t-elle en se dirigeant vers la petite maison en pierre. Je me moque de ce qui s'est passé pendant la guerre ou après. Les obsessions se transmettent de génération en génération. Grand-père a passé toute sa vie à regarder Haaf Gruney d'un œil noir. Cette histoire n'a rien à voir avec *nous*, Edward. Viens, mon chéri, allons dormir. Ou au moins nous mettre au lit.

Nous étions allongés nus dans la lumière du matin qui rayonnait à travers les rideaux. Mais je n'arrivais pas à dormir. Car ma trahison était avérée. Pendant qu'elle lisait les documents, j'avais discrètement sorti mon Leica et photographié la vieille carte d'état-major de Duncan Winterfinch.

14

JOURNÉES AU CHAUD. Nous deux dans sa maisonnette, des murs épais entre les vicissitudes de la météo et nous. Du chêne à la vague senteur de miel brûlait avec des flammes tranquilles pendant que nous écoutions de la musique. Gwendolyn avait l'art d'écouter fort, vraiment fort, elle aimait les groupes rebelles, les Clash, Alarm, les Pogues, et elle était du genre qui achetait *tout*, y compris des maxi-singles obscurs et des *bootlegs*. J'allai chercher le reste de la carcasse de mouton à Haaf Gruney, nous l'assaisonnâmes de thym et de gros sel, nous nous enfermâmes dans la maisonnette et partageâmes le plaisir insoumis de l'auto-suffisance. Nous nous soûlâmes au White Horse et nous réveillâmes sur le canapé sans vêtements.

— *Are you okay ?* demandai-je.

— *Don't ask.*

De notre réveil à notre assoupissement, elle paraissait vraie. Elle me regardait dans les yeux, n'avait plus besoin de pauses avant de me répondre. Sans doute m'épris-je du fait qu'elle ne cachait rien, tout en demeurant un mystère. Je commençais à aimer sa façon d'être différente de Hanne, et je savais que c'était injuste, car j'accordais à Gwen des points supplémentaires quand elle ne faisait *pas* ce qui m'agaçait chez Hanne. Gwen sortait rapidement du lit *after being served*, comme elle disait, filait dans la salle de bains et revenait habillée. Hanne devait toujours se tortiller sous les draps et avoir des conversations profondes, avec elle, les bons moments débouchaient toujours sur des jappements impatients.

— Écoute, mon cher Edward dit-elle en me prenant les mains. Tu me plais. Tu me *plais*. Même quand tu es habillé comme un clochard. Il nous reste encore quelques jours d'été. Nous avons une voiture. À Lerwick, il y a un disquaire et un restaurant indien. Que faut-il de plus à un couple d'amoureux?

J'aimais aussi qu'elle ne cache plus ses origines. Son dédain pour les gens qui achetaient leurs vêtements en solde. Son agacement quand, rechignant à envoyer quelqu'un à Unst pour réparer en toute discrétion le dommage du *Zetland*, la marina entreprenait de faire l'article d'un bateau neuf en promotion.

— Viles gens! fit-elle en reposant le combiné.

— Que s'est-il passé?

— Ils ont commencé par le *prix*! Pas la qualité. Barbare. Et puis il était blanc. Un bateau en fibres de verre blanc? *Horrible!* Il aurait crié au monde entier que ce bon vieux *Zetland* était remplacé.

— Les gens s'en fichent.

— *It is not the way to spend old money.* Grand-père s'achetait une nouvelle Bentley tous les deux ans. Mais elle était toujours bleu marine et gardait la même immatriculation. *Why follow trends when others follow you?*

Elle reprit le téléphone, adressa au patron deux ou trois remarques claires et nettes et deux charpentiers de marine vinrent dans la journée. Quand ils eurent terminé, nous partîmes en mer, elle poussa la vitesse au maximum et prit son pied pendant des heures. Bien qu'italien, le *Zetland* semblait être son bien le plus cher. Car maintenant qu'elle n'avait plus besoin de jouer la comédie, ses origines ressortaient par tous les pores. Le ravissement que lui procuraient les objets ayant de la patine, les unités monétaires des temps prémétriques, les équipements prévus pour de longs safaris, les plans habiles pour déjouer Hitler, les actes faisant de Shackleton un exemple à suivre ou pouvant excuser le retard de Scott au pôle Sud.

Ce que je ne remarquai qu'après coup fut la manière dont moi aussi je changeais. Un jour, elle resta dans l'embrasure de la porte à me regarder en coin pendant que je m'habillais. Puis elle alla à Quercus Hall et revint avec une valise. Elle était remplie de vêtements soigneusement pliés.

— Non, Gwen. Les vêtements de ton grand-père. C'est…

— Ce ne sont pas ses vêtements, mais ceux de mon frère. Il est devenu gros et il a oublié qu'il les avait.

Elle baissa le son. La musique que j'étais en train d'écouter, *The Crossing* de Big Country, s'évanouit.

— Ces habits sont restés dans la penderie depuis le dernier été que nous avons passé en famille, observa-t-elle en levant une chemise à la lumière. Turnbull & Asser. C'est le couturier qui a taillé la chemise que tu avais empruntée pour aller chez Dickson.

— Coton égyptien, ça aussi ?

Je passai la main sur le tissu à petits carreaux. Doux comme un bandage, mais ferme et tissé serré.

Elle secoua la tête.

— C'est du Sea Island, ça. Cent quarante fils au pouce. Je n'ai pas trouvé d'*exact match in trousers*. Mais tu peux prendre celui-ci, fit-elle en déterrant un pantalon brun sombre. *Cavalry twill*. Sûrement acheté sur un coup de tête. Passe donc une veste à chevrons, ça va avec tout.

— Le tailleur n'a pas manqué de travail, observai-je.

— Tu ne comprends donc rien, très cher ? Tu peux remercier la société de classes britannique pour *tout* ce que tu admires maintenant. Peux-tu me citer *un seul* objet remarquable fabriqué à la main en Allemagne de l'Est ?

— Pas à brûle-pourpoint.

— Sans une couche sociale ayant du goût et beaucoup d'argent, il n'y aurait jamais eu de divan Arbus. Ni de fusil Purdey. Ni de Bentley sur laquelle se retourner. Même la cuisine indienne n'aurait pas été ce qu'elle est. Tout est venu parce que nous étions assez riches, et assez exigeants, pour payer le salaire d'un armurier, d'un sellier, d'un cuisinier, pendant un nombre d'heures monstrueux.

Je mis les vêtements, m'assis devant la cheminée, posai les pieds sur un pouf. Je regardai les flammes. Quand j'étais traqué par la vie, ma réponse avait toujours été les vêtements de travail. Sortir, agir, continuer, m'épuiser.

La certitude que c'étaient des heures dérobées s'imposait en arrière-plan. Chaque mouton d'Unst me rappelait ceux de Hirifjell. Quitter les champs, des tonnes de précieuses pommes de terre de semence était la chose la plus légère et la plus négligente que j'aie jamais faite.

Mais là, d'un seul coup, je n'avais plus envie de travailler. J'avais envie de boire du thé, d'acheter des disques, d'être assis là en plein milieu de la journée sans mauvaise conscience. Était-ce ce sentiment que grand-père avait eu, la semaine où il était libéré de moi et se promenait en costume Andreas Schiffer hors de prix, avec un billet de concert dans sa poche intérieure?

Nous montâmes à Muckle Flugga, le phare tout au nord des Shetland, où les falaises étaient assiégées par une mer blanche d'écume. Nous flânâmes dans Lerwick, nous nous soûlâmes et prîmes une chambre dans une pension de famille. Gwen m'apprit à piloter le *Zetland*, dont je prenais les commandes lors d'excursions rapides vers Ueya, où nous marchions le long des prés, respirions l'odeur des fleurs de marais et voyions les couleurs changer quand le vent tournait. Puis aux Out Skerries, où nous nous installions avec des jumelles pour observer des loutres luisantes. Le *Zetland* ne tarda pas à être un prolongement de mes gestes. La longue rangée d'instruments chromés : des messages confidentiels entre lui et moi. À chaque mètre que je faisais en veste de tweed, je devenais un autre, mais qui, et quel métal avait été coulé dans le moule dont j'étais fait, je ne le sus jamais vraiment.

Car les survivances du passé étaient partout, la proximité vertigineuse de Quercus Hall, l'idée de la robe dans le cercueil. Je regardais constamment vers Haaf Gruney, vers les fantômes en attente de réponses. C'était comme si la voix de ma mère me criait : *Ne laisse pas cela filer, fouille jusqu'au bout.*

Quelle forme prendraient nos adieux, quand je dirais à Gwen que je *devais* rentrer m'occuper de la ferme? Que lui resterait-il quand la seule confiserie de sa vie serait avalée?

Mais je faisais traîner en longueur. Je commençais à chercher dans ses faits et gestes la révélation d'autre chose. De plus en plus souvent, je perdais prise sur moi-même. Chaque fois que je regardais vers Quercus Hall venait un regard oblique. Comme un animal endormi qui brusquement levait une paupière. Nous commencions à flairer les nuances dans les propos de l'autre, et nous le savions; si jamais le mot *noyer* était prononcé, nous deviendrions Einar Hirifjell et Duncan Winterfinch.

Elle craqua en premier.

— J'ai envie d'aller à Haaf Gruney, annonça-t-elle un matin.

— Là où c'est si nu, si mouillé?

— J'en ai assez du capitonné. Je veux du froid et de la pierre. Ici, c'est... *trop*. Je n'aime pas les rappels. Ton regard qui erre.

JE ME RÉVEILLAI QUAND ELLE se tortilla, et quand nos yeux se trouvèrent, je sus qu'elle était restée à me regarder. Gwen se mit sur le côté, soutint sa tête dans sa main en tenant un bout de drap contre son cou. À Haaf Gruney, il n'y avait pas de salle de bains, pas de lourdes serviettes éponges aux tons profonds. Juste une bassine en fer-blanc, une lampe à pétrole et un pichet à eau.

Elle n'avait connaissance d'aucune robe bleue. Elle s'était éloignée de ses revenants et ne savait pas combien Haaf Gruney éveillait les miens.

— Je ne comprends pas pourquoi ton grand-père n'a pas fait abattre les arbres pendant que les démineurs étaient là, dis-je.

Elle me regarda bêtement.

— Tu as réfléchi à *ça*? fit-elle.

— Oui.

Je sortis du lit.

— Eh bien, ils pensaient que le motif ne serait pleinement développé qu'en 1943. Grand-père ne pouvait pas savoir qu'il y aurait la guerre. Et puis c'est un travail de professionnel. Abattre des arbres, c'est facile, mais s'ils doivent devenir des crosses de fusils, il faut tout de suite les scier en coupe radiale.

— Les scier comment?

— J'ai tout de même retenu *quelque chose* de sept générations de négoce en bois, répondit-elle d'un ton agacé. Il fallait un spécialiste, quelqu'un qui puisse évaluer le sens de croissance de la racine et passer la scie exactement là où le veinage serait mis en valeur. Je parie qu'Einar avait appris cela chez Ruhlmann. Il était l'homme parfait pour cette mission. Et maintenant, arrête de nous bassiner avec ces vieilles histoires.

Nous nous habillâmes et fîmes un tour sur le *Zetland*. Le temps était calme. Les pétrels-tempête étaient invisibles. J'allumai la radio pour écouter les prévisions météo. Je sentais les saisons dans mon corps, les tenailles de l'agriculteur. S'il faisait mauvais à Hirifjell, la récolte partirait à vau-l'eau.

— Écoute, Edward. Il faut changer la vitre cassée. La cuisine aurait bien besoin d'un coup de chiffon. Je ne suis peut-être pas très dégourdie, mais je devrais arriver à récurer le sol. Et si tu prenais le *Zetland* pour aller à Yell ? Il y a une quincaillerie.

— Moi, prendre le *Zetland* ?

— Oui, ne t'inquiète pas. Il est assuré. La mer est calme, au moins pour les prochaines heures. Et moi, j'arrangerai la maison pour ton retour. Nous avons besoin de passer un peu de temps chacun de notre côté, tu n'es pas d'accord ?

Pourquoi pas, me dis-je. Le cercueil, je l'avais recouvert, la robe et les lettres étaient dedans, et elle n'irait jamais creuser dans deux mètres de tourbe.

Quelle nouveauté, quel délice d'être seul avec un bateau puissant. Les picotements dans le ventre quand il se hissa, la prise des hélices dans la mer, les vibrations du moteur qui couraient à travers la coque en bois, les gouttes salées qui fouettaient mon visage. Le soleil acéré au-dessus des falaises de Fetlar et des collines basses de Yell. Et plus ça allait vite, mieux c'était. Si ce n'est que je n'arrivais plus à refouler la présence derrière moi d'une passagère silencieuse et confiante, habillée aussi joliment qu'elle le pouvait, le regard hésitant.

Hanne.

J'achetai un carreau et du mastic, et rentrai réparer la fenêtre. Gwen avait rangé le garde-manger et la chambre, lavé la cuisine et le salon. Piètrement, certes, mais elle avait tout de même cueilli quelques fleurs qu'elle avait mises dans une tasse à café fendue.

Le soir, nous sortîmes mettre le filet. Huit cabillauds le lendemain matin. C'était le calme plat, si ce n'est que quelques oies commençaient à survoler l'île. Arrivées de Fetlar, elles volèrent bas au-dessus des maisons et atterrirent au nord de Haaf Gruney, où elles broutèrent l'herbe.

Je vidai les poissons, allai dans la cuisine et ne l'y trouvai pas. Je l'appelai dans la maison.

Pas de réponse.

Je sortis sur le perron. Ses vêtements étaient sur les pierres de la grève. Ses cheveux flottaient autour de ses épaules quand elle surgit à la surface, comme une loutre.

Je me déshabillai et nageai. Je sentis un léger courant me saisir. J'étirai les bras et me mis sur le dos, elle fit de même. Nous tournions chacun dans notre direction, comme un compas à deux aiguilles.

— Edward, annonça-t-elle le lendemain. J'ai un truc à régler à Édimbourg. Et j'aimerais que la marina sorte le *Zetland* de l'eau pour jeter un vrai coup d'œil au-dessous. Et si je l'emmenais à Lerwick ? Puis tu viendrais me chercher au ferry dans deux jours ?

— On peut aller à Édimbourg en voiture comme la dernière fois.

— Ce serait un peu… impossible. Je dois aller à un conseil d'administration. Où il y a aussi ma mère. Elle va me retrouver à Aberdeen.

L'affaire paraissait bizarre. Telle que Gwen l'avait présentée, sa mère était peu disposée à venir chercher sa fille adulte en pleine journée et surtout trop occupée pour le faire. Gwen ne voulait sans doute pas l'admettre : elle ne pouvait pas me présenter. C'était arriver avec un chien d'élan parmi des setters anglais hautement primés. J'aurais dû couper les liens à ce moment-là. Dire que je devais rentrer en Norvège sans délai. Mais elle leva les clefs de la petite maison en pierre.

— Tu peux rester ici ou à Unst. Fais comme tu veux. Prends les clefs. Je n'ai rien à cacher.

— Et voici celles de Haaf Gruney, répondis-je en lui tendant les doubles que m'avait donnés Agnes Brown.

La cabine téléphonique rutilait d'un rouge pimpant sous la pluie. Derrière les vitres brillait une lumière jaune terne.

Assis dans ma voiture, j'avais mal. Je regardais fixement les clôtures, je comptais les pierres une par une.

C'était comme le jour où j'avais dû abattre Flimre, l'ancien chat. Mettre une cartouche dans le fusil, le caresser, le voir si confiant. Il ne savait rien, si présent dans la vie qu'il souhaitait vivre, bien qu'il ne puisse plus se nourrir. Faire durer le temps, de lentes secondes où nos années ensemble m'apparaissaient distinctement, ses yeux qui, d'un seul coup, comprenaient qu'il y avait en moi un bourreau.

Hésiter et attendre, renoncer et poser le fusil.

Continuer de vivre, continuer de caresser la fourrure douce.

Puis reprendre le fusil, vivement, avant que l'incrédulité face à mon acte prenne le dessus. Braquer la .22 sur sa tête et tirer. Voir son corps propulsé au sol, le tenir dans mes mains pendant les derniers tremblements d'une vie de chat qui s'en allait.

Au bout d'une demi-heure de refus, je sortis de la voiture. Lors d'un bref intermède entre les vagues de remords, je m'emparai du combiné et composai le numéro de Hirifjell.

— Te voilà enfin! fit-elle.

Elle entreprit de me faire le récit de tout ce qu'elle avait fait à la ferme, de combien elle s'y plaisait, des fleurs qui poussaient, de ce qu'elle avait mangé ce jour-là.

— Tu disais que tu ne serais plus le même, dit-elle, parlant et parlant pour que je ne puisse pas en placer une. Moi aussi, j'ai fait un changement. Je me suis décoloré les cheveux.

Puis elle se tut.

Nous tendions l'oreille en nous-mêmes à la recherche des mots justes.

— Hanne. Ma chère Hanne. Je t'ai demandé d'aller voir la ferme. Que tu y aies habité, c'est très bien. Mais…

— Mais… quoi?

— Je ne crois pas que nous devrions y être ensemble à mon retour.

Nouveau silence.

Puis, au bout du fil, j'entendis une fille pleurer à Hirifjell. Une fille avec un combiné pesant à la main, devant une commode avec la photo de mes parents. Trois des quatre personnes que j'avais vraiment aimées, et je ne savais pas encore si Gwen pouvait être la cinquième.

Le lendemain, je me tenais parmi les goélands de Holmsgarth à regarder le ferry d'Aberdeen glisser lentement vers moi, et lorsqu'elle descendit les marches, vêtue d'un tailleur gris pigeon, sortant de chez le coiffeur, j'aurais voulu que ce soit Hanne, Hanne avec sa peau bronzée par le soleil d'été, son sourire franc et un pansement sur la jambe après avoir travaillé dans les champs.

Mais ce fut Gwen, et la corde qui me liait à Hanne s'effilocha plus vite que je ne l'aurais cru, elle se mua en un brin maigrelet qui finit par céder quand Gwen se jeta sur moi, laissant retomber tout le poids de son corps sur mes bras et m'embrassant à pleine bouche ; je sentis ce que je ne m'étais que vaguement autorisé à penser : nous formions bel et bien un couple, ma trahison de Hanne allait être compensée par une véritable affection pour Gwendolyn Winterfinch.

Sans doute aurais-je dû m'étonner davantage que Gwen ne sente pas la mer salée, mais le charbon. L'odeur des cheminées de Lerwick telle qu'elle imprégnait les vêtements.

Mais ma suspicion devait être occultée par ma trahison. Car pendant son absence, j'étais entré dans Quercus Hall et j'avais passé des heures à fouiller les archives personnelles.

J'ÉTAIS AGENOUILLÉ SOUS UNE PLUIE FINE avec un Dickson Round Action fuselé. Un équilibre d'être vivant. Le métal était froid, le bois tout autant, mais paraissait plus chaud. Je cassai le fusil, lâchai deux lourdes cartouches en carton orange dans la chambre. Un bruit de soupir inversé quand elles glissèrent, suivi du déclic métallique du col en laiton heurtant le métal du canon. Deux Eley Grand Prix NR2 de la boîte de cartouches rangée dans la penderie d'Einar.

Deux coups qui détoneraient plus fort que tous les autres. Deux coups pour voir la réaction de Gwen en revoyant le noyer qui nous séparait.

J'entendis bientôt les cris des oies. Elles avaient modifié leur trajectoire, preuve qu'on avait changé de saison. Un petit groupe s'envola des bordures herbeuses de Fetlar, traversa la passe et approcha. Certaines montaient haut sur le vent, mais deux d'entre elles restèrent bas et vinrent si près que je distinguais les nuances de leur plumage. Lorsque j'entendis le bruissement de leurs ailes, je levai mon arme.

Je n'avais jamais ressenti une chose pareille. Par rapport à celui-ci, le fusil que j'avais hérité de mon père était une bûche de bois flotté. Dans une danse, le Dickson se glissa en place comme si c'était une partie de mon corps qui n'avait besoin que d'une instruction de la pensée pour faire le reste.

Les canons sveltes suivirent l'oiseau, la mise à feu se produisit sans que j'aie à décider quand, le recul ne fut qu'un message indiquant à l'épaule que le coup était parti, et je vis le duvet fuser quand les plombs pénétrèrent dans l'oie. Elle replia ses ailes et plongea à pic, conservant encore un peu de la direction qu'avait eue sa fuite, avant de s'écraser au sol, morte sur le coup. Machinalement, mon pouce courut sur la coupe nette de l'acier, l'étui de la cartouche fut expulsé dans une courbe soulignée par une bande de fumée de poudre.

Gwen me rejoignit pieds nus.

— *Brilliant shot*, commenta-t-elle.

— La détonation porte loin. Quand commence la saison de la chasse ici, au juste ?

— Auprès de qui les gens se plaindraient-ils ? Moi, propriétaire de ces terres, je t'accorde le droit de chasser.

Je déposai le fusil sur une pierre plate. Laissant passer sa remarque. Je m'évertuais à nous laisser n'être que deux personnes au bout de terres qui s'étaient procuré de la nourriture. Je n'étais pas celui qui avait de la terre sous les ongles, elle n'était pas celle qui avait des richesses sous le coude. Nous étions simplement *nous*, qui avions faim et froid, devant une oie encore chaude quand je l'ouvris.

Mais le trouble me gagnait. La nuit où j'étais allé à Quercus Hall avait été infructueuse. Je n'avais pas réussi à extirper d'autres secrets de la salle des archives. Je n'avais fait qu'étudier la carte d'état-major, sentir un besoin croissant de me rendre en France, de tout quitter et de mettre le cap au sud.

Gwen détourna son regard des viscères et de mes mains rouges de sang. Elle resta à regarder le fusil. Elle fixait le noyer qui, dans l'éclat du soleil matinal, avait pris encore un autre aspect. C'était un tableau que la contemplation rendait de moins en moins intelligible, jusqu'au point où l'on ne pouvait qu'accepter son caractère insondable.

— Tu devrais peut-être t'habiller, dis-je en attrapant le fusil.

Gwen picorait sa nourriture. Elle se mit à promener sa fourchette en de curieuses ellipses sur l'assiette. L'oie rôtie avait un goût éteint de néant. Il régnait dans la pièce une vague odeur d'huile pour armes à feu. J'avais nettoyé le fusil avant le repas et Gwen m'avait tenu la trappe de la cave pendant que je le glissais dans une cachette au sec.

— Elle aurait sans doute gagné à passer quelques jours sur un crochet, cette oie, fis-je en mastiquant.

— Ou quelques semaines, répondit-elle d'un ton maussade en détachant une filandre de ses dents.

Je me demandais quand nous allions nous disputer sur le *réel* sujet de dispute.

— Au fait, dit-elle. Je suis montée sur le rocher. J'ai vu quelque chose d'étrange.

— Raconte.

— Quelqu'un a peint une croix blanche sur le hangar à bateaux d'Unst.

15

TROP TARD. Le *Geira* était déjà à mi-parcours dans la passe. Le bout de mes doigts était encore blanc. La peinture à l'huile du hangar à bateaux était fraîche et un pinceau était posé sur les galets de la grève.

Toujours d'humeur pourrie, Gwen m'avait emmené de l'autre côté de la passe sur le *Zetland*. Je m'étais forcé à finir mon assiette, puis j'avais dit que je voulais faire des photos du phare de Muckle Flugga à la bonne lumière, tâche si ennuyeuse que j'étais sûr qu'elle ne voudrait pas venir. Nous nous quittâmes en convenant d'un ton maussade de nous retrouver le soir à la maisonnette.

Je fixais maintenant la poupe du ferry tandis que la Commodore tournait à vide. Mais Unst était comme Saksum. Il n'y avait que deux ou trois endroits où chercher.

Agnes Brown se leva du banc devant le cimetière de Norwick. Elle avait les cheveux relevés et portait un loden noir à doublure rouge. Un mince bracelet en argent autour du poignet. Ses cheveux blancs étaient brillants, mais elle paraissait plus faible que la dernière fois.

— J'ai oublié de te parler de la clef dans la boîte à café, commença-t-elle. Tu l'as trouvée ?

— La clef ?

Je me figeai avec la main sur la portière de la voiture.

— Einar louait un hangar à Lerwick. La clef était dans une boîte dans le garde-manger.

— Qu'avait-il dans ce hangar ? demandai-je en avançant vers elle. Vous avez une idée ?

— Des matériaux de menuiserie, je pense.

— Une cargaison de bois, par exemple ?

— Ça se pourrait. Je supposais que c'étaient des planches qui lui arrivaient par le ferry de Bergen.

J'aurais dû m'asseoir sur le banc avec elle par politesse, mais j'étais impatient. Je ressentais une version du pauvre de ce qui avait dû tarauder Einar. Si une clef me causait un tel émoi, combien avait-il dû être rongé par le besoin de retrouver un amour perdu, une fille perdue ?

— Tu ne tiens pas en place. C'est une chose que je reconnais. Tu veux aller de l'autre côté pour chercher la clef, n'est-ce pas ?

— Oui.

— Tu sais pourquoi j'ai peint la croix ?

— Ce n'était pas à cause de la clef ?

— Il y a quelque temps, raconta Agnes Brown, le médecin m'a donné de mauvaises nouvelles. Donc si tu as de la place sur ton bateau, j'aimerais bien revoir Haaf Gruney encore une fois.

Nous ouvrîmes l'abri à bateaux et sortîmes le *Patna*. Une dame aux cheveux blancs, bien habillée, face aux aléas du temps. Moi-même en fantôme d'un amour de quarante ans. Je me demandais si Gwen nous verrait et nous suivrait.

— Tu es trop poli, déclara brusquement Agnes.

J'inclinai la tête sans cesser de ramer.

— Tu ne cherches pas à savoir de quoi le médecin m'a informée.

Serrant la boucle de son manteau, elle porta son regard sur ma coiffure, qui depuis quelques jours n'était plus ce qu'elle avait été.

— Agnes, commençai-je.

J'entrepris de lui relater le noyer qu'Einar avait caché à Winterfinch. Elle acquiesçait en écoutant patiemment, mais finit par s'agiter, ses hochements de tête se firent plus fréquents, comme si elle attendait un renseignement très précis.

Puis je regrettai de le lui avoir dit. Einar n'aurait couru aucun risque à lui raconter toute cette histoire. Pourtant il ne l'avait pas fait. C'était là un rappel supplémentaire de ce qu'il ne la tenait pas en haute estime.

Un courant d'air souffla sur l'eau et en frisa la surface. Au-dessus de nous, les mouettes volaient haut. À chaque coup de rame, Haaf Gruney se rapprochait. Je ne quittais pas la croix blanche du hangar des yeux.

Elle vit ce que je regardais.

— Que feras-tu, demanda-t-elle en se tortillant pour trouver une position plus confortable sur le banc de nage, si tu trouves le bois et que tu le vends au maximum de sa valeur ?

— Je rachèterai peut-être la ferme en France. Si c'est *ça* que voulait maman. Mais je ne le saurai sans doute jamais.

Enfin, nous arrivâmes. Nous évoluâmes parmi les touffes d'herbe jaune. Une vieille dame qui surveillait ses pas sur le rocher glissant. Tout ce qu'elle voyait, c'était de l'ancien vide. Je m'attendais à tout moment à voir le *Zetland* fendre un sillon blanc dans la mer.

— J'aurais voulu vous remercier convenablement, dis-je.

S'emmitouflant bien dans son manteau, elle baissa les yeux sur les maisons en pierre.

— À Ørsta, je n'ai pas beaucoup de famille. Ici, je ne connais plus grand monde. J'ai donc un souhait.

— Lequel ?

— Que tu chantes *L'Amour de Dieu* auprès de mon cercueil.

— C'EST CELLE-CI, LÀ-HAUT, indiqua-t-elle en désignant une étagère. Derrière une casserole en fer fêlée se trouvait une boîte rouge et noire de café Ali.

— Je l'ai achetée lors d'un séjour à Førde, expliqua-t-elle. Je pensais que ça lui remonterait le moral. Il a essayé de prendre l'air content. Mais il n'éprouvait plus rien pour la Norvège.

Je m'étirai vers la boîte. Je la descendis sans entendre de bruit de ferraille.

— Il n'y a pas de clef là-dedans, observai-je avant d'ôter le couvercle.

— C'est curieux, répondit-elle en regardant le métal terni. J'ai vérifié qu'elle y était avant de refermer la dernière fois.

J'allai chercher un tabouret. Je soulevai la marmite en fer, repoussai des bouteilles vertes vides sans étiquettes, ouvris une autre boîte en fer-blanc. Je ne trouvai rien.

— Il y avait l'adresse du hangar dessus. Gravée dans le métal.

Le regard d'Agnes errait sans fin. Elle lança un coup d'œil dans la cuisine et vit l'oie découpée, les reliefs du repas dans les deux assiettes. Sûrement celles dans lesquelles elle avait mangé avec Einar.

Mais elle ne me demanda pas qui était mon invitée. C'était à peine si j'étais capable de prononcer son nom.

Gwendolyn Winterfinch.

Qu'avait-elle dit quelques jours plus tôt ? "La cuisine aurait bien besoin d'un coup de chiffon."

Je descendis du tabouret. Je songeai au jour où elle était revenue.

D'Édimbourg, soi-disant. Mais avec l'odeur de charbon de Lerwick sur ses vêtements.

Jusqu'où allait sa perfidie ? Dites-moi que c'est une coïncidence. Dites-moi qu'elle est dans sa petite maison et que tout sera comme avant quand je frapperai à sa porte. Qu'elle a trouvé la clef et l'a mise ailleurs en rangeant. Faites que Gwen soit juste une fillette qui tenait la main de son grand-père et l'a lâchée pour de bon quand il est mort.

— Agnes, où se trouve le hangar ?

— À Gremista Brae près de Holmsgarth.

— Gremista ?

— Une petite zone industrielle.

C'ÉTAIT UN DÉPÔT pour tout ce qu'il y a de volumineux et de rouillé sur un bateau de pêche. Cinq longs hangars en tôle sans fenêtres. *Call here for service* était inscrit au feutre sur un bout de carton. Une flèche pointait vers une sonnette crasseuse.

Le gardien était plus jeune que moi. Un type aux cheveux roux, en combinaison de nylon grise. Une lampe torche à long manche était accrochée à sa ceinture avec un énorme trousseau de clefs.

— J'aurais voulu chercher quelque chose qu'Einar Hirifjell stockait ici.

— Vous avez la clef ?

— Hélas, non. Mais voici mon passeport. Si nous pouvions trouver un arrangement. Je suis son héritier.

Le garçon marcha devant moi vers une cahute, il passa la main par une fenêtre coulissante et sortit un registre fripé. Il secoua la tête, entra et en prit un autre. Il me rappelait les types qui géraient la circulation du ferry.

— Qu'est-ce que vous venez chercher?

— Je ne sais pas.

— Comment ça, vous ne savez pas?

— Probablement une cargaison de bois. Des matériaux qu'il a entreposés.

Il resta à feuilleter le registre.

Les deux dernières heures n'avaient pas été bonnes pour mes nerfs. J'avais proposé à Agnes de la conduire à Lerwick, mais elle voulait faire son trajet habituel en bus. Au terminal, j'avais réfléchi à l'accord que nous avions, Gwen et moi : un partage équitable.

Puis je m'étais rendu à sa maisonnette, en préparant les mots que j'emploierais au sujet de la clef.

Mais elle n'y était pas. Ses empreintes de pas dans l'herbe menaient effectivement à la petite maison, mais les brins s'étaient redressés. J'avais couru à son hangar à bateaux. Le *Zetland* n'y était plus. Un faible relent de gaz d'échappement suggérait un départ récent. Mais dans la passe, je ne voyais pas un seul bateau.

— Personne de ce nom-là ici, conclut l'employé de l'entrepôt.

— Vous êtes sûr que...

— *Sorry. Nobody with that name.*

Il me rendit mon passeport. Je ne bougeai pas, mes pensées tourbillonnaient.

— Et Oscar Ribaut? proposai-je.

De plus en plus dubitatif, il tourna les pages qu'il venait de regarder, s'arrêta longuement sur une feuille jaunie. Il prit son talkie-walkie et échangea quelques paroles pleines de friture.

— Vous avez une sœur? demanda-t-il en raccrochant son talkie-walkie à sa ceinture.

— Moi? Non. Comment ça?

— J'ai parlé à la gardienne habituelle. Elle m'a dit que le box de Ribaut n'a pas été ouvert pendant des années.

— Attendez. Vous dites qu'Oscar Ribaut avait réellement un hangar ici?

— *A*. Il a payé la location pour dix ans. Il y a aussi une clause indiquée ici. Si vous n'avez pas la clef, vous pouvez répondre à trois questions pour entrer. Mais ça ne vaut peut-être pas la peine.

— Parce que?

— Parce que quelqu'un est venu chercher ce qui était entreposé il y a quelques jours.

— Qui ça?

— Une jeune femme, apparemment. Qui se présentait bien. Accent d'Édimbourg. Elle avait la clef.

On pouvait donc être si rouée. Se jeter à mon cou après m'avoir roulé dans la farine. Les forces en elle qui vainquaient les mers démontées, qui lui faisaient pousser à fond le moteur du *Zetland*, toute sa détermination héréditaire avaient dû remonter à la surface lorsqu'elle avait découvert la clef.

Mais ensuite, nous avions pourtant passé des jours entiers ensemble? Je voulais ressentir de la colère, je voulais ressentir du mépris, mais tout ce que je parvenais à visualiser, c'était son visage innocent sur le balcon de l'arboretum.

— Donc elle est venue tout chercher? récapitulai-je. La fille.

— Je ne sais pas. Je n'y étais pas.

— Cette clause. C'était quoi?

— Quoi donc?

— Les trois questions.

Il lança un regard sur la feuille jaune.

— Euh. L'une est de savoir si votre slip est propre.

— Hein?

— *If you are wearing clean underwear.*

— C'est une blague?

— Qu'est-ce que vous voulez que j'en sache. Il est écrit que je dois poser cette question.

— Bon. Il est d'hier. C'est la bonne réponse?

— Aucune idée. Il n'y a pas d'autre indication.

— Et ensuite?

— Ensuite quoi?

— La question suivante!

— Vous appelez-vous *Edvard Daireaux Hirifjell*? Mais je vois sur votre passeport que vous portez au moins deux de ces noms.

— Oui, oui. Et la troisième?

Il fixa longuement le papier.

— Je n'arrive pas tout à fait à le prononcer. C'est de l'allemand ou un truc comme ça.

— Mais essayez donc.

— *Waaa hitr preston soh confirm dig hem i sachum?*

J'essayai mentalement d'écrire la phrase sur un tableau.

— *Hva heter presten som konfirmerte deg hjemme i Saksum?* Comment s'appelle le pasteur qui t'a confirmé à Saksum? articulai-je lentement en norvégien *bokmål* avec des *r* anglais.

— Oui. Ça semble correct.

— Thallaug, répondis-je. Magnus Thallaug.

Il prit son trousseau de clefs. Le métal cliqueta pendant une éternité, puis il choisit une petite clef et me conduisit à un hangar.

Le local était froid et ombreux. Nous passâmes devant de vieux chariots élévateurs, des cartons de bottes en caoutchouc déchirés, des moteurs hors-bord, des cordages et des caisses à poisson. Pour arriver à des box délimités par du grillage.

Mon cœur battait la chamade. Un énorme plafonnier éclairait un box abritant quelque chose sous une bâche grise. Quelqu'un était entré récemment et avait laissé des empreintes de pas sur le sol en ciment. Sous la toile se trouvait quelque chose de quatre ou cinq mètres de long, avec une surélévation au milieu.

— Hé hé. Elle n'a pas pu tout prendre, fit l'employé. Bon, je vous laisse seul.

Ses pas s'évanouirent et j'entrai dans la lumière de la lampe. La bâche était recouverte d'un épais manteau de poussière, dont elle avait provoqué une avalanche en soulevant pour regarder.

Saisissant un coin, je vis une jante terne et un pneu en caoutchouc fendillé.

Une voiture.

C'était donc pour ça que Gwen s'était pomponnée et qu'elle s'était jetée à mon cou. Elle était contente que le noyer n'y soit pas, contente de n'avoir pas été entraînée tout au fond d'une obsession héritée. Elle avait sûrement pris une chambre d'hôtel pour une nuit. Et puis elle était sortie du terminal quand le ferry avait accosté, en étant réellement joyeuse.

Pourquoi alors s'enfuir *maintenant*?

J'enroulai la bâche sur le toit de la voiture, éternuai dans les tourbillons de poussière. La voiture était grise comme un sous-marin, fatiguée, cabossée. Elle pouvait dater du début des années 1960.

Pas d'emblème. Avant criblé de projections de graviers. Siège avant craquelé et avachi. Capot long, mais de forme anonyme. Sur un parking, la voiture se serait fondue dans la masse.

Les clefs étaient sur le siège. Le tableau de bord, bourré d'instruments et d'interrupteurs en bakélite, ressemblait au cockpit d'un avion. Je n'avais toujours aucune idée du genre de voiture que c'était, puis je vis sur le volant un blason où était inscrit *Bristol*.

Nous la poussâmes au soleil, l'employé de l'entrepôt et moi. Elle glissait lourdement, en rechignant, sur des pneus à moitié dégonflés. Elle grinçait à chaque mouvement, les roulements de roues étaient ralentis par le cambouis figé. Nous la lâchâmes, reprîmes notre souffle et l'observâmes en nous tenant côte à côte.

Ses blessures étaient plus distinctes à la lumière du jour. Rayée comme si elle revenait de la casse. D'après les papiers moisis de la boîte à gants, je vis que c'était un prototype de 406 avec moteur V8, *approved for road use*, vendu avec *certains dommages indiqués*. Sous le montant de la transaction était simplement inscrit : *Équipée dans nos locaux de 368 Kensington High Street, selon les spécifications de Tony Crook, propriétaire.*

— Le volant est du mauvais côté, observa le gardien en prenant une cigarette.

J'allais le contredire mais je me rendis compte que pour lui, Britannique, le volant était effectivement du mauvais côté. À gauche, fait pour la conduite en Europe. Une voiture pour chercher une enfant née à Ravensbrück.

— Donc tout est en ordre ? m'enquis-je.

— En ce qui nous concerne, oui. La location est payée pour un moment encore.

— Puis-je la convertir en droit d'utilisation de votre cour pendant un petit moment ? J'aurais bien voulu faire marcher le moteur.

Il tapa la cendre de sa cigarette et leva le pouce.

La Bristol était une hybride d'américaine et d'anglaise, une machine éternelle en aluminium et fonte. Au milieu du filtre à air, je vis un papier fixé avec du ruban adhésif jauni : *Vérifier le liquide de frein.*

Était-ce vraiment le seul message qu'ait laissé Einar Hirifjell ? *Vérifier le liquide de frein ?*

À qui écrivait-il ? À lui-même ? À moi ?

J'ouvris la boîte à gants. La facture d'une vidange, effectuée quelque part en Allemagne en 1961. Une autre de Tchécoslovaquie, l'année précédente.

Je l'imaginais, arrivant dans les églises en ruine, avec son ciseau et son rabot, pour réparer tableaux et statues d'un Dieu auquel il avait dû croire de moins en moins, puis de plus en plus. La voiture semblait avoir parcouru des centaines de milliers de kilomètres. La quête d'Einar n'avait peut-être pas uniquement été une quête, mais aussi une fuite. Fuite d'un homme qui ne se sentait chez lui nulle part, qui ne tenait en place qu'à son établi.

Dans le coffre, à côté d'une caisse à outils, du papier ciré brun enveloppait des pièces détachées. Mon pouls s'emballa lorsque je découvris l'étui moisi d'un appareil photo. Il contenait un Ilford Witness, quasiment neuf. Mais pas de pellicule. À côté se trouvait un atlas routier effiloché. Michelin 1948. J'ouvris la page d'Authuille. Pas de flèche, pas de cercle bleu autour d'une ville. Juste des pages à l'usure régulière.

Sur les tapis, des bouts d'écorce de bouleau blanc. Un billet de ferry Bergen-Lerwick sur Smyril Line en 1978. Mes dix ans.

Ç'avait sans doute été le dernier voyage de la voiture.

Procède tranquillement, là, me dis-je à moi-même. Regarde comment les choses sont faites. Mets-toi à sa place, que voulait-il en garant la voiture ? Il ne pouvait pas laisser de lettre. Même pas ici. Pourquoi ? Parce qu'un plan avait mal tourné. Parce que quelqu'un continuait à chercher le noyer.

Gwen. J'essayai de la remplir de celle que je *croyais* qu'elle était. Je faisais appel à nos heures d'abandon, qui jusqu'à présent avaient été des souvenirs, mais qui avaient soudain changé de nature.

Réfléchis encore, murmurai-je. Au signal qu'on donne en laissant une voiture pleine de pièces détachées avec un atlas routier. Ça doit vouloir dire que l'héritage ne se trouve pas aux Shetland.

Je pris la batterie de la Commodore, versai l'essence de mon jerricane dans le réservoir de la Bristol et démarrai au starter.

Quand elle démarra en ronflant, le soir était tombé sur Lerwick. L'air avait fraîchi, mes mains étaient sales et mon ventre n'avait pas senti de nourriture depuis des heures.

Je m'installai sur le siège et testai les vitesses.

Il y avait dans la boîte à gants une cassette 8 pistes. L'enregistrement par Glenn Gould des *Variations Goldberg* de Bach. Grand-père les avait eues, mais interprétées par un autre pianiste. Je mis la cassette et, obéissant à une inspiration du moment, je m'assis sur la banquette arrière. Je m'enfonçai dans la banquette. Le ventilateur diffusait une belle tiédeur. Prenant un peu de ma chaleur, les sièges en cuir se mirent à exhaler leur odeur. Étrangère, mais connue malgré tout.

Je me redressai dans un sursaut.

Une mise en garde de mon corps. Qui ne venait pas de mon cerveau, mais de mes sens. Comme un séisme en préparation. Comme la seconde où j'avais su que grand-père était mort. Comme mon choc quand j'avais compris que Hanne s'était installée à Hirifjell.

Cette voiture. Cette odeur. Ce motif au plafond. L'usure des tapis. L'odeur de cuir et du temps. Le piano de Glenn Gould.

Mon regard tomba sur le couvercle de la boîte à gants, qui n'avait pas de poignée, juste un petit cordon de cuir tressé.

Pourquoi ne m'étais-je pas étonné de ce détail plus tôt ?

Parce que je *savais* que le cordon était en cuir tressé.

D'un seul coup, j'y étais. J'étais assis sur cette banquette, terrifié. J'avais peur comme quand j'entendais les claquements de la forêt de bouleaux flammés. J'étais si petit que je n'occupais qu'un peu du siège et la voiture roulait vite. Puis d'autres souvenirs me revinrent en mémoire : le dos décharné d'un homme sur le siège du conducteur ; il prononçait des paroles destinées à me rassurer, mais elles restaient sans effet, car je cherchais quelque chose. Un objet en bois poli.

Mon chien en bois.

Je cherchais le chien pendant que défilait un mur d'arbres sombres. Et mes mains se souvinrent d'autre chose. De la sensation d'une étoffe très fine. La robe qui se trouvait dans le cercueil de Haaf Gruney. Maman était-elle dans la voiture ?

Avais-je perdu le chien ou mes parents ?

Puis la réminiscence disparut, mais la *certitude* demeura.
Je m'étais déjà trouvé dans cette voiture. Pendant les quatre jours où j'avais disparu.

16

CONDUITE RAPIDE JUSQU'À UNST dans une Bristol sans assurance. Les pneus étaient desséchés, la direction instable, et de la
fumée bleue sortait du pot d'échappement. Mais quelque chose
se passait : plus je conduisais, plus le contact entre cette voiture
et moi se renforçait. Les aiguilles des instruments vibraient, les
sièges tremblaient de concert avec les roues déséquilibrées, des
impressions floues du passé se succédaient comme des animaux
aperçus dans l'obscurité.

Quercus Hall se dressait de toute sa hauteur dans la nuit. Le
Zetland n'était pas visible. La petite maison demeurait déserte.
Personne alentour, pas même un bêlement de mouton, rien que
le mugissement du vent le long des murs en pierre.

Je ramai jusqu'à Haaf Gruney. J'ouvris la trappe de la cave,
cherchai de la main la mallette du fusil.

Elle n'y était pas. Gwen avait les clefs.

La tromperie avait donc marché. Au deuxième essai. Dans la
dépendance, je déterrai le cercueil de la tourbe. Après m'être lavé
les mains, j'écartai le couvercle. J'ôtai le papier de soie, caressai le tissu de la robe.

Mes mains se remémoraient. Le souvenir était véritable.

Je repartis à Unst et dormis dans la Bristol, laissai les odeurs
s'infiltrer en moi. Espérant d'autres souvenirs. Comme une
graine se demandant si elle était en terre fertile. Je m'éveillai au
spectacle de Haaf Gruney à la sortie de la baie. Sombre, basse,
comme une pierre tombale érodée.

Je gardai longtemps les paupières closes. Aucun autre souvenir ne m'était venu.

L'odeur des sièges en cuir m'était effectivement familière, mais c'était bien tout. Une image s'était colorée, mais son contenu restait inchangé.

Dans la clarté matinale, je fouillai la voiture de fond en comble, mais je ne trouvai que des bricoles et de la petite monnaie, des pfennigs allemands, des *haléřů* tchèques, des centimes français, tous pressés dans les années 1950 et 1960. Jusqu'à ce que je sente entre les sièges une forme bien connue. Une pellicule rembobinée.

LA PHARMACIE LAING DE LERWICK ouvrait à neuf heures. J'attendis devant la porte en contemplant les bateaux de pêche à quai et les travailleurs qui passaient.

Je n'allais probablement plus jamais revoir Gwendolyn. Elle devait être à Édimbourg, où elle encaissait des milliers de guinées pour un Dickson Round Action "*attirant* pour une transaction discrète chez nous". Ses gains de l'été. Un conte dans lequel elle damait le pion à un pauvre Norvégien stupide. La réalisation d'un plan romantique formé à l'adolescence.

La sonnette de la porte tinta, j'entrai en saluant la pharmacienne, une quinquagénaire aux cheveux clairs coupés court, qui était étonnamment belle. L'officine était une preuve vivante que l'apothicaire avait jadis été le lien le plus proche entre la chimie de développement et la photographie. Il y avait un petit présentoir de films Kodak et Ilford, et deux ou trois appareils Olympus dans une vitrine.

— Est-il possible de faire développer un film aujourd'hui ? demandai-je en posant la pellicule sur le comptoir.

— Dans ce cas, il faut l'envoyer à Aberdeen. Nous ne développons plus nous-mêmes.

Merde ! m'exclamai-je intérieurement en fermant les yeux.

Quand je les rouvris, la pharmacienne tenait la pellicule dans sa main.

— Hmm, fit-elle. Un Orwo NP20. On n'en voit pas souvent.

— Il est vieux.

— Je vois ça.

— De quand peut-il dater?

Elle le mit entre son pouce et son index.

— De la fin des années soixante, peut-être?

Je jetai un coup d'œil vers les cuves de développement sur l'étagère derrière elle. Paterson, comme celles que j'avais à la maison.

— Avez-vous du révélateur en poudre?

Elle ouvrit un registre.

— Non, malheureusement. L'Orwo est un peu particulier. J'ai de l'Ilford Microphen, mais ça n'ira pas tout à fait. Vous auriez pu prendre du Rodinal, mais un photographe indépendant qui travaille pour le *Shetland Times* m'a acheté les derniers flacons hier.

— Je peux faire le mélange moi-même. Vous avez de l'hydroquinone?

Ma prononciation avait apparemment été correcte. Elle ôta ses lunettes et me lança un regard oblique. Je répondis des yeux à la question qu'elle n'avait pas posée. Dans un tiroir, elle attrapa un tableau, alla chercher des flacons marron vides et se mit à remplir des étiquettes en belles lettres.

— Il nous faut du sulfure de sodium. Et puis je propose du bromure de potassium pour réduire le voile d'âge. Vous êtes d'accord?

— Absolument.

Elle versa de la poudre dans un petit sachet.

— Ça, c'est toxique, souligna-t-elle en collant une petite marque d'avertissement orange. Vous savez dans quoi vous vous lancez?

— Oui, en tout cas jusqu'à ce que le film soit développé, répondis-je.

À Haaf Gruney, je remplis un seau d'eau de pluie dans une flaque. Quelques touffes d'herbe l'accompagnaient. Je les retins en filtrant l'eau dans une passoire. Je la goûtai pour m'assurer qu'elle ne contenait pas de sel que le vent aurait soufflé depuis la mer. Je mis de la tourbe dans le fourneau de la cuisine et l'allumai. Je me glissai dans la cave en terre battue. En veillant à ne pas laisser passer de lumière par les fentes des volets.

De nouveau, je ressentis la magie d'ouvrir un rouleau de film. Savoir qu'il y avait quelque chose de fragile et de vivant sur l'argent photosensible. Invisible pour l'heure, une autre époque s'y était fixée. Je songeai que c'était peut-être pourquoi je tombais toujours dans un certain état de stupeur dès l'instant où je me retrouvais avec une pellicule dans l'obscurité : la pellicule était capable de capturer le temps alors que j'étais moi-même quelqu'un qui avait un jour perdu le temps qui m'appartenait.

J'enroulai le film sur la spire, le lâchai dans la cuve de développement, ouvris la trappe et me hissai dans la cuisine.

Je posai la cuve sur le plan de travail. Je me disais : "C'est du sérieux. Tu n'as qu'une seule chance."

Je fis chauffer l'eau dans une casserole en fer-blanc. J'y plongeai le thermomètre que j'avais acheté à la pharmacienne. Trop chaude. Un peu plus d'eau froide.

Là. Vingt degrés.

Je mélangeai rapidement le révélateur et remplis la cuve. Je la tapai contre le plan de travail pour ôter les bulles d'air, m'assis et attendis.

Aucun retour possible. Onze minutes sans autres tâches. Onze minutes, pas dix, pas douze.

Je préparai le bain de rinçage, fis dissoudre les sels de fixation. Je regardais l'heure. Toutes les trois minutes, je retournais la cuve en lui donnant un léger coup.

Là. C'était le moment de vider la cuve. Le révélateur s'était assombri. Un bon signe.

Rinçage, bain de fixation. Attente.

Puis je pris une profonde inspiration et ouvris la cuve.

Le film serpenta vers le bas, de petites gouttes d'eau jaillirent sur mes mains.

Pendant vers le sol, des cases de motifs m'apparurent. Elles étaient recouvertes d'un voile laiteux, mais pas trop. En tenant le film à la fenêtre, je vis que l'argent avait été loyal envers une lumière qui était tombée en France en 1971.

Je n'avais pas de chambre noire. Pas de papier photo, encore moins d'agrandisseur. Mais ce que j'avais, c'était une cave, des éclats de la vitre brisée par la tempête, une lampe de poche et un objectif que je pouvais inverser. Muni d'une pile branlante de bris de verre et d'optique allemande coûteuse, je tentai bientôt de rendre les motifs nets.

Les photos étaient projetées sur une planche non rabotée, et les veines du bois se déposaient comme une tache d'eau sur ce que je voyais. L'image ne devenait plus nette que quand je parvenais à garder la main ferme. Le tout n'existait sous mes yeux que momentanément, un bout de réalité de septembre 1971.

Einar n'avait sans doute pas fait un photographe chevronné, car les premières photos étaient mal exposées ou floues, voire les deux à la fois. Le premier motif reconnaissable était la Bristol sur un quai de ferry.

Quatorze photos de notre voyage en France. Maman, papa, Einar et moi. Ils s'étaient probablement relayés derrière le viseur. Nous devant la Mercedes, puis devant la Bristol. Peut-être à un point de rendez-vous convenu.

La vue suivante nous montrait sur une aire de repos, ils avaient dû demander à une tierce personne de la prendre, car nous étions assis ensemble, tous les quatre. Nous, la famille, sous un parasol faisant la publicité de Cinzano. Des instantanés de vacances simples, sans artifice.

Et enfin, un plan rapproché d'Einar et maman ensemble. Depuis la photo de passeport de 1943, une infinité de tourments s'étaient imprimés sur son visage devenu buriné et entaillé comme un établi, au regard paisible cependant, mais c'était bien lui avec sa main posée délicatement sur le dos de maman. Laquelle avait un sourire pensif, les cheveux partant en biais et formant un arc sur sa joue, le regard droit dans l'objectif.

La suivante était d'Einar et moi ensemble. Ma main reposait dans la sienne, mais mon attention se concentrait sur autre chose.

Un chien en bois.

Il était donc vrai. Ma mémoire chercha un contact avec le motif que je contemplais, mais ne se fit jamais distincte. Je sentais pourtant quelque chose, une main osseuse et des pointes de barbe contre ma joue.

Sur la suivante, j'étais seul, devant un mur. J'exhibais le chien en souriant. Une photo destinée au salon aride d'Einar, peut-être. Pouvait-il être celui qui me l'avait donné?

Je basculai le poids de mon corps sur mon autre pied et m'efforçai de rester tranquille. Je m'appuyai contre une pierre froide. Comme si j'étais dans une tombe vide à regarder des photos des morts. Quatorze photos d'un seul voyage. Sur un film de vingt-quatre poses. Cela pouvait signifier que la promenade n'était pas censée durer très longtemps. Ou qu'elle avait été interrompue.

Plus qu'une seule. En la voyant, je ne parvins plus à retenir mon dispositif de verre et d'optique avec la lampe de poche. Je perdis prise et le motif disparut.

Mais j'en avais vu suffisamment.

Maman avec papa. Je ne distinguais rien d'autre que des tons de gris dans leurs vêtements, mais un contraste était net. Maman portait une robe avec des bordures blanches.

La même que celle qui était dans le cercueil de la remise à bois.

JE ME PRÉPARAI AU DÉPART et fis mes bagages. J'allai chercher la robe, l'échiquier et les papiers. J'enroulai la pellicule et la rangeai dans la poche intérieure de mon coupe-vent.

Je restai à contempler les murs vides.

Gwen avait avancé comme un bulldozer. Oui. Mais si Hanne se retrouvait dans le fossé, c'était ma faute. Et sans Gwen je ne serais arrivé nulle part. Je n'aurais pas rencontré l'armurier, je n'aurais pas su pourquoi Winterfinch voulait désespérément trouver le noyer.

C'était peut-être des maux de croissance, ce que je ressentais. Ainsi que la perte d'un Dickson Round Action dont la crosse valait le prix d'une Jaguar relativement récente.

Une chose était certaine. Je ne souffrais plus de mon absence de manque. Le manque me taraudait désormais à plein régime. Il fallait que je m'en aille d'ici, je voulais me rendre en France et découvrir le reste de la vérité.

D'abord, je devais faire un crochet indispensable. Par Hirifjell, pour préparer la récolte de pommes de terre. Peut-être montrer mon visage à Hanne et lui demander ce qu'elle y voyait.

Je lançai les restes de l'oie aux goélands, lavai les deux assiettes et me couchai. Le ferry pour Bergen partait dans l'après-midi. Ça me laissait le temps de récupérer la Commodore. Dehors, le vent avait forci et j'espérais que mon dernier trajet à la rame sur le *Patna* ne serait pas trop risqué.

Dans la nuit, je me redressai dans le lit, au milieu d'un cauchemar de gale décimant l'ensemble de la récolte de pommes de terre.

Il me semblait avoir entendu un moteur de bateau près de l'île, mais le bruit avait disparu. Je me recouchai, tout en gardant l'oreille tendue. Depuis que j'étais seul à Haaf Gruney, je n'avais rien entendu que le vent, la houle et mes propres pas.

J'entendais maintenant d'autres bruits. On ouvrait la porte d'entrée.

J'allumai la lampe à pétrole et enfilai mon pantalon.

Elle entra et déposa la mallette du fusil au centre de la pièce. Ses cheveux mouillés étaient tout aplatis. Ses vêtements chiffonnés, ses doigts noirs. Une tache de cambouis s'étalait sur sa veste.

Je passai devant elle sans la toucher, sortis sur le perron. Le *Zetland* était amarré au ponton.

Elle se laissa tomber lourdement sur le tabouret de cuisine, le dos tourné.

— Qui as-tu envie d'être ? demanda-t-elle.

— Comment ça ?

— Tu te souviens comment c'était dans la voiture pour aller à Lerwick ? À Édimbourg ? Au restaurant ?

— C'était avant qu'on se dise qui on était réellement.

— Pendant un temps, on y est arrivés, non ?

Elle déboutonna sa veste de bateau. Elle était trempée jusqu'aux os.

J'avais beaucoup à dire. Combien, en l'occurrence, elle m'avait fait de bien et blessé en même temps. Mais je ne trouvais pas les mots. J'eus de nouveau un élan de tendresse pour elle quand elle me dit :

— Dis-moi une chose, Edward. Pendant le temps où on y est arrivés. Je te plaisais à ce moment-là ? Vraiment ? Comme une petite amie t'aurait plu ?

— Oui. Tu me plaisais.

— Honnêtement ?

— Oui. Tu me plaisais comme quelqu'un qui aurait pu devenir ma petite amie.

— Et maintenant?

Elle s'écarta de la mare qui se formait à ses pieds.

Sans répondre, je sortis le fusil de la mallette. Les canons avaient été huilés et la crosse cirée.

— Je suis allée chez Dickson aujourd'hui, expliqua-t-elle. J'ai pris l'avion. Ils ont tout de suite ouvert leur carnet de chèques.

— Alors pourquoi ne l'as-tu pas vendu?

Elle tira son paquet de Craven A de sa poche, mais il était mouillé et elle le lança mollement dans le seau à côté du fourneau.

— Haaf Gruney ne disparaîtra pas. L'île sera toujours là pour me rappeler que je t'ai causé du tort. Ce... attends, non, ne dis rien, Edward. Ce n'est pas tout.

Elle prit une clef et me la tendit.

— J'ai menti. Je ne suis jamais allée à un conseil d'administration. J'étais à...

— Laisse tomber. Je suis au courant.

— Tu es au courant?

— Oui. J'y suis allé. Ils m'ont parlé de toi.

Elle rougit. La honte, une honte mordante, était un sentiment que je n'aurais jamais cru voir apparaître sur le visage rompu aux usages du monde de Gwendolyn Winterfinch.

— J'espérais avoir un avantage. Mais ensuite je me suis méprisée. Puis est apparue cette étrange croix sur le hangar à bateaux d'Unst. Tu as dit que tu allais à Muckle Flugga et puis tu es revenu avec cette vieille dame aux cheveux blancs. Je suis donc retournée à Haaf Gruney plus tard, je me disais que ce fusil au moins serait à moi.

— Ce que toi, tu n'as pas trouvé, l'autre jour, fis-je en brandissant les clefs de la Bristol, c'est la clef de l'autre entrepôt. Elle était sur ce trousseau.

— *Quoi?*

— Oui. Einar avait un autre box.

— Elles y étaient? Les ébauches de noyer?

— Toutes. Près de trois cents. De la meilleure espèce.

Elle se leva en boutonnant sa veste.

— Donc c'est terminé.

— Apparemment. À moins que tu ne veuilles téléphoner à ton avocat.

Elle se dirigea vers la vitre que nous avions changée ensemble. Laissa une empreinte digitale dans le mastic encore mou.

— Vends-les, déclara-t-elle. Ça m'est égal. Grand-père est mort. La guerre est terminée et le fonds de Scottish Widows est démantelé.

— Comment puis-je obtenir le meilleur prix ? m'enquis-je.

Elle eut un rire amer.

— Ce point précis, je l'ai planifié mille fois ces derniers jours. Tu livres un petit lot à une ou deux maisons de ventes aux enchères. Bonhams et Sotheby's. Tu les laisses raconter à un journal, de préférence le *Sunday Times*, que le noyer disparu est arrivé à bon port. Ils fouilleront dans leurs archives et mettront leurs meilleurs journalistes sur l'affaire. Oh, les prix monteront ! Des énigmes de *deux* guerres mondiales. Des biens perdus, une once de trahison que tu arrangeras du mieux que tu peux. Ensuite, tu prends contact avec Dickson, Holland & Holland, Purdey et surtout Boss, et tu leur vends directement. Westley Richards aussi. Fais clairement comprendre à tout le monde que c'est le lot *entier*. Il n'y en aura pas davantage. Fais savoir que tu es un descendant de la famille Daireaux. Verse ton obole aux monuments aux morts de la Somme, comme ça, tu auras un peu meilleure conscience. Je ne m'en mêlerai pas.

— Tu parles sérieusement, là ?

— Débarrasse-t'en. Et puis moi, je passerai le restant de mes jours à me balader dans Quercus Hall en mettant des seaux sous les fuites du toit.

— Je vais partir maintenant, annonçai-je. Et nous ne nous reverrons plus.

Elle n'arrivait pas à trouver son équilibre. Comme si elle ne faisait plus la différence entre bâbord et tribord.

— Mes cours reprennent la semaine prochaine. Encore un automne où l'étudiante en commerce Gwendolyn Finch va se voir asséner encore et encore qu'elle est incompétente. Encore des matinées où elle quittera la bibliothèque de bonne heure pour trouver du réconfort dans l'achat de disques et de vêtements. Encore des conseils d'administration où elle ne dira pas un mot. Rentrer à l'appartement. Picorer dans des livres qui ne l'intéressent pas. Revenir ici, rester seule dans le bureau de son grand-père à contempler Haaf Gruney.

Je refermai la mallette du fusil, me levai, cherchai mes clefs Yale de la maisonnette en pierre. Elle me tendit son trousseau. Un jeu de clefs norvégiennes Mustad.

— Et maintenant? fit-elle en se dirigeant vers la porte.

— Maintenant je pars faire la récolte en Norvège. Ensuite, j'irai en France.

Elle plissa le front.

— Pourquoi aller en France si tu as déjà trouvé le noyer?

— Parce que je ne sais toujours pas ce qui s'est passé en 1971. Et que, maintenant, j'ai les moyens d'y aller.

— Bien. Bon voyage alors.

Je la vis descendre vers le *Zetland* dans la pénombre. Les tressaillements de ses épaules ne laissaient aucun doute.

J'étais moi aussi au bord des larmes. Elle m'avait véritablement plu. Elle m'avait plu aussi quand elle mentait. J'aimais le mensonge en elle parce que, en l'occurrence, il me rapprochait de la vérité sur mes parents.

Je la suivis jusqu'au bateau. Entre les claques du ressac, je l'entendais pleurer.

— Le noyer n'est pas ici, admis-je finalement. Il n'y avait pas d'autre clef.

Si elle était restée le dos tourné, pour dissimuler le nouveau calcul qu'elle faisait, les câbles qu'elle branchait, le nouveau plan qu'elle échafaudait, j'aurais probablement fait un autre choix.

Mais elle ne resta pas immobile. Elle fit volte-face et j'avais beau ne pas distinguer clairement son visage, je vis que ses mouvements s'étaient allégés, comme si elle avait jeté son sac à dos.

— Alors il y a encore de l'espoir, fit-elle en s'élançant vers moi. Dès que je m'éloignerai d'ici, je me débarrasserai de toutes ces obsessions. Laisse-moi te le prouver.

— Tu ne peux rien faire de plus.

— Oh si, assura-t-elle en s'accrochant à moi comme elle l'avait fait au terminal des ferries de Lerwick. Je peux abandonner l'Edinburgh School of Economics. Laisse-moi t'accompagner à ta ferme, Edward. Laisse-moi être la fille nunuche qui aimait *Forever Young*.

IV

GRENADES NON EXPLOSÉES

1

SUR LE PERRON EN PIERRE DE LA MAISON en rondins se tenait
Hanne Solvoll dans une robe blanche. Si resplendissante que
j'eus un sursaut à la fois parce que je la revoyais et parce qu'elle
était si resplendissante avec ses cheveux dorés et son bronzage
luisant contracté en travaillant au soleil.

Je sentis qu'il y avait anguille sous roche dès que je quittai
la départementale. La barrière était levée. Le bas-côté fauché
à la faux. Le soleil brillait sur les bâtiments et l'exploitation
était luxuriante, la vue qui m'avait toujours accueilli du vivant
de grand-père, un ensemble bien entretenu et sain, des fanes
de carottes dressées dans des parcelles désherbées, un potager
rouge de groseilles.

Ce n'était pas censé être ainsi. La pelouse aurait dû être hir-
sute, les légumes étouffés par les mauvaises herbes. Quand j'arrivai dans la cour et y vis la Manta, le repentir me fit me tordre
sur mon siège. Car Hanne était debout à la porte et devait se
demander pourquoi une voiture étrangère arrivait à Hirifjell,
quand elle me reconnut sa main se leva à demi pour me saluer,
mais elle retomba quand elle vit que nous étions deux dans la
voiture.

Le voyage avait été agréable et insouciant, je croyais vraiment
que Hanne serait partie. Stupide et naïf, comprenais-je maintenant. Comme si mon sens de la réalité s'était émoussé aux Shetland. Je n'avais considéré mon passage en Norvège que comme
une escale sur le chemin de la France. J'avais laissé Gwen m'accompagner et, au début, les regrets et le doute m'avaient assailli
de leurs piques acérées, mais mes tourments s'étaient apaisés

311

dès que le ferry avait quitté Holmsgarth. Tout ce qu'elle avait emporté, c'étaient deux vieilles valises en cuir. Mes bagages à moi, en revanche, étaient un capharnaüm de cartons et de sacs en plastique.

— Tu n'as manifestement jamais entendu parler de *fitted luggage*, avait-elle remarqué. Des bagages adaptés au coffre. Nous en avions pour la Bentley. Et je n'avais le droit de remplir que ces deux valises-ci.

Elle était tout de suite tombée amoureuse de la Bristol vacillante et gémissante. Prenant place sur les sièges en cuir craquelé, elle déclara que c'était un Whitehall sur roues. J'avais savouré le débarquement en Norvège, voir des pins et de vraies maisons en bois. Rouler vers Hirifjell avec des plaques provisoires rouges, boire de l'eau pure du robinet, revoir la vieille offre familière des stations-services, même remplir le réservoir d'une essence au prix exorbitant. Quand nous avions dépassé le Laugen sous un soleil éblouissant, elle avait déclaré *"this place is just marvellous"*, et elle le pensait vraiment, jusqu'à ce que nous arrivions à la ferme bien entretenue au milieu des forêts.

Et là, la reine guerrière en robe blanche sur le perron en pierre, parfaite en statue fraîchement moulée qui clamait *et tout ça, tu l'as mis en jeu, espèce d'abruti!* Hanne jaugea la Bristol, me jaugea moi, jaugea Gwen. Elle la mesura des pieds à la tête, avec un regard qui disait *regarde ce que le chat a rapporté à la maison*, puis elle se tourna vers moi, passa un doigt sur ma veste en tweed et dit "Jolie veste. Bienvenue à la maison" avant de rejoindre sa Manta.

Je commençai à la suivre, mais me repris et restai au milieu de la cour, entre une fille un peu épaisse en imperméable Burberry et une enfant de la nature souple comme un roseau.

Je m'attendais à ce que Gwen crie *"Who the hell are you?"*, qu'elle fasse retentir son accent écossais dans la cour de la ferme. Mais quelque part dans la bonne éducation de la classe supérieure devait exister aussi un plan pour une situation pareille, car Gwen ignora Hanne, se contenta d'ouvrir le coffre et d'en sortir ses bagages, sans croiser le regard de sa rivale.

La poussière de la Manta n'était toutefois pas retombée qu'elle lâchait ses valises par terre, s'asseyait sur l'une d'elles et demandait d'une voix étranglée : "Qui c'est, celle-là, bordel?"

Elle n'avait pas dit qui *c'était*, elle voyait Hanne comme une force au présent, et elle l'avait dit tout bas, d'un ton si triste que j'eus envie de nous abattre tous les deux pour mettre un terme à tout cela.

— Tu la gardais… en réserve?

— Elle s'est installée ici d'elle-même, expliquai-je en donnant un coup de pied dans la terre.

— Ah oui.

Je me demandais à quoi ressemblait l'intérieur. Si Hanne avait parsemé toute la maison de vêtements et de livres.

— Quand est-ce que ça s'est terminé entre vous? À l'instant?

— Il y a longtemps. Elle a eu une idée fixe. Je lui avais juste demandé de jeter un œil sur la ferme.

Je déportai mon regard sur les champs de pommes de terre. Je voulais m'y précipiter pour voir si tout s'était bien passé ou si le mildiou et la gale s'étaient propagés malgré tout.

— Et quand est-ce que tu lui as demandé de partir d'ici?

— Quand j'ai compris qu'elle avait l'intention de s'y installer.

Dans la chaleur estivale, les murs en rondins exhalaient une faible odeur de goudron.

— *You bloody motherfucking asshole!* C'était quand? Juste avant que nous quittions les Shetland?

— Non. Je lui ai dit quand tu as fait semblant de partir à Édimbourg. Quand il est apparu par la suite que tu étais en mission secrète à Lerwick.

— Je croyais que nous en avions terminé avec cette histoire. Dis-moi, c'était quand la dernière fois que vous avez baisé? Réponds franchement.

Je me tortillai, jurai, donnai un nouveau coup de pied dans la terre.

— Quelques jours avant mon départ aux Shetland. Mais c'était la première fois depuis…

— Voyez-vous ça, je *comprends* maintenant, s'écria-t-elle en se relevant. C'est en quelque sorte ma punition parce que je suis allée dans l'entrepôt en douce!

— Arrête, s'il te plaît! m'exclamai-je en essayant de lui prendre le bras.

— Espèce de porc! aboya-t-elle en se libérant. Tu vas me rendre un dernier service. Conduis-moi à la gare et nous ne nous reverrons plus.

— Je t'ai choisie *toi*, Gwen. Le jour où je l'ai appelée. Je *veux* être ici avec toi.

— Réponds-moi sur un point, alors. Si tu étais rentré seul et qu'elle t'avait accueilli comme ça. Dans cette robe. Sûrement sans culotte et bien mouillée. Tu aurais résisté?

— Elle ne savait pas que tu étais avec moi, Gwen.

— Mais réponds-moi, enfin! D'ailleurs... tu dis qu'elle *n'était pas au courant de mon existence*? Es-tu si foutrement lâche?

— Eh bien...

Elle balança ses valises dans le coffre.

— Chez moi, il n'y a que les traînées qui s'habillent comme ça. Bon sang. J'aurais voulu avoir des seins pareils. Je parie que tu as fantasmé sur elle pendant que nous couchions ensemble.

— Ça suffit maintenant, Gwen!

Elle mit ses mains sur ses hanches, s'éloigna un peu. Regardant les champs, elle tourna le visage vers le vent chaud, qui portait l'odeur de l'herbe coupée.

— *Damn*, fit-elle doucement. Et pour couronner le tout, je l'envie. Être si déshabillée et superbe quand même. Pas de boutons rouges à cacher sur sa nuque.

— Elle n'était pas déshabillée.

— Non, un homme ne voit pas ces choses-là, naturellement. Ça m'a été inculqué par ma grand-mère. *You don't do hair, makeup, legs and cleavage at the same time. You just don't.*

Elle lança encore un regard sur la maison en rondins, se retourna et s'assit au seul endroit qui pouvait encore lui rappeler son pays. Le siège passager d'une voiture anglaise.

J'entrai. Le ménage venait d'être fait. Aucune possession de Hanne nulle part. Au premier, le lit double était fait, avec des draps en lin bleu-gris empesés. À côté du téléphone se trouvait la photo de mes parents.

Je ressortis. Gwen avait refermé la portière et regardait droit devant elle. Grubbe traversa la pelouse et s'assit. Sa queue velue de chat des forêts norvégiennes cinglait lentement l'herbe. Il me regardait, mais lui non plus ne vint pas à ma rencontre.

— Allons-y, dis-je en démarrant la Bristol. Tu prends le train pour l'aéroport. Je te paie ton billet pour Aberdeen. Ou Londres. Où tu veux. Mais rends-moi d'abord un service.

— *Excuse me?* Tu ne peux prétendre à strictement aucun service.

— Accompagne-moi juste dans la rue du centre.

— Pourquoi?

— Parce que tu comprendras mieux.

— Tu veux dire le petit... village au bord de la rivière? Et pourquoi est-ce que je me donnerais la peine d'y parvenir?

— Juste du bureau de poste à l'épicerie.

— Je ne te dois rien.

— Si. Tu me dois de saisir d'où je viens.

— Tu viens d'ici, non?

Je freinai. Je me forçai à réfléchir à ce que je lui avais raconté de ma vie, à la façon dont j'avais arrangé les choses. Puis je fis marche arrière, je la pris par la main et l'entraînai dans la cour. Jusqu'à la passerelle de la grange, où la Mercedes de grand-père prenait la poussière.

— Tu la reconnais? demandai-je.

Elle mit un doigt sur le coffre et fit apparaître la laque noire sous le pollen jaune. Elle frotta les vitres et regarda à l'intérieur.

— C'est sa voiture? Je l'ai vue à Norwick à l'enterrement d'Einar.

J'acquiesçai.

— Nous ne pouvons pas nous y soustraire, Gwen. Ni toi, ni moi. Il ne m'a jamais dit ni qu'il était allé à cet enterrement ni que...

— *Edward*, coupa-t-elle. Je n'en peux plus de ces vieilles histoires. Conduis-moi à la gare.

— Attends. Je ne sais pas vraiment où je veux en venir en te racontant ça. Mais tu... tu en fais partie. Regarde la portière. Cet été, quelqu'un y a peint une croix gammée parce que grand-père s'est battu pour les Allemands sur le front de l'Est. Avant de te rencontrer, je n'étais pas comme tu l'imagines peut-être. J'étais un... marginal. Mon univers s'arrêtait à ces clôtures. Ça a été comme ça jusqu'à ce que je te rencontre.

— Donc maintenant il faut que tu m'exhibes comme un trophée? Qui fera dire aux gens : Ah, finalement il n'est pas comme nous pensions?

— Allez, accompagne-moi, pour toi. Ça... fait partie du lot.

Je garai la voiture au bureau de poste. Des gamins à bicyclette ne tardèrent pas à s'arrêter à côté de la Bristol, ils se penchaient au-dessus de la barre de leur vélo en se demandant à combien montait le compteur.

Gwen avait violemment claqué sa portière, serré la ceinture de son trench et traversé la rue ; se tenant entre la centrale d'achat et le magasin de confection, elle puisa une Craven A dans son paquet. Elle l'alluma, les yeux sur ses chaussures, fuma comme elle en avait l'habitude, paume ouverte, cigarette au-dessus de son épaule.

Puis elle fut sur le qui-vive. Un petit tressaillement de son corps, une brusque embardée de la tête.

Pas de Manta blanche. Mais au coin du bureau de poste, les frères Hafstad reluquaient. Des jeunes qui traînaient près du tableau des sports dévisageaient Gwen en faisant des messes basses. Mari Øvereng, d'ordinaire la personne la plus pressée du bourg, eut soudain tout son temps.

Le bourg brodait sa toile.

Gwen resta immobile, et je la laissai ainsi, car je voyais que l'esprit de bravade la gagnait.

— C'est rien, dis-je en la rejoignant. Ils voudraient juste savoir qui tu es.

— Comment peuvent-ils *voir* qui je suis ?

— Ils ne peuvent pas, justement. C'est pour ça qu'ils te fixent avec insistance.

— Mais pourquoi ont-ils besoin de savoir quelque chose sur moi ?

— Ce n'est pas méchant. Ils veulent juste voir ce qui se passe. Moi aussi je suis comme ça, je dévisage les gens. C'est juste que je ne m'en étais pas rendu compte avant.

— Donc avant, tu croyais que c'étaient tous les autres qui te dévisageaient ?

— Oui. Probablement.

Un changement s'opéra en Gwen. Ses gestes prirent de l'assurance et elle descendit chez Nordlien, l'épicerie où les gens qui votaient à droite s'achetaient du bœuf pour le week-end et où leurs enfants pouvaient prendre des bonbons en les mettant sur l'ardoise.

À notre entrée, les gens s'arrêtèrent. Elle récupéra un panier et entreprit de le remplir.

Je me demandais ce qui lui arrivait, si elle allait rester avec moi en fin de compte.

Elle prit des œufs, du lait entier, du lard fumé, des olives noires. Un pot de moutarde Colman' plutôt que de l'Idun. Un flacon de sauce Worcestershire ; avant de le déposer dans le panier, elle lança à la ronde un regard qui demandait : Y a-t-il quoi que ce soit de bizarre dans une sauce Worcestershire ? Vous en vendez, pourtant ?

Et moi dans tout ça ?

J'avais voulu descendre au bourg pour avoir le sentiment d'être un autre. Cela m'avait plu pendant un moment, de me balader dans Saksum avec une copine, d'affirmer mon droit à porter des chaussures Lobb, à acheter de la sauce Worcestershire et à rouler en Bristol. Mais je me sentais désormais mis à nu. Saksum disait tout haut ce que le chat et Hanne avaient pensé :

Bienvenue chez toi, mais ton histoire, là, on n'y croit pas vraiment.

2

ELLE ÉTAIT À LA FENÊTRE, PIEDS NUS, enroulée dans une housse de couette délavée à petites fleurs qui était à la maison depuis toujours. J'étais dans le lit, les yeux mi-clos. Dieu sait ce qu'elle pensait de cette housse de couette. Elle qui, toute sa vie, n'avait été habillée que sur mesure.

Le spectacle de son dos, ici, auprès des lambris en bois jauni, auprès de mes photos de nature. Cela pouvait si vite disparaître, comme un motif fugace ; Gwen était ici si étrangère que je doutais de la véracité de cette vision, encore qu'elle fût juste devant moi, pleine de sa chaleur corporelle. Et cependant, chaque fois que je fermais les yeux, je refusais de croire qu'elle y était vraiment.

— Soit, avait-elle déclaré à l'épicerie. Remontons. Et reprenons ce sempiternel combat avec nos histoires familiales.

Je ne compris jamais vraiment pourquoi elle avait changé d'avis. De nouveau, le doute s'immisçait en moi. Peut-être était-elle disposée à troquer une humiliation primitive ici, au milieu de nulle part, contre la possibilité de poursuivre la chasse aux millions que valaient les seize arbres de la Somme ?

Qu'elle se lève tôt, c'était habituel, mais elle n'avait pas lancé l'eau du thé et je me demandais pourquoi. Aux Shetland, faire chauffer la bouilloire était toujours son premier geste. Peut-être était-ce parce que Hanne aussi était dans la pièce. Le fantôme tout bronzé de la veille balançait ses jambes nues sur l'appui de fenêtre.

Me sentant réveillé, elle se retourna. Et nous fîmes ce qu'on avait toujours fait à Hirifjell : tenir les grandes questions à l'écart.

Nous prîmes un copieux petit-déjeuner en parlant le moins possible.

Nous fumâmes sur les marches du perron alors que la rosée s'évaporait de l'herbe.

Nous démarrâmes le vieux Deutz et partîmes au travail.

Mais elle n'y arrivait pas. Elle n'osait pas soulever de lourdes charges, elle restait campée sur ses jambes et soulignait la distance entre la tâche qu'elle était censée accomplir et les vêtements qu'elle ne voulait pas salir. Je lui montrai l'arracheuse de pommes de terre et me mis en marche. Mais elle n'avait jamais touché à la terre de sa vie, la seule chose qu'elle savait vraiment manier, à part une bouilloire et un électrophone, c'était le *Zetland*. Ici, elle travaillotait, devenait passive, craignait de ruiner ses ongles.

Elle finit pourtant par essayer. Le soc s'enfonça, nous ouvrîmes la terre et de petites pommes de terre de semence se révélèrent, telles des pierres précieuses. Mais Gwen ramassait avec les doigts, pas les mains, elle déposait les pommes de terre délicatement dans la caisse, et la durée de l'opération était insoutenable, car elle faisait toujours attention à ses vêtements, secouait sans cesse la terre de ses mains et, au bout de cinq minutes, en jetant un œil dans le rétroviseur, je m'aperçus qu'elle restait plantée au milieu du champ à regarder sans rien faire.

Je descendis du vieux Deutz et posai la main sur le pneu du tracteur.

— Comment jure-t-on en norvégien ?

— Tu dis ?

— Je te demande comment on *jure* en norvégien, cria-t-elle.

— Eh bien…

— *Je te le demande vraiment.* Arrête ce foutu tracteur.

Le caquètement du moteur s'éteignit.

— Comment est-ce que vous jurez ? *Damn* ne fait pas l'affaire. *Fuck* non plus.

Deux corneilles tournoyèrent au-dessus de nous avant de se poser dans les sapins.

— Eh bien, *faen*, diable, est plus ou moins le terme universel.

— *F-ain ?*

— Euh. Un *a* plus long. On croirait entendre un médecin étranger.

— *Faan!* Quoi d'autre ? J'en veux plus.

— Essaie *i svarte helvete*, par les enfers noirs. *Satan ta,* au diable. *Faen i kølsvarte helvete,* diable des enfers charbonneux.

Elle attrapa une pierre et la lança vers moi.

— *Fuck satan i svarte kølfaens helvete! FAAN! FAAN I HELVETE!*

— *Dæven drite,* chierie du diable, c'est bien aussi, ajoutai-je.

Elle continua de jurer en norvégien et ouvrit soudain son chemisier d'un geste brusque. Les boutons roulèrent dans les sillons du champ. Elle ôta le chemisier et le piétina. "*Faan!* Les moustiques ! Ça me démange !" s'exclama-t-elle en s'enflammant la peau à force de griffer son bras de ses doigts terreux. Puis elle remit son corsage détruit et regagna la ferme au pas de charge.

Les corneilles s'envolèrent et disparurent. Je humai le courant d'air. Le pire qui puisse advenir désormais était qu'il se mette à pleuvoir. Yngve viendrait peut-être m'aider pour le reste. Une autre pensée rôdait dangereusement près. Si j'étais venu seul, le spectacle de cette matinée aurait été une longue rangée pleine de caisses de pommes de terre et une pause sous le prunier avec Hanne Solvoll.

Malgré les semaines de négligence, la récolte semblait acceptable. Le printemps avait été chaud et nous avions fait germer les pommes de terre à la lumière avant de les planter. Mais on aurait dit que la terre frémissait de mécontentement à cause du risque pris par l'agriculteur de Hirifjell.

Je descendis vers les bâtiments. J'étais à mi-chemin quand une femme arriva d'un pas énergique.

L'inconnue portait un tablier à petits carreaux, un fichu et de hautes bottes en caoutchouc bien trop grandes dont la tige claquait contre ses mollets.

Ce n'est que lorsqu'elle fut à trente mètres que je parvins à accepter qu'il devait s'agir de Gwen. Vingt mètres, quinze, c'était elle et ce n'était pas elle.

Elle portait les vêtements de travail d'Alma.

Le souvenir fusa en moi comme une flèche. La voix d'Alma, son regard oblique circonspect. Puis la silhouette d'Alma s'arracha, comme emportée par une soudaine bourrasque, et Gwen revint auprès de moi, avec des habits dans lesquels se pencher sans être engoncée. Son maquillage avait été lavé. Elle avait pleuré en venant et reniflait encore quand elle enfonça ses doigts loin dans la terre et attrapa les pommes de terre, les vêtements noirs, les doigts noirs, l'âme noire.

— POURQUOI Y A-T-IL DE LA CENDRE au milieu du champ?

— Un meuble que j'ai brûlé, répondis-je au bout d'un moment. J'ai dû le faire là pour éviter que les étincelles ne volent jusqu'aux bâtiments.

Je continuai d'ajuster l'arracheuse. Quand je me retournai, Gwen n'était plus là. Je reposai la clef plate, la rattrapai au moment où elle pénétrait dans la partie morte où le sol était recouvert de bois calciné et de cendre. Juste en contrebas, les plants de pommes de terre étaient plus hauts qu'ailleurs.

— Ça a mieux poussé ici, observa-t-elle.

— La cendre, c'est de l'engrais, expliquai-je.

Elle arracha un plant. Le tapa contre la tige de sa botte pour en faire tomber la terre. Les Pimpernell étaient bien rouges, en pleine santé.

— Regarde comme elles sont belles. On peut les prendre pour le dîner?

— Il vaut mieux prendre celles d'un autre champ.

— Nan, elles sont bien, celles-ci, fit-elle en remontant un autre plant. C'est celles-ci que je veux. Celles que j'ai cueillies à la main.

— Gwen, dis-je en m'essuyant les mains sur mon pantalon. Ce n'était pas un meuble. C'est un cercueil que j'ai brûlé ici.

Elle resta avec le plant de pomme de terre dans la main pendant que je lui racontais le cercueil en bouleau flammé de grandpère et son enterrement bis.

Elle resta longtemps sans rien dire. Puis elle entreprit de libérer les pommes de terre des racines.

— Apparemment, tu ne racontes pas tout d'entrée de jeu.

Toi non plus, songeai-je.

— Enfin, poursuivit-elle. Merci de m'en avoir informée. Mais je n'ai pas changé d'avis. Au contraire. Je voudrais bien manger *ces* pommes de terre en particulier.

Elle les rassembla dans son tablier replié, entra dans le cercle calciné, tapa le pied dans les charbons de bouleau flammé. Comme si Alma dansait sur la tombe de grand-père.

— Il y a quelque chose ici, déclara-t-elle. Une lame de couteau. Je pris la baïonnette de l'armée russe noircie de grand-père. Des poinçons sur la soie avaient été cachés par le manche en bouleau flammé. Du pouce, je frottai la suie. Un numéro et une croix gammée apparurent.

D'où tenais-je cette histoire de baïonnette ? Une explication sommaire que j'avais acceptée quand j'étais petit ? Des mots prononcés une éternité plus tôt ?

Je reconnus le numéro. Celui de son Bergmauser, qui était toujours caché sous l'isolation du grenier. Les baïonnettes portaient le même numéro que les fusils, c'était donc la sienne. L'avait-il cassée lui-même ? Pendant ou après la guerre ? De colère devant ce qu'il avait vu ?

Questions sans réponses. Transformations sans témoins.

Telle était notre histoire, encore et encore. Je m'attendais à la vérité et n'en découvrais que les cendres. Je me retrouvais seul pour juger de témoignages vagues.

Nous travaillâmes encore et encore. Gwen s'adonnait au labeur, elle s'endormait les muscles endoloris et se réveillait la faim au ventre. Elle ne deviendrait jamais agricultrice, nous en étions tous les deux conscients, mais nous ne manquions pas d'entrain et notre équipe était toujours sur la brèche.

Le camion de Strand Brenneri vint récupérer le tonnage de pommes de terre de semence convenu, triées dans d'énormes caisses en bois, le chauffeur fit un signe de tête en remarquant leur bonne qualité, présenta ses condoléances pour mon grand-père et jeta un regard surpris sur Gwen.

Je vis le camion trembler sur le passage canadien, le clignotant s'allumer vers la départementale. Puis le grondement du moteur s'évanouit parmi les sapins.

Silence d'automne.

Sous peu, il faudrait redescendre les moutons de l'alpage. Puis viendrait l'hiver, et je serais coincé à la ferme. Au début, j'avais brûlé de partir en France. Mais, comme une lente intoxication, les journées étaient devenues paisibles, l'atelier de menuiserie d'Einar semblable à une pierre tombale devant laquelle je passais sans réfléchir. Haaf Gruney n'était plus qu'un lointain souvenir.

Nous eûmes de beaux jours, car nous ne faisions jamais mention ni des noyers ni de Quercus Hall.

À la place, nous allâmes au lac de Saksum avec l'Étoile. Nous sortîmes les filets, le soleil scintillait sur les mailles et sur les truites à points marron. Je leur brisai la nuque, l'une après l'autre, tandis que Gwen ramait, et *ça*, elle savait faire. Elle ramait, à rebours aussi, mieux que grand-père et moi, et je transpirais dans ma chemise en flanelle, je la déboutonnai et me retrouvai en simple tee-shirt pour le filet suivant, je me pris à me tenir de profil pour le hisser hors de l'eau, afin qu'elle puisse voir mes biceps. Je la regardai alors qu'elle ramait vers l'embouchure du fleuve, elle menait la barque avec une précision de calligraphe, il n'était pas encore sept heures, et je voulais que ce soit elle et moi, un tout nouveau début, sans passé, sans famille, nés de nous-mêmes.

3

MAIS ÇA NE POUVAIT PAS DURER. Un jour que j'allais faire des achats au bourg, je dus faire demi-tour parce que j'avais oublié mon portefeuille. En entrant dans la cuisine, j'entendis sa voix au premier et montai l'escalier sans bruit, m'arrêtant sur la marche d'où j'avais entendu les pas de grand-père pour la dernière fois : elle parlait au téléphone et je sus que notre temps aussi aurait une fin.

— Il fait délicieusement bon, ici, disait-elle, et je compris aux propos qui suivirent qu'elle prétendait faire un voyage en train et prévoyait de rentrer sous peu.

Je redescendis en silence. Einar n'allait désormais plus me lâcher. Pas plus que les quatre jours qui hantaient mes pensées. J'entrepris de fouiller les greniers à la recherche des lettres qu'il avait dû écrire à maman, en vain. Je passai du temps avec les affaires de Haaf Gruney. L'échiquier, le fusil, la robe. Les coupures de presse. Je cherchais de nouveaux indices, d'autres liens. J'emportai une pellicule Orwo NP20 roulée dans la chambre noire. J'allumai la lampe rouge et plaçai le film dans l'agrandisseur.

Nous sur l'aire de repos. Moi avec le chien en bois. Maman et Einar.

Je fis des tirages de toutes les vues. Elles apparaissaient lentement dans le clapot des produits chimiques, les contrastes se fixaient sur le papier. Leurs visages se dessinèrent sur la photo de l'aire de repos. Je vis la joie d'Einar, debout à côté de maman.

Sur une autre photo, le garçon qui allait devenir celui sur lequel les morts pouvaient compter.

Je développai ensuite mes propres films des Shetland. Le visage de grand-père sur la première case. Ensuite Haaf Gruney, quelques vues de Gwen. Pour finir, un motif aux multiples contournements. La carte d'état-major de Quercus Hall, chiffonnée et élimée, déchirée par le vent, détrempée par la pluie puis séchée de nouveau.

Je remontai l'agrandisseur pour faire un tirage grand format. Mes mains tremblèrent légèrement quand la carte du bois Daireaux apparut dans le bain de révélateur et que je visualisai les étangs à l'arrière de la rivière.

Dehors, j'entendis des pas. Gwen cria :

— Où es-tu ?

— Ici.

— Je peux entrer ?

— Non, j'ai sorti du papier photosensible. Attends un peu. J'aurai bientôt fini.

J'éteignis la lumière rouge. J'avais encore sur la rétine la projection de la carte d'état-major. J'accrochai les photos sous le plan de travail pour les faire sécher et ne sortis qu'avec celle de Gwen aux avirons du *Patna*.

— Hmm, fit-elle en examinant longuement la photo. Je suis comme ça ?

— À l'époque, en tout cas.

— Je peux m'en estimer satisfaite, conclut-elle. D'être comme ça.

— Allez, viens dehors avec moi. Je vais te montrer quelque chose.

Elle passa une veste et nous montâmes au bois de bouleaux flammés. Nous y étions passés la veille en nous promenant, mais la rosée s'était maintenant fixée sur les ramilles qui se dressaient du sol et des centaines de fines toiles d'araignées blanches brillaient au soleil.

— Tu les vois ? demandai-je.

Époustouflée, elle secoua lentement la tête.

— Elles n'y étaient pas hier, remarqua-t-elle. Ou plutôt, nous ne les avons pas vues.

— Non.

— C'est tout un univers. Un monde invisible qui n'apparaît que maintenant.

Elle se dirigea vers une souche et s'accroupit. Le doigt délicatement posé sur la toile d'araignée.

— Tu vas la prendre en photo ?

Elle revint tout près de moi.

— Non. C'est inutile. Ça, je m'en souviendrai.

UN NOM DES COUPURES DE PRESSE ne cessait de tournoyer dans ma tête. J. Berlet. La policière de l'enquête de 1971. Je m'imaginais en France. Ma visite au commissariat de police pour demander où elle habitait, la route jusqu'à une adresse notée sur un papier.

Non, me dis-je à moi-même. Ce serait n'importe quoi, je ne ferais qu'aligner les kilomètres, errer, parler un mauvais français, passer un temps infini sur des quatre voies interminables et me heurter à de la résistance. Mieux valait miser sur une vieille alliée.

Dans la maison en rondins, je passai un coup de téléphone.

— Renseignements téléphoniques internationaux, bonjour.

— J'aurais souhaité parler à Regine Anderson.

— Quel pays, quelle adresse ?

— Non, ce n'est pas ce que je demande. Regine Anderson travaille chez vous, aux renseignements téléphoniques internationaux.

Quelques instants plus tard, je me retrouvai avec un numéro à rallonge commençant par 33. D'une certaine Jocelyne Berlet, qui, d'après la voix chuchotante de Regine Anderson, habitait actuellement à Péronne, non loin d'Authuille. Le soir même, je retournai dans la maison en rondins, pris de nouveau le combiné.

— Je m'appelle Édouard Daireaux, me présentai-je en français. J'appelle de Norvège. Il s'agit d'une affaire policière qui remonte à vingt ans. Une opération de recherche en 1971.

Elle ne répondit pas. Je l'entendis changer son téléphone de main. Je me rappelai à moi-même qu'il fallait que je pense à employer un vouvoiement plus formel.

— Êtes-vous Mme Berlet qui a enquêté sur la disparition ? C'est moi qui...

— *Édouard** ? coupa-t-elle.

Sa voix était presque maternelle.

— *Oui**, balbutiai-je.

Long silence.

— En 1971..., commença-t-elle avant de s'interrompre. Non. En fait. Ce serait très inconvenant.

— Je me demandais si je pourrais vous rencontrer, poursuivis-je.

— Je suis navrée, répondit-elle d'un ton sec auquel je ne m'attendais pas. Je ne travaille plus dans la police. Je suis partie en 1975.

— Oui, mais…

— *Dites-moi, que désirez-vous savoir au juste* ?*

— Si je venais en France. Pourriez-vous me recevoir et me raconter ce qui s'est passé ?

— L'affaire n'a pas été élucidée. Vous rencontrer n'est pas conforme au règlement.

Je cherchai mes mots.

— *Peut-être pas ; mais accepteriez-vous de me parler tout de même de cette affaire* ?* insistai-je en espérant ne pas être trop abrupt.

Jocelyne Berlet toussota.

— Quand pensez-vous venir en France ?

Voilà l'instant. L'instant où je décide. L'instant où je promets et ensuite je pars.

— Très bientôt. Mais à quel point vous souvenez-vous de l'affaire ?

— Si je m'en souviens ? Je m'en souviens comme si c'était arrivé… peut-être pas hier, mais au moins la semaine dernière.

4

GELÉES PRÉCOCES. Une fine couche de givre quand je traversai la cour pour faire chauffer la galettière dans le fournil. Le tremble fendu en bûchettes brûlait vite et fort. Aujourd'hui, nous faisions des *lef-ser*. Elle aimait la vie épurée que nous menions ici. Les petites gratifications pour tout ce que nous faisions nous-mêmes. Un peu comme à Unst, où l'effort d'un trajet en bus jusqu'à Lerwick sous une pluie battante était récompensé par un nouveau disque et une soirée dans des fauteuils profonds avec du thé sucré. Séances de travail courtes avec récompense immédiate, sans que le monde entier soit aux tribunes à regarder.

Soudain, j'éprouvai la peur d'être seul, de me retrouver devant cette galettière rouillée à repenser à cette drôle d'époque où j'avais eu quelqu'un ici.

En sortant par l'une des portes latérales, je sentis une odeur écœurante. C'était la pièce du grand congélateur, celui dans lequel nous mettions la viande. J'entrouvris à peine le couvercle et de ce petit interstice s'échappa une bouffée si nauséabonde que je me figurai *voir* l'odeur, saturée de putréfaction, lourde comme du graillon. La pièce était sombre et rien ne se passa quand je tournai l'interrupteur. Les plombs avaient dû sauter.

Là, dans cette fétidité, une idée me vint.

Les lettres. Les lettres d'Einar à maman. Quel était le meilleur endroit où cacher quelque chose à la ferme? Un endroit fiable qu'on puisse visiter fréquemment? Un congélateur.

J'allai chercher un diable et le sortis. J'ouvris le couvercle pour l'aérer.

Gwen traversait la cour avec un seau de pâte à crêpes de pommes de terre préparée avec des Mandel. Elle s'arrêta en se bouchant le nez.

— Quelle est cette odeur abominable ?

— Viande avariée.

Elle se figea sur place avec le seau de pâte.

— Maintenant je comprends ce qu'il voulait dire.

— Qui ça ?

— Grand-père. Il me racontait que des centaines de soldats étaient tombés devant les tranchées. Ils étaient accrochés aux barbelés et pourrissaient au soleil. Il décrivait l'odeur comme celle d'un congélateur abîmé. Mais nous n'avons jamais eu de congélateur abîmé et je ne voyais pas ce qu'il voulait dire. Jusqu'à aujourd'hui.

— Tu veux toujours faire des *lefser* ? m'enquis-je. Sinon, on peut laisser tomber.

Elle me regarda.

— Oui. Plus que tout. Mais referme donc ce couvercle.

Tout en étalant la pâte, j'imaginais comment j'aurais moi-même caché les lettres. J'en aurais peut-être fait un paquet énorme et pesant, que j'aurais enveloppé de plastique et fermé avec de la ficelle, je les aurais peut-être surmontées de pierres plates pour obtenir le poids, la dureté, de la viande surgelée. J'aurais inscrit *cœur d'élan 1967* ou quelque chose comme ça.

Dans l'après-midi, après que Gwen avait décrété n'avoir jamais rien mangé de meilleur que des *lefser* chaudes avec du fromage de chèvre norvégien, je retournai au congélateur.

J'ouvris les paquets du dessus au couteau, mais n'y trouvai que de l'élan haché. Je balançai la viande dans une brouette et l'emportai à la lisière de la forêt pour l'enterrer. Au bout de trois trajets, j'étais arrivé au fond. Une mare rosée d'eau sanguinolente se répandait dans un coin du congélateur. L'odeur était saturée.

Idioties. Tout ce qui était vieux, grand-père l'aurait jeté. Je trouvai un paquet avec mon écriture sur du scotch brunâtre. *Colvert 1981*. J'arrachai le papier journal, le *Lillehammer Tilskuer* du 20 août de l'année en question, le jour de l'ouverture de la chasse. La première fois que j'étais descendu seul au bord du Laugen avec le calibre .16 de papa.

Il n'y avait pas de lettres dans le congélateur. Bien sûr que non.

J'avais visualisé la scène distinctement. J'ouvrirais des enveloppes dans l'odeur nauséabonde, alors que l'eau sanguinolente pénétrait dans le paquet et traversait le papier, je reconnaîtrais l'écriture d'Einar et me hâterais de lire les mots alors qu'ils se dissolvaient. Des mots qui disparaîtraient sous mes yeux, l'histoire d'une vie qui s'écoulerait dans le jeu entre sang et encre.

Mais ce n'était que fantasme.

J'eus soudain honte. J'avais pourtant lu les lettres de ma mère. Ne m'avaient-elles donc rien appris ? Pour écrire ses lettres à son père, où préférait-elle aller ? Où à Hirifjell était-elle le plus près de lui tout en étant tranquille ?

La réponse se dressait droit devant moi.

Je découvris les lettres d'Einar entre les matériaux de l'atelier de menuiserie. Des planches que ni Sverre ni Alma n'auraient touchées. Du bois qui devait être la rémission du fils perdu de la ferme, qui devait clamer : Venez voir ! Ce que je n'arrive pas à faire dans les champs, j'y parviens avec un ciseau, avec un rabot, avec du vernis, avec de l'huile de lin.

Elles s'y trouvaient donc, à l'abri des souris, de la vermine et des regards indiscrets, bien plates et sèches, avec quelques copeaux dessus. Près de vingt lettres dans lesquelles Einar racontait tout ce qui s'était passé en 1943 et plus tard. Elles étaient écrites en français, avec une marge régulière, recto et verso de la feuille remplis. Et, de façon analogue, elles remplissaient les deux côtés de *ma* feuille blanche, elles me permettaient de saisir toute la portée des réponses de ma mère.

Elle avait été haineuse envers Einar quand il avait fait irruption à la ferme en 1967. Peut-être nourrissait-elle le soupçon que son véritable plan avait été de s'arroger le noyer pendant la guerre. De même, Einar posait à maman d'étranges questions sur des points de détail et laissait ainsi transparaître qu'il avait besoin de preuves qu'elle était véritablement celle qu'elle prétendait. Je finis de lire les lettres. Je me reconnaissais dans leurs manières de s'exprimer à tous les deux. Je me relevai, abasourdi, contemplai les vieux livres au-dessus de l'armoire. J'éprouvai une certitude que ni maman ni Einar n'avaient eu la bénédiction de connaître.

Einar avait été mon grand-père.

Je triturai les outils de menuiserie, contemplai l'écriture droite. C'était comme s'il se tenait devant moi et qu'une communication en ligne directe s'établissait avec l'année 1943.

5

LORSQU'EINAR ÉTAIT ARRIVÉ À AUTHUILLE, mon arrière-grand-père l'avait repoussé sans ménagement. Einar avait parlé à Édouard Daireaux de sa mission, de la carte des démineurs, et lui avait tendu une enveloppe de Winterfinch avec le règlement final du bois.

Mais Édouard le pria de partir.

— C'est bien la somme convenue, admit-il. Mais ce n'est rien, ça. Le *véritable* paiement, c'était qu'on me vide ma forêt de ses grenades. Au lieu de quoi il en a fait un véritable champ miné. Quand les noyers n'y seront plus, il n'y aura plus personne pour nous aider. Allez-vous-en avant que les Allemands demandent à voir vos papiers. Gardez l'argent. Je ne veux pas d'un nigaud en mission secrète dans la forêt.

Einar s'était lentement réveillé. Il avait pris conscience de la futilité de sa mission. En traversant le pays, il était tombé sur des patrouilles allemandes, il avait vu la population amaigrie, mais *l'effet* de la guerre, il ne l'avait pas senti de près. C'était seulement maintenant qu'il comprenait que la France qu'il admirait était exsangue, plongée dans les ténèbres du sadisme.

Il prit l'enveloppe et partit en songeant combien il avait été absent aux réalités de ce monde. Comme il l'écrivait, sa fuite aux Shetland trouvait son origine dans le souci qu'il se faisait pour son frère : *Je savais qu'une fois que j'aurais quitté Hirifjell, Sverre ne s'enrôlerait plus. Devenir un soldat allié n'avait jamais fait partie de mes plans, je voulais juste partir, et quand j'entendais le mot "allemand", je ne faisais que voir Sverre en uniforme.*

Devenu de trop comme charpentier de marine, il avait rencontré Winterfinch, la première personne avec laquelle il pouvait discuter ébénisterie et bois depuis des années. Einar avait fabriqué plusieurs meubles pour Quercus Hall et, lorsqu'il avait produit un fauteuil à cadre d'ivoire, Winterfinch s'était mis à l'appeler par son prénom. *Puis un soir, il m'a parlé d'un lot de bois de noyer qui avait pour lui une grande valeur sentimentale.*

Winterfinch regrettait amèrement de n'avoir pas abattu les arbres avant la guerre. À partir de 1941, son désespoir s'était amplifié, car les rapports sur la progression des Allemands dans le pays indiquaient qu'ils faisaient abattre de force des arbres pour les grands ouvrages fortifiés le long de la côte atlantique. Le marché était qu'Einar abatte les arbres, cache la cargaison de bois à l'endroit qu'il jugeait le plus judicieux et attende les instructions.

Sur place à présent, à Authuille, environné des réalités de ce monde, il rejeta tout. La vie n'avait pas de sens, il ne vaudrait rien comme soldat et la seule chose qu'il savait faire, l'ébénisterie de grand art, n'était pas recherchée dans une guerre. Mais il n'avait pas fait beaucoup de chemin qu'il entendit le gravier crisser derrière lui. Une fille décharnée le rejoignit à vélo. Elle portait des vêtements de travail usés et avait des gestes prestes. Ses cheveux bouclés, d'un noir bleuté, étaient retenus sous un fichu. Osseuse et misérable, comme tant d'autres à l'époque, mais avec un regard de rapace. La fille de la ferme, Isabelle Daireaux. Il l'avait vue dans la maison pendant qu'il s'entretenait avec Édouard.

— Êtes-vous un bon Français? fut sa première phrase.

Il faillit alors se trahir. Il aurait bien voulu répondre qu'il était aussi bon Français qu'un Norvégien puisse devenir, mais il se contenta d'acquiescer d'un signe de tête.

— Vous avez la carte des démineurs? demanda-t-elle.

Einar regarda autour de lui.

— On dit que la Résistance manque d'explosifs, poursuivit-elle. Et que les obus de 1916 sont intacts.

— Ils sont mortellement dangereux, objecta Einar.

— C'est pourquoi *des gens* en ont besoin.

— Est-ce là une idée qui vous est venue à l'instant?

— Non. J'y ai pensé sur le trajet à bicyclette jusqu'ici.

— Ce n'est pas très long.

— Je pense vite.

— Qu'en dit votre père ?

— Lui, il pense lentement.

Isabelle le mena à l'écart de la route.

Einar y coupa la doublure de sa veste pour lui montrer la carte des démineurs, qui était restée au-dessus de sa colonne vertébrale pendant tout son long voyage sous le nom d'Oscar Ribaut.

— Le pire, c'est d'entendre les coups de feu, dit-elle. Quand il n'y en a qu'un seul. Avant-hier, ils ont assassiné mon institutrice. Ils ont enterré le boulanger vivant parce que c'était un résistant. Nous n'avons pas le temps de rentrer les récoltes qu'ils les confisquent. Nous nourrissons les soldats qui abattent nos compatriotes.

Elle demanda à Einar s'il avait remarqué la fille près du poulailler à la ferme.

— C'est ma sœur. Quel âge pensez-vous qu'elle ait ?

Einar avait secoué la tête.

— Douze ans ?

— Elle en a quinze. Elle ne se développe pas parce que nous mourons de faim. Pourtant, nous sommes paysans.

Isabelle convainquit son père de laisser Einar rester, en échange de l'argent qu'il avait pour couvrir ses frais de déplacement et de son aide dans les travaux agricoles. Puis, s'appuyant sur la carte, ils entrèrent prudemment dans la forêt. Le sol restait constellé de cratères d'obus. À certains endroits, de jeunes résineux avaient poussé entre des troncs calcinés, brisés, ailleurs le sol s'était affaissé. Çà et là, ils voyaient comment on avait disposé des grenades rouillées cachées par des buissons et de l'herbe fanée en une ceinture destinée à empêcher l'abattage frauduleux des arbres.

Dans cette antichambre de feu et de destruction, se dressaient les noyers. Défigurés et balafrés, sur une terre réduite en miettes par le travail des démineurs. Les troncs étaient si larges que leurs bras n'en faisaient pas le tour. Semblables à des membres de bébés estropiés, de petites branches avaient repoussé, mais le feuillage était jaune et mou. Une singulière odeur morte planait dans le silence.

Isabelle n'était jamais entrée dans le bois et elle partageait le mépris parental pour les projets de déminage évasifs de Winterfinch. Le bois avait été précieux avant la guerre, pour la construction, pour le chauffage et surtout pour les riches récoltes de noix bien grasses. Ces arbres séculaires avaient vu des guerres napoléoniennes et des révolutions avant d'être rendus malades par les bombardements au gaz.

Einar tomba en arrêt. Il imaginait les lieux tels qu'ils avaient dû être avant les guerres, une vaste parcelle paisible avec du feuillage vert effleurant à peine l'arbre voisin. Il se rappelait son propre bois à Hirifjell, si ce n'est que, là-bas, c'était *lui* qui avait infligé des blessures aux arbres. Puis il s'aperçut de ce qui manquait. Le chant des oiseaux. L'endroit était totalement muet.

Les Allemands avaient sans doute songé à la possibilité que des gens collectent les explosifs. Les routes autour des forêts closes étaient patrouillées, mais le bois Daireaux se trouvait sur les pentes de l'Ancre et, grâce à la carte, ils purent s'y faufiler, à l'abri des fourrés, et emprunter un sentier sûr. Arrivés aux noyers, il ne restait plus qu'à se servir. Derrière la ceinture de protection, les démineurs avaient rassemblé les grenades en énormes monceaux et même ôté les détonateurs.

Isabelle et Einar dévissaient les grenades, en extrayaient les explosifs et les apportaient à côté d'un étang près de la rivière, sur une petite pointe qui, d'après la carte, était entourée de grenades au gaz. Einar ignorait comment elles étaient ensuite acheminées ailleurs, mais le lendemain, elles avaient toujours disparu.

Dans la forêt, ils tombaient sans cesse sur des épaves de la guerre de 14-18. Des assiettes en fer-blanc, des casques, des étuis de cartouches, des bottes militaires avec des restes d'os à l'intérieur. Que l'endroit fût aussi un charnier ne semblait manifestement pas trop perturber ces deux-là. Mais Einar, qui arrivait des Shetland nues et sans arbres, ne pouvait pas rester longtemps à côté d'un arbre sans que le menuisier en lui s'éveille. Un jour qu'il était seul, il creusa jusqu'aux racines d'un noyer et les coupa à la hache. Ce n'est que quand l'arbre bascula qu'il lui traversa l'esprit que la chute pouvait déclencher des explosions. Il se jeta à plat ventre sur le sol. Qui trembla, mais il n'y eut aucune détonation.

Muni d'une scie à grosse denture, il dégagea un bloc de bois et l'humecta avec de l'eau. Aussitôt un jeu de couleurs tout à fait exceptionnel s'éveilla. De robustes dessins noirs émergèrent d'un orange tirant sur le rouge qui semblait irradier. Les achats qu'il avait faits pour Ruhlmann lui avaient appris les grades de noyer et un rapide calcul mental suffit à lui faire comprendre que ce bois – en temps de paix – valait une fortune colossale.

Isabelle entra dans une colère noire. Se livrer à des activités pareilles au lieu de collecter des grenades?

Une nuit, elle vint le trouver dans sa remise en tenant quelque chose dans son dos. Une vieille croix tombale à la peinture écaillée, dont la pointe était encore mouillée et noire.

— Tu ne sauras pas d'où ça vient, déclara-t-elle en déposant la croix par terre. Fais-en simplement deux autres qui aient l'air aussi vieilles. Et grave ces noms.

Elle lui tendit un papier.

Les noms étaient juifs. Les années de décès 1938 et 1939.

— Les Juifs n'utilisent pas de croix, remarqua Einar.

— Fais ce que je te dis. Montre que tu es véritablement un maître ébéniste.

À la lueur d'une chandelle, il prit deux vieilles planches, inséra des planches transversales, grava les noms au ciseau à bois, étala de la peinture blanche et frotta les croix avec de la terre et de l'huile de vidange pour créer l'illusion de moisi et de pourriture. Dans le courant de la nuit, ils sortirent. De temps à autre, elle le prenait par la main et le conduisait sur le bon chemin au-delà des champs. Des bombardements avaient lieu à proximité, ils entendirent des coups de feu non loin alors qu'ils se faufilaient vers le cimetière, où ils s'emparèrent de deux croix et les remplacèrent par les fausses en tassant la terre autour.

Lorsqu'ils regagnèrent discrètement la ferme, elle lui raconta que les Allemands avaient arrêté une famille juive. Les forces d'occupation ne remontant que deux générations en arrière pour les familles juives, les fausses croix portaient le nom des grands-parents. Le lendemain, un curé allait emmener les Allemands dans le cimetière et leur montrer que la famille avait été enterrée selon les usages chrétiens.

Cet épisode, Einar le racontait à maman pour qu'elle puisse le vérifier par elle-même. *Tu peux toi-même aller trouver ces familles, qui te confirmeront cette histoire*, écrivait-il, indiquant l'adresse d'un homme du nom de Staniszewski. Quand sa lettre approcha des circonstances de l'arrestation, son écriture se fit plus tremblée et je lus une phrase qui me fit frissonner.

Isabelle avait une robe du dimanche bleue qu'elle s'était cousue avant la guerre. Quelques jours avant la venue des Allemands, elle l'avait portée pour se faire belle, image qui allait me hanter soir après soir.

Lors de la pendaison de la famille Daireaux, Einar ne s'était pas enfui tout de suite. Bien que soupçonné par les autres résistants d'avoir dénoncé les Daireaux, il eut le courage de se rendre à la ferme pour se procurer un souvenir d'Isabelle. Toutes les dépendances étaient brûlées : une méthode de la Gestapo pour faire sortir les enfants qui se cachaient. À l'intérieur, tout était saccagé, le chien gisait dans une mare de sang. Dans l'écurie, il avait trouvé la robe d'été bleue, piétinée dans du fumier.

Je l'ai emportée comme un souvenir et comme la preuve, écrivait-il, *que je n'étais pas un délateur. Mais étant en danger de mort, j'ai dû m'enfuir. J'avais un seul ami à proximité, un menuisier de talent avec lequel j'avais travaillé à l'atelier de Ruhlmann à Paris. Il s'appelait Charles Bonsergent, venait d'une famille de pêcheurs vivant à une journée de voyage et, comme moi, il était rentré chez lui quand la guerre avait éclaté.*

Einar s'était caché chez Bonsergent jusqu'au jour du débarquement. Il découvrit qu'Isabelle était détenue à Ravensbrück et, quand les lignes téléphoniques rouvrirent, il prit contact avec Winterfinch et lui demanda de l'argent pour les dessous-de-table et le voyage, afin de pouvoir la ramener dès que Berlin serait tombé.

Winterfinch refusa. Il ne faisait que demander des nouvelles de "son bois".

C'est alors qu'Einar prit le noyer en otage. Charles Bonsergent et lui repartirent à Authuille, abattirent le reste des arbres et déterrèrent les racines. Ils acheminèrent le tout dans une cachette sûre. Considérant le noyer comme propriété de la famille Daireaux, Einar rejeta toutes les offres ultérieures de Winterfinch.

La seule qui pouvait déterminer le prix, disait-il, c'était Isabelle – ou, plus tard, ses enfants.

DANS LES LETTRES SUIVANTES, Einar mentionnait sans cesse que "l'héritage" restait au même endroit. Il n'écrivait pas où, *pour des raisons que nous connaissons bien tous les deux, il y a des oreilles qui traînent aux Shetland*, mais cela semblait se situer en France.

Maman lui avait rendu visite à Haaf Gruney. Où il avait dû lui donner la robe d'Isabelle, car dans une lettre il écrivait combien il avait fait *bon la voir de nouveau pleine de vie*.

Einar insistait sur le fait que l'héritage était la propriété de maman et qu'il allait l'aider à faire valoir son droit. Mais dans les premières années suivant ma naissance, elle avait éludé la question, et ce n'est qu'en lisant la toute dernière lettre d'Einar, écrite l'été 1971, que je vis le plan noir sur blanc.

J'ai rencontré M. Winterfinch. C'était la première fois depuis longtemps que nous nous parlions. Nous nous sommes vus parfois, les regards étaient haineux, je dois dire, car il cherche ton héritage depuis toutes ces années, il s'est même acheté une résidence secondaire à Authuille. J'ai de la peine pour lui, vraiment, surtout quand je le vois à Unst avec sa petite-fille. Mais il cherche à s'attribuer ces biens illégitimement, même si je lui reconnais une espèce de droit dessus. Il l'a dit un jour : pourquoi déminer la forêt quand la famille n'existe plus ? Je lui ai répondu que maintenant qu'il y avait enfin une héritière, un arrangement convenable pourrait consister à lui donner de l'argent pour qu'elle puisse racheter la ferme de sa famille. "C'est une usurpatrice", a-t-il décrété. Oh, toute cette histoire est devenue une douloureuse collection de choses qui n'auraient jamais dû être faites ! Ta mère ne nous reviendra jamais. Mais nous pouvons maintenant faire en sorte que l'affaire soit réglée, ensuite je partirai d'ici. Nicole, je te laisse décider ce que tu veux faire.

Winterfinch va dans la Somme tous les ans en septembre. L'hôtel le plus proche se trouve dans la ville voisine, Albert. Je ne sais plus comment il s'appelait, quelque chose avec basilique. En ce qui me concerne, je loge à la pension de famille bon marché en périphérie, car je n'ai pas la force d'habiter près d'Authuille. Il y a du reste un bon restaurant. Et si vous dîniez avec Winterfinch ? Tu entendrais ainsi son histoire et tu pourrais déterminer un prix juste. Oui, cela vaut une fortune, une véritable fortune. Mais tu fais comme tu veux. Si vous tombez d'accord, tu peux lui dire où se trouve la cargaison ou m'indiquer comment la livrer. N'oublie pas qu'il peut être instable et difficile. C'est quelqu'un d'extrêmement versatile.

Enfin, parlons donc des détails au téléphone. C'est bien que Sverre veuille vous prêter sa voiture. Ne le salue pas.

Au fait, si vous voulez avoir un peu de temps tous les deux, je me demandais : pourrais-je garder le petit Edvard ? Je n'ai jamais gardé d'enfant, mais depuis la dernière fois que nous nous sommes vus, je le connais mieux. Je lui ai fabriqué un petit chien en hêtre. Il bouge les oreilles et remue la queue. Quand je l'ai terminé, je me suis retrouvé tout songeur. Après toutes ces années comme menuisier, c'était le premier jouet que je fabriquais.

Tout de bon, et salue Walter. Et puis, appelle-moi. À la cabine du terminal des ferries. Un dimanche, comme d'habitude. À six heures, comme d'habitude aussi. Et j'y serai. Comme d'habitude.

E. H.

6

GWEN ÉTAIT ASSISE SUR LES MARCHES du grenier à provisions. Elle avait sur les genoux Grubbe qui se tortillait, le ventre en l'air, tandis qu'elle enfouissait ses doigts dans sa longue fourrure.

— Il sent si bon, observa-t-elle en plongeant le nez contre son ventre. Surtout là où il a beaucoup de poils.

— C'est là où il n'accède pas avec sa langue.

— Hmm. Divin. Je n'ai jamais eu d'animal de compagnie. Même pas de chien. Malgré toute la place dont nous disposions.

Je m'assis. Les marches en pierre refroidissaient chaque jour un peu plus. Ce fut Gwen qui en parla :

— L'automne est là. Quand allons-nous descendre les moutons de l'alpage ?

Je ne répondis pas tout de suite. Et peut-être avait-elle appris à me connaître un peu trop bien, peut-être était-elle parvenue à reconnaître le regard qui appelait les conversations sérieuses. C'était la même vieille question. Pourquoi déterrer un cadavre alors que sa tombe fleurissait ?

— *Oh, well,* fit-elle. Je savais que ce jour arriverait. Tu veux aller en France, c'est ça ?

— Tu le vois sur moi ?

— À ton hésitation. À ta démarche. Tu t'oublies quand nous parlons. Tu loupes un mot sur deux de ce que je raconte.

Grubbe avait dû sentir son agitation intérieure, car il bondit hors de son étreinte.

— Tu veux y aller maintenant, poursuivit-elle en ôtant un cheveu de son col, parce que quand les moutons seront redescendus, tu ne pourras plus partir. C'est ça, hein ?

340

— J'ai trouvé des lettres. Une correspondance entre maman et Einar. En français. Tu peux les lire.

— Quel intérêt cela présenterait-il pour moi de lire leur correspondance ?

— Il était écrit qu'ils allaient en France en 1971 pour rencontrer ton grand-père.

Elle se leva, s'éloigna de quelques pas.

— Bon, bon. Voilà. Si nous partons en France ensemble, ce sera fini entre nous.

Elle sait quelque chose, songeai-je. Ceci n'est qu'un prétexte pour se comporter bizarrement plus tard.

— Pourquoi dis-tu cela ?

Gwen ramassa un bâton et le lança dans les orties.

— Tu es idiot ou quoi ? Parce que c'est évident que grand-père a un rapport avec l'accident, non ? Et en aucun cas ce ne pourra être une bonne surprise.

J'allais mentionner que j'étais au courant pour leur maison de vacances. Mais je me contentai d'un :

— Donc tu n'es jamais allée à Authuille ?

— Moi ? Non, jamais.

Je haussai les épaules. Elle explosa.

— Qu'est-ce que tu insinues ? Comme je te l'ai dit, nous partions tous les ans en Bentley passer des vacances à l'hôtel en Europe. Mais c'était toujours direct jusqu'à Douvres, traversée vers Calais et puis direction Paris. Il accélérait même au niveau des sorties de la Somme.

— Ah bon.

— Tu dis que je mens ? Eh bien, sois un homme et fais ton choix, alors, Edward. Décide si tu veux de moi ou non. Tu ne me fais pas confiance. Tu crois que je sais quelque chose sur la disparition.

— Et c'est le cas ?

— *Non, je t'ai dit !* Et je ne veux rien savoir non plus.

Je fus frappé par l'idée que, plus tôt dans l'été, Hanne avait prononcé à peu près les mêmes paroles. Là où nous nous trouvions maintenant. Et que, au fond, c'était la raison pour laquelle je l'avais quittée.

7

QUELQUES JOURS PLUS TARD, nous franchissions la frontière française. Le périple n'avait pas été des plus enjoués, on aurait dit que nous roulions avec deux inconnus muets qui écoutaient notre conversation depuis la banquette arrière, et que ces deux inconnus étaient les nous véritables.

Mais Gwen était montée à bord, avec ses valises en cuir fatiguées, qu'elle avait bouclées comme si elle partait au travail. La Bristol avait eu droit à une visite de deux jours au garage Mobil du bourg voisin, où on l'avait accueillie comme une vieille amie, vidange, réglages et nouveaux pneus pour remplacer les Dunlop fendillés sur lesquels avait roulé Einar.

Puis nous avions filé vers le sud, ferry, une seule escale, dans un hôtel en Belgique. Les dissonances de la Bristol ne s'étaient tues que pour rendre audibles celles des phrases que nous échangions.

Pas de Leica dans mes bagages. Rien que de vieilles photos de 1971, cachées dans ma valise, avec le tirage de la carte d'état-major. Elle aussi avait peut-être quelque chose d'équivalent dans sa manche. La clef d'une maison de vacances, par exemple.

La nuit, nous couchions ensemble, le matin, nous bavardions comme avant, mais de petites paroles amères commençaient à se glisser jusque dans le moindre désaccord.

Nous arrivâmes en fin de matinée. Dans le paysage plat qui entourait la Somme. La route longeait des champs interminables, où les câbles électriques faisaient des génuflexions entre les mâts à haute tension. C'était un paysage à oublier, un paysage où rouler sans s'arrêter, chaque point cardinal identique au suivant, une brume de chaleur poussiéreuse sans point d'attache pour les souvenirs.

Les haut-parleurs de la voiture diffusaient les braillements d'une station de radio française. Ils parlaient trop vite pour que je puisse suivre. Mais Gwen riait doucement de leurs blagues, fredonnait leur pop prétentieuse, bien qu'elle la dise infecte.

Le babil radiophonique me faisait perdre de l'assurance. J'étais en route vers mon nom de famille. Le pays de ma mère. Je commençais à attendre un sentiment d'appartenance, de me sentir chez moi. Nous nous arrêtâmes à un bureau de tabac, mais j'avais perdu l'élan de ma conversation avec Jocelyne Berlet et je me mis à bafouiller. Tout sonnait faux maintenant que je me trouvais sur le sol français.

Je me ressaisis et achetai des Gauloises. Paquet bleu, avec un casque gaulois. Apparemment, les Français ne faisaient pas des paquets de vingt, mais de dix-neuf, pour que les cigarettes tombent sur trois rangées et reposent dans les courbures les unes des autres. Cette différence était pour me plaire.

Allez, fume donc, Édouard Daireaux, me dis-je.

Après quelques dizaines de kilomètres, Gwen déploya la carte Michelin sur ses genoux et déclara : "Prends la prochaine à droite."

C'était désormais du sérieux. L'écriteau indiquait Albert, la petite ville près d'Authuille. Nous n'avions pas réservé d'hôtel, pas fait de plans. La brume recouvrait le soleil d'automne, le paysage était plat, les tracteurs devenaient fourmis sur l'horizon.

Puis la guerre prit le dessus. Pas la guerre d'Einar et Isabelle, mais celle de Duncan Winterfinch. Nous dépassâmes un petit cimetière aux pierres tombales blanches. Elles étaient serrées et symétriques, telle une troupe de soldats en formation. J'en fis la remarque à Gwen.

— Ce *sont* des soldats, répondit-elle calmement.

Plus haut, nous vîmes un autre cimetière, puis encore un. Nous n'avions pas de voitures derrière nous et je ralentis sur une hauteur. Nous avions vue sur quatre grands cimetières.

On aurait également dit que le fracas des combats de ma propre histoire se mettait à gronder. Nous approchions du front, de l'endroit où j'avais disparu, de la grenade à gaz qui attendait d'exploser, de l'étang où ils s'étaient noyés. La Bristol bourdonnait doucement, en confiance, prête à m'y conduire. Mais je n'en avais pas la force, j'avais besoin de quelque chose pour cacher ma propre histoire. Je m'arrêtai donc à un cimetière et annonçai que je voulais y entrer.

Plusieurs centaines de stèles. Après tant d'années, on venait encore sur ces tombeaux. Des lettres étaient parfois glissées entre les fleurs. Je m'accroupis près d'une missive plastifiée. De date récente, elle était écrite par la petite-fille d'un soldat mort le 1ᵉʳ juillet 1916. Elle racontait à ce soldat que sa veuve ne s'était jamais remariée. *She missed you terribly, never remarried and took great delight in bringing up her only child.*

Dans la voiture, Gwen regardait dans le vide. Je tournai un peu, revins vers elle, mais fis demi-tour et allai dans un cimetière deux ou trois cents mètres plus loin. Il était deux fois plus grand. Presque tous étaient morts le 1ᵉʳ juillet, le premier jour de la bataille.

Nous repartîmes, et pour échapper au silence, je m'arrêtai à un cimetière aux confins d'Albert ; encore une fois, je franchis seul la grille en fer.

J'eus le vertige. C'était comme être au pied d'une tour et lever les yeux. Être sur un ferry et les baisser. Les croix s'étiraient à perte de vue. Des noms français. J'allai au bout et essayai d'en estimer le nombre. J'arrivai à trois mille. Puis je m'aperçus en me retournant que les croix étaient doubles. J'avais en face de moi trois mille nouveaux noms. Les tombes françaises n'étaient pas décorées. La moitié de mon sang vient d'un peuple qui laisse le passé tranquille, songeai-je. Ce sont les Britanniques qui décorent, ce sont les Britanniques qui refusent d'oublier.

— Pas de fleurs sur les tombes, lui dis-je. C'est curieux.

Je redémarrai la voiture et roulai. Elle continuait de garder le silence.

— Il y a en France plus de neuf cents hectares de cimetières de la Première Guerre mondiale, observa-t-elle quand nous eûmes pris de la vitesse. On va tous les visiter ?

Aussitôt après, comme si le courant nous y avait conduits, apparut l'écriteau d'Authuille.

— Tu ne tournes pas ? demanda-t-elle d'un ton plat.

— Non. C'est trop... pénible. J'en viendrais presque à vouloir rentrer à la maison.

— Regarde, fit-elle en désignant du menton le point culminant du site, le sommet d'un versant en pente légère.

Là-haut se dressait un colosse étranger, aux couleurs indéfinissables dans la brume. Une arche immense rompait avec le paysage, comme si elle cherchait à crier par-dessus les collines.

— Le mémorial de Thiepval, déclara-t-elle.

Je la regardai.

— Arrête! siffla-t-elle. Je ne suis *jamais* venue. Mais je suivais en cours d'histoire.

— Calme-toi. L'armurier nous en a parlé. J'allais justement te dire que c'était d'une ampleur insaisissable.

— Est-ce que tu sais *pourquoi* ce monument est gigantesque?

Je mis la voiture au point mort.

— Non, répondis-je en appuyant bien sur la syllabe.

— Pour avoir la place d'inscrire tous les noms. Ils sont gravés en colonnes. Soixante-treize mille soldats. Ceux qu'on n'a jamais pu retrouver ou identifier. C'est là-haut que sont les soldats de la compagnie de grand-père. Et, non, je ne veux pas y aller.

Un car de touristes arrivait derrière nous. Je rapprochai la Bristol du fossé et le laissai me doubler. D'un regard, je signalai à Gwen que j'attendais la suite, mais elle s'en tint là.

Nous continuâmes dans une sorte de vallée en pente douce, je suivis la route jusqu'à un point de vue et sortis de la voiture. À travers les brumes, je voyais une forêt jaune d'automne en contrebas.

J'étais donc arrivé. Je m'étais fait tant de représentations, je m'étais imaginé que l'Ancre coulait vivement par-dessus des pierres rondes, que la forêt était un sombre cauchemar de fourrés et de branches mortes. Une grande forêt, sur des kilomètres. Mais en réalité, l'Ancre n'était qu'un vaste marécage, la rivière guère plus qu'un ruisseau en crue. Des arbres uniquement en petits bosquets. Au fond de la vallée, une myriade d'étangs stagnants et de canaux à l'eau brunâtre. Et je vis comment la guerre avait pu être ce qu'elle avait été. Des centaines de milliers de personnes se battant dans un paysage dégagé. Pas de montagne, pas de collines, les avancées visibles de loin.

Trouver le bois Daireaux devrait être relativement aisé. Il me suffisait d'un moment de solitude pour sortir la carte d'état-major de Winterfinch et la faire correspondre avec le site. L'emplacement de leurs positions de mitrailleuses avait aussi été celui des noyers. Non loin de Speyside Avenue, la ligne d'approvisionnement où on l'avait découvert avec son bras arraché.

Enfin, Gwen sortit de la voiture. Elle s'appuya contre le capot et se chauffa les mains sur le radiateur.

— Tu reconnais ?

Je secouai la tête.

— Pas du tout. Mais la forêt se trouve là-bas quelque part, répondis-je en pointant vers le bas.

— La ferme, où peut-elle être ?

Je regardai autour de moi. J'avais auparavant cru qu'elle se situait à proximité du bois, mais ce fond de vallée était si marécageux qu'il n'était pas cultivable. Çà et là étaient garées quelques caravanes, sans que je saisisse ce que les gens pouvaient fabriquer dans cette zone détrempée.

— Je ne sais pas trop, fis-je. Elle doit être sur un versant où la terre est meilleure.

Gwen portait un chemisier bleu pâle à manches courtes. À son poignet, la montre de son grand-père égrenait les secondes.

— Est-ce que, toi, tu veux voir la forêt ? lui demandai-je. Là où il a perdu son bras ?

Elle rajusta ses vêtements.

— Oui. J'ai décidé de le faire. De toute façon, nous ne la verrons qu'à distance.

Je fus trahi par mon silence. La seule chose honnête était de me forcer à tout revivre, lieu après lieu, aux mêmes horaires, afin de voir ce qui venait. Elle reprit :

— Tu ne veux pas dire *entrer* dans la forêt ?

— Je ne sais pas encore. Mais il faut que j'y sois tôt demain matin. À l'heure où ça s'est passé.

— Tu n'entreras certainement pas dans la forêt. Si c'est ça, je rentre chez moi !

Je restai immobile à contempler le paysage. J'espérais ressentir un séisme, une série de déjà-vu qui réveilleraient les événements de 1971 et susciteraient un écho en moi. Mais la seule personne vivante ici, c'était Gwen, et je sentis que je me trouvais à un carrefour plus vaste que je ne le pensais.

— Allons-y, dis-je.

Et nous n'eûmes pas à rouler longtemps avant de retrouver encore l'écriteau de ce lieu qui courait dans ma vie comme un démon.

Authuille.

— Bon, il ne reste plus qu'à y aller, conclus-je. Mais à pied.

Nous laissâmes la Bristol près d'un cimetière, déambulâmes vers un hameau. Une 4L nous dépassa en trombe, l'appel d'air fit battre le revers de ma veste. Au loin, des chiens grognaient. L'image d'Authuille aussi, je l'avais souvent convoquée, en petite ville animée avec ses cordes à linge et ses gens qui regardaient par la fenêtre, mais c'était un village désert sans commerces, juste des maisons poussiéreuses en brique rouille et de petites voitures peu récentes. Deux gamins tapaient dans un ballon de foot dans une allée gravillonnée, nous passâmes devant un jardinet où une femme désherbait sans s'apercevoir de notre présence.

Gwen me prit la main. Elle ne la tenait pas fort, mais c'était comme si chacune de ses terminaisons nerveuses courait dans les miennes. Les flots de pureté et d'authenticité n'allaient toutefois que dans un sens, d'elle à moi. Je méprisai ma méfiance, car elle serrait ma main comme si nous redescendions la nef centrale d'une église.

Puis elle la relâcha, nous fûmes soudain sortis d'Authuille, et une nouvelle infinité de terres se déroulait devant nous. Nous regagnâmes le cimetière, cherchâmes le nom Daireaux sur les pierres tombales, en vain. On aurait dit que le récit de maman et Einar n'était pas vrai.

Mais il l'était. J'en étais la preuve.

— On s'arrête là ? proposa Gwen en tournant vers un chemin escarpé. J'ai l'impression que la rivière passe en contrebas.

Nous descendîmes. Et soudain un autre Authuille apparut. L'Authuille de mes souvenirs. Car cent mètres plus bas s'élevait un bâtiment que je m'imaginais avoir déjà vu. L'auberge de la Vallée d'Ancre. Un joli restaurant à la façade en brique barrée de bandes transversales blanches.

Des brumes de ma mémoire se dégageait quelque chose.

— Pourquoi t'arrêtes-tu ? demanda Gwen.

— C'est ici.

347

La sensation que j'avais espérée était toute proche. Comme un élément souterrain se déplaçant, creusant à la recherche d'un point de passage.

— Ici quoi?

— Je suis déjà venu.

— C'est vrai? *Tu t'en souviens?*

Cela me revenait par vagues. Quelques images fixes se succédant à plusieurs secondes d'intervalle. Les mains de mon père me soulevaient par les aisselles, ma mère arrivait à côté et disait quelque chose. Ils parlaient avec enthousiasme en répétant sans cesse un mot.

Brusquement, le contact fut établi. La voix de papa était bien distincte dans mon souvenir.

— Perche, fis-je.

— Pardon?

— *Perche.* En bas, là, mes parents parlaient de perche.

Gwen reprit sa descente.

— Attends, dis-je.

Un nouveau souvenir venait, mais il était cotonneux et bizarre.

— Quelque chose de marron et blanc, murmurai-je, peut-être des lettres de l'alphabet.

Nous étions encore loin du restaurant.

— Si tu as raison maintenant, dit Gwen, c'est que ce n'est pas quelque chose que tu t'imagines.

Comme en transe, je restai à contempler le bâtiment en contrebas. L'herbe le long du mur. Le petit escalier en colimaçon.

— Perche et quelque chose de marron et blanc? vérifia Gwen.

Je répondis oui. *Oui*, comme si nous étions devant le prêtre.

Nous dévalâmes la pente au petit trot.

— Regarde, dit-elle. Sur le mur. Le menu.

Il était protégé par un cadre de verre aux contours métalliques bruns et rouillés. À une hauteur obligeant un enfant à être soulevé pour voir. Le mot MENU était inscrit en lettres blanches.

— C'est écrit là.

Gwen désigna le menu.

— *Perche en sauce safranée**.

Papa, qui ne savait pas beaucoup de français, avait dû me hisser jusqu'au menu. Puis maman était venue traduire.

Mon sentiment de récognition se faisait plus distinct. Une réminiscence nébuleuse laissant derrière elle une trémulation de mon diaphragme. Je m'accroupis pour être à hauteur d'enfant, notai l'odeur d'herbe qui s'insinuait dans mes narines, le bruissement de la rivière qui changeait de note quand je me tenais plus bas et correspondait ainsi à mon souvenir. Il y avait une autre variété d'herbe ici, des fleurs qu'on ne trouvait pas chez moi, et plus loin dans les brumes du passé, il me sembla entendre l'écho des voix de mes parents.

Perche.

Le mot continuait de ricocher dans ma mémoire. Comme s'il se heurtait aux murs d'une cave à l'abandon et détachait la moisissure des murs. Tout à coup, j'entendis de nouveau la voix de papa. Pas distinctement, juste sa sonorité. Nous étions dans le petit chalet et nous regardions une planche de poissons.

Enfin, cela m'avait été donné. Un cadeau éternel. Un vrai souvenir de papa. Nous étions à Hirifjell et nous énoncions le nom des poissons. Mon souvenir prit une forme fixe, puis papa et moi nous élevâmes hors de la ferme pour redescendre ici, où ses mains me tenaient sous les bras et où nous disions *perche*.

— Ils en servent toujours, observa Gwen. C'est sûrement une spécialité.

La porte était fermée. Je restai à errer devant et une dame à l'air revêche d'une cinquantaine d'années entrebâilla la porte.

— *Nous n'avons pas encore ouvert. Avez-vous réservé une table* ?*

Elle parlait si vite que je ne la compris pas et il s'était à peine écoulé quelques secondes qu'elle arrivait à bout de patience et refermait la porte.

— Le service du déjeuner est terminé, traduisit Gwen en consultant sa montre. Elle demandait si nous avions réservé pour ce soir.

Je ne répondis rien. Je m'accrochais à mon souvenir.

— Qu'est-ce qui t'arrive ? Tu sembles si... content ?

— C'est la première fois que j'ai un véritable souvenir de mon père. Sa voix était juste dans mon oreille. Il n'était pas rasé et me frottait la joue sans que ça me fasse mal. Maman était exaltée. Ils avaient l'air si... entiers.

Elle fit un pas vers moi. Elle souriait. Espérant en quelque sorte que cela me suffirait.

— Une chose, dis-je. La dame a parlé de réservations. Ils les inscrivent dans un registre, non ?

— Si, bien sûr.

— Peut-être qu'ils les conservent, ces registres ?

Dix minutes plus tard, dans une gracieuse démonstration de charme et de français d'école privée, sans oublier quelques billets glissés sous une nappe crochetée, Gwen avait convaincu la femme revêche d'aller chercher un registre fatigué. Avant de nous le tendre, elle fronça le nez et souffla la poussière de la couverture bleu pâle par la fenêtre.

— La perche au safran, demanda Gwen. Ça fait longtemps que vous en avez au menu ?

— Depuis toujours, répondit-elle en posant le registre devant nous.

Nous la trouvâmes à la date du 22 septembre 1971. Une table réservée au nom de Nicole Daireaux. Pour trois adultes et un enfant.

Je regardai autour de moi. Nappes jaune pâle, écho de couverts qu'on triait. J'essayai de rappeler à moi des souvenirs à partir de ces bruits, mais rien ne vint.

— Revoici son nom, fit Gwen, m'arrachant à mes pensées.

— Quoi ?

Gwen avait tourné la page.

— Ils ont réservé une table le lendemain aussi. Mais seulement pour trois adultes. Comme la veille, mais sans enfant.

Je restai à contempler le nom de ma mère.

— Hmm, fis-je.

— Quoi ?

— Non, rien.

— Si. Avec qui devaient-ils manger ?

— Ça devait être ton grand-père. Einar allait peut-être me garder. Mais la table est restée vide. Ils étaient déjà morts.

CE SOIR-LÀ, JE MANGEAI le dernier repas de mes parents.

De la perche au safran. Une épice aussi nouvelle pour moi qu'elle avait dû l'être pour eux. De petites étincelles d'arômes projetées par les filaments orangés qui déteignaient dans une sauce claire douce. L'odeur du plat s'enracina profondément en moi et établit une communication longue distance avec le passé. À nouveau, leur image m'apparaissait par éclairs.

Les saveurs ressemblaient aux souvenirs. Un plat léger sans prétention, une sauce à laquelle on pouvait s'adonner. Pas les sensations fracassantes d'épices qui chavirent les sens, juste une odeur suave inimitable qui vibrait dans mon cerveau et le réglait sur une fréquence de 1971.

Un jeu d'ombres floues, des rêves diffus, et pourtant j'étais plus proche de mes parents que jamais. Je reconnaissais l'égarement que maman avait dû ressentir la première fois qu'elle était venue à Authuille, quand elle avait demandé le chemin de la ferme avant de s'en faire chasser. J'avais l'impression d'être dans la tête de ma mère quand elle était revenue afin de conclure une histoire.

Je savais qu'il me fallait continuer, répéter les gestes pas à pas, puis sortir dans la lumière matinale pour ranimer la mort.

Mais je ne me laissai pas submerger par cette pensée. Car tout dans cet instant était paisible et rassurant. Il ne s'agissait pas d'un voyage téméraire et risqué. Ils étaient venus conclure quelque chose, le laisser tranquille.

Quelqu'un de triste ne commande pas une perche au safran.

Je remarquai à peine que Gwen se détachait de moi en cours de route. Elle mangeait en silence et, au milieu du repas, elle fit une remarque sur laquelle je m'interrogeai les jours suivants. C'était une réprimande, mais cela n'en avait pas les consonances, plutôt celles d'un conseil amical, une réflexion faite après avoir lancé un bref coup d'œil sur mon verre d'eau.

— Edward. Quand tu manges un plat de ce genre et qu'on te donne des verres propres, tu prends ta serviette et tu t'essuies les lèvres *avant* de boire. Pour ne pas laisser de traces.

C'était comme si elle avait un pressentiment.

Que ce dîner serait le dernier que nous prendrions ensemble.

Ce soir-là, nous ne couchâmes pas ensemble. Elle tira la couverture sur elle et me tourna le dos.

Le sommeil refusait de venir. La rumeur du voyage résonnait dans ma tête et je m'habillai puis marchai dans les couloirs. Nous avions pris une chambre à l'hôtel de la Basilique, mais l'ambiance n'avait pas été à ce que je lui raconte que mes parents et moi y avions probablement dormi en 1971.

L'hôtel ne comptait que dix chambres et, passant devant les portes blanches, je me demandai derrière laquelle nous avions logé. Ici aussi, il devait bien y avoir un registre vieux de vingt ans.

Je sortis dans la fraîcheur de la nuit, déambulai jusqu'à la basilique. Quelques noctambules parlaient fort dans la rue voisine, une Citroën gris clair disparut au détour d'un virage.

Jocelyne Berlet vivait à tout juste une heure d'ici. Pendant notre trajet vers la France, j'avais parlé d'elle à Gwen. Nous pourrions peut-être essayer de lui rendre visite le lendemain ? Mais qu'adviendrait-il si elle racontait que la police avait à l'époque interrogé un manchot ? Je n'avais jamais éprouvé de rancœur à l'égard de Duncan Winterfinch. Ici non plus. Quelque chose semblait l'excuser. J'entrepris de planifier la suite du voyage, vers Le Crotoy, jusqu'au cabinet médical où on m'avait retrouvé.

À mon retour, Gwen dormait toujours et je songeai aux Shetland, un soir où nous avions pris une chambre à la Solheim Guest House après nous être soûlés au Captain Flint's. Nos pouffements de rire, nos attouchements dans l'escalier avant de nous glisser dans la chambre, de verrouiller la porte et de nous déshabiller l'un l'autre dans la lumière vaporeuse qui filtrait par les rideaux.

Cette même lumière l'enveloppait maintenant, en cette nuit dans la chambre 8 de l'hôtel de la Basilique. Son corps était teinté d'une lueur un peu jaune. Je m'allongeai sur le canapé, m'endormis avec la tension et la distance des premières nuits aux Shetland. La chambre d'hôtel était devenue Haaf Gruney et Quercus Hall. Une mer agitée en guise de sol entre nous.

Je fus réveillé par des sanglots ravalés. Elle était vêtue d'un peignoir de bain et tenait les photos que je lui avais cachées.

— Tu ne me les avais pas montrées, dit-elle d'une voix atone, comme si elle s'adressait au plancher.

Je me redressai. Ma valise était vide. Les chemises étaient alignées au cordeau sur la tringle de penderie. Les pantalons soigneusement pliés sur les rayonnages.

— J'ai photographié sa carte d'état-major à Quercus Hall, expliquai-je. À ce moment-là, je me demandais encore si… tu avais un autre plan.

Mais la photo qu'elle fixait n'était pas celle de la carte d'état-major, c'était celle de moi avec le chien en bois.

— C'est *toi* qui avais un autre plan. Je me fiche bien que tu aies pris des photos en catimini. Ce que je me demande, c'est pourquoi tu ne m'as jamais montré *ces* photos-ci.

— Ne pourrais-tu pas simplement admettre que tu es déjà venue ? Et que vous aviez une maison de vacances ici.

L'information ne semblait pas passer. Elle ne parvenait pas à détacher son regard de la photo, restait recroquevillée à étouffer ses sanglots.

— Je ne sais pas ce qui est arrivé à tes parents.

Sa voix était presque inaudible.

— Tu ne m'as pas répondu. Au sujet de la maison que vous aviez ici.

— Une maison de vacances ? murmura-t-elle d'un air absent, comme si je lui demandais où étaient mes chaussettes.

— Einar en parlait dans une lettre.

— N'importe quoi, trancha-t-elle en secouant la tête. Nous n'avions pas de maison de vacances.

J'attrapai mes vêtements de la veille. Elle ne bougea pas, resta avec la photo de moi tenant le chien.

— Qu'est-ce que tu as avec cette photo ? demandai-je en serrant ma ceinture.

Elle ouvrit un tiroir de la commode, tritura ses flacons de parfum à facettes et son fard à paupières. Elle prit sa trousse de toilette Judith Leiber et glissa le maquillage à sa place sous des bandes élastiques noires. Elle parlait toute seule à voix basse. Brusquement, elle referma le tiroir. Elle se dirigea vers moi dans un nuage de colère et de crème de nuit d'Elizabeth Arden. Elle me plaqua contre le mur des deux mains et me gifla.

— Je vais te dire une chose, Edward. Là-haut, à la ferme, quand je ne me douchais jamais et que je portais de vieux vêtements de travail, c'étaient les plus beaux jours de ma vie. Nos crêpes de pommes de terre avec le fromage bizarre, je n'ai jamais rien mangé de meilleur.

Ces mots me firent craquer. Je pris ma tête dans mes mains et me maudis de ne lui avoir pas tout raconté. Pour moi aussi, les semaines à Hirifjell avaient été vraies. J'allai vers elle et lui caressai les cheveux. Elle me chassa d'une secousse, prit une cigarette. De son ongle, elle déchira lentement le papier, jusqu'à ce que le tabac forme une pyramide dans sa main. Elle se leva et ouvrit la fenêtre, souffla le tout dehors, me lança un regard dans le miroir.

— Promets-moi une chose, fit-elle. De ne jamais entrer dans cette forêt.

Je regardai par la fenêtre. Gwen m'embrassa sur le front :

— Va faire un tour, *mon chéri**. Descends au bord de l'Ancre et fume-toi une Gauloises. Fais quelque chose de théâtral. Convoque la pluie et la tempête. Laisse-moi seule.

Les regards appuyés du réceptionniste. Les feuilles d'automne jaunes qui se détachaient dans les rafales et se collaient aux vitres.

Le lit était fait. Les draps tendus. Sur le bureau se trouvaient les photos. Un paquet de Craven A vide. Accrochée au dossier de chaise la veste de Duncan Winterfinch.

Elle avait laissé une lettre.

Edward. Je rentre à Unst. Ne viens pas me trouver. Je vais mettre Haaf Gruney en vente. Prendre l'argent pour entretenir Quercus Hall. Sois gentil de m'épargner des protestations.

Veille à rentrer, toi aussi. Garde la veste de mon grand-père en souvenir.

Of the summer when we were forever young.

Gwen

Je m'assis sur le lit. J'attendais un sentiment qui ne vint pas. Je voulais un chagrin d'amour, brutal et sauvage. Le besoin de courir à toutes jambes jusqu'à la gare, de lancer des regards éperdus de toutes parts, de prendre une fille vêtue de façon similaire par l'épaule, de sursauter en voyant un autre visage que celui de Gwen, de crier son nom à le faire résonner entre les quais.

Mais c'était comme avec maman. Je la dessinais dans les airs en me demandant si je la regrettais comme un fils était censé le faire. Tout comme je dessinais maintenant le chagrin d'amour en me demandant s'il était vrai ou faux. J'étais seul dans la chambre d'hôtel à regarder dans le vide, à regarder les valises qui n'étaient plus là et à sentir le parfum qui s'évanouissait. Mais ma motivation et l'absence que je ressentais étaient pathétiques et sans vigueur.

Peut-être parce que je me doutais que ce n'était pas terminé.

Car elle m'avait laissé un cadeau, Gwen. Le mystère de la raison de son départ.

Un jeu de photos dissimulées avait-il vraiment pu la pousser à bout ? Ou se servait-elle des mystères que j'avais faits comme d'un prétexte pour renverser la partie, afin de m'empêcher de la suivre ?

J'examinai encore les photos. Je me demandais si j'avais laissé passer quelque chose. Quelque chose qui lui avait indiqué l'emplacement du noyer. Mais tout ce que les photos montraient, c'étaient nous en voyage. Pas de forêts sinistres, de hangars étranges. Juste nous, une famille, sur des aires de repos et des autoroutes. Et cet instantané couvert d'empreintes digitales de Gwen, marqué de sa crème pour les mains. Moi et le chien en bois, devant un mur.

Qu'est-ce que je ne voyais pas ?

8

DERRIÈRE LA BUÉE DU VERRE OPAQUE, je distinguai des mouvements dans la serre. Sa silhouette se déplaçait entre les plantes, s'arrêtait çà et là, entreprenait quelque chose que je ne pouvais voir. Je ne la voyais distinctement que par intermittence, quand une goutte d'eau entière s'amoncelait et coulait sur le verre.

L'ancien agent de police Jocelyne Berlet.

J'avançai jusqu'à la serre. Bientôt les mouvements à l'intérieur s'interrompirent et elle ouvrit la porte. Grande et svelte comme une coureuse de fond, elle ne dissimulait pas son âge. Des bandes de cheveux gris sinuaient vers un chignon simple. Les rides autour de ses yeux étaient profondes et marquées, mais pour le reste, elle ressemblait à la photo du journal.

Jocelyne Berlet me jaugea. La femme qui m'avait tenu dans ses mains et lâché dans la vie. Elle semblait évaluer si elle aurait pu faire davantage pour m'aider.

— Je me suis toujours demandé si je vous aurais reconnu, dit-elle en français.

— Et tu me reconnais?

Elle m'observa intensément. Elle ne semblait pas s'attacher au fait que j'avais oublié de la vouvoyer. Elle acquiesça d'un bref signe de tête.

— Oui. Votre bouche et votre nez. Comme c'est étrange de vous voir.

J'étais mal à l'aise.

— Vous parlez français? Ou on parle anglais?

356

— De préférence anglais. Même si je parlais un peu français quand j'étais petit.

Je me mordis la lèvre. J'avais peut-être mal choisi mes mots. J'avais peut-être présenté ma mission en la vidant de son sens.

— Vous parlez encore bien, poursuivit-elle dans un anglais plus accidenté que mon français.

L'air moite déferlait hors de la serre. Jocelyne Berlet y gardait de longs rangs de légumes et une foule de rosiers. L'aération du toit pouvait se régler grâce à un ingénieux système de cordons et de palans et elle entrouvrit les châssis, puis, ne s'estimant pas entièrement satisfaite, en referma deux. Je me doutais qu'un réglage de précision similaire s'opérait en elle, un calibrage de la quantité d'air frais qu'on pouvait laisser entrer dans une vieille histoire sans que des plantes fragiles tombent malades.

— Allons dans mon appartement.

Elle ôta son tablier, rinça un sécateur dans un tonneau d'eau, avant de plonger l'acier dans un seau de sable et de le ressortir, éclatant de propreté.

J'observai le seau avec curiosité. Elle bascula de nouveau en français.

— Du sable ordinaire. Imprégné de vieille huile de vidange. Le sable élimine les amas de boue. L'huile protège l'acier de la rouille.

Dans l'entrée sombre et exiguë de l'appartement, elle suspendit ma veste en tweed à un cintre et je me demandai si elle notait l'étiquette du tailleur. Si ses années d'agent de police lui permettaient de voir que les lettres s'étaient effacées contre une colonne vertébrale autre que la mienne.

— Asseyons-nous dans la cuisine. Ceci n'est pas un récit pour fauteuils moelleux. D'ailleurs, je n'en ai pas.

— CE QUE JE SAIS, RACONTA JOCELYNE BERLET, c'est que vos parents sont morts autour de six heures du matin. Nous en avons été informés par un pêcheur de carpes. Qui se trouvait sur l'autre rive. Il était loin et les fourrés étaient denses, mais c'était un bon témoin quand même. Le meilleur qu'on puisse souhaiter.

J'inclinai la tête, elle continua :

— Parce que la pêche à la carpe est une occupation qui demande de la patience et le sens de l'observation. On est assis parfaitement immobile. Vers six heures, il a entendu crier et il a vu une personne en veste rouge courir vers l'étang. Il a d'abord cru que d'autres pêcheurs se précipitaient pour aider l'un d'eux à remonter une grosse prise, mais un silence étrange a suivi. Le témoin s'est levé et a alors eu l'impression de voir quelque chose de rouge flotter à la surface.

Il avait ensuite pris son vélo et était rentré chez lui appeler la police. Je commençais à souffrir d'entendre son récit. Un récit sobre. Elle faisait parfois des incursions en français, mais revenait ensuite à l'anglais.

— Et puis... dis-je en français, vous êtes allés dans la forêt?

— Pas tout de suite. Quand il a appelé, j'ai trouvé l'endroit sur la carte et j'ai été très surprise. Il y avait des grenades dans cette forêt et elle était interdite au public. Alors, avec un agent, nous avons rejoint la place de pêche, mis à l'eau un canot pneumatique de la police et gagné l'autre rive à la rame.

— Il n'y avait pas de barrages? De barbelés?

— Ici et là. Mais dans un état lamentable. À la suite de l'accident, une nouvelle clôture bien plus haute a été installée, mais même aujourd'hui, vous seriez stupéfait de voir à quel point les forêts de la Somme sont mal protégées. En France, on se contente de panneaux d'avertissement. Mais ça n'est d'aucun secours pour ceux qui ne savent pas lire.

Elle se mit à se gratter le bras.

— Lequel d'entre eux, demandai-je après une pause oppressante, portait une veste rouge?

— Votre mère, répondit-elle furtivement. Une espèce de coupe-vent que l'on enfile par la tête. Votre père, lui, avait des vêtements foncés, et il nous a donc fallu un peu plus de temps pour le voir.

Elle me dévisagea. Elle m'évaluait comme grand-père évaluait ses cordes effilochées.

— Nous avons fini par les mettre sur un radeau. Nous pensions qu'ils avaient marché sur une grenade à fragmentation et nous avons été surpris de constater qu'ils n'étaient pas blessés. Pas la moindre plaie. Les traces dans l'herbe menaient vers l'endroit où ils gisaient. On aurait dit qu'ils avaient couru droit dans l'eau et s'étaient forcés à aller sous la surface pour se noyer.

— *Le gaz**, murmurai-je.

— Comment?

— Une grenade au gaz. N'était-ce pas une grenade au gaz...
De l'index, elle traça un motif invisible sur la table.

— Si. Mais nous ne l'avons découvert que bien plus tard.
Lors de l'autopsie. Il y avait un produit étranger dans leurs poumons. Ni gaz moutarde ni phosgène. Les chimistes avaient du
mal à en identifier la composition.

— Le pêcheur de carpes n'a vu personne d'autre?
Elle secoua la tête.

— Non. Mais le fourré derrière eux était très touffu. Ce que
vous vous êtes sûrement demandé toute votre vie, et que je
me suis demandé moi aussi, c'est ce qu'ils venaient faire dans
cette forêt. Mais nous n'avons pas obtenu l'autorisation d'y
entrer. Il fallait que nous attendions les démineurs de l'armée.
Ils sont arrivés quelques heures plus tard. Mais nous avions
bien sûr employé cette attente à examiner les alentours et j'avais
déjà donné l'alerte, signalé la présence d'une voiture intéressante.

— La Mercedes.

— En effet. Une Mercedes noire. Elle était garée au bord
d'un chemin de terre non loin. Immatriculée en Norvège. Le
capot était froid, elle devait donc être là depuis un moment, ou
alors elle n'avait pas fait beaucoup de route. J'ai pris le risque et
donné l'ordre de forcer la serrure.

Les mots de grand-père résonnaient en moi. "Un jour, quelqu'un a voulu entrer dedans", avait-il dit des années auparavant,
quand je l'avais interrogé sur les entailles rouillées autour de la
serrure du coffre.

— Ce que j'ai vu, poursuivit Jocelyne Berlet, m'a envoyé une
onde de choc. Des jouets et des vêtements d'enfant. Une petite
veste de pluie bleue. Nous avons trouvé vos noms sur les billets de ferry. Trois passagers. Des volontaires ont été postés aux
abords de la forêt, les routes ont été barrées pour éviter que des
grondements de moteur ne couvrent le bruit de pleurs d'enfants.
À cause du lieu de la découverte, notre principale théorie – j'espère que vous m'en excuserez – était que vous vous étiez noyé,
vous aussi. Alors en attendant les démineurs, des plongeurs ont

continué à draguer l'étang et nous vous avons cherché sur les terres autour. En même temps, nous étions de plus en plus intrigués par la mission que vos parents avaient pu avoir.

— Vous avez retrouvé nos traces de pas?

— Oui, vos pas avaient créé un sentier de la voiture au bois. Je me souviens maintenant que nous avions partiellement enfreint l'ordre de ne pas entrer en envoyant un chien policier qui avait senti vos vêtements. Mais le berger allemand a marché droit sur une grenade à fragmentation et a eu les pattes arrière arrachées. Il s'est traîné jusqu'à nous et nous l'avons abattu. Il nous fallait des chiens spécialement dressés et l'herbe n'a cessé de se redresser jusqu'à leur arrivée. Tout était difficile parce que nous craignions que vous aussi vous ne marchiez sur une grenade dans le bois. Les démineurs cherchaient avec des masques à gaz.

— Y avait-il un chien en bois dans la forêt? m'enquis-je, avant de me rendre compte combien la question paraissait idiote.

— Un chien?

— Oui, en bois, dis-je, en songeant au pauvre berger allemand. Je crois que je l'avais avec moi, mais il a disparu.

Il lui fallut quelques secondes pour digérer que je me souciais d'un jouet.

— Je pense que nos équipes de recherche l'auraient retrouvé. À moins qu'il ne soit tombé dans l'eau. Mais ça, seule les poissons le savent.

Pour quelqu'un qui vivait seul, Jocelyne Berlet avait une quantité remarquable d'albums photo. Ils occupaient deux rayons de la bibliothèque au-dessus du petit téléviseur qui était visible depuis la table de cuisine à laquelle nous étions assis. Au téléphone, elle m'avait expliqué avoir quitté la police en 1975. Elle ne mentionna que plus tard être devenue assistante sociale spécialisée dans l'adoption.

La raison était si évidente qu'aucun de nous ne l'avait évoquée. Je devinais que je figurais dans son tout premier album, un album conservé uniquement dans sa mémoire.

J'avais en moi un dossier d'archive d'une épaisseur comparable. Le récit d'un maître ébéniste et d'un négociant en bois manchot. L'envie de tout lui raconter croissait. Mais *voulait*-elle savoir? Je rechignais à être le témoin de premier ordre se présentant vingt ans trop tard à quelqu'un qui avait fait du mieux qu'il pouvait. Pour elle, la sérénité reposait sur cette affaire, tout comme la sérénité reposait sur les enfants adoptés des albums photo. Des destinées qu'elle avait accompagnées jusqu'à une porte d'entrée et ensuite, pour le bien de tous, laissées là.

Car elle ne me demanda jamais si j'en savais davantage. Elle relatait ce qu'elle savait, mais sans regain de curiosité. Encore quelqu'un qui laissait le passé tranquille. Ce doit être le besoin d'Einar qui vit en moi, songeai-je, ce besoin de courir jusqu'à la ligne d'arrivée même si tous les autres participants de la course sont morts.

Sur le plan de travail de la cuisine se trouvaient des tulipes fraîches, je les reconnaissais de l'étagère supérieure de la serre. Elle se leva et posa le vase en verre entre nous.

— Je ne vous ai rien offert à boire, s'excusa-t-elle en ouvrant un placard de sa cuisine spartiate. Voulez-vous un thé ?

Elle remplit d'eau une casserole toute rayée et reprit.

— Nous avons acquis une bonne vue d'ensemble de vos mouvements. Vous logiez à l'hôtel de la Basilique. Vous aviez dîné à l'*Auberge**. Le restaurant était complet, parce qu'il y avait tout un autocar de cadets de l'académie militaire américaine. Votre table était réservée pour trois adultes et un enfant. Mais le quatrième convive n'est jamais venu. La serveuse pensait avoir vu un homme vous rejoindre, il était apparemment ulcéré, mais elle était trop occupée pour bien le regarder et n'a pas pu donner de signalement exploitable. Ensuite vous aviez commandé vos plats, demandé à réserver une table le lendemain aussi, et on avait ôté le quatrième couvert. Le même soir, le réceptionniste vous a vus rentrer. Il était tard et votre mère était apparemment sèche et laconique. Vous étiez endormi et votre père vous a porté dans l'escalier. Tout indiquait que vous alliez vous coucher. La nuit a commencé sans histoires, mais le portier, à moitié assoupi, a ensuite transmis une communication téléphonique à votre chambre.

— Quelqu'un nous a appelés cette nuit-là ?

— Oui. Cela ouvrait un certain nombre de possibilités. Que vous étiez convenus d'un rendez-vous dans la forêt, par exemple.

— Avez-vous découvert qui avait téléphoné?

— Non, si ce n'est que c'était un homme parlant français. L'horaire de l'appel était curieux. Nous nous sommes même demandé s'il avait pu s'agir de quelqu'un au Québec, qui aurait oublié le décalage horaire, mais c'était tiré par les cheveux. Le veilleur de nuit s'est recouché, mais il a été appelé par le client de la chambre voisine qui se plaignait de pleurs d'enfants. Il s'est habillé et est monté dans le couloir. Tout était calme. Vous aviez donc dû sortir ou vous rendormir dans l'intervalle.

Je me ressaisis et demandai :

— Quelle chambre avions-nous? Je loge dans cet hôtel actuellement.

Jocelyne Berlet me toisa longuement, avant de secouer doucement la tête.

— Je ne m'en souviens pas. Hélas. Mais il y a dix chambres au plus, donc il y a des chances pour que... Enfin, quoi qu'il en soit, nous y avons trouvé vos bagages et vos vêtements. La chambre était ordonnée. Rien n'indiquait un départ précipité. Les brosses à dents étaient dans les verres, les lits étaient faits, les vêtements soigneusement triés. La chambre était réservée pour quatre jours et le personnel s'est étonné de ne pas vous voir descendre au petit-déjeuner.

À Hirifjell, mon cerveau disposait de quelques points d'ancrage. La véranda, où j'étais orienté vers les sapins en lisière de forêt et le pin solitaire avec un nid de pies. Un bon endroit où poser le regard quand je réfléchissais. En classe, j'avais eu une planche. Une planche qui n'était jamais déroulée, accrochée entre le planisphère et la carte de Norvège jaunie par le soleil qui avait brillé dans le désert des grandes vacances.

Jocelyne Berlet aussi avait son endroit où poser le regard, un raccord de conduites d'eau sur le mur de la cuisine. Il était bas, juste au-dessus de la plinthe. Je me figurais qu'elle avait l'habitude d'être assise ainsi, les mains jointes autour de son genou gauche, laissant libre cours à ses pensées. Elle réfléchit longuement, puis l'étreinte de ses doigts se desserra et ses yeux quittèrent le raccord.

— Permettez-moi de vous demander une chose, Édouard. Votre objectif en venant ici. Est-ce de trouver la sérénité ? Ou… êtes-vous à la recherche de quelque chose ?

— Ça paraît sans doute bizarre. Mais il faut que je découvre ce qui s'est passé.

— Oui, mais *pourquoi* ? Pardonnez-moi encore. Le voulez-vous vraiment ? Il y a une raison pour laquelle nous nous souvenons de préférence des bonnes choses de la vie. Les hommes ont une capacité phénoménale à séparer le bien du mal. Pour que l'amer prenne un doux reflet de saine expérience. Les enfants peuvent s'adapter à la plupart des situations. Mais là, vous retournez où la vérité était autrefois, ce qui pourrait entraîner des lésions que vous ne supporterez pas.

Elle avait raison. D'après elle, maman avait été de mauvaise humeur quand nous étions revenus à l'hôtel. Alors que je m'étais dit que quelqu'un de triste ne mangeait pas de perche au safran. Le seul souvenir vrai était donc peut-être ce que je croyais moi-même être vrai.

— Quelque chose m'est-il caché ?

— Strictement rien. Ce sont les *suppositions* sur ce qui s'est passé qui seront peut-être trop lourdes pour vos épaules.

L'eau bouillait, elle éteignit la plaque.

— C'est tellement… injuste. Des gens sont entrés dans le bois en 1943 sans être blessés. Alors que mes parents sont allés droit sur une grenade.

Elle secoua la tête.

— Ça n'a rien de bizarre : les coques des grenades sont en *fer*. Elles rouillent. Mais c'est un processus lent. Pendant la Seconde Guerre mondiale, on pouvait peut-être marcher sur une grenade sans la faire exploser. Mais quand vos parents sont allés dans le bois, elles y étaient depuis plus de cinquante ans.

— Et maintenant ?

— Maintenant, elles sont encore plus rouillées. C'est la nature elle-même qui est à l'œuvre. Le bois est de plus en plus dangereux.

Elle comprit ce que j'avais en tête.

— N'y songez même pas. Les obus non explosés tuent aujourd'hui encore. Nous avons eu un incident juste à côté de Thiepval il n'y a pas plus de quinze jours. Deux ouvriers routiers ont été conduits à l'hôpital, hagards et embrumés. Ils avaient heurté une grenade au gaz si rouillée qu'il ne restait que deux ou trois millimètres de coque. Quand je l'ai lu dans le journal, j'ai d'ailleurs repensé à l'événement, *votre* événement.

Elle s'interrompit, me lança un regard à la dérobée. Un mystère non élucidé qui avait grandi. Un petit garçon qui était maintenant bien vivant à sa table de cuisine. J'étais de plus en plus sûr qu'elle n'aimait pas réveiller les souvenirs en elle.

— Que pensez-vous qu'il se soit passé ? me forçai-je à lui demander. Si vous laissiez libre cours à vos idées.

— J'ai une théorie principale. Mais pour la comprendre, il faut comprendre la région dans laquelle nous nous trouvons. La Somme réveille chez les gens le manque, la douleur, le regret d'un proche disparu. Les champs de bataille font si forte impression que certains visiteurs sont bouleversés. Les récits des champs de bataille créent un désir de sens et de vie, de quelque chose d'humain. Je sais ce que c'est de ne pas pouvoir avoir d'enfants. Le vide en soi et en dehors. Je crois donc qu'on vous a enlevé. Ici, dans le pire abattoir de l'histoire de l'humanité.

— Vous voulez dire que quelqu'un s'est contenté de… m'emporter ?

— J'ai vu ce désespoir encore et encore au bureau d'adoption. Même s'il était revêtu d'habits du dimanche et de la politesse crispée dont se drapent les années à souffrir d'une absence. Donc oui, je crois que vous avez disparu et que vos parents vous cherchaient. Dans quelles circonstances ? Je n'en ai pas la moindre idée. Sans doute vous étiez-vous simplement perdu. Quelqu'un a dû vous trouver. Effrayé, au désespoir. Cette personne a peut-être voulu d'abord vous mettre en sûreté, avant qu'un autre instinct s'éveille en elle. Il existe des millions de gens qui ne voient pas plus loin que le bout de leur nez. Des millions d'idées qui peuvent paraître justes pendant quelques minutes. Puis vient le temps de la réflexion : on se demande ce que diront les voisins, l'enfant commence à avoir faim et à pleurer, on pense à l'acte de naissance qu'on n'a pas. Bientôt, l'engouement pour cette entreprise se tarit. Le plus souvent, la raison revient au bout d'une demi-heure. Parfois au bout de deux jours. Et puis nous avons ceux qui pensent qu'avec un enfant disparu il y a de l'argent à extorquer. Mais un plan pareil aurait capoté au bout de vingt-quatre heures quand les ravisseurs auraient mis la main sur un journal et vu que vos parents étaient morts.

— Le personnel de l'hôtel se serait sûrement demandé pourquoi des gens débarquaient soudain avec un enfant de plus ?

— Précisément. Vous avez disparu pendant plusieurs jours et ceux qui vous ont pris devaient bien loger quelque part. C'est pourquoi nous avons enquêté auprès de la totalité des lieux d'hébergement du coin. Nous soupçonnions que l'enlèvement était l'œuvre d'un couple de trentenaires ou quarantenaires sans enfants. Ou d'une femme célibataire de cet âge. Nous avons épluché tous les registres de clientèle du coin. Et nous n'avons rien trouvé, si ce n'est pas moins de neuf cas d'infidélité. Je crois qu'ils vous ont conduit au Crotoy parce que c'était loin du centre de l'enquête. Vos ravisseurs ont attendu jusqu'au lundi matin parce que tout était fermé le week-end. Ils sont allés à un cabinet médical. Un endroit avec des gens éveillés, responsables. Ensuite, ces personnes sont peut-être restées dans la rue en gardant leurs distances jusqu'à l'arrivée d'une voiture de police. Elles sont probablement encore de ce monde. Avec ou sans enfants. Ce que je crois très certainement, c'est que ces gens vivent loin, loin du Crotoy.

— Vous vous souvenez du nom du médecin ?

— Hélas, non. Je me souviens juste qu'il était vieux et autoritaire. Quelqu'un a frappé à la porte, et quand la secrétaire médicale est sortie, vous étiez assis tout seul dans la salle d'attente. Ils vous ont tout de suite examiné. Ils vous ont reconnu parce qu'ils avaient vu votre photo dans le journal. La conclusion de l'examen était que vous aviez mangé récemment et que vous étiez calme. Vos vêtements étaient sales et vous aviez seulement des bleus.

Je plissai le front.

— Des bleus ?

— Oui. Beaucoup.

— *Moi ?* Où ça ?

Jocelyne Berlet se leva et avança. Elle s'arrêta devant moi et je vis qu'elle peinait à retenir sa tendresse contenue.

— Nous nous sommes abstenus de donner des détails au journal, dit-elle en me touchant le bras droit. C'était *là*.

Elle glissa le doigt sur mon épaule et mon bras.

— De gros hématomes. La peau presque noire. Mais rien sur l'avant-bras ni sur le bras gauche. Vous aviez été compressé contre quelque chose.

Sa main reposa une seconde de trop. J'allais lever la mienne pour l'en recouvrir, mais elle dut le sentir, car elle fit un pas en arrière.

— J'ai passé un moment avec vous, reprit-elle. J'ai essayé de vous faire parler. De vous faire dire quelque chose qui pourrait me mettre sur la voie. Mais vous n'avez rien dit. Comme si l'incident avait bloqué votre mémoire.

C'est ce jour-là que j'ai cessé de parler français, songeai-je.

— Et ensuite… grand-père est venu?

— Oui, vous avez été réunis. Vous avez couru vers lui et il vous a pris dans ses bras. Il a été obligé de passer quelques jours à Amiens en attendant que les aspects formels soient réglés.

— Et puis nous sommes rentrés?

— Oui. Dans la voiture noire. Il a d'abord identifié vos parents, ils ont été rapatriés à Oslo en avion. Votre grand-père ne faisait pas dans le sentiment. Mais, d'une certaine manière, il paraissait être… en quête. Comme s'il attendait qu'il se passe autre chose.

Je l'imaginais. La haine forgée ce jour-là. La haine du frère qui voulait le bien, mais qui semait le désordre dans la vie de tous ceux qui l'entouraient, tel un chien enthousiaste, qui brise la porcelaine en remuant la queue.

— J'ai oublié de vous servir votre thé.

DANS LA RUE, J'ALLUMAI une Gauloises en regardant la Bristol. Je me demandais si j'aurais dû lui parler d'Oscar Ribaut, en fin de compte. Mais l'occasion ne s'était pas présentée. Sa profession lui avait sans doute permis de développer un talent pour les adieux. Quand nous fûmes à la porte, elle fit un bref signe de tête, ne laissant filtrer aucun sentiment, quel qu'il soit.

Je restai à fumer, le dos tourné à son appartement. Deux bus passèrent, il me sembla entendre quelqu'un appeler, puis je sentis quelque chose de dur sur mon épaule, suivi d'un bruit de roulement sur l'asphalte. C'était Jocelyne Berlet qui du deuxième étage m'avait touché avec un petit fusible. Elle se tenait à la fenêtre de la cuisine, les mains sur le rebord, comme sur le garde-fou d'un navire.

Bientôt j'étais de retour dans son entrée.

— Vous êtes resté à fumer une cigarette.

— Oui, répondis-je.

— Y a-t-il peut-être quelque chose que vous ne m'avez pas raconté?

— Et vous aussi, peut-être?

Elle ramassa un gant de cuir noir qui était tombé par terre.

— L'explication du kidnapping spontané est celle sur laquelle nous avons fini par nous appuyer, dit-elle en réunissant la paire de gants sur une petite table. C'était la seule qui puisse mettre un terme à l'affaire.

— Mais l'a-t-elle fait?

— Non. Pour moi, l'affaire ne s'est jamais terminée.

La suite resta en suspens. Un troc était nécessaire pour clore cette vieille affaire. J'allai donc chercher les photos. Je lui racontai tout ce que je savais. Jocelyne contempla la photo de moi avec le chien en bois d'un regard qui ressemblait à celui de Gwen. Triste, mais aussi affectueux. Un petit garçon, quelques jours avant de disparaître et de voir ses souvenirs effacés de sa mémoire.

Elle porta quatre doigts à son front et les frotta lentement de bas en haut, comme si elle demandait à son cerveau de se lancer dans un nouveau calcul.

— Cela ne me renseigne pas plus, conclut-elle. Mais dans une enquête, il y a toujours des résidus. Par exemple, l'hôtel vous avait donné deux jeux de clefs pour votre chambre, mais nous n'en avons retrouvé qu'un. Dans la poche du coupe-vent de votre mère.

— Je crois qu'il allait me garder ce jour-là. Celui qui s'appelait Einar.

— C'est une hypothèse, ou alors ils ont perdu une clef pendant qu'ils vous cherchaient. Il est impossible de démêler tous les écheveaux. L'autre chose qui m'a préoccupée, c'est l'histoire de la robe.

J'eus froid. Je sentis une tension dans ma nuque.

— La robe ? murmurai-je.

Jocelyne Berlet se gratta la joue.

— À un moment, nous avons soupçonné la femme de ménage de l'hôtel de l'avoir volée, mais nous avons laissé tomber. Vos parents portaient des vêtements de plein air ordinaires quand on les a découverts. Mais la veille, la serveuse du restaurant avait remarqué que votre mère était vêtue d'une jolie robe bleue avec une coupe à l'ancienne. Votre père... qu'y a-t-il ? Quelque chose ne va pas ?

— Je... non, continuez.

— Votre père était en costume. Quand nous avons fouillé la chambre, nous avons retrouvé le costume, mais pas la robe. Je me suis interrogée. Peu après un décès, qui donc entre dans la chambre d'hôtel de défunts pour voler une robe d'été démodée ?

9

UN COUPLE BIEN MIS promenait son chien. J'aurais voulu avoir mon Leica à présent, il aurait fait de moi un touriste de la mémoire ordinaire.

— Je cherche une ferme, expliquai-je, qui appartenait autrefois à la famille Daireaux.

Ils se regardèrent, secouèrent la tête. Peut-être l'avais-je mal prononcé. J'essayai encore, modifiai mes voyelles. Ils haussèrent les épaules et reprirent leur marche.

La Bristol était sur le bas-côté. Les phares ternes me rappelaient le regard d'un vieux chien fidèle. Aux mouvements lents, mais d'une bonne odeur rassurante. Si seulement elle avait pu me raconter ce qu'elle avait vécu, pendant tous ces kilomètres où elle avait transporté Einar.

J'ouvris la portière et m'assis sur le siège, jambes sorties, mis une cassette de Bob Dylan et l'avançai en marche accélérée jusqu'à *Mr Tambourine Man*. Je me recroquevillai et renouai mes lacets. Ce matin, j'avais été négligent, je m'étais contenté d'un nœud simple. Je préparai maintenant mes lacets à un nœud de tortue. C'était *pour ça*, compris-je, que Gwen savait faire des nœuds qui tenaient toute la journée. Parce qu'un manchot ne pouvait pas faire ses lacets lui-même.

Je me levai avec mes lacets refaits et un pressentiment qu'elle était encore dans les environs. Je traversai un petit pont au-dessus de l'Ancre, remontai une pente et tombai sur un chemin de fer rouillé. J'arrivai à un vieux bâtiment en brique au toit incurvé. La photo de moi avec le chien en bois avait été prise devant une telle façade. Mais combien de bâtiments semblables existait-il? Des millions?

J'en fis le tour, trébuchai sur de la ferraille enfouie dans l'herbe, me hissai à une fenêtre qui donnait sur une salle d'attente décatie. Une énorme horloge brisée gisait sur le sol. Personne d'autre à proximité, tout ce que j'entendais, c'étaient les oiseaux et la circulation au loin.

Cherchant quelqu'un à interroger, je poursuivis et croisai une vieille dame voûtée debout dans un fossé avec un ballon de plage jaune. Soudain, une fillette déboucha en courant d'une haie. La vieille lui tendit le ballon en riant.

Elle avait vécu assez longtemps pour savoir de quoi je parlais. Elle m'indiqua la direction.

— Mais les Daireaux… ne sont plus là, précisa-t-elle.

— Vous les connaissiez?

Elle secoua la tête.

— D'autres gens ont habité là après la guerre. Mais ils ont apparemment déménagé il y a quelques années.

Je suivis ses instructions. Si elle avait raison, la ferme se situait à deux ou trois kilomètres du bois de noyers.

C'était bien le cas. Un vieux chemin de terre se dessinait à peine entre des arbres tortueux. Il n'était plus carrossable, les intempéries s'en étaient servi comme lit et des herbes hautes poussaient au milieu.

J'eus une vision de maman et moi marchant ensemble. Ce n'était que le fruit de mon imagination. Un fantasme apparu ici, qui ne valait qu'en ce lieu, parce que nous avions tous deux emprunté ce chemin, chacun de notre côté, certes, mais avec les mêmes attentes. Y a-t-il quelque chose de moi ici? Ou bien aurais-je pu grandir n'importe où?

D'un seul coup, l'image de maman disparut et je me trouvai accroché à quelque chose tout en n'ayant pas prise. Comme la pomme de pin sur l'arbre, qui ne se sait pas connectée à une racine, jusqu'au moment où elle tombe et saupoudre des graines, qui finissent par germer.

Cinquante mètres plus loin, je vis la ferme Daireaux.

Un corps de logis au toit affaissé. Une étable sans portes. Tandis que celles des dépendances sortaient de leurs gonds. La description de la lettre d'Einar se mit en place. Le poulailler.

Le perron sur lequel mon arrière-grand-père, Édouard, avait accueilli l'énigmatique Oscar Ribaut.

Je m'assis sur la dernière marche et observai la cour de la ferme. Ils s'étaient tenus là. Einar et Isabelle. Espérant que la guerre allait se terminer. Et puis, ici précisément, la Gestapo était venue l'arrêter avec sa famille, tandis qu'Einar leur échappait.

Des buissons s'étaient désormais enracinés contre les murs et les matières végétales du feuillage avaient abîmé la peinture des façades. Une bâche battait au vent. Dans l'étable gisait un pigeon mort. Le sol de l'écurie était couvert de paille devenue grise et de crottes de souris. Sur le plan de travail de la cuisine, il y avait une roue de bicyclette. Ça devait faire des années qu'il n'y avait pas eu de fumets de cuisson dans cette pièce. Je voulais être quelqu'un sur qui les morts pouvaient compter, mais aucun des morts ne s'avançait pour m'aider.

Parfois, je me disais que je devrais racheter cette ferme si j'arrivais à mettre la main sur le noyer et à me procurer ainsi de l'argent. M'en servir comme d'une maison de vacances, extraire les derniers restes de sang de la tragédie et dire aux fantômes familiaux que la boucle était bouclée. Maintenant que j'étais sur place, j'explorais les lieux en espérant éprouver quelque chose. Une appartenance, une responsabilité. Mais rien ici ne me touchait. Je contemplais le cadre d'un tableau privé de sa toile.

Je n'eus de sentiment qu'en quittant la ferme Daireaux, le regret de partir.

C'était déjà ça.

Je regagnai la voiture et jugeai soudain que j'avais tout mon temps. Les gens ne me regardaient pas. Ils semblaient être habitués à tous les cars de touristes, aux gens qui se promenaient avec un appareil photo en pointant du doigt les champs, aux voitures anglaises arrêtées au milieu de la route.

Dans un cimetière, des écoliers couraient entre les tombes en braillant. Je me demandais ce que Duncan Winterfinch aurait pensé d'eux. Au même instant, un taxi me dépassa à vive allure. Il ralentit au niveau d'un chemin en face du cimetière. La passagère se pencha vers le chauffeur pour lui dire quelque chose.

C'était Gwen.

Dans une nouvelle veste bleu sombre. La chevelure soignée. Elle manipula une carte, désigna quelque chose. La voiture repartit. Je la suivis en vain, abandonnai et entrai dans une cafétéria aux meubles en plastique blancs et à l'éclairage dur. Je m'assis, la gorge nouée. Je me souvenais de son visage au-dessus des assiettes du Raba, de l'odeur de sa peau et de ses petits soupirs avant de s'endormir, de son allant et de sa détermination sur le *Zetland* quand elle accélérait. C'était fini, vide, mort, absent, comme les arbres des Shetland. Pas plus durable qu'un refrain pop enjôleur. Elle était à la recherche d'une cargaison de bois disparue. C'était une certitude.

Une heure plus tard, je me trouvais devant le bois Daireaux. Prenant un chemin entre des terres caillouteuses, je m'étais arrêté là où je pensais que mes parents avaient garé la Mercedes, avant de m'orienter d'après la carte d'état-major. Mais je ne fis que jeter un bref coup d'œil sur le bois, je ne laissai aucun détail se fixer en moi. J'y serais le lendemain matin.

Je fis demi-tour et partis à la recherche de la maison de vacances de Duncan Winterfinch. Je tournai autour des cimetières, franchis des grilles gémissantes et déambulai entre les pierres tombales pour m'imprégner de la tragédie de 1916 et essayer de penser comme l'ancien capitaine. Sur un mur en pierre se trouvait une lucarne en laiton que je n'avais pas remarquée plus tôt. Une croix était coulée dans le laiton. J'ouvris la lucarne et trouvai un mince carnet relié.

Un livre d'or. Où les visiteurs inscrivaient la date, leur nom, leur pays. Un commentaire, s'ils en avaient la force. J'écrivis mon nom sur une ligne vierge. Doucement, pour éviter que le stylo ne traverse le papier. *Daireaux*. Je reposai le registre. J'observai la tombe d'un soldat inconnu. *Known unto God*.

Puis une possibilité me vint à l'esprit. J'ouvris la lucarne en laiton et ressortis le registre.

Le bureau local de la Commonwealth War Graves Commission ressemblait à une boîte de location d'outils du genre coûteux. Tondeuses, mini-pelleteuses et bétonnières étaient rangées dans de gigantesques hangars bien ordonnés. N'avaient de solennité que les drapeaux des Alliés qui flottaient sur de hauts mâts au bord de l'allée. Un camion arriva, resta moteur allumé pendant qu'un type sautait du côté passager et allait chercher quelques rouleaux de fil électrique pour clôture. Je compris en voyant les grilles de ventilation au sommet du véhicule qu'il s'agissait d'une bétaillère. J'avançai et entendis bêler.

Apparemment, le personnel était essentiellement constitué de moutons. J'en avais vu, des troupeaux près des monuments. Ils broutaient sur les anciennes tranchées, là où l'emploi de tondeuses était trop dangereux.

Le camion repartit. Je chassai la pensée que j'avais pour mes propres bêtes et frappai à la porte du bureau. N'obtenant pas de réponse, j'entrai. Trois hommes et deux femmes en vert étaient assis à une table plus loin dans la pièce. Un *paperboard* affichait leur emploi du temps. Le travail de ces jardiniers consistait à entretenir les monuments de la Grande Guerre, planter des fleurs et remplacer les drapeaux décolorés par le soleil.

— Les livres d'or des cimetières de guerre, demandai-je en français. Que deviennent-ils quand ils sont remplis?

Après quelques regards dubitatifs, l'un des jardiniers me conduisit au sous-sol jusqu'à une porte en acier, qu'il ouvrit pensivement. Le néon le plus proche clignota, suivi d'autres qui s'allumèrent les uns après les autres, encore et encore, dans ces archives interminables. Une collection de livres manuscrits, sur soixante-dix ans de manque dans ses nombreuses formes. Des livres d'or élimés, rongés par les intempéries, aux pages gondolées, comme des journaux restés sous la pluie qui avaient séché.

— Six cent trente mille soldats sont tombés ici. Et je ne compte que les Alliés de la bataille de 1916. Les Allemands ont leurs cimetières avec autant de monde.

Il voulut savoir pourquoi je souhaitais les regarder, ces milliers de registres qui n'avaient jamais été consultés, mais qu'on ne pouvait pas décemment jeter. Je lui expliquai que mes parents étaient morts ici en 1971 et que je recherchais leurs dernières signatures.

Ce n'était que partiellement vrai. J'en cherchais aussi une autre. Celle d'un manchot. Il m'indiqua les étagères regroupant les livres d'or des cimetières autour d'Authuille, High Wood, tous les endroits où le Black Watch s'était battu en 1916.

Pour chaque cimetière, il y avait des milliers de volumes. Des noms en écriture serrée à la plume. Des pages arrachées par le vent. Les signatures des années 1920 étaient raides et droites, parfois des centaines par jour. Les gens avaient dû faire la queue. De petits commentaires en marge. *We miss you dearly. Sarah is nine years old now and she is doing fine.*

Des parents. Des veuves. Les ayants droit d'un fonds de pension de Scottish Widows vide.

Je sortis un registre des années 1930, j'en extirpai un autre de 1953, notant au passage que l'enseignement de l'écriture avait changé dans les écoles britanniques. L'expression du deuil évoluait en même temps que les proches des soldats vieillissaient et mouraient. De traumatisme familial sanglant, la guerre était devenue événement national historique.

Mais je ne lisais pas attentivement. J'écumais les pages en quête d'une signature haute. Je l'avais déjà vue, sur le contrat autorisant Einar à habiter à Haaf Gruney *until the end of time*, c'était sans doute la signature qu'il avait le plus regrettée de sa vie.

Les colonnes étaient interminables. J'en avais pour des heures et des heures. J'avançai donc jusqu'au mois de septembre, le mois où la bataille du bois Daireaux avait enfin été gagnée.

Il y était.

Cpt Winterfinch, The Black Watch et *ret.*, le code indiquant qu'il était désormais civil. Il continuait de signer avec son rang et son régiment, même s'il gouvernait une société avec des bureaux dans le monde entier.

La visite se répétait d'année en année. Je voyais toujours sa signature en septembre, qui devait être une saison humide ici, car les livres d'or d'automne étaient toujours plus moisis que ceux d'été. Les pages étaient chiffonnées et les signatures gâchées par des stylos qui refusaient d'écrire. La date était inscrite dans la première colonne et, à partir de 1928, je vis son rythme devenir plus régulier. Il venait tôt le matin, un homme qui souhaitait rester seul avec son chagrin. Sa signature occupait deux lignes et il n'était jamais accompagné.

À partir de 1931, c'était même le premier visiteur. Tous les ans, le capitaine Duncan Winterfinch s'était rendu sur la tombe des soldats avec lesquels il avait combattu. Il allait d'abord à Thiepval.

Puis, méthodiquement, dans chaque cimetière. Il entrait par des grilles gémissantes. L'acte était si important qu'il ne pouvait pas compter sur les instruments d'écriture à côté du livre d'or, mais emportait toujours le sien : un stylo à plume large et encre verte.

Je tournai les pages plus rapidement, et, après un plongeon à travers les cinq années manquantes de la guerre, je retrouvai son nom en septembre 1945.

Sa signature était plus penchée cette année-là. Était-il allé à proximité du bois Daireaux, avait-il vu les creux laissés par les arbres disparus ? Il avait dû le vivre comme un mélange de trahison et de blasphème.

Je poursuivis avec méthode. 1968, 1969. Toujours le premier. Signant toujours comme Cpt Winterfinch. En 1970 aussi. Je connaissais le système désormais. J'ouvris le registre de l'automne 1971, je commençai par octobre, revins en arrière. J'approchais de ma propre histoire.

Je sus bientôt que la dernière visite de Duncan Winterfinch aux défunts soldats avec lesquels il avait combattu remontait à tôt le matin du 23 septembre 1971.

Lors de sa visite à Thiepval, il avait pour la première fois été accompagné. Car sous sa signature en était apposée une autre à laquelle je ne m'étais pas attendu, assortie d'une remarque à laquelle je m'attendais encore moins. Car elle était là, la dernière volonté de maman, écrite juste avant sa mort.

N. Daireaux. Puissiez-vous trouver la paix.

10

JE ME RÉVEILLAI À TROIS HEURES du matin. J'avais l'impression de sentir une présence dans la nuit. J'allumai la lumière et fixai les murs lambrissés blancs. Je restai assis à contempler le téléphone. J'escomptais plus ou moins un appel. Je n'excluais pas que les esprits du passé, de vingt ans plus tôt, m'aient rendu visite.

Non. Il n'y avait que moi. Le seul à avoir connaissance des événements de ce matin-là, celui qui avait entendu chaque parole prononcée.

Je m'habillai. J'allumai la bouilloire et me préparai une tasse de café soluble serré. Je me rendais compte que je ne pourrais jamais recréer les événements avec exactitude. Mais j'en savais *assez*. Ce dont j'avais besoin, c'était d'une vérité suffisamment vraie pour pouvoir en prendre mon parti.

Sans doute étaient-ils convenus de rencontrer Duncan Winterfinch au restaurant. Mais il y avait eu trop de monde, un vacarme exaspérant. Un homme qui se bâtissait un palais de chêne dans l'endroit le plus désertique des Shetland n'était pas disposé à négocier entouré d'autres voix. À plus forte raison quand il s'agissait de la transaction la plus importante de sa vie, quand le bois des *sixteen trees of the Somme* allait refaire surface. Il avait quitté le restaurant furieux, outré, et dans la nuit, des décennies de colère contenue avaient dû le ronger. D'après Gwen, il se réveillait toujours à trois heures. "Là, il fallait que les choses soient comme il voulait."

Cette nuit-là, Duncan nous avait appelés dans notre chambre d'hôtel. La sonnerie aiguë d'un vieux téléphone. Il avait probablement proposé de se retrouver à Thiepval à l'aube. Où, sans rumeur des voitures, sans regards curieux, sans autre bruit de fond que les pépiements d'oiseaux, il raconterait l'avancée du Black Watch. Le dernier récit d'un ancien combattant. À la même température, au même air, à la même lumière qu'en 1916.

Les Britanniques avaient eu une tradition selon laquelle un soldat possédait le sol sur lequel il mourait. C'était là une chose qu'Einar n'avait jamais pu saisir, il était aveuglé par son histoire de cette même forêt, son histoire à lui et Isabelle.

Peut-être qu'il faisait preuve de bonne volonté, Duncan Winterfinch. Peut-être qu'il était simplement appesanti par l'âge, pas capricieux, qu'il n'était pas au fait de l'heure qu'il était. C'était probablement maman qui l'avait proposé. Rencontrons-nous *maintenant*, avait-elle pu dire. Un garçon de trois ans étant réveillé de toute façon, rien ne servait de rester à attendre dans la chambre d'hôtel.

L'AIR DU MATIN ÉTAIT FRAIS. Je m'installai dans la Bristol et conduisis dans la pénombre. Les rues étaient désertes, le dôme doré de la basilique se détachait à peine du ciel. Comme vingt ans auparavant. Un enfant complètement réveillé, deux parents endormis. En route vers un mémorial et un manchot. Je recréai la sensation, j'appelai le reflet des réverbères sur le capot, le doux bourdonnement du moteur, la lueur jaunâtre des indicateurs du tableau de bord, mes parents en route vers la mort.

Sur une hauteur, je vis les volumes saillants de Thiepval. Un monument colossal, dont il était impossible de déterminer s'il était laid ou beau, un monument qui devait diffuser à jamais les cris des morts.

Le parking était désert. Il n'y avait de bruit que celui de mes pas sur le gravier. Le mémorial croissait dans l'obscurité alors que j'avançais en me disant : Tu es déjà venu. Te souviens-tu de cette forme d'arche contre le ciel, des chants d'oiseaux en fond sonore ?

Je m'arrêtai, respirai l'air matinal piquant, repris mon chemin. J'étais convaincu que Gwen aussi pouvait apparaître ici. Puis je me retrouvai devant le colosse maçonné, je fis un premier pas sur les larges marches et, pénétrant dans l'odeur glaciale de la pierre consacrée, je me trouvai auprès des morts. Mes pas produisaient un claquement creux sous les voûtes. Tout était obscur, froid, vieux.

Dix minutes passèrent. L'aube naissait, la clarté matinale jouait sur les surfaces pierreuses, elle convoquait rangée après rangée de caractères gravés, un véritables océan de lettres. Puis arriva le soleil et soixante-treize mille noms s'avancèrent et m'englobèrent.

Je fis remonter mon regard sur le bloc de pierre à la recherche du Black Watch. Ils s'étaient tenus là, Winterfinch et maman. Lui avec sa compagnie dans le dos, elle avec l'histoire de sa vie qui commençait à Ravensbrück. Cette heure de la journée laissait de la place à leurs récits. Un homme voulant régler ses affaires avant de mourir. Une femme responsable devant sa mère dont elle ne se souvenait pas.

Je les imitai. J'avançai jusqu'à une cassette de laiton oxydé ornée d'une croix, sortis le livre d'or et, premier visiteur du jour, le signai.

Pourquoi n'avoir pas tout décidé séance tenante ? Pourquoi avaient-ils pénétré dans le bois ? Peut-être avait-il fait une offre à maman. Une somme d'argent ? Le trajet en voiture, que mes parents avaient fait sans lui, leur avait laissé le temps de tenir conseil.

Je quittai Thiepval et roulai jusqu'aux noyers de ma famille. À peu près de la taille du bois de bouleaux flammés, mais entourés de buissons et de fourrés débordant de la clôture. Plus à l'intérieur poussaient des hêtres, dont la couronne émergeait sur fond de ciel bleuté. Les oiseaux silencieux. L'air assaisonné de relents terrestres.

En arrivant aux barbelés rouillés, l'horreur me mit presque à genoux. Des sueurs froides plaquaient mes vêtements contre ma peau. Je voyais les noms érodés d'une tombe hors de vue, les noms de mes parents gravés dans du granit de Saksum bleu, une tombe que je n'avais pas la force de fleurir.

C'est alors que la forêt me répondit. Le vent souffla vers le bas, apportant l'odeur de l'automne. Un bruissement dans les arbres. Une faible bouffée d'un souvenir cher.

Ma main tenant celle de papa. Ferme et forte. Dans l'autre, un objet nouveau et amusant. Le chien en bois.

L'esquisse d'un autre souvenir à présent. Sans détails, juste une agitation dans mon corps. Une impatience. Parce que quelqu'un parlait et parlait et n'en finissait jamais.

Puis un enfant de trois ans jugea qu'il était temps qu'on s'occupe de lui. L'enfant remuant qui, tous les matins, voulait se cacher derrière les pommiers. *Et j'ai beau être fatiguée, je joue le jeu, car chaque fois que nous prétendons nous retrouver est un rappel que ma vie a désormais un sens.*

Il n'avait jamais été question d'aller dans le bois. Le marché était conclu, ils apposaient le point final. La poigne de papa légèrement desserrée l'espace d'une petite seconde. Puis nous nous lâchions pour toujours. Je partis soudain en courant. Je courais comme je l'avais fait toute ma vie. J'entrai dans le bois, passai entre les troncs.

La vérité était que j'avais tué mes parents. Si je ne m'étais pas enfui entre les arbres, ils auraient été vivants.

JE ME FORÇAI À ENTRER. Encore que mon cœur voulût sortir de ma poitrine et que mon corps rechignât au point que mes testicules se rétractaient. Mais je ne devais être qu'une personne parmi des dizaines de milliers d'autres à avoir eu cette sensation à cet endroit précis.

J'escaladai la clôture, me laissai doucement retomber de l'autre côté. Je me collai si près que le grillage attrapa le tissu dans mon dos. La rosée des branches frôlait mon visage, comme si j'étais à une cérémonie occulte où je défilais devant une rangée d'aveugles qui me badigeonnaient de liquide.

Avec le temps, le sentier était devenu introuvable. Personne n'avait dû venir depuis 1971. Je continuai donc dos à la clôture, sentant les barbelés s'accrocher, jusqu'à ce que j'atteigne une ceinture de vieux trembles.

Le tremble. La première essence qui repousse dans une clairière. Sur des sentiers qui ne sont plus empruntés. Je me mis à cheminer vers l'intérieur, en esquivant les branches, je laissai la piste de trembles me mener à destination. Je passai devant des tranchées que la végétation avait comblées, des cratères d'obus, des rameaux cassés, un fourré là où la nature recouvrait ses blessures de guerre.

Je débouchai dans une clairière. Une étendue morte, nue, où l'herbe poussait à regret. Seize grands creux. Plus étroits et plus rectilignes que les impacts de grenades. Les racines des noyers.

Des milliers de soldats sous mes pieds. Pétris dans la terre, comme la farine et l'eau d'une pâte.

Il régnait toujours un silence assourdissant. Je sentis que si je m'étais perdu ici tout seul, sans rien savoir de l'histoire, j'aurais eu ce même sentiment : ceci n'était plus une forêt et ne pourrait plus jamais le devenir. C'était un charnier.

Autour s'élevaient de petits tas de ce qui ressemblait à des pierres. Elles étaient recouvertes de décennies de feuilles mortes, mais j'entrevoyais du métal rouillé. Les tas de coques de grenades que les démineurs avaient rassemblées.

Plus loin se dressait un arbre tortueux. Sur le sol au-dessous, de grosses noix. L'arbre avait dû s'enraciner avant 1944. Un descendant des seize noyers de la famille Daireaux.

Les noix semblaient saines. C'étaient les mêmes que celles que nous mangions à Noël. Avec sous la coque la forme et les sinuosités d'un cerveau. J'en ramassai quelques-unes et les glissai dans ma poche. Plus loin, en contrebas, je vis l'eau de l'étang scintiller à travers les buissons.

Le lieu de leur noyade. J'avais dû courir vers l'étang, il y a vingt ans. Pendant la nuit, je m'étais imposé l'obligation de m'y rendre, mais les lianes de ma raison s'emparaient à présent de mes jambes et me rappelaient les pattes arrachées du berger allemand. Des feuilles mortes crépitaient. J'entendais comme une voix intérieure qui me priait de me souvenir de quelque chose de précis. De me souvenir du tout début.

Le voyage dans les méandres de ma mémoire menait à Hirifjell. À un souvenir qui datait probablement du premier hiver sans mes parents. Assis sur la neige croûtée, j'observais Alma et grand-père. Ils portaient des vêtements légers et se tenaient dans l'encadrement de la porte d'entrée, à la lueur du plafonnier. Ils disaient quelque chose et je compris qu'il s'agissait de moi. Mais dans ma position actuelle, l'élément important me paraissait être que la neige m'avait porté à l'époque. Et qu'au-dessous se trouvait le printemps.

Je jetais sans cesse des regards entre les arbres, vers l'étang qui scintillait au fond de la vallée, en contrebas d'un no man's land de grenades au gaz et de mort assurée. Et je compris soudain ce que je devais faire. C'était comme si toute ma vie je m'étais promené avec un cordon relâché entre les mains, sans savoir qu'en faire. Avant de me rendre compte que c'était une corde d'arc, faite d'un cordon ombilical tressé.

Je ressortis du bois et roulai jusqu'à l'autre rive de l'étang. Me forçant un passage dans les fourrés et la boue, j'arrivai là où le pêcheur de carpes avait dû se tenir. Boue piétinée, lignes de pêche emmêlées et mégots de cigarettes révélaient que les lieux demeuraient une bonne place de pêche.

J'ôtai rapidement ma veste en tweed, mes chaussures et mon pantalon. J'entrai dans l'eau pieds nus. Ils s'enfoncèrent aussitôt et un relent de vieille putréfaction remonta dans les bulles. Un crapaud s'écarta d'un bond. Je m'étendis dans l'eau sale, les algues de surface enduisirent mes bras et je donnai une impulsion dans la vase.

La traversée faisait environ deux cents mètres. Tout était désert et silencieux, je n'entendais que les clapotements de ma propre nage. Je tournai la tête et regardai autour de moi. Mon sillage comme une bande irrégulière à travers les algues. J'eus le sentiment d'être observé. De me diriger vers le centre d'une cible.

J'approchais de la rive. Les arbres penchaient au-dessus de l'eau, les branches y trempaient.

Puis j'y fus, sur le lieu de leur mort.

Et l'eau me portait. Je flottais au-dessus des grenades en traquant le passé ; à chaque mouvement, j'écartais un rideau infini de ma propre mémoire, et, enfin, j'ouvris le dernier.

Je me souvenais.

Je me souvenais.

Pas sous forme d'événement continu, mais d'une série d'impressions profondes.

Mes parents dans les fourrés. Deux silhouettes qui criaient mon nom en agitant les bras et, en même temps, jadis comme aujourd'hui, croissait en moi un sentiment qui passait de l'excitation du jeu à la terreur et aux ténèbres.

Ils s'élancèrent vers la rive et puis s'éleva une substance d'un vert toxique. Maman se recroquevilla sur elle-même, tomba à la renverse, elle essaya d'agripper papa, ils se relevèrent ensemble, mais tombèrent aussitôt dans l'eau, ils essayèrent tant bien que mal de remonter sur de la rive fangeuse, mais leurs corps n'obéissaient pas.

Ils mirent longtemps à mourir. Papa fut le dernier à cesser de s'agiter. La surface de l'eau redevint calme. Papa gisait bras étendus, l'eau vibrait sur son front, une faible trémulation, comme un dessin de ses pensées intérieures. Maman était sur le côté, les cheveux étirés vers le cours d'eau, et son visage était paisible, elle voyait le bord et ses yeux disaient : *Tu es en sûreté, je peux mourir.*

Mais je n'avais pas de souvenir de la suite. Juste un grand vide noir. Comme en transe, je nageai vers mon point de départ, saisis une branche retombante et me hissai parmi les lignes de pêche et les paquets de cigarettes écrasés.

Mon cœur battait la chamade, j'essayai de m'essuyer avec ma chemise, mais je ne séchais pas, et je me rendis compte que la peur continuait de me faire transpirer. Puis, quand j'enfilai la vieille veste en tweed, un flash jeta sa lueur sur un souvenir bref et important. Je reconnus une odeur particulière. Le mélange de sueur d'angoisse, de tweed humide et de Balkan Sobranie.

Je ne me souvenais de rien d'autre. Mais ce qui s'était produit était évident.

Le cri de mes parents. Une explosion assourdie dans une forêt. Une silhouette inconnue qui approchait et m'éloignait de la scène.

Puis un rideau protecteur devant ma mémoire.

C'était Duncan Winterfinch qui m'avait sauvé. Il avait dû suivre mes parents quand je m'étais enfui, il m'avait peut-être cherché avec eux. Ensuite, il avait entendu le chuintement du gaz toxique un peu plus loin, vu le brouillard vert qui les enveloppait, dû ressentir du désespoir. Voilà que cela se reproduisait. Une chose aussi dépourvue de sens que les épisodes qu'il revivait jour après jour depuis 1916. Des gens tombaient. Les secours étaient inutiles.

J'avais dû alors surgir de ma cachette. Sauve qui peut. Il m'avait soulevé, serré contre son buste, si fort que j'en avais eu des bleus. Mon nez contre sa veste enfumée.

J'étais devenu son bras arraché.

Puis nous avions couru sur Speyside Avenue. Rien ne protégeait du gaz toxique. Si ce n'est la fuite. Il m'avait jeté dans sa voiture et avait démarré. Un vieil homme effrayé, gérant un empire du bois, avec un enfant en pleurs, où était-il allé à six heures du matin quand il se reprochait la mort de deux personnes?

À sa maison de vacances, très certainement.

Plus tard, Einar avait dû arriver à Authuille. Entendre les sirènes, apprendre qu'il y avait deux morts et un enfant disparu. Il avait dû entrer dans la chambre d'hôtel avec sa clef. Y rester en laissant la certitude s'ancrer en lui. Faire comme en 1944. Emporter le seul souvenir précieux, avec l'odeur de quelque chose de chéri : la vieille robe d'été d'Isabelle.

Ensuite, il avait dû se rendre chez la seule personne qui pouvait savoir quelque chose : Duncan Winterfinch. J'avais peut-être accouru, heureux de voir un visage connu. Un événement rare pour Einar. Que quelqu'un vienne vers lui avec joie.

Soudain je me souvins d'un élément d'une lettre d'Einar. En 1944, il s'était caché chez un ami du nom de Charles Bonsergent. *Il venait d'une famille de pêcheurs qui vivaient à une journée de route.*

Une famille de pêcheurs. *Ça*, c'était la bonne piste. Car où habitent les gens qui vivent de la pêche de père en fils? Pas près de la terre végétale.

Mais sur la côte. Quelque part comme Le Crotoy.

11

UNE JOURNÉE DE VOYAGE en 1944. Deux heures de voiture aujourd'hui.

Le Crotoy me rappelait Lerwick. La même odeur iodée, les bateaux qui sortaient du port. Je ne m'attendais pas à de grands résultats. Juste un semblant de confirmation que c'était effectivement Einar qui m'y avait conduit. Sur ma route, j'avais longé l'embouchure de la Somme, un gigantesque marécage de dunes de sable, marais et eau stagnante. Comme un site de chasse au canard où l'on pouvait passer des jours à déambuler.

Une rue principale étroite, quelques maisons près de la côte sableuse, de petites boutiques et une école fermée. J'errais à la recherche d'un cabinet médical. Je passai devant deux pêcheurs professionnels assis sur un banc, abandonnai l'idée de leur demander mon chemin devant leurs regards fermés. Mais le tabac à côté du point de vue sur la mer semblait être là depuis au moins vingt ans, tout comme la femme rondelette qui le dirigeait.

— Gauloises, demandai-je. Et un briquet, s'il vous plaît.

Sans se retourner, elle tendit un bras derrière elle, attrapa le bon paquet de dix-neuf cigarettes et le posa sur le comptoir.

— Combien de cabinets médicaux y a-t-il ici ?

— Deux. Vous essayez d'arrêter de fumer ?

— Pas pour l'instant. En fait, c'est un vieux médecin que je cherche. Quelqu'un qui était là en 1971.

— En 1971 ?

Je répondis poliment oui.

— Alors, nous n'en avions qu'un. Le Dr Boussat. Il a travaillé jusqu'à sa mort.

— Quand était-ce?

— En 1980, je crois. Peut-être 1978. Je ne sais plus. Ça pourrait aussi avoir été 1979.

— Pouvez-vous me dire où se trouvait son cabinet?

— Il est fermé maintenant.

— Mais où se trouvait-il?

— Il était mitoyen du garage Citroën, fit-elle en pointant le doigt. J'y allais régulièrement quand mes enfants étaient petits, ils ont tous les deux eu le croup. Suivez simplement cette rue là-bas jusqu'au bout.

La salle d'attente où l'on m'avait découvert était désormais leur salle de pause. Quatre mécaniciens qui affirmèrent d'abord que je m'étais trompé de chemin, puis secouèrent la tête, ne pouvant pas, ou ne voulant pas, s'intéresser à l'objet de ma visite.

Ils étaient en chaussures de sécurité et bleus de travail maculés de cambouis. Des hommes libres qui n'avaient besoin ni de se raser ni de répondre à quiconque, pas plus que de se lever de leur chaise, mais en même temps leur groupe nourrissait des soupçons à l'égard d'étrangers comme moi.

— Qu'est-ce que vous lui voulez, au médecin? voulut savoir l'un d'eux. Ça fait longtemps qu'il est mort.

— Il m'a aidé quand j'étais petit, expliquai-je. Je voulais juste revoir son cabinet.

Les types secouèrent la tête. Ce qui s'était passé autrefois, ce qui était révolu, présentait peu d'intérêt.

Je promenai mon regard. Murs nus, tabourets entourant une table en formica, calendrier Pirelli de filles en tenue légère, ouvert sur le mois d'été avec la plus jolie d'entre elles.

C'est quelque part ici qu'on m'avait laissé. Où il n'y avait maintenant que des cendriers pleins, des pièces détachées dans les coins et un sol crasseux. J'aurais pu entrer dans n'importe quelle salle et ressentir la même chose. Rien.

Ils époussetèrent les restes de tabac de leurs combinaisons et s'en allèrent. Mais un homme resta. Un vieil homme à la lèvre tordue qui était resté assis en bout de table sans rien dire, ni à moi ni aux autres. Probablement à l'affût d'un ricanement, il me suivit du regard quand il commença à bégayer.

— Le Dr Boussat m'a aidé après la guerre, articula-t-il lentement. J'ai été battu au gourdin par la Gestapo.

Les mots étaient débités lentement.

— En fait, j'étais poissonnier. Mais comme mécanicien, je n'avais pas b-b-besoin de parler beaucoup. Et vous, pourquoi recherchez-vous le Dr Boussat?

Ça ne pouvait pas faire de mal de lui raconter. Ensuite nous regardâmes autour de nous, comme si, pour lui aussi, la salle d'attente avait ressuscité.

— Je crois me souvenir d'une disparition dans le journal, dit-il. Mais vous ne trouverez rien ici maintenant.

Mon regard tomba sur un meuble dans un coin. Une commode brun foncé à laquelle on avait épargné les angles durs des pièces de moteurs et des outils. Pour y ranger à la place les catalogues de pièces détachées.

Le style Art déco de la commode m'était familier. Je m'accroupis et regardai au-dessous, mais la marque de l'ébéniste n'était pas celle d'Einar. À la place, je vis un petit poisson, les initiales CB et l'année 1940.

Charles Bonsergent. Et Le Crotoy était une ville plus petite que Saksum. Or, moins un bourg comptait de rues, plus le renom posthume de ses habitants perdurait.

— Elle vient de Boussat, articula tant bien que mal le mécanicien. Nous n'avons pas eu le cœur de la j-j-jeter.

— Il est écrit CB, ici. Le menuisier pourrait-il avoir été Charles Bonsergent?

Il ne comprit pas ma prononciation. J'essayai encore et il répondit alors :

— Ah oui. Charles.

Il inclina la tête, attendant que je lui explique d'où je tenais ce nom.

— Vous le connaissez? demandai-je furtivement.

— Non, je ne dirais pas ça.

Il bégaya encore, se donna quelques secondes pour se reprendre, puis ajouta :

— Mais je sais qui c'était. Le Crotoy n'est pas une métropole.

Le mécanicien avait une voiture en souffrance. Mais sa curiosité avait dû s'éveiller, il avait envie de savoir pourquoi j'étais venu. Il poussa donc quelques phrases saccadées comme du petit bois pour alimenter le feu.

— Charles avait quelques années de plus que moi. C'était une famille de pêcheurs, mais il avait du talent pour le travail manuel. Il est parti à Paris, puis est devenu menuisier. Il y est resté jusqu'à ce que la guerre éclate. À son retour, il a fabriqué du mobilier pour les gens.

— Est-ce lui qui a fabriqué l'inventaire du Dr Boussat?

— C'est bien possible. Je me souviens que c'était joli. Tout était du style de cette commode.

Le vieux attendait que je lui raconte quelque chose afin de faire cadrer des racontars empoussiérés. Je lui demandai si Charles avait connu un Norvégien. Ou quelqu'un du nom d'Oscar Ribaut. Le mécanicien secoua la tête et m'expliqua qu'il ne l'avait pas si bien connu. Son intérêt pour le sujet se tarissait.

— Charles n'a été menuisier que dans sa jeunesse, précisa-t-il. Après la guerre, il a arrêté.

— Ah bon?

— Il était résistant. Il s'est fait prendre par la Gestapo, lui aussi. Ils l'ont torturé. Ils lui ont coupé deux doigts. Ils ont détruit quelque chose en lui et ça lui a donné la tremblante. Un peu comme ce que j'ai à la lèvre, sauf que lui, c'était dans les bras. Il n'a pas abandonné pour autant. Sa famille avait une grande maison où ils ont caché des saboteurs jusqu'à la Libération. Mais il a dû laisser tomber l'ébénisterie.

— C'est intéressant, répondis-je, sachant que la vérité qu'il me fallait accepter était désormais complète.

J'essayai de me mettre à la place d'Einar. D'Einar avec un enfant. Embrumé par la tragédie. Et personne à proximité qui puisse le comprendre. Tout sens dessus dessous. Rien ne pouvait être refait. Sa fille était morte. Son neveu était mort. Son petit-fils était terrifié. Pas d'autre solution que d'aller trouver un ami. Un ami qui l'avait caché par le passé.

Einar Hirifjell reprit sa fuite de 1944. Jusqu'au Crotoy. Peut-être était-ce Einar lui-même qui avait appelé grand-père. Qui avait annoncé à son frère une nouvelle dont il savait qu'elle le mettrait sur les genoux et forgerait en lui une haine éternelle. Il lui avait toutefois précisé que j'étais en sécurité. Que grand-père devait descendre en France, mais attendre le lundi matin, à l'ouverture du cabinet médical. Jouer celui qui n'était pas au courant afin de ne pas affaiblir sa demande d'adoption ; ne pas révéler que le ravisseur était son propre frère.

Charles Bonsergent passa un marché avec le médecin et Einar se procura ainsi du temps avec moi. Aussi longtemps que possible avant de retourner aux rochers et à la pluie de Haaf Gruney.

Quatre jours, ce n'était pas l'ordre de grandeur d'une énigme. C'était l'ordre de grandeur de la droiture de mes grands-parents.

Le mécanicien était resté à m'observer. Il rompait maintenant le silence.

— À propos de Charles, fit-il. Après la guerre, le Dr Boussat a essayé de l'aider, mais il n'a jamais pu le débarrasser de ses tremblements. Charles a donc repris le métier de son père et vécu de la pêche.

— Y a-t-il quelqu'un de sa famille qui soit encore en vie ?

— À Boussat ou à Charles ?

— Charles.

— Oh, ils doivent bien être vivants.

— Mais est-ce qu'ils habitent ici ?

Il secoua la tête.

— Ils ont déménagé. Charles a été le dernier d'entre eux à travailler dans la pêche. Drôle d'histoire, à vrai dire.

Je me perdis dans mes pensées. Le mécanicien se leva pour reprendre son travail.

— Comment ça ? demandai-je.

— Hmm ?

— Vous avez dit "drôle d'histoire".

— Eh bien, la première chose que les Allemands ont faite en occupant la côte a été de détruire tous les bateaux de pêche. Ils les ont brûlés ou démolis, pour empêcher les gens de s'enfuir en Angleterre ou de passer des armes en contrebande. Après la Libération, Charles a été le premier à se remettre à la pêche.

— Et c'était… bizarre ?

— Non, je disais ça à propos du bateau. Il s'est fait construire une énorme barque à rames pour pouvoir poser ses filets près de la côte. Il a obtenu l'aide d'un charpentier de marine qui avait fait son apparition. Je n'ai pas la moindre idée d'où ils s'étaient procuré des matériaux juste après la guerre. C'est à peine si on trouvait de quoi faire des croix pour le cimetière. Mais le spectacle de ce bateau plaisait. Les gens avaient faim.

Dans la poche de sa combinaison, le mécanicien avait un stylo-bille. Je demandai à l'emprunter. Je déchirai mon paquet de Gauloises, fis tomber les cigarettes dans ma poche de chemise et dessinai le *Patna* au dos.

— Un bateau comme ça?

Il considéra mon dessin sans bienveillance.

— Ce que vous dessinez là, c'est juste un bateau tout ce qu'il y a de plus ordinaire. N'importe quel bateau des alentours y ressemble.

Je froissai le papier en une petite boule. Je me levai et regardai par la fenêtre.

— Son premier bateau est encore ici?

— Non, il ne l'a utilisé que pendant quelque temps. Après, il s'en est procuré un plus grand, un bateau marin. Ça valait tout aussi bien. Sa femme n'aimait pas le premier. Il l'a mis au sec sur les bancs de sable à l'embouchure de la Somme. Un endroit inaccessible bourré de bois flotté. J'y suis allé à la chasse au canard une fois dans les années 1970. Il n'y était plus.

Je lui demandai pourquoi sa femme n'aimait pas le premier bateau.

— La tradition veut qu'on baptise les bateaux d'après les femmes de la famille. Votre femme, votre mère ou votre fille. La femme de Charles s'appelait Danièle.

— Et?

— Le nom sur la proue faisait gamberger les gens. Le bateau s'appelait *Isabelle*.

Je quittai l'endroit où on m'avait retrouvé. Je sortis du Crotoy, dépassai des sacs en plastique décolorés que le vent avait chassés dans les fossés. Je remontai le littoral jusqu'au pas de Calais. J'étais venu avec une question, je repartais avec deux réponses.

J'imaginais Einar à la Libération. La famille Daireaux avait été exécutée, Isabelle avait disparu. Il devait savoir que ses recherches prendraient du temps. Et que Winterfinch ne tarderait pas à envoyer des gens sur la piste du noyer.

Comment cacher une énorme cargaison de bois précieux, qu'il jugeait appartenir à Isabelle ?

En en faisant un bateau.

L'ultime épreuve d'un ébéniste en deuil, qui avait appris à réparer des bateaux pour le Shetland Bus, avait été de retourner à Authuille, au bois aux grenades. D'abattre les arbres avec un fidèle camarade, de sortir les fûts par le sentier sûr et d'acheminer le tout sur la côte.

Charles Bonsergent et lui, deux hommes qui, dix ans auparavant, avaient créé des meubles de style Art déco sur l'établi, posèrent le noyer sur la scie circulaire et coupèrent les meilleurs matériaux qu'ils aient jamais vus. Ils leur donnèrent la forme d'ébauches pour crosse, mais en un peu plus grand, pour pouvoir les superposer et en faire des couples avec le cintrage adéquat.

Le bois sécherait lentement dans l'humidité du climat océanique et il ne se fendrait pas. Einar avait baptisé le bateau *Isabelle*, afin qu'elle puisse le retrouver si lui-même mourait. Puis ils prirent la mer. Ils relevèrent des filets, remontèrent des poissons, gagnèrent de quoi fabriquer un plus gros bateau. Ils retournèrent l'*Isabelle* sur un banc de sable dans le désert du delta de la Somme. Des jours et des jours étant nécessaires pour faire l'étanchéité d'un bateau en bois, il y avait peu de risques qu'il soit volé. Il demeura ainsi jusqu'en 1971.

Si je ne m'étais pas enfui dans la forêt. Winterfinch aurait revu ses ébauches de noyer. Au lieu de quoi, sa vie avait basculé et il en avait consacré le reste à Gwen. À Haaf Gruney, Einar se mit à fabriquer des cercueils. Les voisins, les rares qu'il avait là-bas, se plaignaient du sinistre spectacle qui leur était donné à voir au crépuscule. Ils disaient qu'Einar devrait se procurer un autre bateau. Raison toute trouvée pour ramener l'*Isabelle*. La peinture de son nom avait pâli désormais et il le rebaptisa *Patna*.

J'imaginais la scène. Au début des années 1970, deux hommes, approchant de la soixantaine, avaient traversé la Manche. Probablement dans un bateau de pêche avec une grosse barque à la traîne, comme un canot de sauvetage. Une vision rassurante. Un trajet en bateau surmontable. Quatre, cinq jours, peut-être,

par beau temps. Remonter la côte, jusqu'aux Shetland. Et finalement, quelques années après Winterfinch, Einar était mort,
sous le *Patna*.

À présent, une bourrasque glacée soufflait sur la Manche. Les
vagues étaient blanches.

Je songeai au temps qu'il faisait en Norvège. On attendait de la
neige. Les moutons allaient peut-être commencer à descendre
dans la forêt, en tout cas ils ne resteraient pas sur les hauteurs
pelées par un vent de force sept et sous une pluie mêlée de neige.
Quelle honte pour un agriculteur que d'être le dernier à aller
chercher ses moutons.

Il n'y avait plus de temps à perdre.

12

DEUX JOURS PLUS TARD, j'étais sur le ferry pour Unst. Lourd et puissant, le *Geira* avançait en ronflant. La visibilité était mauvaise, avec de gros flocons de neige en suspens dans les airs, un vent froid et humide. J'étais assiégé par la hâte. S'il faisait un temps pareil *ici*, les moutons de Hirifjell devaient avoir de la neige jusqu'au ventre.

Unst était devenu un endroit familier. Je me tenais à l'avant du navire, mâchant une barre chocolatée d'un distributeur dont je connaissais les caprices, l'écho particulier de la monnaie qui tombait. Derrière moi travaillaient les mêmes gaillards, vêtus des mêmes cirés.

La Bristol était à bout. Le volant tremblait, l'éclairage du tableau de bord ne s'allumait plus, une soupape faisait un vilain cliquetis.

Mais si seulement elle me conduisait au hangar à bateaux, j'allais la laisser se reposer.

Je descendis en courant. L'herbe était mouillée, les pierres assombries par la pluie. Au-dessus de moi volait un pétrel-tempête. J'attrapai la corde le long du toit du hangar et me lançai jusqu'à la porte. La croix blanche luisait face au temps gris.

Le cadenas n'y était plus. Il était remplacé par un bâton coincé dans le verrou. À l'intérieur, il n'y avait pas de bateau. Juste l'écho ombreux du clapotis. Je me redressai et regardai vers Haaf Gruney. L'île paraissait incroyablement lointaine, elle était déserte et grise dans le brouillard. Comme si rien de ce que j'avais vécu ne s'était produit. Comme si la photo sur la pellicule de grand-père n'avait jamais existé.

Je me trouvai bientôt devant Quercus Hall. Sur le chemin, je n'avais croisé aucune voiture, personne. Même les moutons restaient à l'écart. La grande demeure paraissait plus froide, plus vieille. L'herbe se couchait au vent, un jeune lièvre brunâtre bondit d'une cachette près des fondations.

J'eus de nouveau le sentiment que longtemps avait passé. Dix ou vingt ans.

Je descendis vers la petite maison en pierre. J'y vis enfin quelque chose du présent. Un sac-poubelle plein sur le palier. Un sac en plastique noué de Clive's Record Shop.

La porte était ouverte. La maison chaude, mais Gwen restait invisible. Le ventilateur du chauffage électrique bourdonnait dans le salon. Sur la cuisinière se trouvait une bouilloire. À côté, une tasse. Elle avait de toute évidence dormi sur le canapé, enroulée dans un plaid. Je mis le nez contre et la respirai. Un parfum que j'avais senti pour la dernière fois à l'hôtel de la Basilique et qui s'était alors progressivement évanoui, mais qui m'enserrait de nouveau.

Il ne restait qu'un seul endroit. Leur hangar à bateaux. J'empruntai le sentier. La bourrasque neigeuse se renforçait, les flocons fondaient sur mon visage. Puis je la vis. Sur la mer sombre, les rames levées, si bien que le *Patna* se balançait au rythme des vagues.

Elle était coiffée d'un bonnet en laine. Les cheveux qui encadraient ses joues étaient mouillés.

— Gwen! criai-je.

Elle se retourna. Elle ne semblait pas surprise de me voir. Juste distanciée, sans passion. On voyait à quarante mètres que c'était fini entre nous.

Elle baissa les avirons et se mit à ramer. Il fallait le lui reconnaître. Gwendolyn Winterfinch ne faisait qu'un avec les bateaux. Elle fusionnait avec la côte des Shetland. L'image d'elle aurait pu dater de quatre cents ans auparavant. Aussi ancienne que le bois du bateau dans lequel elle se trouvait.

Elle ne rama pas vers l'abri à bateaux, mais vers un grand rocher plat en contrebas. Voulait-elle que je la rejoigne? J'entendis le bruit des coups de rames, elle positionna le *Patna* le long du rocher. J'attrapai le plat-bord, l'enjambai puis donnai une impulsion de l'autre jambe, et je sentis mon corps devenir partie de la mer ondoyante.

— Ne t'avais-je pas demandé de ne pas venir me trouver ? fit-elle doucement, avant de lever la tête et de m'observer.

L'expression de son regard ne me renseigna pas. On aurait dit qu'elle s'imposait des conditions pour la suite.

— Si, répondis-je.

— Alors pourquoi es-tu là ?

Son ton était tendre.

— Je voulais revoir Unst encore une fois.

Je lançais des regards furtifs sur les planches goudronnées, sur les planches du fond, sur le bois lustré des tolets. Elle haussa les épaules.

— Pourquoi tu ne prends pas le *Zetland* ?

— J'avais envie de faire une promenade à la rame. Mais toi, tu prévoyais peut-être de ramer jusqu'en Norvège ?

Je haussai les épaules. Il était évident qu'il n'y avait que deux raisons de revenir aux Shetland si rapidement. La voir ou mettre la main sur le *Patna*. Mais la vérité était que, cette fois, je voulais les deux.

— Où vas-tu ? demandai-je.

— Voyons voir. Haaf Gruney ? Au nom du bon vieux temps ?

Elle n'était apparemment plus l'offensée en colère qui avait quitté l'hôtel en France. Elle paraissait maîtresse de la situation, presque un peu frénétique, comme soulagée d'avoir pris une décision difficile.

— Gwen, je crois qu'Einar…

— J'ai vu tes phares, coupa-t-elle. Je n'aurais jamais cru que tu reviendrais ici. Je n'ai pas la moindre idée de ce que tu as découvert en France. Mais puisque tu es là, je vais te donner quelque chose qui t'appartient.

Elle lâcha l'aviron gauche et fouilla dans sa poche de veste, me tendit un objet et reprit son aviron, ramant plus fort.

— Je m'en doutais déjà la première fois que nous nous sommes vus, déclara-t-elle. Une étrange intuition sur toi et moi.

Ce qu'elle m'avait donné, c'était le chien en bois qu'Einar avait fabriqué en 1971. Différent de ce que j'avais imaginé, plus petit et plus fin. Mais c'était bien lui. Tout à fait identique au chien de la photo, et mes mains aussi s'en souvenaient. La sensation du bois poli, la courbe du dos, les articulations des pattes.

— Comment... commençai-je, avant de sentir le passé reprendre contact.

Le socle était une plaque sur ressort qui, avec une légère pression, faisait hocher la tête, plier les pattes et remuer la queue du chien. Puis mes doigts rencontrèrent quelque chose de familier. Un motif gravé. Un écureuil qui cachait son nez dans sa queue.

— Toute ma vie, j'ai cru que grand-père me l'avait offert, expliqua Gwen au vent.

Elle avait le souffle court maintenant et ne parlait plus qu'entre les coups d'aviron, qui nous avaient menés loin de la côte d'Unst.

— Mais grand-père était tellement bizarre quand je l'avais dans la main que je ne le sortais plus que dans ma chambre de Quercus Hall. Je l'ai retrouvé avant-hier dans mes jouets. Il est à toi. C'est pour ça que je n'ai plus supporté d'être à l'hôtel. Quand j'ai vu la photo de toi et du chien, il m'était impossible d'échapper à la vérité. Grand-père était présent quand tu as disparu. J'étais dans la maison de vacances à l'automne 1971.

Nous restâmes longtemps silencieux. On n'entendait que le grincement des avirons, le clapotis autour de la barque.

— Vous aviez donc bien une maison de vacances?

— Je n'en avais aucun souvenir. Après t'avoir laissé, je suis restée à pleurer à Amiens. Puis j'ai appelé notre administrateur. Il m'a expliqué que la maison avait été vendue en 1972. Il m'a indiqué l'adresse. Je me suis fait conduire dans les alentours en taxi et j'ai fini par la retrouver. Elle était habitée par un drôle de bonhomme au chômage, c'était décati, sordide. Quand je me suis retrouvée devant, j'ai reconnu l'odeur de terre du jardin.

En l'écoutant, je songeai que les choses se mettaient en place. Mais des remords cuisants de l'avoir traitée comme je l'avais fait me gagnaient.

— À l'intérieur, poursuivit-elle, j'ai eu une vague réminiscence de moi jouant par terre avec quelqu'un. Tu devais avoir le chien sur toi. Einar est probablement arrivé juste après. Et j'ai dû prendre ton jouet et me cacher, moi, qui n'avais jamais eu besoin de partager avec qui que ce soit. Puis le chien m'a accompagnée aux Shetland.

J'appuyai au milieu du socle, les quatre pattes s'affalèrent et le chien se coucha. En relâchant l'avant, je lui fis lever la tête. Comme un chien joyeux qui comprend que son maître veut l'emmener en promenade.

— Tu n'as pas à avoir peur de l'histoire, soulignai-je. C'est ton grand-père qui m'a sauvé la vie.

Nous étions près de Haaf Gruney à présent. Les brisants assaillaient le récif, je n'allais pas tarder à apercevoir les maisons. Mon regard se promenait constamment sur l'intérieur du *Patna*. Les jonctions, les planches du fond.

Je lui racontai que j'étais allé dans le bois. Les bleus, qui avaient dû survenir quand Duncan m'avait serré contre lui avec son unique bras. Elle écoutait, mais son regard errait, comme si plus rien n'avait d'importance.

— Pourquoi Einar n'est-il pas allé à la police? interrogea-t-elle d'un ton absent.

— Il n'y a sans doute même pas pensé. Qu'en serait-il sorti de bon? Sa fille était morte. Il savait qu'il devrait me rendre. Que son frère le haïrait pour toujours. Il voulait juste que les derniers instants durent aussi longtemps que possible.

— Crois-tu qu'ils se soient pardonné l'un à l'autre? Einar et grand-père?

— Qui sait? fis-je en plaçant le chien en équilibre sur mon genou. Tu veux que je rame un peu?

— Non, non.

De nouveau un silence prolongé. Les précipitations oscillaient entre grosse neige et pluie. La mer clapotait contre la quille. Sur les avirons, ses mains étaient mouillées, sa peau se rétractait autour de ses ongles.

— Pourquoi nous dirigeons-nous vers Haaf Gruney, au juste? Qu'avons-nous à y faire?

— Passons-y quelques jours. Toi et moi.

— Je ne peux pas, Gwen. Je dois rentrer redescendre les moutons de l'alpage.

Elle se tourna vers l'île, rectifia son cap et continua de ramer.

— Alors pourquoi es-tu ici maintenant?

Je songeai à nos adieux, que nous avions faits depuis long-temps. La réponse que je m'apprêtais à faire ne serait que le filtre de mots à travers lequel nous allions nous en souvenir.

— Parce que cette barque est en noyer.

Elle réagit bizarrement. Elle avait l'air... *déçue*?

— C'est forcément le cas, dis-je en lui racontant qu'elle s'était autrefois appelée l'*Isabelle*. C'est pour ça qu'elle est si lourde. Les couples sont probablement en noyer.

Gwen cessa de ramer. Elle changea de prise sur ses avirons pour libérer sa main, ôta son bonnet et se passa les doigts dans les cheveux.

— Pas seulement les couples. Le bateau entier est en noyer. Même le banc de nage sur lequel tu es assis. Cette barque contient assez de bois pour deux bateaux, mais ça ne se voit pas quand elle est dans l'eau. L'ensemble est une illusion d'optique de génie. La quille est très profonde. Probablement en noyer massif. Le bois le moins bon est aux extrémités et même celui-là est d'une beauté sensationnelle. Il mesure trois pouces. L'épaisseur standard des ébauches pour crosses de fusil de chasse.

Nous arrivâmes au sud de Haaf Gruney. Les pierres des maisons se coulèrent dans mon champ de vision en même temps que les hauts-fonds où s'amassait le bois flotté.

— Quand l'as-tu découvert?

— En rentrant de France. J'étais dans la petite maison en train de réfléchir à tout ce qui s'était passé. J'en suis venue à penser au *Patna*. Qu'Einar se l'était procuré au moment où il avait commencé à fabriquer des cercueils. Les doris de la pêche au hareng devaient certes être solides, mais *à ce point*? Je suis descendue au hangar à bateaux. J'ai gratté le calfatage. Du noyer, oui.

— Tu en es sûre?

— Retourne-toi et regarde sous le banc de nage.

Posant le genou sur les planches du fond, je regardai sous le bois noir. Elle avait poncé un ovale de bois pur. Même dans l'obscurité de la pénombre, je voyais qu'il était aussi beau que celui du fusil Dickson. On aurait dit qu'elle avait frotté ses doigts sur une fenêtre sale et fait apparaître la vue sur un palais féerique.

Je me rassis. Gwen s'était penchée et avait ramassé quelque chose sur les planches du fond, elle reprit les rames et les tint haut, les faisant goutter. Nous balancions gentiment devant les hauts-fonds de Haaf Gruney. J'essayai de penser de l'avant. À une sorte d'avenir.

— Partageons équitablement, proposai-je. Les arbres ont poussé dans l'exploitation de ma grand-mère. Le bois doit donc appartenir à ma famille. Mais le motif revient aux soldats.

Elle secoua la tête. Le bateau commençait à dériver et à s'éloigner de Haaf Gruney.

— Ça ne ferait que mettre en évidence l'abysse qui nous sépare. Au fond de toi, tu sais que c'est le cas. Si c'était une barque ordinaire, nous serions allés à Lerwick, nous aurions pris le ferry pour la Norvège et nous aurions récupéré les moutons. Je ne suis pas pressée. Si tu veux de moi, j'y passerai l'hiver. Mais l'argent restera toujours entre nous.

— Alors prends tout.

— C'est facile à dire maintenant. Cette pauvre bassine vaut une fortune. Tu pourrais t'acheter ta ferme deux fois avec cet argent. Je pourrais, si ce n'est achever Quercus Hall, au moins le retaper. L'argent change les gens, Edward. Tu dis que je n'ai qu'à le prendre, mais tu te mens à toi-même. Personne ne fait une chose pareille. Même pas toi. En ton for intérieur, tu trouves que cet argent t'appartient. Qu'il appartient à ta famille. Tu regarderas mes dépenses. Tu trouveras que je gaspille ton héritage. Tu détesteras tout sac à main que je m'achèterai. Pose-toi cette question : Qu'aurais-tu fait si le *Patna* avait été dans la remise quand tu es arrivé?

— Je ne sais pas. Je l'aurais probablement démonté. Et… je me serais posé pour réfléchir.

— Ah oui? C'est ce que tu fais après avoir réfléchi qui m'intéresse.

Je songeai à ce que maman avait écrit dans le livre d'or du cimetière de guerre.

— Je crois que maman voulait de préférence le vendre à ton grand-père. Sans histoires.

— *Elle*, oui. Mais elle ne sortait pas avec quelqu'un de la famille Winterfinch. Très bientôt tu auras des doutes. À la moindre petite dispute, tu te diras que tu trahis Einar, toute la famille Daireaux. Que Duncan Winterfinch n'a jamais tenu sa part du marché. À un moment ou un autre de ta vie, tu auras besoin de plus d'argent. Tu te maudiras de me l'avoir donné et tu me maudiras de l'avoir accepté. Mais ce qui me fera le plus mal à *moi*, tu sais ce que c'est ?

— Dis-moi, toi. Ça commence à faire beaucoup d'options parmi lesquelles choisir.

— Ta méfiance. Tu ne cesseras jamais de croire que j'ai frayé avec toi pour trouver le noyer. Tu ne m'as jamais crue. Mais est-ce que tu me crois maintenant ? Tu sens que tes pieds se mouillent ?

Je baissai les yeux. L'eau montait entre les planches du fond. Elle donna un violent coup de rames et le mouvement fit clapoter l'eau contre mes chaussures.

— Qu'est-ce que tu as fait ? m'exclamai-je.

— Je veux nous épargner d'avoir à choisir. J'ai dévissé les nables pendant que tu regardais sous le banc de nage.

Elle leva deux grosses vis en laiton.

— *Have you gone mad ?* m'écriai-je en tendant la main vers les vis. Remets-les !

Elle se tortilla pour m'échapper. Nos mouvements déstabilisèrent la barque, je dus me rattraper au bord pour ne pas tomber à la renverse.

Gwen balança les boulons à la mer. Le laiton scintilla une seconde pendant leur descente tourbillonnante vers les ténèbres. Je cherchai l'écope de la main. Elle avait disparu.

— Le *Zetland* est là-bas, indiqua-t-elle en inclinant la tête vers l'abri à bateaux de Haaf Gruney. Je suis venue en remorquant le *Patna* et j'ai laissé le *Zetland* avant de refaire la traversée en ramant. Pour que nous puissions rentrer après ceci.

Nous nous enfoncions déjà un peu dans la mer. Haaf Gruney n'était pas loin, mais le bateau avançait plus lentement, et nous dérivions, vers le récif noir. Gwen ne faisait pas mine de ramer.

— Bon sang, Gwen ! Tu ne vas pas balancer un truc pareil.

— C'est ce que je disais. Maintenant, tu me montres qui tu es vraiment. Enfin un peu d'avidité en toi.

— Non, protestai-je en essayant de prendre les avirons. On ne va pas laisser cela se perdre. Tu ne vois que l'argent ? Il y a là-dedans quatre siècles. Toute une histoire de guerre.

Brusquement, Gwen se leva, dégagea les avirons et les lança à la mer.

— Ça ne va pas se passer comme ça! Le bateau va dériver vers le large. Nous deux, on va nager jusqu'au bord et repartir à zéro. Ce n'est pas dur. On va jusqu'aux hauts-fonds. On se sèche, on dort ensemble et on fait durer aussi longtemps que possible. Tout ce qui nous entoure dit que c'est impossible. Mais je veux que ça marche!

Je commençai à me démener pour rattraper l'aviron. Le bateau se coucha, j'eus de l'eau dans mes manches. J'étais à deux doigts de tomber à la mer, mais je finis par réussir à ramener l'aviron, avec lequel je fouettai la surface pour récupérer l'autre. Mais celui-ci dériva et l'eau qui s'élevait se mit à assombrir peu à peu nos vêtements.

— Laisse tomber, Edward. Le *Patna* va couler. Une tombe d'eau pour une triste histoire.

C'est alors que les Shetland firent ce que les Shetland savaient le mieux faire. Le temps changea. Un coup de vent arriva, les flocons de neige se muèrent en pluie battante.

— Prends ma place! criai-je en me dressant debout dans le bateau. Je vais ramer jusqu'au bord.

Elle resta immobile. L'eau lui arrivait aux chevilles à présent.

— C'est toi que je veux, déclara-t-elle. Tu es une tempête qui aurait pris une forme solide. Ton cœur bat droit au travers de tes vêtements.

Soudain, elle se leva. Elle grimpa sur le plat-bord et la mer se déversa dans la barque comme l'excédent d'eau d'un barrage. Je me jetai de l'autre côté pour redresser l'embarcation et Gwen perdit l'équilibre et tomba à l'eau. Les vagues engloutirent le bruit de sa chute. Le bateau se redressa après s'être balancé lourdement.

D'un seul coup, l'autre aviron cogna son flanc. Je le remontai, mis les deux avirons en place et essayai de la suivre en ramant. Mais le grincement des tolets changea de ton, ce n'était plus un sifflement sec, juste un grincement lourd et récalcitrant. L'eau affluait, mon pantalon se mouillait chaque seconde un peu plus.

Je pris la rame libre et la frappai contre le tolet. Frappai et frappai jusqu'à ce qu'il casse. Puis je l'arrachai et l'enfonçai dans le trou de vidange. Je l'y fichai en le martelant avec l'aviron à en faire jaillir l'eau. Je détachai un autre tolet et rebouchai l'autre trou. Mais il était trop tard. La mer entrait par hoquets chaque fois que je faisais un mouvement et soudain ce fut terminé, le *Patna*, la mer et moi ne faisions qu'un.

Je me donnai de l'élan d'un coup de pied et nageai à sa suite. L'eau était glaciale et ma veste me ralentissait. À côté, flottait le chien en bois. Seule sa tête dépassait. Gwen était arrivée loin, elle n'était qu'à quelques mètres du bord. Mais la mer ne tarda pas à devenir agitée, trop déstructurée pour nager, comme si l'eau n'avait plus de forme fixe.

Au bout de quelques mètres, je jetai un regard derrière moi. Le *Patna* n'avait pas encore sombré. Il pendait à la surface de l'eau comme une baignoire pleine. Puis Gwen changea de direction. Au lieu de nager vers les hauts-fonds, elle dérivait vers le point le plus proche, l'écueil, où la mer se brisait en mousse.

— Pas là! criai-je en buvant la tasse. Il faut aller sur les hauts-fonds!

Ou bien elle le fit exprès ou ce fut une vague qui l'y mena. Il n'y avait nulle part où s'accrocher et quand elle fut à un ou deux mètres de distance, un paquet de mer arriva, qui la projeta sur l'écueil, éternellement noir et mouillé. Les brisants étouffèrent ses cris. La tache de sang fut visible un instant, avant d'être lessivée par la vague suivante.

13

LA NEIGE SÈCHE ENTRAIT PAR LES FENTES et formait de petits éventails blancs sur le sol. Sur l'appui de fenêtre s'alignaient des pots avec des restes de terre au fond. Alma avait dû les y mettre. Et grand-père sortir les plantes quand les fleurs avaient fané après sa mort. Depuis, personne n'avait décoré l'endroit.

Le chalet d'alpage refusait de se réchauffer. Je remplis de nouveau le poêle à bois en grelottant. Une mouche s'était réveillée, elle rampait sur la plaque de laiton sous le poêle, s'avança sur le plancher, où elle s'arrêta, perplexe.

Dans la prairie, j'entendais les moutons bêler. Jusqu'ici, je n'en avais récupéré que douze, tous avec des boules de glace dans leur toison en paquets, c'était à peine s'ils arrivaient à se traîner dans la soupe neigeuse. N'aimant ni les courants d'air ni l'humidité froide, la plupart avaient migré dans la forêt et étaient devenus farouches. Ils détalaient de toutes leurs forces à mon approche, même si je voyais qu'ils avaient faim.

Je sortis et repris les opérations. Quelques heures plus tard, je n'avais retrouvé qu'une seule brebis. Les autres moutons vaquaient chacun de leur côté; si craintifs qu'il était impossible de les ramener à la ferme.

Je m'arrêtai dans une vente de la forêt. Loin dans la vallée, je voyais Saksum. La dernière fois que je m'étais fait remarquer au village, j'étais avec la Bristol et une amie étrangère. Nous avions acheté de la sauce Worcestershire comme si c'était une sorte d'acte rebelle. Mais ce n'était qu'une mascarade. La voiture était trop singulière, la veste trop étudiée, l'explication trop longue.

Ce que je souhaitais maintenant, c'était être extérieurement ordinaire, afin de pouvoir laisser ma vie réelle se dérouler en moi-même. Aller au café de la gare sans qu'on me dévisage, ne plus courir après les gens qui peignaient des croix gammées sur les voitures. Faire du tir aux pigeons sans que les gens aient leur petite idée sur ce que j'allais bien pouvoir inventer avec ce fusil.

Des choses parfaitement banales que tout un chacun pouvait avoir. Descendre au village, avoir un sentiment d'appartenance, tout en étant soi-même.

Comment m'y prendre ? Eh bien, il fallait juste que je le fasse. Que j'aille au tir aux pigeons, que je sorte sans un mot un Dickson Round Action et que je fasse quelques séries. Que je remballe ensuite mon matériel, en laissant les gens parler. Que je revienne au tir suivant. Et ainsi de suite. Que je réponde quand on me posait une question. Que je continue, que je les laisse me voir.

C'était tout, finalement.

Je mis la main sur deux brebis. La laine pleine de brindilles. Un vrai bordel à tondre. Elles accélérèrent en entendant le bêlement des autres. Dans l'enclos, je n'arrivais pas à comprendre comment je pouvais avoir ces effectifs. Les moutons étaient désormais plus de vingt. Quelqu'un les y avait pourchassés, mais je ne voyais personne. Des traces de pas étrangères au niveau du portail, mais je n'avais pas entendu de voiture.

Le lendemain matin, je recommençai. La scène se reproduisit. Pendant que j'étais en bas dans la forêt, quelqu'un d'autre était près de l'enclos et y faisait entrer plus de moutons que moi.

Dans les semaines qui suivirent, le froid arriva. La neige se déposa sur les champs et la forêt. Une neige scintillante et drue qui recouvrait les branches des arbres. Je continuai de travailler de sept heures du matin à sept heures du soir, pour maintenir mes pensées à l'écart de ce qui s'était passé aux Shetland.

Je retrouvai dans le grenier la vieille planche de poissons d'eau douce. Ç'avait été un supplément de l'édition d'été de *Hjemmet*[1].

1. *Hjemmet*, "Le Foyer". Magazine familial.

J'avais espéré que la revoir me rappellerait d'autres paroles de papa, mais seul l'écho de sa voix me semblait vrai et authentique.

Il en va peut-être ainsi, songeai-je. Nous ne sommes peut-être pas censés nous souvenir des paroles de nos parents mot à mot.

Je déblayai la neige jusqu'à l'atelier de menuiserie, fis chauffer le Jøtul et fabriquai un cadre pour l'affiche. Je montai ensuite dans le grand salon du deuxième étage. On le gardait froid en hiver, poussiéreux et désert en été, comme s'il était hanté par nos ancêtres. Aux murs étaient accrochées de petites photographies, des hommes revêches et des femmes renfrognées aux cheveux noués. C'était comme s'ils avaient vécu là-haut sans visites, indésirés et abandonnés de leurs descendants.

Comme une ferme peut devenir vide, me dis-je. Quand le souvenir du salon de grand-père est la seule chose qui me réchauffe. Lui devant tous ses livres et le rayonnement des indicateurs de l'ampli Grundig, dont les minces aiguilles basculaient en cadence avec ses mains de travailleur quand il dirigeait inconsciemment l'orchestre, là-dessus, les fumets du repas servi à cinq heures précises, deux assiettes, puis l'odeur des cigarillos.

Ici, en haut, il n'y avait rien, rien que le sol froid sans tapis du grand salon, une table de douze couverts qui ne servait jamais, des livres à reliure de cuir et écriture gothique.

Je redescendis et accrochai la planche dans l'entrée du petit chalet. Je me fis cuire une truite de notre pêche de l'été dernier et la partageai avec Grubbe.

LES ROUES PATINÈRENT QUAND JE ROULAI dans le cul-de-sac. Son allée était si mal déblayée que je dus me garer devant le portail. La Rover était sous l'auvent, avec ses pneus d'été. Sa plus longue expédition de l'hiver serait sans doute de remonter le sentier de la porte d'entrée jusqu'à la boîte aux lettres.

Il avait beau être midi, il n'était pas habillé, et avait maigri depuis la dernière fois.

— Vous avez mangé quelque chose depuis cet été? m'enquis-je.

Il méditait sur la réponse à fournir, mais une quinte de toux la précéda et il se recroquevilla sur lui-même en me faisant signe d'entrer.

— Je n'ai plus de goût à rien, fit-il en traînant les pieds vers l'intérieur.

Dans le salon, ses pantoufles claquèrent contre le parquet terni par l'usure.

— Café ? proposai-je. Je peux le préparer.

— Tu as la bénédiction de l'Église. Pour aller chercher le journal aussi. Bien qu'il soit de plus en plus mauvais. Je vais bientôt me mettre à lire le *Dagningen*.

Hormis des sachets de thé et un paquet de biscuits, les placards de sa cuisine étaient vides. Sur la table en formica se trouvaient une tasse culottée et quelques miettes de pain. Je l'entendis tousser dans la maison.

Je conduisis jusqu'à la coopérative, y fis des provisions comme pour passer l'hiver à l'alpage, j'attrapai *Aftenposten* et *Vårt Land* et remplis deux cartons de vivres.

De retour chez lui, j'entendis la radio, NRK Oppland, avec le volume à fond. Je rangeai les courses dans les placards, fis du café et me dirigeai au bruit. Il était allongé dans son bureau, sur un canapé sous une bibliothèque murale.

— Est-ce une odeur de café que je sens ? demanda-t-il en se relevant. Ou m'a-t-Il rappelé à Lui ?

— Ce n'est que le café rouge de la coopérative. Heureusement.

Il éteignit la radio.

— Ça fera l'affaire. Tu en as préparé beaucoup ?

— Un litre et demi.

— Bien. Raconte-moi tout maintenant. Jusqu'à la moindre goutte. Dans les moindres détails.

LORSQUE J'EUS FINI, IL RESTA longtemps les yeux fermés, en se balançant doucement d'avant en arrière.

— Vous dormez ?

Il ouvrit les yeux.

— Absolument pas. J'ai rarement été aussi réveillé.

L'ancien pasteur recula ses coudes et s'étira le dos.

— En tant que pasteur de Saksum, j'ai entendu et vu bien des choses qui m'ont fait douter de la qualité des plans que le Seigneur a pour l'humanité. Mais ce n'est pas mon sentiment aujourd'hui.

Dehors, l'obscurité hivernale était tombée.

— Ça te tourmente encore, d'être parti en courant dans la forêt ?

— Oui, admis-je.

Silence.

— Il faut laisser filer, Edvard. Je n'ai pas de parole divine à te donner à cet effet. Mais nous sommes innocents quand nous rêvons et nous sommes innocents quand nous sommes petits.

— Je sais. Mais je n'arrive pas à m'en empêcher.

— Tu as maintes fois exécuté la peine à laquelle personne ne t'a condamné. Pense à ton grand-père. Je le vois sous un jour plus limpide à présent, quand il était assis tout seul au concert d'orgue. Il avait peut-être connaissance du déroulement des choses et craignait que ne vienne un jour, quand tes parents te manqueraient le plus, où tu te reprocherais leur mort.

De nouveau, nous restâmes silencieux. Brièvement, cette fois. Un grincement se fit entendre quand il se tordit sur sa chaise.

— Pourquoi les thermos sont-ils appelés "gourdes de télé", en Norvège ? demanda-t-il. Il n'y a pourtant rien qui s'appelle "gourde de radio".

Il restait un petit fond de café que nous partageâmes.

— Ces deux femmes m'intéressent, déclara l'ancien pasteur. Pour laquelle ton cœur a-t-il battu le plus fort ?

— Allez savoir. C'était comme s'il battait pour Hanne dans la phase de contraction et pour Gwen dans la phase de relaxation.

Il se leva de son fauteuil avec des mouvements raides.

— J'ai été amoureux autrefois. Quand j'étais à la fac. Mais ça n'a rien donné. J'ai hésité. Je n'ai pas été rapide quand il s'agissait de l'être.

Son regard fouillait entre les bibliothèques, parmi les piles d'anciennes homélies.

— Jette un coup d'œil dans le carton vert à côté du bureau.

Je fis ce qu'il disait. Je m'accroupis et feuilletai des épreuves jaunies de la *Revue paroissiale de Saksum*.

— Je la préparais avec des planches de caractères transfert et une machine à écrire. Mais descends un peu plus bas, et tu verras une chose bien plus proche de Dieu. Et tu me promettras ensuite de ne pas te reclure.

C'était une pile de numéros spéciaux écornés de *Playboy*.

— En tant que vieux garçon, je me suis documenté sur les imprimés du célibat, expliqua l'ancien pasteur. Les numéros ordinaires ne sont pas formidables. Je n'aime pas leur profil hédoniste. Mais tous les ans en mai, ils ont un numéro spécial. *Girls of Summer*. J'ai été abonné pendant des années. Comme tu le vois, il n'y a que des filles et pas de texte. Rien d'explicite. Juste les meilleurs opus de la création. La femme telle qu'elle nous a été donnée par Dieu. Malheureusement, la version papier n'est jamais entièrement satisfaisante, comme c'est le cas de la Bible.

DÉBUT FÉVRIER, JE MONTAI au bois de bouleaux flammés. Seul avec une hache de bûcheron. Sans tabac, sans casse-croûte. Je sélectionnai le premier, positionnai la hache latéralement et frappai. Un saupoudrage de neige tomba des branches. Pendant que l'arbre finissait de neiger, je levai les yeux vers le ciel, les gardai ouverts, laissant les flocons fondre sur mes joues.

Je repris. Je fis le tour du tronc, avec des entailles régulières, si bien que l'arbre finit par être en équilibre sur une fine lame, tel un sablier à mi-temps. Puis je mis la main sur le tronc et le basculai d'une douce poussée, comme si c'était le dos d'un enfant à qui j'apprenais à plonger, la main présente uniquement pour montrer que je suivais aussi loin que je le pouvais. Dans un lent grincement, le bouleau flammé tomba, la neige profonde l'accueillit délicatement et les branches se brisèrent dessous avec des craquements aux multiples tonalités.

J'ébranchai l'arbre, pris des mesures, l'étêtai et allai chercher le vieux Deutz. À l'heure bleue, j'avais huit fûts derrière mon tracteur. Je sortis lentement de la forêt et vis le spectacle de la ferme s'ouvrir à moi. Elle était nimbée d'une clarté hivernale diffuse, la neige s'amoncelait entre les rondins de la maison et soulignait ainsi le tracé d'un ouvrage ancien de rayures bien blanches.

Je travaillai trois jours durant, uniquement à la hache et à la scie à main, pour pouvoir travailler sans casque antibruit. Un travail éreintant, froid et dur, qui chassait les pensées. Certains cercles de fer avaient claqué dans la chute des bouleaux, j'en avais défait d'autres au burin quand j'avais rapporté les grumes à la ferme, et je les avais rassemblés en un tas de ferraille dentelée.

Le lendemain, j'avais quasiment terminé, et j'étais en train d'ébrancher quand la neige se mit à tomber. Le vent s'y ajouta et dans la bourrasque de neige je pus voir une lueur rouge pâle entre les troncs d'arbres.

Elle apparut sur le tracé que j'avais piétiné, avec des cheveux blonds en passe de redevenir châtains.

— Récolte de pommes de terre précoce et transhumance hivernale tardive. Tu n'es plus l'agriculteur que tu étais, Edvard Hirifjell.

Elle s'arrêta à cinq mètres.

— Mais tu n'as peut-être pas non plus eu la vie très facile, ajouta-t-elle.

— Merci de m'avoir aidé avec les moutons cet automne, dis-je.

— C'était pour les moutons.

— Oui, sans doute, mademoiselle le vétérinaire.

Elle portait des chaussures de montagne fraîchement graissées sur lesquelles la neige formait des gouttes. Elle grimpa sur un tronc de bouleau. Le cuir de ses chaussures se dessinait nettement sur l'écorce blanche tandis qu'elle se balançait en équilibre, comme si elle flottait le bois sur une rivière.

— Tu vas vraiment abattre tous les arbres ? demanda-t-elle.

— C'est ce qui est prévu.

— Je n'en suis pas si sûre, dit-elle en redescendant. Que ce soit ce qui est prévu. Tu vois toi-même lequel tu as laissé.

Hanne avança jusqu'au grand bouleau sous lequel nous avions couché l'été dernier. L'écorce était sillonnée, avec des cercles de fer grossiers enfoncés dans le tronc. Elle passa le doigt sur le métal rouillé.

— Tu es là avec les vêtements de travail dans lesquels je t'ai si souvent vu. Et tu es complètement changé. Je ne sais pas si tu me plais ou non. Je suis encore moins sûre de *vouloir* le découvrir.

Je mis la hache dans la neige.

— Jamais de ma vie, je ne serai une Solveig qui reste fidèlement à attendre son Peer Gynt au village. Je pars dans le Nord pour faire mon stage de deux ans. Ça ne va donc pas tomber tout cuit du ciel, Edvard. Mais tu n'es pas non plus dans le rouge.

Deux ans, songeai-je. Dans un sens, c'est moins long que deux mois.

— Tu ne dis rien ? fit-elle.

— Je cherche un truc chouette à te dire, répondis-je. Mais il y en a trop, je ne sais pas quoi choisir.

Je me redressai. Tenant la hache par le bout du manche, je la levai et imprimai un mouvement de balancier à la tête, qui esquissa dans la neige deux boucles jointives.

— C'est quoi, ça ?

Je me posais la même question. Était-ce l'infini ? Ou un simple huit ?

Elle enroula ses cheveux autour de son doigt.

— Où est passée l'autre ?

Je soulevai à peine la hache. Elle continua de se balancer dans le même mouvement, mais le motif ne se dessinait plus dans la neige.

Elle ne savait pas ce qui était arrivé. Je pouvais le lui raconter maintenant.

— Si jamais tu dois la mentionner, dis-je, ne l'appelle jamais "l'autre". Appelle-la Gwendolyn Winterfinch.

14

CE JOUR-LÀ À HAAF GRUNEY, j'avais nagé à sa suite et attrapé son bras, je m'étais démené pour atteindre la grève et nous remonter sur la terre ferme. Mon corps était saturé de douleurs mutiques, ma peau me brûlait, et mon sang coula quand j'attrapai une pierre tranchante pour nous hisser sur le bord.

En vain. Je perdis prise et Gwen m'échappa de nouveau dans la mer, inconsciente. Les cheveux en éventail, elle était projetée d'avant en arrière comme un sachet de thé dans une tasse. Elle s'éloigna, puis la rafale suivante nous propulsa tous les deux contre les rochers. Gwen arriva droit dans mes bras, je parvins à la saisir et à nager sur le dos vers les hauts-fonds tout en m'efforçant de lui maintenir la tête hors de l'eau.

Une vague nous lança loin vers le bord et je me retournai sur les galets. Mon pull pendait, l'eau ruisselait de mes cheveux et de mes aisselles. Je ramenai Gwen en la tirant et essayai de la ranimer. Massage cardiaque comme je l'avais appris au service militaire. Bouche-à-bouche. Nouvelles pressions fermes sur sa poitrine. Elle eut un renvoi, essaya de lever le bras, mais il retomba mollement, comme une branche coupée.

Ce qui me surprit alors était que la montre de Duncan Winterfinch marchait toujours, même sur son bras inanimé.

Je sortis le *Zetland* du hangar à bateaux et parvins à hisser Gwen à bord. Mettant les gaz à fond, je dirigeai la vedette vers le chenal du ferry à Yell. Je n'arrivais à penser qu'à son enterrement, au fait qu'il me fallait persuader sa famille de la laisser reposer dans le cercueil noir de la remise. Puis je ne me souviens de rien avant la grande main posée sur mon épaule et les deux médecins qui pansaient mes plaies.

Trois jours plus tard, elle reprit connaissance. Elle m'était alors déjà perdue. On l'avait halée hors d'un monde onirique et mise dans la réalité. Dans un lit de malade, dans l'étreinte des médecins. Ils la possédaient alors. Les médecins et sa famille autour de son lit, un mur de vêtements coûteux et de regards angoissés. Ils ne voulaient pas me parler, souhaitaient simplement que je leur répète ce que j'avais expliqué au shérif. Ils voulaient faire de cette histoire un secret de famille, la fois où l'animal de race s'était détaché pour passer l'été avec un chien errant. Moi, j'aurais voulu parler, j'aurais voulu qu'ils me racontent tout sur elle, entendre les mots d'un tiers sur une personne qu'il me semblait être le seul à avoir rencontrée. Mais les médecins ne firent que secouer la tête en m'enjoignant de partir.

Je repartis à Haaf Gruney sur le *Zetland* en m'attendant à ce qu'ils viennent m'enlever le bateau, à ce qu'ils me menacent de poursuites judiciaires, à ce qu'ils me tiennent pour responsable. Personne ne vint. Je restai à attendre que l'obscurité se fasse peu à peu dans la maison.

Le lendemain matin, j'étais assis sur une pierre à regarder le *Patna*. Les courants qui apportaient le bois flotté à Haaf Gruney l'avaient ramené sur les hauts-fonds, où la marée l'avait déposé comme une baleine échouée. Avec son fond raclé, le bateau avait l'allure d'une carcasse pourrie et il sentait le goudron et l'eau salée.

Alors je n'y tins plus. Je partis à Lerwick, me précipitai auprès de son lit d'hôpital et la découvris seule.

— C'est toi, dit-elle en redressant un tuyau en plastique qui disparaissait sous un pansement au dos de sa main.

— Oui, c'est moi.

Elle inclina la tête vers la fenêtre. On lui avait fait une coupe courte. Et rasé tous ses cheveux autour des plaies avant de recoudre le cuir chevelu. Un bandage courait de son oreille à la base de sa nuque. Deux grands pansements sur la peau nue, granuleuse, à la racine des cheveux.

— Je voudrais juste arranger les choses, dis-je. Je te suivrai où tu voudras. Si seulement je peux arranger les choses.

Ses yeux étaient éteints. Ses lèvres gercées. Autour de nous, tout sentait les médicaments.

— Tu veux quelque chose ? De l'eau ? À manger ?

— Pourquoi ne me demandes-tu pas si je te veux *toi* ? répondit-elle d'une voix endormie.

— Si. Je te le demande maintenant.

— Je te veux. Mais je ne pourrai jamais t'avoir.

— Allez. Ne…

Elle toussa. Se tortilla, resta sans bouger à rassembler ses forces.

— Quand j'étais couchée ici, seule, j'espérais que tu viendrais en me disant précisément cela. Que tu accourrais pour me dire ce que tu viens de dire. Mais, non. Je sens autre chose. Tu es comme un animal blessé. Quand tu seras guéri, tu voudras t'enfuir et je ne pourrai jamais te suivre.

— Ne dis pas des choses pareilles. Pardonne-moi d'avoir douté.

— Mon chéri. Je pensais tout ce que je t'ai dit sur le bateau. Mais au final, c'était notre traque qui nous unissait. Laisse-moi échapper au jour affreux où je comprendrai que ça ne marche pas entre nous.

Elle tendit une main et la posa sur mon avant-bras. J'eus la chair de poule.

— Tu sais ce dont j'avais le plus peur dans la vie, Gwen ?

Elle secoua à peine la tête.

— D'être froid. Sans sentiments. De ne jamais rien ressentir, de ne jamais avoir de chagrin. Maintenant, je ne suis plus comme ça.

— Alors nous éprouvons enfin la même chose, conclut-elle en fermant les yeux.

Je lui pris la main et la tins jusqu'à ce qu'une infirmière me prie de m'en aller.

Je repartis à Haaf Gruney. Je dormis jusqu'à ce que le froid me réveille. C'était un matin blanc et limpide, et de l'autre côté de la fenêtre, le *Patna* était toujours renversé sur la grève, peut-être comme après être tombé sur Einar.

Qu'aurais-je fait si Gwen s'était noyée ? J'aurais probablement arrosé le *Patna* d'essence avant d'y mettre le feu. Ç'avait été vrai, ce que je ressentais pour elle. Vrai et authentique. Car *moi*, j'arrivais à nous imaginer tous les deux, très loin dans la vie. C'était pitoyable mais ça n'en restait pas moins authentique.

Mes larmes commencèrent à tacher la poussière. Je ne tardai pas à pleurer à en avoir mal au plexus solaire. J'étais en colère contre elle, qui ne voulait pas essayer, en colère contre moi-même, qui ne m'étais pas jeté dans les flots tout de suite pour la rattraper, en laissant le *Patna* se remplir d'eau. Je l'imaginais avec d'autres hommes, je me demandais comment elle leur parlerait de moi.

Nous avions été durs l'un envers l'autre. Pas dans le sens où nous étions insensibles, mais dans la mesure où ce qui se rencontrait en nous était dur. Je me souvenais d'un passage des lettres d'Einar, dans lequel il racontait un jeu auquel ils s'amusaient pendant la pause déjeuner à l'atelier de Ruhlmann. C'était à celui qui parviendrait à couper deux cubes de bois si plans qu'une goutte d'eau les ferait tenir ensemble.

Il en avait peut-être été ainsi de Gwen et moi. Serrés l'un contre l'autre, verrouillés par la tension de surface.

Je rejoignis le *Patna*. L'eau semblait ne jamais en finir de dégoutter. Le vent apportait un froid humide mordant. Dans la passe, une petite averse approchait.

Les morts se rassemblèrent autour de moi. Ils s'avancèrent et dirent :

L'heure est venue. Que fais-tu maintenant ?

Mais celui que j'écoutai fut grand-père. Lui qui pouvait approcher Bach après avoir passé la journée à ramasser des pierres.

Le bois venait de la terre. C'était comme ne pas récolter le blé. Comme laisser les moutons. Comme ne pas arracher les pommes de terre.

Je me souvenais de nous deux. L'automne était notre saison. Elle et moi, entre les plants de pommes de terre ramollis, couchés, après avoir aspiré la lumière et la nourriture des tubercules dans l'obscurité au-dessous. Le grondement du motoculteur sur le versant de la colline. Mes mains dans la terre noire qui s'enfonçait sous mes ongles, mes genoux mouillés quand je sortais les pommes de terre et les mettais dans les caisses en bois ; grand-père marchait devant et, sans un mot, nous partagions la même joie. Notre monde protégé, où nous sortions pomme de terre après pomme de terre en mettant les plus belles de côté pour Noël.

Arrivé au bout de ce souvenir, je me mis à l'ouvrage.

J'allai chercher un pied-de-biche et une scie dans l'atelier de menuiserie. Je commençai par essayer de détacher un peu de bordage. Mais, dur comme du fer, il refusait de lâcher. J'avais mal aux côtes au niveau de mes blessures et toute une journée s'écoula sans que je parvienne à passer la marche arrière pour défaire la minutieuse construction navale d'Einar. Tout était chevillé et assemblé pour supporter les coups et la grosse mer. Le *Patna* était une construction scellée et verrouillée, une pyramide sans points d'entrée, et quand je forçais trop sur le pied-de-biche, le bois ne faisait qu'éclater.

Le lendemain matin, on aurait dit que la menuiserie d'Einar essayait de me parler. La coque du *Patna* grinça, cria, et je finis par libérer quelques planches et à parvenir à dégager une petite partie du bordage.

Je continuai de démonter le bateau, pas brutalement et sans méthode comme je l'avais fait la veille, mais en cherchant à *voir* comment il avait pensé.

À partir de ce moment-là, Einar fut avec moi, son plan se transcrivit sous mes mains, son œil devint le mien, et je sus alors où placer le pied-de-biche pour ouvrir les assemblages et détacher les planches les unes après les autres. Je vis que les couples, les côtes du bateau, étaient un assemblage de pièces de bois de cinquante centimètres. Elles s'étiraient symétriquement vers l'intérieur, étaient serrées, noires, grossières.

Pendant au moins cinq minutes, je ne fis rien d'autre que *regarder*. Je détachai deux ébauches de noyer. Parfaitement découpées, enduites de goudron.

Je passai les trois jours suivants à travailler, un jour sous la neige, le suivant au soleil, le troisième sous la pluie. Dans les derniers vestiges de lumière d'après-midi, alors que les goélands criaient près du rocher aux oiseaux de Fetlar, je libérai délicatement les dernières couples.

Le *Patna* avait disparu.

Restait un monceau d'ébauches de noyer. Vingt en hauteur, seize en longueur. Je laissai tomber le reste de l'opération de calcul mental. À l'aide d'un rabot, je raclai la couche extérieure de goudron, allai chercher du papier de verre et ponçai jusqu'au bois.

Une légère averse de neige arrivait du large. Je restai sur les genoux, le visage orienté vers le ciel, et je laissai l'humidité rafraîchir mon front. La neige se déposa sur le noyer, fondit et, en quelques secondes, elle pénétra dans le bois et appela ses couleurs et son motif.

Je chargeai le *Zetland* du noyer et me rendis à Unst, où j'entrai dans Quercus Hall, empruntai les longs corridors qui sentaient le moisi et la cire figée, et montai le bois dans le bureau de Duncan Winterfinch. Je m'attardai un peu, respirai l'odeur de vieux Balkan Sobranie, regardai la large photo du Black Watch, jetai un coup d'œil dehors sur l'arboretum, sur les frondaisons désormais nues et sans feuilles.

Pour la dernière fois, je contemplai le noyer. Je regardais les siècles du bois Daireaux, les méandres des cernes noirs et orange flamboyant. C'est alors seulement, dans la pénombre, que je m'aperçus que le bois était devenu légèrement phosphorescent, comme l'aiguille d'une montre qui, la nuit, renvoie la lumière du jour qu'elle a lentement mesuré.

Ainsi le motif rendait tout ce que le bois avait vu pendant quatre siècles. Mais au-delà, il offrait aussi une vue sur quelque chose d'infiniment profond, des teintes si changeantes qu'elles n'étaient pas de ce monde.

Ce que je voyais, c'était la lumière du royaume des morts dans lequel ils avaient tous pénétré.

Les soldats du Black Watch, Isabelle, Einar, Duncan Winterfinch, grand-père.

Papa et maman.

V

ISABELLE

LES ANNÉES PASSÈRENT. Des années de gale, de récoltes record, de sécheresse. Le nouveau tracteur devint le vieux tracteur, le vieux tracteur fut remisé dans la grange.

Nous vivions avec la terre et les températures, avec des plantes qui germaient et qui fanaient. Mais en moi tournait une saison plus lente, la maturation d'une plante à laquelle il fallait des années pour fleurir.

Un jour, sur la fin d'un printemps chaud, je sentis que le temps était venu. Du bord de la route départementale, je contemplais Hirifjell. Le courrier n'était pas arrivé et je tendais l'oreille à l'affût des voitures, mais tout était silencieux, rien que la vague rumeur du Laugen au fond de la vallée et le bruissement du vent dans les arbres.

Je sus alors que cela allait se produire. Je descendis par le raccourci, dépassai les orties et rejoignis l'atelier de menuiserie. J'y sortis un coffret enveloppé de grosse toile.

Elle était assise à la table de cuisine, dans les allers-retours de SMS.

— J'ai quelque chose pour toi, annonçai-je. Mais il faut que tu mettes de meilleures chaussures.

Après avoir franchi la barrière, nous passâmes entre les champs de pommes de terre et devant celui qui venait d'être dégagé pour faire pousser du chou d'été. Nous nous rendîmes au bois de bouleaux flammés, nom que je continuais de lui donner bien qu'il ne comptât plus qu'un seul bouleau. Entouré désormais de petits noyers, seize au total, qui avaient germé des noix que j'avais ramassées dans le bois Daireaux. Je les avais cultivés en pots dans le petit chalet, ils auraient en fait dû mourir lors de leur premier hiver en pleine terre. Ils vacillaient au vent, mais s'en sortaient là-haut, sur la face ensoleillée de l'ubac de Saksum.

Tout ne peut pas être sauvé. La dernière chose que j'avais faite avant de rentrer de Haaf Gruney avait été de sortir le cercueil d'Isabelle de la tourbe, de le nettoyer et de le polir. À Lerwick, j'avais demandé le chemin de l'agence de pompes funèbres et prié les gens qui y travaillaient de conserver le cercueil jusqu'au jour où on en aurait besoin.

Puis j'en avais eu presque terminé avec cela. La seule fois où j'étais retourné aux Shetland avait été à la mort d'Agnes Brown. Elle avait été enterrée à Norwick, à côté d'Einar, alors que le cantique luttait contre les rafales.

Nous étions peu nombreux dans l'assistance. À l'église, le cercueil était entouré de tulipes orange et de lys blancs, semblables à ceux qu'Einar avait gravés. J'étais le seul à savoir qu'Agnes reposait en fait dans le cercueil de grand-mère, qui enveloppait enfin quelqu'un qui avait vraiment aimé Einar. Einar était devenu un fantôme vivant, traquant inlassablement la perfection, chose possible devant l'établi, mais inatteignable avec les gens. Alors que nous mettions le cercueil en terre, j'espérais que, à un autre moment, à un autre endroit, il pourrait rendre à Agnes ce qu'elle avait voulu lui donner. Tout comme Gwendolyn Winterfinch et moi, à un autre moment, à un autre endroit, pourrions être ensemble.

Au pied de la tombe, je pus voir sa silhouette descendre du sentier vers Muckle Flugga, et je vis qu'elle avait des fleurs à la main. Elle s'assit dans la pente et suivit la cérémonie de loin.

Mais j'espérais que le souffle de la mer lui porterait le dernier verset de *L'Amour de Dieu*[1] et que ces paroles vaudraient pour elle comme pour Agnes, et pour tous ceux qui nous suivraient.

Et ç'allait se révéler être le cas.

Car à présent, dans le bois de bouleaux flammés, je défaisais l'emmaillotement du coffret et le tendais à ma fille. Elle resta

---

1. L'amour de Dieu / est son grand message, / ma seule certitude. / Reste dans l'amour, / et la paix de Dieu sera avec toi / car Dieu est amour.

longtemps sans rien dire. C'était l'une de ses nombreuses qualités, que de laisser ses réactions mûrir derrière un visage fermé avant de les présenter au monde qui l'entourait. Quand elle orienta le coffret vers la lumière, les rayons de soleil pénétrèrent dans le bois ambre et firent apparaître les ramifications infinies du motif.

— C'est du bouleau flammé d'ici, indiquai-je.

— Dis donc. C'est un coffret à bijoux?

— Ce n'est pas le coffret, le cadeau. Il faut que tu regardes à l'intérieur.

Un couinement résonna entre les troncs d'arbres quand elle leva le couvercle. L'intérieur brillait de l'éclat d'un bois plus profond, plus sauvage et plus ancien que le bouleau flammé. Il entourait un paquet enveloppé de papier de soie gris.

Elle s'accroupit, posa le coffret sur ses genoux et ouvrit le paquet. Quand elle se leva, ses mouvements furent accompagnés d'un reflet bleu marine.

— Une robe?

— Oui, dis-je en prenant le coffret, qui était devenu singulièrement vide.

— Ce qu'elle est belle! s'exclama-t-elle en tenant la robe devant elle. Où l'as-tu trouvée?

— Elle a toujours été dans la famille.

Elle la leva au soleil et avança entre les arbres, vers le vieux bouleau, qui était assez large pour qu'elle puisse se changer derrière.

Puis elle apparut, vêtue de bleu, remplissant la robe de vie.

Les feuilles des noyers bruissaient dans la brise. Mais au-dessus trônait le grand bouleau, haut, inébranlable, avec des branches si épaisses qu'elles ne bougeaient pas au vent. Et ainsi, à travers le feuillage, le soleil projetait sur nous son incessant jeu de lumière et d'ombre.

TABLE

OUVRAGE RÉALISÉ
PAR L'ATELIER GRAPHIQUE ACTES SUD
REPRODUIT ET ACHEVÉ D'IMPRIMER
EN OCTOBRE 2017
PAR NORMANDIE ROTO IMPRESSION S.A.S.
61250 LONRAI
POUR LE COMPTE DES ÉDITIONS
ACTES SUD
LE MÉJAN
PLACE NINA-BERBEROVA
13200 ARLES

DÉPÔT LÉGAL
1re ÉDITION : NOVEMBRE 2017

Nº impr. : 1703460
(Imprimé en France)